那一方土地，
那祖祖辈辈讲给我们的故事，
我们不该忘记。

放缓脚步，
去故事里闻一闻乡土气息，
重拾遗失的美好记忆。

中国民间
文化遗产
抢救工程
THE PROJECT TO CHINESE
FOLK CULTURAL HERITAGES

丛书

中国民间文艺家协会　组织编写

总主编/潘鲁生　邱运华　本卷主编/曹宏君

河北 保定

容城卷

知识产权出版社
全国百佳图书出版单位
—北京—

↗ 2008 年前的容城县政府
→ 2008 年后的容城县政府大楼
↓ 容城县城新貌

← 明月禅寺的千年古柏
← 传承移民情结的沟村大槐树
↓ 容城县留通白洋淀码头

→ 大河村内的何思碑

← 容城县标志性建筑——容和塔
↓ 北方服装名城门楼

↑ 公园凉亭下休闲的人们
↓ 容城县革命烈士塔

← 北河照村杨继盛故里祠

← 容城三贤文化广场铜雕
　壁画（局部）

↓ 容城三贤文化广场三贤
　雕像

孙奇逢

杨继盛

刘　因

↑ 北城村的孙奇逢纪念馆
→ 明月禅寺大殿佛像

← 民间艺人吹奏表演

← 容城县戏剧协会原创小戏
  在香港演出

↓ 居民歌舞表演

→ 民间舞狮团进城表演
↓ 非遗项目大镲表演

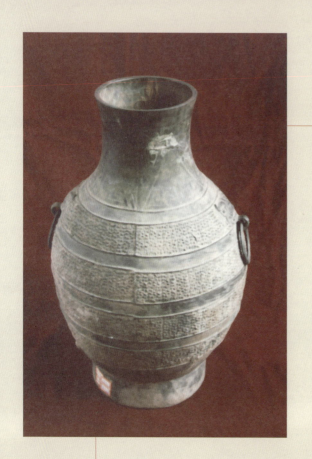

← 南阳遗址出土文物
↓ 南阳遗址出土文物

民间文学的时代意义（序一）
邱运华

　　中华民族的文化史由两个部分组成：有文字记载的和没有文字记载的，缺少后者，文化史最多就只有半部。最初认识到这一点的，是"五四"时期的思想家和文学家，他们把民间文学看作中国文化史重要的一部分，整个中华文明不可缺少的部分。收集和整理出版来自民间的文学资料，也是由他们发起、在延安鲁艺时期被列入"新文化建设""正典"的历史工程。

　　民间文学并非简单地对应于文人创作的文学，而是具有鲜明的政治思想取向。它是"五四"一代及其前辈思想家们"重铸民族魂""中华民族复兴"整体启蒙思想的一部分。"五四"时期关注来自民间的文学，乃是出于对"贵族文学"独白话语体系的反拨，是全社会民主运动的表征。"五四"之前，梅光迪回复胡适："文学革命自当从民间文学入手，自无待言。"至"五四"时期，北京大学校长蔡元培发表启事，成立"歌谣征集处"，向全国征集民间歌谣，同时发表"北京大学征集全国近世歌谣简章"，明确其宗旨"不仅是在表彰现在隐藏着的光辉，还在引起将来的民族的诗的发展"。从事中国民间文学研究的美国学者洪长泰认为，现当代中国的民间文学运动被称为"世纪运动"。鸦片战争以来，激进派学者们寻找中国文化之根的努力，导致了他们提倡以口语为基础的现代文学语言。"五四"运动时期，年轻的中国知识分子有意识地将他们的关注对象转向民间口头传承。"到民间去"成为一种政治运动。它对于新文学和新文化运动冲破封建思想、重视人民创作的倾向起到了推动作用，但却属于未能彻底完成的任务。延安鲁艺继承发扬了"五四"走向民间这一传统，赋予其"民族性"和"人民性"的重大思想意义。延安鲁艺把收集、整理民族民间文学，与抗战救亡、与创造新文学的职能紧密结合在一起，形成一个延伸到今天的新中国思想文化运动。1940年在《新民主主义的文化》一文里，毛主席鲜明提出："中国文化应有自己的形式，这就是民族形式。民族的形式，新民主主义的内容——这就是我们今天的新文化。"他特别强调的"民族的形式"实际上多半指的就是民间文化，特别是民间文艺。毛主席所提出的这一文化思想，在《在延安文艺座谈会上的讲话》里得到充分阐发，长期以来指导着我党的文化建设。毛主席是"五四"新文化运动一代人，他本人对民间文学的认识并非简单止于概念和观念，而是内心真正喜爱的，也确实做过指导学生收集民间歌谣的工作。他非常清晰地把"所有的封建统治阶级的糟粕产品"，与"民间文化的精华部分或者与那些天然的民主的和革命的因素"区分开来了。延安鲁艺以学习民间文艺作为方向，培养了一大批新中国文艺工作者，创作了大批优秀的文学艺术作品，奠定了新中国文艺事业的发展方向。例如，延安鲁艺正式成立了"中国民间音乐研究会"，确定了宗旨为：开展有计划、有组织对民间音乐的采集、介绍和研究工作；对大量优秀的传统民歌、小调、歌舞进行加工和改编，从而产生了不少优秀的"民歌改编曲"。民间文学传统形式经由赵树理《小二黑结婚》《李有才板话》、阮章竞《漳河水》、李季《王贵与李香香》等创作，为新文学树立了榜样。

新中国文学弘扬了延安时期重视民间文艺中的人民性传统。新中国成立之初，最重要的文艺话语乃是宣传延安文艺座谈会讲话精神，打破封建文艺观占领的报刊、舞台、银幕等阵地，普及民间文艺民主传统，建设

"人民的文学"观念。1949 年北平解放之际，新中国文艺工作者最主要的工作，乃是宣传民族文学形式和新民主主义思想内容之间不可分割的联系，这一系列文章见诸 1949—1950 年之间的《人民日报》。1949 年 3 月 25 日起，《人民日报》集中发表有关文艺的专题文章、综论，涉及"文艺为工农兵的方针""年画的装饰性与现实性、人民性"，以及"停演迷信淫乱旧剧"等问题，秦兆阳、蔡若虹、江丰、罗合如、刘念渠、梁思成、沙均和犁草以及张映雪等人分别就改革旧剧、国画、平剧、城市规划、秧歌舞和新洋片等方面的问题发表文章，直接影响了新中国文学以"人民的文学"作为基本方向和路线的确定。从 1950 年元旦刊发李伯钊"谈工人文艺创作"、王亚平"攻破封建文艺堡垒"开始，到随后刊载关于"东北戏曲改进会成立""电影制作贯彻工农兵方向""北京旧戏曲的改革"，到赵树理发表"谈群众创作"、王朝闻发表"旧剧演技里的现实主义"、周扬"关于地方戏曲的调查研究工作"、艾青"谈'鸿鸾禧'"和程砚秋"西北戏曲访问小记"等，辅之以展开的历史唯物主义方法论、高等教育制度、教科书、学术研究体制等话语讨论，昭示着延安时期来自民间文学的平民大众文学路线、服务人民大众的文学发展方向，真正在新首都、新中国确立起来。可以明显看出，延安时期强调的人民文学传统，在谈论文艺问题的过程中处于核心位置；以《在延安文艺座谈会上的讲话》为指导的新文艺路线，迅速成为北京文艺的主流，同时，来自延安的文艺工作者也成为新中国文艺话语的拥有者和叙述者。可以说，收集、整理、改造民间文学，对于"五四"新文学运动、延安鲁艺到新中国建立后的新文化新文学建设起到了核心作用，为新中国人民文学的健康发展奠定了坚实的基础。德国学者福玛瑞评价这一走向时说："他们……力图寻找民族的文学，并抱有以此为手段改变'民族性格'的雄心壮志。我们如果考虑历史悠久的民歌搜集传统，可以说，这类对口传文学的重视是中国的一贯传统。"这段话放在中国现代文学三十年，的确非常合适。

今天我们重新提起 20 世纪中国民间文学收集和整理工作，与

"五四"时期重铸民族魂的使命相比，实际上面临着性质相似、层次不同的任务。一是我们重新处于中华民族文化、思想和精神价值的再铸造进程中，重视当代民间文学进步思想传统，对于实现中华民族复兴使命具有重大思想价值。二是发掘和阐发民间文学优秀传统，对我们深刻理解"革命文化"和"社会主义先进文化"的历史渊源，对中华优秀传统文化的丰富性有新的认识，具有重要理论价值。三是民间文学的人民性传统，是我们繁荣和发展社会主义文艺的坚实基础，是建设新文学不可缺少的丰富资源。与"五四"时期和新中国成立以来的民间文学研究不同，当代民间文艺学家所处的思想层次和学术水平，不允许我们再仅仅做简单的收集、整理工作，而是要求学者在坚实的材料研究的基础上，充分发掘和阐释民间文学中的思想、文化和艺术资源，在马克思主义的指导下，参与到新世纪中国美学精神的构建和阐发工程之中。做到这一点，我们新中国的文学史，就将比以往更为坚实、更具有鲜明的中国话语特点。

2017 年 3 月

（作者系中国民间文艺家协会分党组书记、驻会副主席）

河北的故事（序二）

郑一民

河北，因地处黄河下游之北而得名，古称"燕赵"。称燕赵，是因为春秋战国时代这里为燕、赵二国的政治、经济、文化中心和大部疆域所在。自元至今为京畿之地。

追溯历史，考古学家发掘的规模宏大的阳原泥河湾古人类遗址表明，早在200万年前这里便是东方人类的故乡，至今尚存的新石器时代的仰韶文化遗址遍布太行山东麓各地，在武安磁山文化遗址发掘出的人类八千年前从事农牧生产和打制工具留下的粟坑、陶窑和鸡骨遗骸堪称世界之最，数以百计标志人类已进入四千年前父系社会的龙山文化遗址发现更给这块大地带来无穷奥秘。炎黄蚩三大部族在这里发生"涿鹿之战""阪泉之战"后又于釜山举行部族会盟，首次在中华大地创建多民族统一理念，并筑黄帝城于涿鹿矾山，更使这块大地增添了追宗究祖的无穷魅力。尧帝封侯于唐邑（今唐县），建都隆尧县柏人城，形成"唐尧遗风"传世。大禹治水自此始，以山川大势划九州，冀州为首。商族由此发迹，十四代祖祖乙立国于邢（今邢台市）。春秋战国时为七雄中燕、赵之都所在地，还有中山、代、孤竹等国并存。秦始皇统一六国后为历代郡、道治辖，元、明、清建都北京又成为京畿胜地。纵观河北历史长河，既是历代争王称霸厮杀硝烟不断的战争走廊，又是孕育和滋生中华文明的重要源泉，战争虽给劳动人民带来无尽的灾难，却也涌现了伏羲、女娲、黄帝、炎帝、蚩尤、嫘祖、尧帝、扁鹊、荀况、赵武灵王、燕昭王、廉颇、蔺相如、李牧、董仲舒、刘备、张飞、赵云、李世民、魏征、苏烈、赵匡胤、关汉卿、张之洞、纪晓岚、李大钊等数以千计的政治、经济、军事等民族先贤和精英，如此厚重与灿烂的文化积淀，奠定了河北在中国历史上的重要地位。

有人的地方就有故事，历史悠久、重大史实事件众多、民族精英众多的地方故事就更丰富、更精彩。梳理总结河北在这种壮阔的历史演变中产生的民间故事特色与影响，可分为神话传说、人类传说、史事传说、科学文化（技艺）传说、地方人文景观传说、生活故事、动植物传说、鬼狐精怪传说等八大类。阅读这种充满浓郁乡土气息和民情民风的作品，每个人都会被燕赵人民那种厚重的文化素养、聪明才智、慷慨忠贞、英雄豪气、勤劳勇敢精神所折服。故事中那些奇巧的构思、绝妙精伦的语言、爱憎分明的情感、博大深厚的内涵，绝非文人能杜撰得出来的！如果用现代词语来评价河北民间故事的价值，可以说很讲政治、讲正气、讲道德，是中华民族珍贵的重要文化财富和精神食粮。它虽是世代劳动人民的口传嘴承之作，却向我们叙述了一部生动形象的民族发展史，展现了中华五千年文明沧桑的画卷，堪称研究燕赵大地历史和文化的口头百科全书。其中虽有良莠并存现象，但良远大于莠。这些佳作在一代又一代传颂中，陶冶了燕赵人的品行，塑造了燕赵人的形象，积沉出坚强不屈、勇于担当和创新奉献的民族精神，至今仍在发挥着传递与教化文化血脉和中华品貌的作用，是构建社会主义核心价值观的重要基石。从这一现实看，收集整理和编辑出版《中国民间故事丛书》河北各县卷，是一件功在当代、利在千秋，建设文化强国的基础文化工程。

借此，向各位编辑出版《中国民间故事丛书》河北各县卷而辛勤劳作的朋友们表示衷心的敬意与谢忱！感谢你们为文化大省建设作出了新贡献！

2015年12月

（作者系中国民间文艺家协会原副主席，河北省民间文艺家协会主席）

保定民间故事的历史光辉（序三）

晏文光

  保定是国务院命名的国家级历史文化名城，有着深厚的历史文化和璀璨的民间文化。

  保定地处河北省中部，西部太行山巍峨壮观，东部白洋淀碧波粼粼，广袤的冀中平原坦荡无垠。保定位于京、津、石三角的中心位置，素有"京畿重地"和"兵家必争之地"之称。这里公路如网，铁路如织，横贯南北，连通东西，交通和区位优势得天独厚。这里地域广阔，物产丰富。保定市辖管25个县（市）、区（3区4市18个县），总面积22000多平方公里，人口达1100多万，是全国著名的人口大市。

  保定历来有"古城"之称谓，可谓名副其实。据考古发掘证实，早在四五十万年前，这里便有人类居住。近10年来，仅新石器时代的文化遗址保定就发掘出3处，即徐水县南庄头遗址（2001年公布），易县北福地遗址（2006年公布），曲阳县钓鱼台遗址（2006年公布）。容城县上坡村发掘的磁山文化遗址进一步表明，早在7000多年前，我们的祖先就在这块土地上从事农牧业生产，他们打制工具留下的粟坑、陶窑和冶炼炉，曾受到世界的关注。后来，黄帝族东迁涿鹿，并与九黎族首领蚩尤发生"涿鹿之战"，又与炎帝部落在这里发生"阪泉之战"，在徐水釜山举行部族会盟，在涿鹿建黄帝城，在易县后山建祖庙，拉开了易县后山文化的序幕，首次在中华大地创建了多民族大统一的理念。保定是尧帝的故乡，尧的封地在唐，故称唐尧。在顺平、唐县、满城、望都一带，至今还存有很多当年尧舜活动的遗址和优美动人的传说。

保定文物古迹众多，易县的燕下都遗址、荆轲塔、清西陵，曲阳的定窑遗址、北岳庙，满城汉墓中举世罕见的"长信宫灯"和"金缕玉衣"，涿州的三义庙，定州的开元寺塔，安国的药王庙以及保定市区的莲池书院、大慈阁、直隶总督署、钟楼、天水桥等众多的文物景观都从不同的角度昭示着保定底蕴丰厚的历史文化。据文物部门统计，保定市目前有国家级文物保护单位47处，省级文物保护单位111处，县（市）级文物保护单位511处，数据说明，保定是个名副其实的文物大市。这些以文物和景观形成的文化圈，展示了保定厚重的历史和壮美的山河。

保定是革命老区，在近代的革命史上，一直站在时代的最前沿，为古城的历史文化谱写下浓墨重彩的篇章。保定是义和团和北方辛亥革命的重要发祥地之一，从新城的义和团运动到高阳布里的留法勤工俭学补习学校，特别是中国共产党成立之后，革命先驱邓中夏点燃了保定的革命火种。从此，在辽阔的冀中大地上，处处风雷激荡，斗争如火如荼：潴龙河畔的"高蠡暴动"、顺平县的"五里岗暴动"、保定二师的"七六学潮"以及名震中外的"冉庄地道战""白洋淀雁翎队""黄土岭战役""敌后武工队""保定外围神八路""狼牙山五壮士"。这些惊天地、泣鬼神的英雄壮举，为保定演绎了一曲曲雄浑豪壮的革命乐章，也为保定人民赢得了荣誉和自豪。

保定古称燕赵之地，自古就有"燕赵多慷慨悲壮之士"之说。在中国长达几千年的文明史中，"物华天宝、人杰地灵"的保定不仅涌现出众多有理想、有抱负、有才华、有作为的历史人物，还产生了一批批名垂青史、彪炳千秋的思想家、政治家、军事家、艺术家以及才智过人的文臣武将和民族英雄，真可谓武林豪杰荟萃，文坛英才辈出。"风萧萧兮易水寒，壮士一去兮不复还"，壮士荆轲一曲撼天动地的千古绝唱，冀中大地随之走出了燕国大夫郭隗、赵国名臣蔺相如、武将廉颇，汉昭烈帝刘备，宋太祖赵匡胤，东晋名将祖逖，明代英雄孙承宗、名臣杨继盛，数学家祖冲之，地理学家郦道元，文学家刘歆，戏剧作家关汉卿、王实甫以及义和团首领张德成等。作为历史人物，他们在不同的历史时期，为华夏文明和历史的发展做出了巨大的贡献，他们的所作所为不仅体现了中华民族顽强奋进、锲而不舍的思想品格，也展现了保定人民慷慨悲壮、威武不屈的精神风貌。

在谱写保定壮丽史诗的同时，我们的祖先还结合自己的生活经历和丰富的想象，创作了大量优美动听、脍炙人口的神话、传说和故事。这是一笔无法估量的精神财富，她宛如璀璨的群星，在浩瀚的天宇中放射着绚丽多彩的光辉。

流传在保定的民间故事浩如烟海，其蕴藏量极为丰富。仅在20世纪80年代的民间文学普查中，保定各县（市）、区编纂的民间文学资料就有上千万字，内容之丰富，范围之广泛，篇目之浩繁，在保定的历史上还不曾多见。天上地下、山川河流、土特名产、民俗风情，凡是民众生活劳动所涉及的诸多方面，故事卷本中可谓无所不及，堪称保定民间文化的"百科全书"。这些故事有情节、有人物、有来因、有去果，形象生动，结构完整。就是这些看起来挺不起眼的口传心授的民间故事，千百年来不知曾点燃多少民众的爱恨情仇，曾融化多少民众心中的坚冰。它如同一股清凉之风，吹散了民众心中的阴霾，扬起了民众心中的风帆。

流传在保定的民间故事，千百年来之所以能够家喻户晓，久传不衰，我以为主要有以下几个特点。

一、凝重的阳刚之气是保定民间故事的灵魂

历史上的保定地处中原北部，是汉族与少数民族的交界地区，而历代的民族战争大多发生在北方。于是，保定便成了战争的前沿，辽阔的冀中大地便成了战火纷飞、硝烟弥漫的古战场。在天灾人祸、兵荒马乱的磨砺中，在侵略与反侵略的厮杀中，在血与火的洗礼中，保定人民与天斗、与地斗、与人斗，在逆境中抗争，在苦难中求生，从而铸就了一种保定人特有的阳刚之气。

表现之一：不畏强暴，不惧邪恶，勇于抗争，不屈不挠。"荆轲刺秦王""杨家将的故事""民族英雄孙承宗""铮铮铁骨杨继盛"以及"高蠡暴动""五里岗暴动""二师学潮"等故事都从不同的角度反映了历史上的保定人民慷慨悲壮、大义凛然的阳刚之气。尤其是抗日战争的故事，"冉庄地道战""雁翎队的传说""黄土岭大捷""狼牙山五壮士"，这类故事充分展现了保定人民在抗日战争最艰难、最残酷的岁月里，英勇顽强、机智果敢的大无畏精神和他们敢于斗争、不屈不挠、视死如归的思想品质。聆听这些故事，似乎看到了狼牙山上漫卷的红旗，似乎听到了冉庄村头土地雷爆炸的声响，保定人的阳刚之气表现得淋漓尽致。

表现之二：匡邪扶正、豪侠刚直、忠义果敢、疾恶如仇。"桃园三结义""刘备和大树楼桑""张飞和张飞庙""廉颇的晾甲石""武林奇侠孙禄堂"等故事都表现了这一特点。刘关张的故事虽然发生在涿州，但在保定各县均有流传。保定西郊的廉良村据说是赵国大将廉颇的故里，"廉颇的晾甲石"曾在保定广为流传。清末民初，望都县出了一名闻名中外的武林奇侠孙禄堂，当地至今还流传着许多关于他的武艺高强、豪侠仗义、济困扶危的故事。这类传说故事虽然主要反映他们英勇善战、匡邪扶正、豪侠刚毅、疾恶如仇的思想品质，但阳刚之气同样流淌在每个人的血管里。

表现之三：重义守信、侠肝义胆、见义勇为、谦恭礼让。此类内容的传说故事在保定市区的"胡同传说"里非常普遍，其中"荷包营""秀水胡同""唐家胡同""元宝胡同"等篇目中表现得尤为突出。这类故事虽然看不到战场上的炮火硝烟，听不到阵地上的战马嘶鸣，但在人际交往、睦邻关系的处理上表现出的宽宏大度、谦恭礼让、重义守信、侠肝义胆的风范和情怀，同样昭示着保定人淳朴厚道、义重如山的阳刚之气。

二、浓郁的地域特色是保定民间故事的生命

地域特色是传说故事的生命，有了地域特色，人们才感到亲切可信，才感到真实有趣，故事才有生命力。这个特点在众多的人物传说和地方风物传说中尤为突出。比如"杨家将的传说"中，杨六郎镇守倒马关、杨六郎大战祁家桥、杨六郎冰冻遂城、杨六郎大战白石精等。杨六郎镇守的三关，据说"草桥关"就在今天的高阳，"瓦桥关"在今天的雄县，而雄县至今还保留着当年杨六郎为了防御、屯兵、存粮而挖的地道，如今已成为珍贵的文物。故事中提到的这些地名都在我们身边，人们都耳熟能详，听起来更加亲切可信，从而发挥了民间故事的感染教育作用，增强了民间故事的生命力。除此之外，还有许多人物、地名和地方风物传说，同属这一类型。

三、深厚的文化内涵是保定民间故事的根脉

提到保定，人们首先会想到她"深厚的文化底蕴"，而底蕴之深，究竟深在何处？这里仅举一个小小的例证。在保定市区众多的胡同里，有一条叫"荷包营"。胡同里住着一户鞋匠，一户秀才，两家相处亲如手足。一次秀才要出外谋生，便把家中的大事小情托付给鞋匠照看。时间一长，秀才妻子整天无事可做，难免东家走，西家串，游手好闲起来。鞋匠怕有闪失，引起是非，对不起秀才，便提出让她绣荷包去卖。尽管秀才妻子很不情愿，怎奈丈夫不在身边，也无可奈何。实际上她绣的荷包并没有卖给别人，而是全部被鞋匠托人买去了。三年后，秀才回家知道了内情，对鞋匠万分感激。秀才妻子也深受教育，从此更加勤奋。此事传出后，人们都愿意到这里来买荷包，久而久之，这条小胡同就被叫成了"荷包营"。这个故事可说是邻里关系的典范。故事虽然很短，但它厚重的文化内涵却意蕴悠长，千百年来，留给后人无穷的回味和遐想。一滴水可以折射出太阳的光辉，小小的"荷包营"如同从历史的长河中撷取的一朵浪花，折射着保定古城的生活景况和厚重的文化内涵。

流传在保定大地上的民间故事，是保定历史文化的重要组成部分，是一笔珍贵的"原生态"非物质文化遗产，是老祖宗留给我们的不可再

生的文化资源。它蕴含着优秀的文化价值观念和审美观念，凝聚着保定文化的深层文化基因，闪耀着保定历史文化的灿烂光辉，为保定文明的薪火相传发挥着重要作用。

为了保护和传承这些珍贵的文化资源，留住祖先的文化记忆，繁荣民族民间文化，中国民间文艺家协会决定在全国范围内以县为单位编辑出版《中国民间故事丛书》。此举功在当代，利在千秋，体现了国家对民间文化工作的高度重视。在各级领导的重视下，在众多编纂人员的努力下，保定市25个县（市）、区紧跟中央部署，在20世纪80年代编纂的民间文学三套集成资料的基础上，又进一步普查、收集、加工整理，充实提高，完成了《中国民间故事丛书》保定市各县卷本的编辑出版任务。当前，在建设社会主义先进文化、构建"和谐保定""文化保定"的热潮中，此书的编辑出版，对繁荣发展保定市民间文化，保护非物质文化遗产，对加速保定市"文化大市""文化强市"的建设，必将发挥积极的促进作用。

2015年10月

（作者系河北省民间文艺家协会副主席，保定市民间文艺家协会主席）

千年古县赋生机　人杰地灵重传承（序四）

王凯

　　容城县，位于河北省中部，京、津、石三角腹地，北依拒马河，东临白沟市场，南接白洋淀，西承太行灵秀。津保公路、津保高速公路和保津城际高铁横贯全境，保津城际高铁在城区北部设有白洋淀站，地理位置优越，交通异常便利。

　　容城，自汉置县，历史悠久，距今已有2000多年的历史。境内"上坡遗址""南阳遗址""晾马台遗址"揭示了这片热土上7000年来人脉繁衍的漫长历程。全县总面积314平方公里，耕地34万亩，总人口27.8万，辖五镇三乡、127个行政村。

　　容城是千年古县，人杰地灵。在这片古老的土地上，积淀了丰厚的文化底蕴，滋养了无数志士贤达。宋代"八贤王"赵德芳（一说赵元俨）曾来这里劳军，客死容城，留下衣冠冢"八王坟"。杨六郎曾休兵晾马台，留下神奇"扳倒井"；亦曾大摆忙牛阵，西牛村因此而得名。"容城三贤"更是名垂青史，人神景仰，元朝诗人刘因、明朝谏臣杨继盛、清初大儒孙奇逢，他们的光辉业绩和精神风骨永远是家乡人民的骄傲和自豪。"狼牙山五壮士"中的胡德林、胡福才是容城人民的优秀子弟，抗日英烈，英名永存。

　　在这片古老的土地上，在几千年的历史长河中，我们的祖先以深邃的聪明才智，不仅创造了赖以生存的物质财富，还创造了众多的口传文学。他们出于对故土的热爱，对美好生活的向往，把身边的人和事、自然风物等赋予神话和传奇色彩，经过漫长的口耳相传，形成了优美的民间艺术瑰宝。其中既有革命战争中容城英烈可歌可泣英勇业绩的真实写照，也有历代祖辈相传美丽动人的传奇故事。这是劳动人民智慧的结晶，这是民族传统文化盛开的绚丽花朵，也是祖先留下的价值无穷的文化遗产。容城县文联根据中国民间文艺家协会关于出版《中国民间故事丛书·河北保定·容城卷》的工作要求，积极组织各方力量，在全县范围内挖掘、搜集整理出一大批珍贵的文化遗产，辑印成书。丛书分为传说（人物传说、风物传说）、故事（生活故事、革命故事）和笑话三个板块，共计121篇18万字。这部《中国民间故事丛书·河北保定·容城卷》的编辑出版，但愿有益当代、惠及子孙。为了延续历史文脉，传承优秀文化发挥更大的作用。为打造容城的地域文化特色，加强文化名城建设，推动社会经济的发展，打开了一个民族传统文化的窗口。

2017年4月1日，党中央、国务院决定建立雄安新区，范围包括雄县、容城、安新三县及部分周边地区，是"千年大计，国家大事"。容城县作为新区的一部分将迎来跨时代的变化和飞跃的发展。2018年，随着雄安新区规划落实和大规模的建设，一些村庄街道、地表景观、历史陈迹必将拆迁消亡。为此，新区境内古老村庄、风土人情、历史文脉的传承和优良文化传统的发掘延续，受到党中央和新区管工委的高度重视。千年古县赋生机，人杰地灵重传承。为此，这部《中国民间故事丛书·河北保定·容城卷》，承载着容城这个千年古县及历代民生的历史沧桑和勤劳智慧，必将为延续雄安新区的历史文化和弘扬优秀民族精神发挥积极的作用。乘借着雄安新区建设的东风，在延续燕南赵北的历史文脉进程中，必将飘逸出沁人心脾的馨香，发挥出催人奋进的积极作用！

（作者系中共容城县委宣传部常务副部长）

2019年9月10日

传说

人物传说

故事

生活故事

风俗故事

革命斗争故事

笑话

中国民间故事丛书

河北 保定

容城卷 傳說

人 物 传 说

刘因的传说

采录：王连成（县文联主席）

神马送儿

刘因是"容城三贤"中的头一位，祖居容城县沟市村，世为儒家，出生于南宋淳佑九年，蒙古海迷失后元年。

刘因的父亲叫刘述，宋时曾在武邑做过县令，因病辞归故里。在刘因出生前夜，其父刘述梦见一位神人骑着一匹白马，载着一个小儿来到他家，神人说："好好养育这个孩子，定能成大器。"一觉梦醒之后，妻子果然生了一个又白又胖的儿子。刘述时年42岁，老来得子，非常高兴，想到刚才的梦境，就给儿子起名曰骃，字梦骥。后改名为因，字梦吉。

刘述的妻子是定兴人，姓杨，非常贤惠。夫妻俩尽心尽力地养育这个宝贝儿子，真是顶在头上怕摔了，含在嘴里怕化了。父亲刘述对儿子更是万分地疼爱，专心教育培养儿子。他常说"人生无子则已，有子必令读书"。每日精心教儿子读书，习字。

刘因幼年天资卓绝，在父亲的精心教导下，3岁就能识字，日记千言，所见文章都能朗朗诵读。6岁能吟诗，8岁能写草书，所见者啧啧称赞。10岁能作文，落笔惊人，被夸为"小神童"。后来拜南宋名儒砚弥坚为师，亲聆大师教诲，学业大进。初习经学，后研究程朱理学。30岁时就成了元初北方有名的大学问家。

不召之臣

元朝初年，年轻的刘因学识渊博，声名远播，一些士大夫经常在朝野间传扬他的品德和学问。刘因性情正直，不随便与人交结，虽家境贫寒，但非正当财富则一概不取。在家开馆教学，对于来求学的弟子，因材施教，皆学有成就。凡公卿路过保定，闻刘因之名，前来拜见，刘因大多谦逊回避，不了解的人以为他高傲，他也不去计较。他很欣赏诸葛孔明"静以修身"的名言，把自己的住所名之为"静修"。

当时朝廷急需汉学人才，宰相不忽木深知刘因才学人品均优，积极举荐于朝廷。至元十九年，刘因奉召入朝，被封为承德郎、右资善大夫，并奉命在宫中建学，侍从春坊，教近侍子弟。一个平民百姓一下子成为朝廷官员，成为轰动一时的大事。不久，刘因因母病辞归，第二年母亲去世，守丧于家。至元二十八年，元世祖又征召他去做集贤学士，他以病坚辞不就。此后一直过着清贫生活，依靠微薄的贽礼赡养继母。至元三十年刘因病逝，葬于沟市村拒马河南岸，其墓园就在后来被列入容城八景之一的"贤冢洄澜"。元世祖钦佩他的骨气，称他为"不召之臣"，谕赠翰林学士、资政大夫、上护军，追封容城郡公，谥号文靖。

破解天书

有一年，刘因在朝廷的一位大官员家教书。一连好几天，见大官员下朝来总是闷闷不乐，便问："老爷，近日来为什么总是愁眉不展，有什么心事吧？"老爷长叹一声说："不说也罢，你就是知道了也不过是跟着我犯愁，又有什么办法呢？"刘因说："老爷说出来总比闷在心里好，说不定我还能为老爷分忧解难呢。"老爷见刘因问得恳切，才把心事说出来。

原来，前几天有个边远国家派使者送来一部让人难解的怪字神书，请本朝来解。那使者傲慢得很，扬言说："如果无人看懂这部神书，以后就别想再让我们来进贡称臣了！"为此，皇上急忙召集文武大臣上殿来解这部书。几日来，一些大臣因为解不开这部书，有的丢了官，有的被贬职，还有的被杀头。满朝文武惶惶不安，都怕皇上让自己来解这部书。刘因听罢，说："老爷，您能否把我带上金殿，让我去解读那部怪书呢？"

老爷说："不可。如今满朝文武，都怕皇上让自己去解书。你要是去了，解得了还好，要是解不开，就会犯下欺君之罪，要被杀头呀！"

刘因说："这是关系到我朝尊严的大事，我绝不能躲在一边，让那使臣讥笑我朝无人呀！老爷，你就把我带上朝去吧，我情愿冒杀头之罪，也要去看一看那部书是怎么样的难懂难解。"老爷被他这一片为国分忧之心深深感动了，第二天上朝，就赶忙把刘因自荐上朝解书一事奏明了皇上。皇上非常高兴，当即传旨让刘因上殿。

刘因奉旨来到金殿，翻开书一看，心中暗道："这有何难？"原来刘因自幼聪颖好学，又有学识渊博的父亲精心辅导，不仅精通儒家著作，而且对当时边境的异族文化也深有研究。于是上前启奏道："禀皇上，此书文字乃西域文字，臣能看懂，请皇上安坐。听臣把此书的大意说给皇上听。"接着，他一口气把书的大意解释了一遍。坐在一旁等着看笑话的那位使者听得目瞪口呆，心想元朝真有能人，于是再也不敢傲慢了，急忙离座，给皇上磕头赔罪说："大元人才济济，我们情愿称臣。"

皇上龙颜大喜，问刘因是什么官职。刘因回答："臣无官职，只是一名秀才。"皇上当即加封他为右资善大夫。

民间细说杨继盛

讲述：杨四合（杨继盛十四世孙）
　　　杨同全（杨继盛十五世孙）
采录：曹宏君（退休教师，《容城县志》主编）

明朝嘉靖年间，容城县北河照村出了一位以直谏而著名的官员杨继盛。他上书皇帝，揭露严嵩罪大恶极的行为，却被严嵩陷害致死。直到今天，在容城县民间还流传着很多关于杨继盛的故事。

幼年联对

杨继盛，字仲芳，号椒山，生于明正德十一年，明嘉靖丁未科进士。幼年时的杨继盛生活并不如意，7岁丧母，在继母的叫骂声中长大，从很小的时候就开始帮大人干活，每天放牛，不能入私塾读书。

当时村里有位老先生，办起一家私塾，杨继盛每天放牛都从这私塾旁边经过，听着传出的读书声，他很羡慕，于是就回家求父亲让他也去读书。父亲开始不同意，但在杨继盛再三恳求之下，终于勉强答应了。不过父亲规定他只能半天读书，半天放牧。这样渴望读书学习的杨继盛终于在8岁时正式入私塾，开始边牧牛边听学。

杨继盛虽入学比别人晚，但他认真刻苦，学习成绩一点不差。有一天，来了一个年纪较大的学生。私塾先生看见这么大年纪的人也来求学，就出了一个对子相嘲："老学生。"谁知话一说完，就被坐在一旁的杨继盛不假思索地接过来："小进士。"那位嘲笑老学生的先生听后，大吃一惊，说："此儿小小年纪，竟这么聪明，将来必有出息！"还有一次，先生外出办事，顽皮的书童们玩起了"布阵对仗"的游戏，不一会儿，大家都卷进去了。他们玩得正开心，先生突然出现在门口，大家纷纷躲到桌凳后面。老先生看学生不认真读书，很是生气，便喝令学生们按个头大小排成一排跪在地上，然后说道："今天我出个题，要你们对句。上句是'藏形匿影'，从排头起对下句，对不上来的，我就不客气了！"排头几个个子大的，都因没有对上来而挨了打。杨继盛在书童里个子小，排在最后一个，他见同伴们挨打，心里不忍，禁不住把早已想好的联句说了出来："显姓扬名。"先生见有人违反纪律，顺着声音怒目看去，却是排在最后、入塾没几天的杨继盛。他细细一琢磨这个对句，觉得很不错，连连称赞道："好对！好对！"于是，就免除了对学生们的惩罚。

杨继盛巧对联句的事传到他父亲的耳朵里后，父亲暗自高兴，可又将信将疑，于是就想找个机会试一试他。这天中午，杨继盛的家里来了位会卜卦算命的表叔，父亲叫继盛去打酒，他一面拿钱一面说："无酒乃穷主。"杨继盛听出这是有意在考自己，就不假思索地说出下句："有子为名臣。"父亲听了，相信自己的儿子果真有才华。坐在一旁的表叔，看了看杨继盛说："这孩子双眉带彩，二目有神，以后必成大器。"杨继盛的父亲听了心里更加高兴。从此以后，杨继盛可以专心去上学，不用再天天去放牛了。

杨继盛11岁时，父亲去世，杨继盛只能时断时续地读书。农忙了，白天参加劳动，晚上就在场院里搭的"团瓢"里，点着油灯彻夜读书。冬季里农闲了，他或是冒着风雪严寒去寻贤问师，或是在不动烟火的文庙社学里，与几个志同道合的青年"会文"。借住在僧房，与僧人一起用餐喝粥，一旦僧人外出，便要自炊自食。晚间读书，灯油燃尽，就借着月光或雪的反光读书。燃料缺乏，入睡后常常被冻醒，腿肚子抽筋，只好起来跑步，直到身上暖和为止。

也许正是学习机会得来不易，杨继盛非常刻苦努力，取得了乡试中举入国子监的佳绩。明嘉靖二十六年，杨继盛考中进士，授南京吏部主事，正式进入仕途。杨继盛曾留下了《椒山期会荆川子》的诗句："杨子怀人度洋子，椒山无意合焦山。地灵人杰天然巧，瞬息神游万古间。"这是杨继盛与唐荆川约会于焦山有感而发的。

音乐奇才

在很多人眼中，杨继盛是位敢于直面腐恶势力、勇斗权奸的大英雄，是位善写文章、文采十足的儒者，是位不计个人得失、爱民、护民的善者。但很少有人知道，他还是一位难得的音乐奇才。

杨继盛34岁那年，跟当时的南京兵部尚书韩苑洛学习律吕（音乐知识），仅三个月时间就悟出了很多门道。他感到，研究音乐，不能停留在字面和口头上，还必须自己制作乐器，进行演奏，使各种乐器的声音和谐动听，这才算学到家了。于是，他自己置办了斧、锯、刀、钻以及桐、竹、丝、漆之类的工具原料，利用工作之余，悉心钻研，先后成功制作出管、琴、瑟、箫、笙、埙、篪等诸多高难度、高质量的演奏乐器，从而得到韩苑洛老师的夸奖。

有一天，韩苑洛老师找到杨继盛，让他制作一件"十二律之管，每管各备五音七声，各成一调"的乐器。起初，杨继盛有些为难，老师就鼓励说："这事确实很有难度，但我知道远古时代的伶伦（相传为黄帝时代的乐官，是中国古代发明律吕、据以制乐的始祖）并没有什么参考就能做出那么好的乐器，现在对你来讲，既有前人的经验可循，又有你自己超人的天赋，努努力，一定能够做成。"得到老师鼓励后，杨继盛便暗下决心：一定要做成并做好这件乐器！为此他把自己关在小屋里，苦心思索，反复试验，简直到了废寝忘食的程度。

一天夜里，杨继盛做了一个奇怪的梦，他梦见大舜（传说中的圣王）坐在高堂之上。他刚想近前参拜，却发现大舜身前的桌案上还放着一口金钟。大舜命令说："这是黄钟，你可敲击！"于是，杨继盛便拿槌连击了三次。就在这个时候，杨继盛醒了。他回忆着刚才那神奇的梦境，忽然觉得好像悟出了什么，就赶紧把妻子叫醒，点起油灯，找出竹管与锯钻，借着"圣人"的启示，凭着自己突发的灵感，又做起了老师布置的那件乐器。就这样，到黎明时候，六管做成了，再到晌午之前，十二管便全部完成！为此，老师极为高兴，并发自肺腑地夸奖说："在刻写记录音乐大事的那天，一定会有九只吉祥的大鹤在院里飞舞，这都是你的功劳啊！"

从那以后，"音乐奇才杨继盛"的美名便首先在南都（今南京），继而在全国更多的地方流传开来。后来，他精心制作的一些乐器成为名流人士和官宦之家世代相传的珍贵之物。

时隔350年以后，在北京荣宝斋公司的拍卖会上，一张来自郑板桥家乡的明代"寒泉漱石"稀世古琴，非常引人注目。这张明琴为仲尼式，全长121厘米，制于明嘉靖年间。乐器行家经反复鉴定考证后认定，这张琴竟是杨继盛亲手所制，后被清代著名画家、扬州八怪之一的郑板桥珍藏，才有幸保存下来。

狄道"杨父"

杨继盛任兵部员外郎时，蒙古首领俺答汗数次带兵入侵明朝北部边境。当时奸臣严嵩的死党大将军仇鸾以开马市为名，与俺答勾搭求和，极大地损害了朝廷利益。杨继盛赤心报国，仗义执言，上书嘉靖皇帝《请罢马市疏》，力言仇鸾之举有"十不可、五谬"。严嵩庇护仇鸾，怂恿皇帝将杨继盛问罪。杨继盛遭酷刑几死并被贬谪狄道（今甘肃临洮县）典史。

杨继盛初到狄道时，县令和同僚知他性格耿介，必不好相处，都敬而远之。县令也不忍将琐事交他去做。于是，他主动找到县令李鱼泉说："岂有日食禄而不事事者！"不久以后，人们发现他其实是一位谦谦守礼而且学懿行懿的儒者君子，于是大家开始亲而近之，敬而师之。很快，有50名县学生员向他拜师求学。他拿出自己的薪俸，买下超然台（传为当年老子飞升之地），修建超然书院，日夜给学生讲习汉儒文化知识。杨继盛很快在狄道名声大噪，很多祖辈不通汉儒文化的少数民族家庭的孩子也纷纷前来拜师求学。教室不够用了，他就在城里园通寺设立仰分校，又招学生一百多名。为解决办学费用和学生食宿费用，他拿出了自己的全部俸禄，卖掉妻子的首饰和自己的乘马，买下两千亩地，一半分给学生家庭耕种，另一半租给当地农民，所收的租子由四个老成学生管理，除学杂开支和学生食宿费用以外，剩余部分全部用于资助学生家庭，自己则分文不取，和妻子过着极其简朴的生活。

这年的中秋节，杨继盛一家在院中赏月。次子应箕依偎在母亲怀里，吵着要吃月饼，母亲张贞对孩子说："咱们家现在没钱买月饼了，所有的钱都被你爹拿去办了学校，连娘的首饰都被拿去变卖了。"杨继盛安慰夫人和儿子说："等这里的人们都富足了，我们就会有月饼吃了。"此情此景，被早已隐藏在花丛之中的苗生耳闻目见，深受感动。原来他是严嵩派来监视杨继盛的爪牙，今日见此情景，非常愧疚，方知杨继盛确是一位忧国忧民、为民造福的好官。他惶恐不安地走出花丛，跪倒在杨继盛面前，坦白了自己的身份，揭露了严嵩老贼的险恶用心，表白了自己对杨大人的敬重之情。后来，苗生成了侍奉杨继盛的忠实仆人。

杨继盛在狄道期间，还帮助县衙查田亩、造籍册、平徭役，革除富户赋轻、贫户反重的弊端；他不怕打击，敢于禁止上司官吏垄断粗布市场，千方百计维护百姓利益；他只身冒险深入番地，凭借个人魅力解除煤山禁忌，解决数县边民的烧薪困难；他身体力行，亲自带领百姓兴修水利、疏通河道、便民灌溉；他支持妻子向当地妇女传授纺织技术。狄道人民的道德意识、社会生活发生了很大的变化。

杨继盛在狄道一年多的时间，为黎民百姓办了许多好事，深受当地人民的拥护和爱戴，男女老幼都尊称他为"杨父"。杨继盛奉召离开狄道时，数千人偕老带幼，送别十里之外，依依难舍……

嘉靖拜尸

"浩气还太虚，丹心照万古。平生未了事，留与后人捕！"

这是杨继盛的临刑诗，也是他留给后人的千古绝唱。十月初一，天空乌云遮月，大地尘沙飞扬。可是从刑部大牢到西市刑场的十里长街上，却人潮涌动，万人空巷，京城军民"簇簇争看员外郎"（杨继盛生前两任兵部员外郎）。人们在沿途街道旁提前摆好酒食，等待囚车过时，给他们心中的锄奸英雄饯别送行。囚车中的杨继盛虽然经过三年牢狱严刑的摧残，自行割掉了因刑伤而腐烂的腿上大筋和十斤腐肉，但这位铮铮铁汉仍能威风凛凛地站立在囚车之中，一路引吭高吟其千古绝唱，还时而向敬酒送行的军民抱拳示谢，做最后的诀别。

监刑官蒋燉是一位与杨继盛素未谋面的御史，三天前才来京城述职，即被指派作主监刑官。当他得知今天斩杀的人中有忠谏杨继盛时，再也忍不住内心的激愤，嘱咐手下看好人犯，等他回来，然后骑上一匹快马，直奔皇城左顺门而去，向宫内递上他在沿途借用纸笔写下的《缓刑疏》，为救杨继盛做了最后一次努力。然而，最后还是得到和杨继盛夫人《请代夫死疏》及张万纪《救杨继盛疏》同样的结果，严嵩批复："本不上奏。"无奈之下，蒋御史挥泪策马赶回了刑场。

午时已到，蒋御史向杨继盛注目道别，含泪扭头抛下令牌，三声大炮响过，杨继盛和张洛等被斩杀于刑场。

突然，天空炸响一声惊雷，地面卷起一阵腥风，人们惊奇地看到，刑场上张洛等人的尸体均已倒在血泊中，而杨继盛的无头尸体却依旧傲然跪立，巍然不倒！一团紫气冉冉笼罩住尸体，久久不散。刑场四周的人群中，哭泣声、咒骂声此起彼伏，为他们心中的英雄惋惜，怒骂严嵩老贼残害忠良，必遭报应。史书对这段情境的描述中，这样写道"天为之怒，地为之震，天下为之涕泣"。

杨继盛法场被斩，尸体直立不倒，使得原来就为杨继盛抱不平的次辅徐阶有了话说。徐阶向嘉靖皇帝进谏说："万岁，杨继盛被斩后尸体不倒，可见死得冤枉。"嘉靖说："啊，会有这种事！"徐阶又说："万岁若不信请亲到法场看看。""真是大胆，难道你还敢戏弄孤王不成？"还没等徐阶把话说完，嘉靖就大发雷霆。嘉靖此时正在练长生不老之术，最忌讳有人冲撞他。就在这时，监斩官也神色慌张地跑进宫来，禀报说，杨继盛的尸体被他的家人收敛到牛车上后，仍然不倒。在场官员一听，无不对皇上宠信奸贼严嵩、残害忠良表现出愤恨和不满。

嘉靖皇帝本来就迷信神鬼，一听说杨继盛被杀后尸体真的不倒，心里便害怕起来。他暗想：如果这杨继盛的魂灵找进宫来，那该如何是好？于是嘉靖赶紧对徐阶说："徐爱卿，快伴孤王前去拜祭。"监斩官提醒说，牛车拉着杨继盛的尸体，已经出城去了。嘉靖皇帝就走到宫门外，向着杨继盛灵车走的方向拜了三拜，徐阶看嘉靖还真有些诚心，就又说："杨椒山忠魂在天，万岁须反躬自问，分清忠奸，端正视听，忠魂方能感恩升天。"嘉靖听了这话，暗想：平日里徐阶和一班官员，总说严嵩奸佞，是"天下第一大盗"，自己却偏听严嵩的话，斩了杨继盛。如今他死后尸体不倒，可见真是冤枉了他！想到此处，嘉靖更害怕了，连忙下谕旨：封杨继盛为天下第一都城隍，赐给金头、银头各一个，高标准厚葬，并答应一定严加查办严嵩。

据说，皇上说完这番话，杨继盛的尸体便轰然倒下了！

杨小姐与《五梅驹》

杨继盛被斩以后，杨夫人料定严嵩老贼不会就此罢休，必然要进一步加害杨家老小。于是，就让杨家小姐女扮男装，骑上老爷留下的宝马五梅驹，带上老爷的血衣，由几个家人护送，奔原籍容城北河照避难去了。

当杨小姐逃出京城，来到新昌（今河北新城）时，天已大黑，人也困了，马也乏了，护送小姐的家人们就想找个地方住下来，可是老远也看不到村庄客店，只是在前方不远处看到了一座和尚庙。在那个时候，女子家是不便去和尚庙留宿的。几个家人都想去庙里留宿，可又谁也不肯去跟杨小姐说。此时，杨小姐见大家确实都已经累到了极致，甚至连多走一步的力气都没有了，就只好摒弃自己的顾虑，毅然向庙里走去。

走近庙门一看，才知道这座庙是法华寺，又名开善寺。出来接待的是位老方丈，是一个身材魁梧、膀大腰圆的大汉，一看就知道是个满身武艺之人。那老方丈把客人引到客房以后，就目不转睛地欣赏起杨小姐骑来的那匹骏马来。他越看越喜欢，就劝杨小姐布施给寺院。杨小姐觉得，这匹马是先父在世时的爱物，是日行千里、夜走八百的宝马，而且生得俊气，它前身五朵梅，后身梅五朵，号称五梅驹。这样一匹好马，她怎舍得出手呢？杨小姐没有答应布施，惹得那老方丈很不痛快。

那老方丈越想越不甘心，竟不知不觉向杨小姐的房间走去，想再劝一劝。可是，那老方丈来到杨小姐住的房间窗前，隔窗向里一望，不由愣住了。刚才他接待的明明是一位翩翩少年，怎么这时他看到的却是一位美貌的少女呢？只见，那女子正面对着挂在墙上的一幅绣像飘飘下拜，一边拜，一边口中念念有词。他再看那幅挂上墙的绣像，不由又是一惊。那绣像上的人不正是自己的好友杨继盛吗？老方丈忍不住一阵鼻酸，开口问房里的小姐拜的是谁的绣像。小姐回答说，是先父杨继盛。老方丈一听说是杨继盛的小女，赶忙说："侄女儿，我是你父亲的好友啊，请你赶快给我开开门，让我进去跟你说说我们的缘分吧！"

　　原来，这老方丈先前也在朝为官，与杨继盛是八拜之交，不料得罪了老贼严嵩，被严嵩一本参倒，废为庶民，便隐名改姓来法华寺出家当了和尚。二人相认以后，痛哭一场，又诉了各自的不幸遭遇。当老方丈听说好友杨继盛已被严嵩老贼杀于菜市口之后，免不了又是一阵痛哭。老方丈咬牙切齿大骂严嵩老贼太毒狠，他发誓，一定要为杨继盛报仇雪恨，他不杀严嵩老贼死不瞑目！

　　第二天清早起来，老方丈送给杨小姐白银二百两，并派一些心腹小和尚把杨小姐一行人护送到了容城北河照村。待严嵩死了多年以后，有人把这段故事编成了一出戏叫《五梅驹》，这出戏曾在很多地方演唱过，就是不能在容城北河照唱。因为这个村杨继盛的后代子孙们，认为这出戏有损杨小姐的名声。

严嵩之死

　　严嵩害死杨继盛以后，嘉靖皇帝开始对他有所警觉。他忽然发现，这个一向言听计从的奴才，竟敢利用至高无上的皇权，借刀杀人，除掉异己，还让自己有苦难言。严嵩这手一石三鸟玩得也太阴险了！为此，嘉靖心里也很不是滋味。而此时，以杨继盛和严嵩斗争为题材的戏曲《鸣凤记》已开始在民间上演。当代题材、真人真事，故事情节真实感人，矛盾冲突激烈昭彰，所以一经公演，便立即引起人们的广泛共鸣，在很短时间里，这出戏就从杨继盛的家乡唱遍全国。一时间全国轰动，舆论哗然，无论男女老幼皆知当朝首辅是残害忠良的奸臣，嘉靖皇帝是无道昏君。在如此强大的社会舆论压力之下，嘉靖只得丢车保帅，依准御史邵应龙奏请，罢了严嵩的官，限时责令返乡；随后又依御史林润奏疏，将流放边疆的贼子严世藩依律正法。那些严氏党羽走卒，也是该抓的抓，该罢官的罢官。严嵩老贼苦心经营20年之久的罪恶集团，一时间土崩瓦解，树倒猢狲散。严嵩带着仅剩下的几个老弱家丁，乘一辆破旧马车，灰溜溜离开京城，打道回江西原籍。

　　严嵩一行刚刚来到前门大街上，就被街上行人发现，人们恨透了这个恶贯满盈的国贼，纷纷放下手中的活计买卖，把严嵩一行围在当街，高声质问责骂，扔垃圾，投鸡蛋，"万人唾骂，几不成行"。严嵩一行如丧家之犬，抱头鼠窜。好不容易摆脱城内唾骂的人群，仓惶逃出永定门，可日已偏西，严嵩此时已成惊弓之鸟，不敢稍停，向南逃窜。傍晚时分，见村边一家小小客栈，吩咐家丁前去联络，打算在这里住下，明日再行。

这个京南村间小店，店主就是本地人，虽然世代以此为业，但也粗知义理，很有正义感。当时他正在厨间为几个住宿客商打理晚饭，见严嵩一伙鬼鬼祟祟，不像好人，于是上前迎住严氏家人，抱拳揖礼，询问来意。堂上饮酒的一位客人认出严氏家人，随口问道："莫非阁老致仕还乡路过此地，何以闹得如此寒酸狼狈地步？"严氏家人唯唯诺诺，不敢否认，只得抱拳答道："确如足下所言，烦店家安排餐饮住处，一应费用绝不敢少！"谁知客栈老板稍一抱拳，冷笑道："想不到当年权倾朝野的严阁老也光顾我这小小乡间客栈！只可惜这份荣耀还是与本店无缘哪！今天小店不仅客已住满，就连饭菜也没得吃啦，请另投一家吧！"家丁明知客栈老板故意推诿，还想再恳求几句，可发现不少人已围了过来，人们鄙视的目光令他们不寒而栗，赶紧跟跟跄跄跑回严嵩车前，与严嵩嘀咕几句，一行人便只好又灰溜溜地继续南逃。而且后边还不断传来难听的唾骂之声："有饭也不卖给严嵩老贼吃！"所幸没人追过来。

无奈之下，严嵩一伙强忍饥饿与劳累，继续南行。直到上灯时分，才见前面村边出现了一座破庙。这庙虽然破败不堪，但勉强还可以遮挡风雨，于是他们进去安顿过夜。

这一行人从早到晚，经历了几场风波，仓惶奔逃，滴水未进，实在是难以忍受，但又怕让人认出，再遭围攻唾骂，就只得派一家丁去附近村中讨要饭食，并嘱咐千万不要暴露身份。半个时辰以后，一位60多岁的老汉提着一罐玉米白薯粥和装着几个玉米饼子、一盘咸菜的篮子与家丁走进破庙，一边进门，一边说道："老汉家道中落，又遭丧子之痛，家中没什么好吃的，几位凑合吃些填饱肚子吧！"一家丁随口问道："令郎何以英年早逝？"老者说道："不瞒诸位，犬子本是京城一名狱官，只因同情忠臣杨继盛并在其医治重伤时掌灯，就被严嵩老贼害死了。近来听说老贼已被罢官，老夫正想明天赶去京城，若能遇见老贼，老汉就是拼了这条老命，也要向他讨个公道，为吾儿报仇雪恨！"严嵩刚刚扒了几口粥饭，闻听老汉此言，吓得面如白纸，金碗掉落于地。老汉见严嵩如此状况，又见落地的是金碗，顿时疑心大起，怒目圆睁，大

声责问道："莫非你就是严老贼吗？还我儿命来。"说着，提起盛粥的
瓦罐，直向严嵩扑去，吓得严嵩连滚带爬地逃出了寺庙。而老汉因为用
力太猛，摔倒在地，昏迷了过去。家丁们草草收拾行装，把严嵩扶上马
车，不敢停留，连夜向南逃去。

经过这几场风波，严嵩一伙惊恐万状，再也不敢轻易下马讨食，又不
敢停留休息，每天忍饥挨饿，担惊受怕。几天后，家丁们也纷纷离去，严
嵩身边只剩下一名年老家丁相随。而且祸不单行，拉车的马匹，也不堪累
饿而死。

也不知走了多少日子，这一天他们走到定兴县境内的拒马河边。严嵩
怕白天被人认出再遭唾骂，就在河滩找了一个沙坑，熬到夜晚，方才上
路。午夜时分，走到北河店村外，只见大路前边，一座高大宏伟的石头牌
坊，牌坊上刻有十个大字："文官下轿，武官下马，拜祭。"旁边一座石
碑，高约丈余，碑上赫然刻着"故中顺大夫，天下都城隍，椒山杨公之神
位"。严嵩见此，惊恐万状，忽闻一声大吼："呔，何处盗贼，鼠窜到
此，还不快快跪拜尊神！"严嵩吓得扑通跪倒，纳头便拜，偷眼观看，只
见牌坊之下，两旁皂吏，右边一人手捧一颗大金印，左边一人背着一把尚
方宝剑；居中一官，身穿藏色蟒袍，头戴一品官帽，方脸短髯，双目如
电，威风凛凛，不怒而威，正是被自己害死的杨继盛！他不敢相认，只得
颤巍巍拜道："罪、罪臣勉庵（严嵩字），单名一个嵩字，承蒙皇上不
杀，取道回乡，窜行到此，冒犯尊神，罪该万死！"只听神官怒声喝道：
"严嵩老贼，你睁开狗眼看看，我是何人？"严嵩不敢正视，连连叩头于
地，哀声告曰："请恕当日权欲迷心，残害尊神之罪！"只听神官大声斥
道："你窃国盗柄20年，卖官鬻爵，贪污受贿，荡废国法，动摇社稷，这
才是你的主要罪行。至于排除异己，残害忠良，你又岂止害我椒山一人！
你恶贯满盈，就是杀你千百次也不为过。皇上不杀你，实有苦衷。如今你
死期已到，还不快快伏法！"严嵩蜷缩于地，再拜道："我的罪恶，尊神
前之《诛贼疏》中，已列'十罪''五奸'之样，老朽俱认不讳。唯尊神
刚才一番训斥，令在下茅塞初萌，痛悔当初高高在上，不感杨公拳拳高义
之心，唯知一心媚上，窃取罔利，加害肱骨忠良，死一百次也难被世人饶
恕。如今我才明白，金钱权力生不带来，死不带去，唯愿快快伏法，以谢
罪杨公和天下百姓！"随后又向天大呼："后世官吏，以严嵩戒！"大呼

数声，倒地身亡。一代巨奸，一缕罪恶阴魂，被打入了永无天日的十八层地狱。

清帝仰贤

杨继盛因正义凛然弹劾严嵩反被杀害的冤案，虽然在明朝隆庆年间平了反，但杨继盛真正受到推崇和重视，却是到了清朝才有的事。

清朝的开国皇帝世祖做了《褒忠录序》和《褒忠录》两篇文章，极力表彰杨继盛忠心报国，正直敢谏，不怕杀头的精神，号召满朝文武向他学习。

乾隆年间，一个叫陈德华的人中了状元。在琼林宴上，乾隆问起陈德华的籍贯。陈说是新安县（今安新县）人。乾隆说："新安和容城是邻县，你和杨继盛是乡亲了！"并且大加赞扬杨继盛。谁知，陈德华却说："万岁所闻杨继盛之事，只不过是演义罢了！"乾隆万万没想到陈德华作为一个新科状元，本应该知识渊博，事理通达，况且又家居容城县近邻，竟会说出这样的话来。他一怒之下，连声斥责陈德华是"败类"，立即让人撤去了陈德华的冠带，传旨将其削职为民，令他拿出在白洋淀的好苇地十顷交于杨家，苇地的收成充作祭祀之用。

直到清末民初，每年的农历五月十七日（杨继盛的生日）和十月三十日（杨继盛的忌日），杨氏家族都要举办纪念杨继盛的宴会活动，吃的用的，大部分出自那十顷苇地。

当地的人们编了两句歌谣：

生前不虑赵文华，
死后不利陈德华。

这赵文华是严嵩的干儿子，也是陷害杨继盛的主要帮凶。

孙奇逢传奇故事

讲述：郑二发（东牛人 71岁）
　　　陈新民（高阳人 73岁）
采录：曹宏君（退休教师 69岁）

容城县三贤之一的孙奇逢是北城村人，家业富裕、仗义豪爽、才高八斗、桃李满天下，史称"北方大儒"。他67岁时南迁河南夏峰，设立学馆"兼山堂"，著书立说，教书育人，门生遍及华夏，在明末清初朝野影响深远。在他的家乡北城村，多年来一直流传着一些关于他的传奇故事。

夜遇仙人"大马猴"

孙奇逢父母去世后，他在坟地盖了几间房子住下，守灵三年。三年中他把这几间房子当教室教孩子们读书识字，晚上给孩子们批改作业，常常改到夜深人静，寂寞时便取出几种小菜喝上二两白酒。

一天晚上，孙奇逢判完作业正在自斟自饮，忽听窗外有人敲窗，还说："我从这里路过，听关夫子讲春秋和你讲的不一样。"孙奇逢一听，外边这个人一定不得了，便说："朋友，请进，咱俩边喝边谈吧。"外边这人说："我长得十分丑，怕你胆小。"孙奇逢说："再丑我也不怕。"说着便去开门，凑近一看，原来是一只大马猴，全身的白毛，两只眼睛还放出神光。孙奇逢当时也是一惊，但很快平静下来，他让大马猴坐下，两人边谈边喝酒，很是投机。从此两人便成了好朋友。时间过得很快，转眼三年守孝期快到了，正赶上这年是北京大考之年。一日晚上，大马猴又来找孙奇逢来谈诗论史。孙奇逢说："今年是大考之年，我守孝期三年已满，正准备上京赶考。"大马猴说："兄弟你先别去，等我去看看天榜，如果天榜上有你，再去也不晚，如榜上无名，去了也白去。"

大马猴说到做到，真的上天庭去偷看天榜，只见关老爷的马童周仓手握青龙偃月刀看守天榜。大马猴从天榜第一行看起，终于在举人榜内看到孙奇逢的大名。大马猴满心高兴，抽身就走，结果被周仓发现，大喊："好你妖猴，胆敢偷看天榜。"于是抢起大刀一路追赶，大马猴使出全身解数逃跑，最后还是被周仓在腿上砍了一刀。周仓怕别人再去偷看，急忙回去继续看守天榜了。大马猴不顾腿伤，跑到终南山隐藏起来，自己采药疗伤。转眼间两年过去了，大马猴心想，自己意外负伤，未能帮得上孙先生，但他毕竟在天榜上有名，现在应该已经是举人了吧，不如趁着自己伤愈去看看老朋友。

一天晚上，孙奇逢正在书房内读书，听到敲门声，便起身开门，见推门进来的正是老友大马猴。孙奇逢忙叫家人布菜斟酒，二人畅谈起来。大马猴便把偷看天榜、周仓赶杀，跑到终南山养伤两年的经历向孙奇逢诉说一遍。孙奇逢看了大马猴的伤疤，深表同情，说自己连累老友了。大马猴又说："我们是真朋友，我刚从终南山来时，见王川老君在打盹，一旁放着一部天书，我去偷来给你看。"说完便不见了踪影。一会儿工夫，大马猴回来了，手里拿着偷来的天书对孙奇逢讲："今晚你一定看完，天亮前我就得送回去。"孙奇逢一见天书万分高兴，他有一目十行、过目不忘之功，天没亮时就把天书看完了，交与大马猴送还王川老君。这也是天分吧，从此孙奇逢学会了天书中的过去未来之事。

千里郑州一日还

孙奇逢能考取举人，朝廷就知道他是个良才。为此，朝廷几次派人请他入朝为官。但他看过天书，已推算出明朝行将灭亡，觉得入朝为官难以施展作为，还不如把自己的学问教于后人，培育安邦治国的人才呢。于是，朝廷的几次征召，他都婉言拒绝了。

一年春天，河南知府因仰慕孙奇逢的学识，不远千里专门来容城请孙奇逢去郑州教书。他考虑再三就答应了。随知府去河南后，孙奇逢很快就名声远扬了。他的学生中，考取功名的不计其数。

据传说，孙奇逢有奇门遁甲、缩地飞腾的神功。他到郑州教学，每天放学后都回容城老家休息，第二天再去河南郑州教学。千里之遥，每日往返，绝非凡人之力。

一天孙先生刚走出家门，对门的王三挑着豆腐担出来，正和孙奇逢碰个正着，王三便问："先生去哪里？"孙奇逢说进城教书，王三便说："咱俩一起去吧。"孙奇逢说，好吧！王三跟在孙先生后边，还像往常那样行走，不多时，俩人便到了郑州。

孙奇逢对王三讲："兄弟，记住我在城北路西胡同里教学，记住胡同口有一大牌楼，卖完豆腐回来找我，咱俩再一起回容城。"王三心里想我每天来城里卖豆腐，卖完我自己能回去，便一路叫卖大块豆腐。河南方言和容城的不一样，人们听不懂王三喊什么，天近傍晚，一块豆腐也没卖出去，王三心想怎么也碰不上每天买豆腐的老客户了呢？这时，正好过来一个当差的，一打听，原来这是河南郑州府。王三又问离保定府有几里地，当差的说上千里。王三吓得全身冒汗，我的妈，这怎么回家呀？正在着急时，突然想起了孙奇逢对他说的话，便挑着豆腐找到了大牌楼，见到孙奇逢后放声大哭。孙奇逢说："三兄弟别哭，耽误不了你晚上做豆腐。"王三说："豆腐还一块没卖呢。"孙先生说："我知道，我学校里有一百个学生，昨天我便说今天给他们吃豆腐，每人一块，学校付给你钱，一文不少的。"王三挑着豆腐进学校，一天做的豆腐果然全卖出去了。

宋献策北城拜恩师

孙奇逢是明末清初的大学者，培养出很多优秀人才，宋献策就是其中一个。宋献策是李自成的军师，原名牛锉子，是容城县西牛村人，常住在河南郑州外婆家。明末北京大考之年，宋献策进京赶考，到保定府住下后，心想顺便到容城县北城村探望一下孙奇逢。第二天起床用过早餐，天未大亮便赶到了孙奇逢家。他进屋后，见老师坐在椅子上，急忙上前跪下磕头："恩师在上，弟子宋献策给恩师请安。"孙奇逢忙吩咐家人准备饭菜，又说："我刚吃完，你自己吃吧。"便又看起书来。宋献策的确饿了，独自狼吞虎咽地吃起来，心想老师也不问我干什么来了，好像没我这个人一样。他吃饱以后说："恩师，今年北京大考之年，我要去北京赶考。"孙奇逢看着书，半晌才说："不去赶考最好，怕是考不上呀！"宋献策心里想，别的老师都鼓励自己的学生去赶考，我这老师不鼓励还泼冷水，但也不敢说出来。家人领他到客房休息，一夜无语。宋献策看出老师对自己太冷淡，第二天一早给老师请了安，便上路直往北京赶去。到了北京住进客店，两天后考期到了，他进入考场，所有考题都在心中，便第一个交卷走出考场，回店休息，等着金榜题名。两天过后皇榜贴出，早有店小二看完，回客店和店老板报告说头名状元宋献策住咱店中。店老板赶忙让小二去成衣铺买回最好的衣服，送到宋献策房中，进门跪下磕头："状元公，恭喜您老人家考取头名状元。"宋献策好不高兴，又回想起恩师的话，幸亏没听老师的话回去，越想越气，便叫店老板派快马报喜去，说只报一个地方，容城县北城村，我的老师孙奇逢家。

　　第二天起早，店老板亲自骑快马来到北城村孙府门前，对家人说："宋献策考中头名状元，特来给恩师报喜。"家人进去报告孙奇逢，孙奇逢说："考不上，给二吊钱打发他回去吧。"家人取出二吊钱给报喜的人，并说道："老先生不接待，说考不上，给你点喜钱回去吧。"店老板没办法，不敢惹状元的老师，拨转马头回北京去，一路在骂："明明考上说考不上，饭不管，喜钱给这么一点，早知这样我是不来的。"第二天朝廷给宋献策送来官服，第三天皇帝要亲自考选状元公。来到殿前，早有老公公喊道："头名状元宋献策跪拜皇帝。"宋献策急忙进前跪倒，三呼万岁。皇帝坐在高高的龙椅上往下看，因龙案高没看见人，便站起身来看，只见匍匐在地的宋献策瘦小枯干，面部丑陋，皇帝心里很是不悦，心想堂堂大明朝状元怎能选这等人呢！皇帝金口一开说道："革去宋献策状元，轰出朝堂。"早有一帮护卫把他连推带搡赶出金銮殿，宋献策气得心里大骂：好你个无道的昏君，你不以才取人，而是以貌取人，我一定推倒你的江山。

　　宋献策回到店中，还清店费，心想难怪老师不叫我来呢，看来老师真有先见之明。第二天起来，带好东西赶往北城村。到了孙府，孙奇逢早在大门外等候，见到老师，宋献策委屈地痛哭起来。孙奇逢好生安慰，并设盛宴款待宋献策。宋献策哪里吃得下去，对老师说："恩师，好他一个无道的昏君，我这口气咽不下去，我一定推倒他的江山。"孙奇逢说："不要这样讲，毕竟我也是朝廷的举人。"

　　第二天用完早餐，宋献策给老师磕了三个头告辞，起程回河南去了。不久，李自成起兵造反，密访有志之士，听说宋献策满腹经纶，很有学问，就请他加入义军。宋献策看中李自成的英雄义气，便帮助他招兵买马，出谋献策。

　　李自成的义军发展很快，"闯王"声威越来越壮，几十万大军所向披靡，明朝军队节节败退。李自成拜宋献策为军师，带领队伍向北进攻。这年10月，大军来到黄河南岸，一夜之间北风呼啸，黄河冰冻三尺，闯王队伍顺利过了黄河，数月之后兵临保定。但是部队一进保定地界，全军头疼不能向前一步，离开保定界便不头疼，中军帐问为什么队伍不往前行，中军探明消息，回禀闯王和军师。宋献策便向闯王说道："扎营吧，我去看看，可能是我师父不叫咱们往这里走。"闯王讲："快去快回。"宋献策骑快马穿过保定，来到容城西门一看，他的老师孙奇逢在西城门楼上披头散发，前面摆好香案，五色纸全为纸马纸兵，一旁放着小袋，里面装着五色豆子，孙奇逢手握桃木剑，正在用法。宋献策急忙下马跪倒在城门下，大声说："老师，不孝学生给您叩头，还请老师指点迷津。"孙奇逢对宋献策说道："我是明朝举人，你反我要保。我也是保定府容城县举人，你千军万马从这里路过要损伤我保定、容城，所以不能叫你们从这里过。明朝气数将尽，但还有两年气数，你可绕道陕西、山西再去北京，两年后必攻克。"

宋献策给孙奇逢叩头谢恩，起身上马回禀闯王去了，和闯王商议后，决定改道向西进攻陕西、山西，果然只用两年工夫，就攻下北京城。

奋勇抗清保县城

明朝末年，朝政腐败，边疆松弛，逐渐强大起来的后金不断乘隙骚扰京畿一带，攻占城池，蹂躏百姓。崇祯二年、九年，孙奇逢率领民众奋勇抵抗，两次打退了金兵，保住了容城。

单说崇祯九年七月，后金的一支军队侵入到京南霸州、固安一带，直逼容城。当时容城县令是新到任的莱阳人刘印（字尤禧），是一个坚持抗金的主战派。他知道北城村的大儒孙奇逢是个满腹经纶的侠义之士，特意拜访，邀请孙奇逢进城协助抵御金兵。孙奇逢侠肝义胆，立即率领包括弟兄侄子在内的族人30多人进驻城内，负责把守县城西北角一带。

容城县城城墙由三合土筑成，城周围3里15步，高2丈，设有西南北三座城门，没有东门。城墙下有护城河，深1丈五尺，宽3丈5尺，三门前设置木桥。

当时，新增高加固的城墙被一场大雨冲刷，坍塌过半。孙奇逢协助县令，动员乡宦绅士募捐，全城乡绅、商户、黎民百姓踊跃捐资，多者数十两，贫者也不下一二两，三天内凑了四百多两，遂雇佣民工抓紧抢修。仅用七天时间，就修好了城池。一时全城上下团结振奋，同仇敌忾，士气高涨。

农历七月二十日，探马报告，敌人的先锋越来越近。孙奇逢将全城文武士绅及守城民众齐聚到演武亭，祭炮宣誓，相期死守，人心踊跃，神气飞扬。无论乡宦绅士还是普通百姓都踊跃参战，各负其责，个个奋勇，人人争先，全城志士充满必胜的信心！

二十二日午后，容城北门外忽然大乱起来，有的人惊慌地呼喊："敌人来啦！"许多妇女惊恐地跑入城内。原来是一小股土贼乘乱掠夺百姓，孙奇逢派守城兵士出城追赶，抓住了几名土贼。守城民众更加警惕，加紧防范。

二十三日，敌人先锋逼近城外二十里。孙奇逢命令封闭堵塞县城南北门，只留西门出入，城上备足炮石及万人敌等神器。二十四日上午，果然有五六十名骑兵自西北疾驰而来，直扑西城。西城上新修筑了藏身的矮墙，尚未彻底干燥。敌人试图从这里打开缺口，守城战士猛抛滚木礌石，几个军官被击中滚落马下，吓得落荒而逃。入夜，敌人四面安营，点点烛光闪烁不绝。

二十五日上午，数百名金兵登上北门外民屋，向北门城头猛烈射箭，孙奇逢指挥城上兵士用砲石、弓弩还击，打得他们不敢露头。到了晚上，四关外喊声、炮声震耳欲聋，城上反偃旗息鼓，按兵不动。敌人不知虚实，未敢妄动。二十七、二十八两日，敌人假意撤离，麻痹城中斗志，却暗中安置密探，探听城内情况。城中人一面严加警戒，一面加紧做饭，让守城人吃饱喝足，枕戈以待。全城人无不奋力，一些老人和儿童主动向城头搬石运砖。

二十九日，敌人又像潮水般聚集城下，旌旗招展，气势凶猛，同时攻打四关。城上奋力抗战，敌军未能得逞。

八月初一日，数千敌兵架设几十架云梯，集中力量攻打南城。从凌晨直到中午，炮声隆隆，箭如飞蝗。城上英勇奋战，争立战功。有的人身虽中箭也不下战场，有的人火烧其面也不逃避，弓弩礌石齐发，个个奋勇当先。几门神威大炮奋力猛轰，敌人死伤惨重，未能前进一步。午后，突然西门炮声不绝，敌人用木车满载席苇膏火等物推向西门，意图火攻。城门本为木制，容易燃烧，形势非常危急。幸好城门外吊桥已断，门内预设一座大将军铁炮，凭借大门的破洞猛烈向外打炮，敌车被打成齑粉，许多士兵落水而死。铅丸飞至数百米外，声势震裂，敌人无法取胜，只能烧毁西关大片民房，而后仓皇拔营逃跑。容城县城岿然不动！

连续几天的守城之战，守城民众精诚团结，浴血奋战。孙奇逢及各门主事者临事镇静，指挥得法，相互配合，大败顽敌。无论是乡绅乡宦，还是平民百姓，人人勇猛果敢，奋勇当先。有人身带箭伤，不下战场，大骂敌人，悲愤抛石，英勇牺牲；有人挥舞大刀，砍杀敌人，大喊关公显圣，鼓舞了人心。

孙奇逢率领族人抗金守城的胜利，表现了他反对异族侵入，誓死保卫家乡的侠肝义胆。在后金强大的势力面前，他毅然率领亲族乡党入城，冒着连绵细雨，抢筑坍塌的城墙，奋勇抗击金兵，保住了容城县城，在历史上留下了光辉的一页。

侠义结识孙承宗

明熹宗天启年间，有个大宦官叫魏忠贤。他与那些奸佞的宦官们结成党羽，把持朝政，残酷迫害东林党人。当时东林党的主要人物左光斗、魏大中、周朝瑞等先后被捕入狱。孙奇逢得知这消息，便冒着极大的危险，挺身营救。先是慷慨致书带兵在榆关的孙承宗，请他利用"枢辅"的身份，设法营救左光斗等人。孙承宗见信后，以边关有事为由，向皇帝请求要回朝"面授机宜"。魏忠贤探知此信，慌忙进宫，趴在皇帝的御床前痛哭流涕，哭诉说若让孙承宗"提兵数万进了京城，奴等就不会有一个活着的了"。年幼的熹宗听信了魏忠贤的话，急忙传旨制止孙承宗回京。魏忠贤奸计得逞，更加肆无忌惮地迫害左光斗等人，诬告他们有大宗赃款，严令限期交出。孙奇逢又冒着身家性命危险，不顾盛夏酷暑，到处奔走，筹措募捐为左光斗等赎命。定兴鹿善继的父亲在这次事件中也出了不少的力。当他们把钱数凑足送到都门，左、魏、周已被杖杀在狱中了。世人在同情左、魏、周，痛恨魏忠贤阉党的同时，高度赞扬孙奇逢急人危难的高尚行为，把他与孙承宗、鹿正（鹿善继之父）并列，誉为"范阳三烈士"。

孙承宗与孙奇逢初次见面，是因为孙承宗的一次见义勇为。

万历二十九年，孙承宗赴易州（今河北易县）参加省提督学政组织的考试。一天夜间在易水河畔散步，发现一个兵痞正在欺负一个柔弱的学童，又打又骂，极尽凌辱。孙承宗自幼仗义任侠，立即上前制止，并询问事情原委。学童向孙承宗哭诉经过，孙承宗非常气愤，怒斥兵痞"恃强凌弱，残暴习性"。这个兵痞见孙承宗身材魁梧，肩宽臂阔，铁面剑眉，电目岳颧，声如鼓钟，殷动墙壁，顿时吓得魂飞魄散，马上叩头求饶说了实话，交代了自己的姓名。孙承宗说要报与官府，兵痞害怕受到惩处，赶紧把学童释放回家。孙承宗见义勇为，当时广为传扬。

恰巧孙奇逢当时也在易州参加考试，听说了孙承宗的事迹，心中很佩服，于是主动会见孙承宗，二人促膝长谈，谈经论学，讲天下事，都觉得志同道合，相见恨晚，从此成为知音。

万历三十二年，孙承宗参加殿试中榜眼。万历三十六年告假从北京回高阳老家，路过容城县，特意登门拜见挚友孙奇逢。但由于孙奇逢正在守孝期间，未能相见。

孙奇逢弟兄"倚庐六载"，感天动地，当时的人们称赞不已，朝廷旌表孝行，这也深深感动了孙承宗，这时他在翰林院任职，特作诗《赠孙孝廉启泰》以褒扬：

> 容城城坳大如斗，今古贤豪萃作薮。
> 静修之修忠愍忠，撑柱乾坤万不朽。
> 行天日月地江河，出奉君王入父母。
> 孝廉崛起两豪乡，手握天常为世纽。
> ......
> 我亲亦未尝君食，帝书日月悬培塿。
> 感君兄弟倍心酸，孝子忠臣天并久。
> 君家兄弟远相传，亭亭玉树师且友。
> 能与朝廷生异人，应得异朝还报厚。

孙承宗在诗中称赞孙奇逢弟兄是孝子忠臣，也是自己的良师益友。

迁辉县魂葬夏峰

采录：曹宏君

明末，后金大兵逼近容城，孙奇逢反对异族入侵，毅然率领亲族乡党入城，冒着连绵细雨，抢筑坍塌的城墙，抗击后金。附近的县城均失陷，独容城未被后金攻破，但明朝大势已去，孙奇逢不得已而率部分族人避走易州（今易县）五公山隐居，教授族内及附近青年读书。1649年，孙奇逢老家的田地被圈占，他带着全家南迁至辉县，在苏门山下百泉湖畔，继承苏门讲学之传统，办书院、立学社、开堂讲道、接引门生。1652年，工部都水司主事马光裕敬佩孙奇逢的为人和学问，将其在夏峰村的土地和房屋慷慨地赠送给他。从此，孙奇逢在夏峰村安身立命，著书立说，兴办百泉书院，广收生徒以教之，讲学论道，直至终老，所以又被称为"夏峰先生"。明清两代统治者，曾先后11次征召孙奇逢出仕做官，都遭到拒绝，因而他被后人美誉为"征君"。

清康熙十四年四月二十一日，孙奇逢逝于河南夏峰，结束了教书著述生涯。同年十月葬于辉县之东原，从祀于百泉之文庙，夏峰、容城有专祠。

胡村"马阴阳"的传说

讲述：杨春荣　段印怀
采录：梁印林

传说胡村有一位姓马的秀才，受仙人点化，对《易经》颇有研究，精通阴、阳宅的堪舆（看风水），以及"八字""六爻八卦""梅花易术""铁板神算""奇门遁甲"等算命术。马秀才以算命、看风水为生，所以人们都叫他"马阴阳"。马阴阳的传奇故事在民间世代流传。

义救奇人

说起马阴阳，他的真实姓名已无据可考。传说在明朝万历年间，胡村一对姓马的夫妇生得一子。六七岁入私塾读书，很是聪明，四书五经背诵如流，尤其酷爱《易经》。提起他的相貌，天生的仙风道骨。年方十六时参加县试，考中秀才，本乡人都称他为"马秀才"。但是在今后的府试中，却屡试不第，所以他心灰意冷，发誓不再考取功名，从此过上了面朝黄土背朝天的农耕生活，闲暇之时便学习、研究《易经》。说起他的人品，在家敬父母，在外睦乡邻。因马秀才识文断字，熟读经书，所以村里常有人求其代写书信、文书等，马秀才也从不推辞，因此在乡间人缘甚好。后娶刘氏为妻，生得三子一女，一家人尽享天伦，其乐融融。

一年夏天，天气炎热得让人喘不过气来，加之烦人的蝉鸣声，马秀才无意午睡，就去村西头庙台旁的大槐树下乘凉。走到庙台一看，有一老者晕倒在大槐树下，马秀才懂一些医道，一摸老者的脉象便知老者中暑了，必须马上抢救，否则有生命危险。

事也凑巧，庙旁就有一口大水井（胡村四大井之一），恰好有人来打水，马秀才借了一个碗，舀了一碗净白凉水，给那个中暑的老人灌了下去，真是立竿见影，那老人一会儿就有了呼吸。马秀才见老人苏醒了，就把那老人扶到自己的家中，又给服了人丹，老人很快就恢复如初，老人在马秀才家休养几天，临走前再三叩谢马秀才的救命之恩，又拿出几本书交给马秀才说：这书是天书，你若有缘就好好学习，把它继承下来，传承下去，发扬光大，造福于民。但是你一定牢记坚守"易德"，不要见利忘义，更不能故弄玄虚，敲诈民财，愚弄百姓，不要以此为己谋私利。要善行天下，富贵要靠世世代代积德行善，强求是得不来的。马秀才连连点头称是，表示决不违背前辈的教诲。

那老人走后，马秀才就像着了迷一样读起了这几本书，足不出户，废寝忘食。那些书有"易经""易传""六爻八卦""铁板神算""梅花易术""奇门遁甲"和看阴阳宅风水的"金锁玉关"。经过几年的学习钻研，马秀才掌握了书中的要领和预测方法。

到底准不准呢？马秀才开始验证。

那年马秀才的大儿媳怀孕了，他预测是男孩，结果真生了一个男孩。

那年六月久旱不雨，马秀才预测本月十三日有大雨，结果真的下了大雨。

总之通过数次不同人和事的预测，绝大部分都是准确的，他心里有了底。

也巧此时马秀才家邻居的段大伯突患重病，把家里人急坏了。马秀才对邻居段大妈说：不要紧，到西边去求医，过几天就好了。邻居按他的话做了，果然几天后好了。

通过若干事例验证，马秀才"知阴阳、识天文"的名声就传遍乡里，求他算命，婚丧嫁娶择吉日，看阴阳宅风水的人越来越多，"马阴阳"的名字也远扬于世了。

后来人们都说那个被马阴阳救的中暑老头是神仙，特地下界点化马阴阳来了。

闭门吃鲤鱼

马阴阳有三个儿子，一个姑娘。三个儿子都已成家立业，姑娘也已出嫁在本村。

马阴阳现在已经上了年纪，很少再出门看风水。有一天，三个儿子来到他的卧室。大儿子开口说："爹您看了一辈子风水，给很多人家都看得很好，有的发了财，有的升了官，现在您也上了年纪不怎么出门了，能不能把咱们自家的风水好好看看？我们兄弟三人都没多大出息，既没发财，更没当官，能不能让您的孙子们出人头地。"

马阴阳闻言，沉思了一会儿说："发财、升官不仅仅是风水问题，还得有德行啊，就怕你们没有那个造化和德行。不信就试试吧。你们兄弟三人今晚子时在院子里用网逮鱼，若逮着一条鲤鱼，就让你们媳妇立即炖熟，让她们姐妹三人插上门，把这条鱼吃完，一点也不要剩下，最要紧的是，任何人叫门也不要开门，一口鱼也不要让外人吃。切记，千万切记。好了，你兄弟三人准备去吧。"

兄弟三人按着父亲的话去做准备，找好了渔网，就睡觉去了，养足精神准备夜间逮鲤鱼。

傍晚兄弟三人都睡醒了，各自把媳妇叫来，三对夫妻聚在一起。由老大向她们姐妹三人说："今天你们晚上不要睡觉，也不要外出串门，在屋里等我们。"

吃过晚饭，姐妹三人到老大的屋子里等待。兄弟三人又把渔网仔细地检查了一次，便在屋里等待子时的到来（从夜十一时至凌晨一点为子时）。为了能捉住一条大鱼，兄弟三人刷牙漱口，摆好香案，供品，焚香，虔诚地跪倒在地，磕头祈祷神灵保佑捉住一条大肥鲤鱼。

左等右等，终于到了子时。于是兄弟三人拿着渔网走到院子里，张开渔网就拉起来，左一网右一网，不用说鲤鱼，就是一个小鲫鱼也逮不着。

兄弟三人心里开始有点埋怨父亲，虽然嘴上没说出口，但心里却想，大旱地怎么会有鱼？

他们正有点泄劲的时候，就听"啪啦"一声，一条活蹦乱跳的大鲤鱼被逮住了。兄弟三人高兴地喊出声："逮住了，逮住了！"忙把网收住，连网带鱼拿进了屋子里。

屋里，姐妹三人正合眼打盹，兄弟三人进屋的脚步声才使她们精神起来。

马阴阳的大儿子开口道："你们姐妹三人听好，我们今天逮了一条大鲤鱼，你们姐妹三人马上把它炖熟。特别注意的是，第一，把大门插好，任何外人叫门也不准开，更不准让他进来，不准让任何一个外人吃一口；第二，你们姐妹三人必须把这条鱼吃完，一点也不许剩下。你们记住了没有？"姐妹三人异口同声回答："记住了"。

兄弟三人安排好就各自回屋睡觉去了。

姐妹三人，有的刷锅，有的抱柴火，有的洗鱼，忙个不停。很快鱼就熟了，那鱼格外的香。放好吃饭桌，盛上鱼，姐妹三人就大吃起来。哪好吃先吃哪，把鱼的脊梁背吃完，再吃鱼肚子的肉，眨眼之间只剩一个鱼头了。正在此时有人敲门，一问是小姑妹来借绣花绷子。古时大、小姑子的家庭地位是高于媳妇的，所以不敢不开门，再说她也不是外人。把门打开，小姑妹进了屋，提鼻子一闻，说："怎么这么香？"三个姐妹回答道："我们吃鱼来，可惜妹子你来晚了，我们把好肉都吃了，就剩一个鱼头了，常言道：鲶鱼尾巴，鲤鱼头最香。妹子你就将就点，凑合着吃点儿鱼脑袋吧。"小姑妹毫不客气，三下五去二就吃了个盆干碗净。姐妹们又说了些闲话，小姑妹就走了。姐妹三人也各自回屋睡觉去了。

第二天吃过早饭，马阴阳把兄弟三人叫到跟前问道："昨天你们逮住鱼了吗？"儿子们答道："逮住一条大鲤鱼。"父亲说："好，你们回屋问问你们媳妇，那个鱼头谁吃了。"

兄弟三人各自回屋去问，过了一袋烟的工夫，儿子们都回来了。老大说："她们姐妹三个把鱼的好肉都吃完了，就剩鱼头了，此时妹妹来借绣花绷子，她们觉得很对不住妹妹，就让我妹子把鱼头吃了。"

马阴阳闻言道："怎么样，我说你们没那个福气，你们还不服。谁若吃了那个鱼头，就会得一个状元之子。真是命也，运也，福禄不可强求也。"

棍打黑铁人

转眼一年过去了。随着时间推移，儿子们的贪心又膨胀起来。这天三人又走进父亲的卧房。马阴阳正在看书，见儿子们来了，就放下手中的书问道："今天你们兄弟三人来必有所求，说吧。"

儿子们便七嘴八舌地说："您整天为这家看阳宅，给那家看阴宅，要不就是批八字，或是择吉日，您怎么不关心自家呢？您给我们兄弟三人算算，就算不能升官，发发财享享福总可以吧？"马阴阳回答说："一家人平安和睦就是福，知足者常乐。君子爱财，要取之有道。人不能贪得无厌。不信今天夜间你们兄弟三人各拿一根棍棒，埋伏在村南小树林邻道旁，夜里十二点后，会路过三个人，你们兄弟三人任选其中一人，用棍棒把他打倒，把他的财物拿回来，选不中的那两人千万不要惊扰。我在家里等候佳音，不见不散。"

到了夜间，兄弟三人各持棍棒来到村南的小树林，选了一处既隐蔽又靠近大道之处等待过路之人。

刚过夜里十二点，在微弱的月光下有一穿黄衣、戴黄帽，肩上还背着一个黄色的双马子（过去人们赶集上店或走亲戚背在肩上用来盛东西的，类似现在的背包，不过是前、后各有一个兜）的人从西沿路向兄弟三人藏身之处走过来。只见那人步履蹒跚，行走迟缓。待那人走到近处一看，原来是个弱不禁风的病秧子，一步挪不了半尺，还一步三摇，有一阵风就能把他刮倒。兄弟三人耳语道：这样的病人能拿着多少财宝？放他过去吧。于是就把他放过去了。

兄弟三人又等了半袋烟的工夫，从西边走来一个穿白衣、戴白帽的人，神色慌张地走着，还悲悲切切地哭，但因身体虚弱走得迟缓，气喘吁吁。老三向二位哥哥说："他们家一定是遇到丧事了，咱们哪能雪上加霜，赶紧放他过去吧。"二位哥哥点头同意，又把这位放过去了。

又等了一盏茶的工夫，在朦胧的月光下，只见从西走来一个黑大汉，一条扁担挑着俩大筐，雄赳赳气昂昂大步流星走来，嘴上还哼着小调。兄弟三人一看，喜上心间。当那个黑大汉走近，兄弟三人不约而同一跃而出，举棒就打，就听"哗啦"一声，兄弟三人一看，地上堆了一堆废铁。于是三人肩背手提，把废铁拿回家。

马阴阳仍在屋里看书，见兄弟三人气喘吁吁，满头大汗，开口问道："你们打的是黑大汉吧？告诉你们，头一个黄人是金人，第二个白的是银人，你们都不打，单打铁人。这说明了人不要贪得无厌，更不要心存不劳而获之想。"

鲤鱼上树

这年，马阴阳七十多岁，已经步入晚年。有一天，他把三个儿子叫到跟前，对他们说："我的阳寿已无多少时日，在我有生之年，你们兄弟三人和儿媳对我很是孝顺，每日问寒嘘暖，咱家平日虽是粗茶淡饭，但我吃得很洳赞（ru zan吃着顺口舒服），最主要的是你们做到顺者为孝，对我从没有过冷言丧语，我知足了。现在我有几句话嘱咐给你们，一定要牢牢记住，千千万万照办。我走后，你们对我不要厚葬，任何寿衣也不要穿，要赤身裸体，一丝不挂。除此，不要买好棺材，用一层薄席包裹，不要求乡亲们抬杠下葬，也不要儿媳们拿香送葬，只要你们兄弟三人轮换抬着，顺着天沟河南走，什么时候看见一人戴铁帽子，一条鲤鱼上树，就在那里挖坑埋了，也不堆坟头。你们一定记住并照办。"

过了一些日子，马阴阳就无病而终了。

三个儿子就商量父亲的丧事怎么办。兄弟三人商量老半天，最后商定，一切照父亲的遗嘱办，但是为了雅观一点，就给父亲穿了一条短裤衩。

一切安排好，兄弟三人就抬着父亲的遗体，出了胡村的西门，往西向天沟河走去。走着走着，天上乌云密布下起雨，兄弟三人冒雨抬着父亲的遗体，沿着天沟河堤南行。走着走着，看见河堤上有一棵歪脖柳树，一个人头顶着一口铁锅，在树下避雨，再在树上一看，一条鲤鱼挂在歪脖柳树上（过去卖鱼的都是用柳树枝穿过鱼鳃从鱼口出来，再把树条一缠，让买鱼人提着走，此法一直沿用到二十世纪五十年代，后才改用塑料袋）。此时老三灵机一动说："大哥、二哥，那人头顶铁锅，把鲤鱼挂在树上，不正是父亲说的戴铁帽子，鱼上树吗？"一句话提醒了二位哥哥：正应父亲之言，还是老三聪明。

于是兄弟三人便把父亲葬在了歪脖柳树旁的堤下。

到了夜间，马家的大儿子做了一梦，梦见父亲对他说："我让你们不要给我穿寿衣，要赤身裸体，你们不听话。从明天开始你天天夜里子时，提一小桶无根（提水时桶不着地的水叫无根水）净凉水，再拿一把槌帚蘸着桶里水，围着埋我的地方转着圈地潲水，一天也不要间断，一共潲七七四十九天，一定要按我说的办。"

天明后，他把夜间做的梦向两个弟弟讲了。三人商量决定照父亲托的梦做。

白天做好了准备，到了入夜子时提着水到埋父亲地方，按父亲托梦说的办法做了，夜里就不再做梦了。兄弟三人天天如此，一月有余。

有一天来了一个南方人，在天沟河堤上走，当走到埋马阴阳的地方见邪气冲天，就对在河边干活的人们说："这地方邪气冲天，对你们村非常不利，不过他还没出世，还有办法驱除，驱除了就解了。"人们听此就问道："如何驱除？"那南方人说："把他挖出来就行了。"

大家闻言就挖起来，当挖出马阴阳的尸体，发现他的上半身已成龙形，那条裤衩已经脱到脚脖子了。儿子们若听马阴阳的话，不穿那条裤衩，马阴阳百日即可成龙。

事后马阴阳又给儿子托梦说明他的心意，告诫他们，不要贪得无厌，人心不足蛇吞象，富贵是可遇不可强求的，并语重心长地嘱咐他们今后要多做善事，辛勤劳动，勤俭持家，忠厚传家，富贵会不求自来。

舞台上的将相

讲述：杨春荣
采录：梁印林

胡村有一个人，大家都管他叫老银子。因老银子兄弟二人都无娶妻，所以现在此家在胡村已无后辈儿孙。但是关于他祖上的一个传奇故事仍在流传着。

相传在清朝年间，老银子的一个祖辈贪得无厌，妄想非非，利欲熏心，占奸取巧，妄想一步上天摘星星，两蹦下海住龙宫，愿望比天高比地大，乡亲们都叫他"二蒋干""蛆糊枣"。

此人天生一副吝啬、奸诈、偷奸取巧之相。他修长的身条，白净的面庞，然而嘴巴上却长着与面相不相称的几绺山羊胡子。他总迈着四方步，用扫帚苗棍剔着牙，边剔牙边嘬着牙花，前探着点身子，略低着头，好像他永远有想不完的心事。与人说话从不直言快语，总是那种难以用语言表达清楚的神秘劲。可能他是想摆出那种高于农民的高雅风度，结果是画虎反成猫，给人一种酸溜溜又带涩味的感觉，让大家不愿接近。

说起他的家境，虽说够不上是骡马成群，腰缠万贯，起码也是"几十亩地一头牛，老婆孩子热炕头"的温饱有余的人家。然而若提起他的为人处事，那真是千人难挑、万人难寻的会偷奸取巧、雁过拔毛的好手，称得上货真价实的"铁公鸡""皮笊篱"。

土地是农民的命根子，这是人人皆知的道理。若谁家与他家是邻居，算倒霉了，他每年都会偷你点地。有人会问，东西可偷，那土地怎么能偷？可是他有高招。农民有一个习俗，就是每年秋季收了庄稼，到秋后农闲时都要把地秋耕过来，以利冬季风化、冻死虫害。当你家秋耕后，他家再秋耕，插犁时他外插犁（犁都是往里翻土的），这样他就能偷邻居一犁地（约五寸）。

若街上来了卖瓜果、蔬菜的，如卖韭菜的人，他一看若是外乡人，便笑眯眯、乐呵呵地叫住卖韭菜人说要买韭菜，嘴里说着这又不是什么值钱物，什么多点少点的。卖菜人大都有一种心理，就是你越不计较重量，他越多给些。然而他拿回家后，便拿出一绺韭菜，再出来找重量，说给得不够。卖菜人虽心里明白，也只好哑巴吃黄连，再给他一绺。

以上两事可见他人品之一斑，话归正传，下面这个笑话主要说的是他妄想让他家出帝王将相的故事。

此人结婚后，妄想要生几个能当帝王将相的儿子。

为了实现梦想，他便到处寻找最好的风水先生。左找右寻，终于找到一个人送绰号"赛阴阳"（马阴阳）的风水先生。于是"二蒋干"就找到那个风水先生讲明了自己的想法："请您给我看看阴阳宅，让我的儿子们，一个当宰相，一个当尚书，我家门前竖旗杆。"那个风先生听了有些犹疑，"蛆糊枣"见状，接着对"赛阴阳"说："我多给卦礼（看阴阳宅、算命的费用称卦礼）。"二人协商好了卦礼的具体数字，"赛阴阳"答应了给他看阴阳宅。定好了时间，"二蒋干"雇了一辆小车子就把"赛阴阳"接到家。

好吃好喝，酒过三巡，菜过五味，"赛阴阳"酒足饭饱，又喝着茶水休息了一会儿后，"蛆糊枣"用小车子拉着"赛阴阳"先给他看了坟地（阴宅）。回到家后，又给他看了阳宅，并约定落实后再付重金。

后来人们说，若站在远处看"二蒋干"家的坟，可看得见坟头上有纱帽翅颤抖。

"二蒋干""蛆糊枣"一连气生了三个儿子。长大成人后，大儿子进了上海京剧院，在戏中不是演"八贤王"就是演"寇准"，最低也扮演"杨六郎"。二儿子学了剃头匠，整天担着剃头柜子各村串。

过了些年，"赛阴阳"第二次来取卦礼。"蛆糊枣"一见"赛阴阳"便火冒三丈说："你还来要钱，这是看得个屁风水，我家既没出将相，也没竖旗杆，你不来我还要去找你算账去呢。"

"赛阴阳"闻之慢条斯理地问道："你大儿子干什么？""二蒋干"答道："演戏。""赛阴阳"接着问："他扮演什么角色？""蛆糊枣"又答道："不是演八贤王就演寇准，要不就演杨六郎。""赛阴阳"说道："八贤王是'王'，寇准是'相'，杨六郎是'将'，这不是帝王、将、相，一个也不缺吗？再说旗杆，你家也立了，你二儿子的剃头柜子上不是高高竖着一根杆，飘着盉刀条子，这不正是旗杆吗？"

"二蒋干""蛆糊枣"被问得哑口无言。

风水先生"赛阴阳"这才对"二蒋干""蛆糊枣"说了下面一番话：一个人不要异想天开，贪得无厌，投机取巧。要多做好事，行善积德、才能多吉庆，积恶人家必多灾厄。不要妄想有了"风水宝地"就会升官发财。

段二爷的传说

采录：梁印林

蟒牛河红眼堤

从前，胡村有个段二爷，他有不少传奇故事，世代相传。

段二爷修长的身材，不胖不瘦，五缕长髯飘散胸前，慈眉善目，天生一副富贵相。平时看不出他和乡亲有什么特殊之处，除逢年过节走亲访友时穿的是绫罗绸缎，平时也是粗布衣衫，冬天腰间系一条黑褡包，根本看不出他是一个大东家。

段二爷武功高超，十个八个小伙子也上不了他的前，但他一贯以武德为宗旨，从不炫耀自己武功多么高强。同时，他也告诫自己的徒弟们不要以武欺侮人，要以武会友，与人发生争斗，只许挨打，不许打人。

段二爷田园百顷，骡马成群，是方圆百里内的富裕人家，但从不花天酒地，平时经常与长短工同桌共餐，早饭只是买个火烧夹根油条，在扶贫济困方面他却从不吝惜。灾荒之年，他在"天齐庙"旁搭设粥棚，供没饭吃的穷人喝粥。乡亲谁家遇事需要钱，可先拿钱，然后再打短工补上。

平时在他家门前总是拴着一头牛和一头驴，谁家耕地无牲口，可牵了牛去使，用后不必喂草料，送回就可。驴是让乡亲拉磨用的，随便使用，同样不必喂草料，用后牵回去就可以了。由于他乐善好施，不欺压乡邻，所以大家尊称他为"段二爷"，因此，那些年间段二爷显赫一方。

有一天，段二爷起早背着粪筐溜达，把粪筐放在"天齐庙"门外，准备到殿里去看看。走进大殿，只见一个小伙子躺在地上昏迷不醒。此人身穿长袍，头戴书生巾，身旁还放着一把雨伞和一个书箱。虽然面容憔悴，但仍然难以掩饰文雅的书生气。段二爷弯下身，用手一摸他的头，顿时感到滚烫。段二爷心想，他高烧病得不轻，必须立即治疗，否则将有生命危险。想到这，段二爷把书生背起来，一溜小跑背回到自己家中，立即吩咐下人去请大夫。

大夫给小伙子把脉后说："他病得可不轻，如果不是遇到二爷搭救，恐怕将有生命危险。"随后，大夫接着说："他是受到惊吓，又遇到风寒，肝火攻心。不过。虽然病重却并无大碍，只要吃点药，再休息几天就能痊愈。"说完，大夫开了药方，段二爷派人跟着先生去抓药，随后把小伙子安排在一间清静的房间，扶他躺好，盖上被子，并留下一个心细的老妈子陪护。

第二天上午，小伙子退了烧醒了过来，见自己在一间清静的房间，床上是干净的被褥，旁边还有一个年过五十的妇人，于是便问道："老妈妈，这是什么地方，我怎么来到这里？"老妇人便把经过向书生讲了一遍。书生听完忙下床说："老员外在哪里？我要去拜谢恩人。"老妇人说："公子稍等，我去请二爷。"说完便走出房门，去请段二爷去了。

段二爷进了卧室，老妈子向书生介绍说："这就是救你的二爷。"书生立即倒身下拜，连称救命恩人。段二爷忙把书生扶起来，问道："听公子口音不像本地人，你怎么来到这里了呢？"书生忙答道："我是浙江人，准备进京赶考，半路遇见劫匪，他们抢走了我的银子。逃命时我们主仆也散了。我又累又饿，看到那座寺庙便想进去想歇一歇再作打算，没想到后来不知不觉我就晕了过去。幸亏二爷救我一命，今生报答不了，来世当牛做马也要报答您的救命之恩。"

段二爷忙说："公子不要着急，到这里你就像到了家一样，先安心养病，等病好了，身体康复了，咱们再说。"经过数日静养，书生很快就康复了。

一天，段二爷又来看他。书生再三叩头谢恩，随后提出说要走。段二爷说："公子考期还有多长时间？"书生答道："还有三四个月，这里离北京已不远了，最多五六天就能走到北京，我姑妈家就在北京。"段二爷说："好吧，我给你一些盘缠，派人再送你一程。"第二天，段二爷给了书生盘缠，派了一个下人陪同书生上路。

过了一年多，突然有一天，外面铜锣鸣响，知县、知府陪同，前呼后拥一个八抬大轿进了胡村，向段二爷家走来。轿到门前，从轿里走下一位头戴乌纱，身穿蟒袍，腰系玉带的大官，见到二爷后，那个大官倒地便拜："年伯，救命恩人别来无恙，我是您救的那个晚生，现在来看望您了。"

段二爷赶忙把那位大官让进客厅，分宾主落座。那位大官又要跪拜，段二爷忙拦住，吩咐下人摆上茶果。那位大人说："上次离开贵府后，我顺利到了北京姑母家，秋后开考中了状元，现出任保定总督，今天特来谢拜年伯。"段二爷答道："区区小事何足挂齿，急人所难、救人危难是每个人都应该做的事。"大官听后连连点头，接着问段二爷："年伯，您有什么事情需要我办吗？"段二爷略沉思后说："现在年景不好，乡亲们税赋又重，您能否减轻一些呢？"大官说："好吧，您向县里申报一下，就说胡村护理'蟒牛河红眼堤'，以此抵钱粮吧。"

从此，在王路村南的平地上，就有了"蟒牛河红眼堤"的名称，胡村就不再纳钱粮了。

智限爆饮人

有一年的麦收，段二爷正和长短工们在打麦场上忙碌着。那天非常热，太阳像一团燃烧的火。

接近午时，更是酷热难耐。这时，只见一个穿着长袍的人跑了过来，他脸色通红，满头大汗，上气不接下气地说："借光，赏口水喝。"没等人们答话，他就迫不及待地跑到水井旁，扳倒水桶就要暴饮，恨不得拔下脑袋往里灌。段二爷见状，心想这个人渴到这种地步，如果暴饮恐怕会喝炸肺。想到这里，段二爷计上心来，顺手抓起一把麦糠扔到了水桶里。麦糠漂在水面，那个人只能用嘴吹麦糠，边吹边喝，足足喝了一袋烟的工夫，才喝够了。水喝足了，加上休息够了，他也不再喘息。于是坐在树荫下，开始和大家聊起了天。虽然在聊天，但那个人却想着心事。他心里暗想："我不就是喝你一口水吗，干吗在水里放麦糠，这不是成心害我吗！好啊，我非治治你，让你家破人亡不可。"正巧段二爷问他："先生在哪儿发财啊（问人是干什么行业的）？"那人一听正中下怀，于是回答道："我是一名看风水的，为了感谢您的赏水之恩，您是否愿意让我看看阳宅，如果有毛病我给您调理调理。"段二爷人到中年尚膝下无子，正想找风水先生给看看，所以马上答应了。

段二爷带着风水先生走到家里，风水先生把二爷的住宅里里外外看了又看，然后说道："此宅不错，是藏风聚气之宅，不过是旺财不旺丁。"段二爷一听正中下怀，于是答道："是哦，我近四旬尚膝下无儿，先生你看如何调理？"风水先生说："您只要把大门改建到此处。"同时用手指了指具体的位置，"明年您肯定得子"。

中午，段二爷好好招待了他，下午他就走了。那人心想：你不是给我在水里放麦糠害我吗，我给你开了个五鬼闹宅门，明年就让你家破人散。

过了一年，还是在麦秋时，风水先生又来了，走到段二爷家门前一看，心想怎么不对呀？他正纳闷，段二爷出现在了他的面前。段二爷见是风水先生，忙打躬施礼说："先生赶快请进，我正想秋后闲时去拜谢呢，您正好来了，我得好好谢谢您。"说完挽起风水先生的手把他带到客厅，分宾主坐下，段二爷说道："去年您给调理了大门，今年我真的得了一个儿子，同时庄稼丰收，买卖兴隆，真是丁旺财丰。我得好好感谢您，您说要多少银子？"风水先生听完，内心很纠结，心想，我给他看的五鬼闹宅门，必定家破人散，为什么反倒人财两旺？想到这里便问段二爷："公子起的什么名字？"段二爷答道："中年得子，高兴地晕了头脑，就随便起名叫判官。"风水先生一听恍然大悟，原来如此，判官是管鬼的，看来段二爷真是福大命好造化大，命也，运也。

为了表示歉意和改过的决心，风水先生便把为了报复段二爷在水里放
麦糠，就给段二爷看了个五鬼闹宅、家破人亡的大门的事情告诉了段二
爷，他说："二爷您平时好善乐施，行善积德，得子取名'判官'震住了
五鬼，所以化险为夷，因祸得福。看来风水是由人的行为来主宰着的。"
段二爷也把在水里放麦糠的良苦用心向风水先生讲明白。风水先生恍然大
悟说："真是多做好事，莫问前程啊！"

二人听完，相互仰面大笑起来。

"叫花子"众斗恶霸

段二爷爱看戏，自家养着一个戏班子，除了供自己娱乐外，闲暇时也
到外地演出。一天，他听说在山西大同某地演出的戏班子要被当地的恶霸
霸占的消息，骑快马立即赶到大同某地。安顿好住宿以后已是傍晚，他有
些心烦意乱，满心惆怅地在大街上散心。忽然，有人在背后拍了他一下，
就听那人说："这不是二爷吗？"段二爷回头一看，原来是前些年救的那
个"叫花子"。他乡遇故人，格外亲近。于是答道："在下正是。"

寒暄几句，那叫花子又说："恩人，今天我请客。"然后，他把段二
爷拉进了一家酒店，点了几样像样的菜，一壶好酒。两人相对而坐，叫花
子让酒布菜，热情非常。由于段二爷心烦，显得有点无精打采。叫花子见
状，便直言问道："二爷，您有何难言之隐，或有什么难处，能不能告诉
我？"段二爷叹了一口气，说道："哎，说了也没用，你一个老花子，无
钱无势，能有什么办法。"叫花子又迫不及待地问："您说说看，就算我
办不了，您至少发泄一下心里的郁闷。"段二爷一想也是这么个理，于是
就把戏班子来此地演出，一个当地的恶霸要霸占剧团的事情一五一十地说
了一遍。叫花子听完说道："妥了，二爷请放宽心。二爷可知定的哪一天
交付？"段二爷答道："本月十六，还有十天。"那叫花子又说道："还
来得及，二爷今天咱们先喝到这，请您回旅店放心待着，等十六日咱们在
那个恶霸家门口见，保您能够顺利地带剧团回家。"听完，段二爷带着半
信半疑的心情回到了旅店。

段二爷回到旅店，仍是整天愁眉不展，经常到大街上转悠。自从与叫
花子分别的第三天起，只见一伙一伙的叫花子蜂拥而至，有瞎子、瘸子、
缺胳膊少腿的、男的、女的、大人、小孩，什么样的人都有。大路上、房

檐下、大街小巷无处不是叫花子。二爷见状很是纳闷。

转眼就到了十六，段二爷带着戏班子来到那个恶霸家门口与叫花子见面，那个叫花子早已在门前等候了。不一会儿，恶霸摇头摆尾，手持纸扇，耀武扬威地走出来说道："你把剧团送给我，还够哥们，你走吧，就留你一条小命。"

此时，叫花子走向前怒吼道："狗恶霸，你想霸占二爷的戏班子是白日做梦，痴心妄想，我们不同意！"这个恶霸看是一群叫花子，打心眼里瞧不起，鼻子一哼，说："不同意？你们能怎么办？"叫花子说："你说怎么办就怎么办，是来文的还是动武的？"恶霸闻之，眯缝着眼，大声喝道："文的怎么说？武的怎么讲？"叫花子答道："武的咱们对打，打死白搭；文的你看这有铡刀一口，我铡十个你铡一个，够说理的吧。"那个恶霸一看到处是叫花子，马上软了下来，说："这事好商量，戏班子我不要了。"叫花子说道："你不要了也完不了，你必须请我们大吃三天，而且今后你要弃恶从善，要像二爷一样积德行善，同时给二爷磕三个响头谢罪，免你一家不死，否则把你一家连根除掉。"恶霸无奈，只得一一应允。

事后段二爷辞别叫花子，带领戏班子回到家。叫花子为何舍命帮二爷除危解难？这还得从前些年段二爷搭救这位叫花子说起。

有一年寒冬腊月，下了一夜鹅毛大雪，段二爷起床后打算叫长工扫雪，打开大门后见一个叫花子冻倒在门洞里，伸手一摸这人尚有余气。段二爷立即叫长工把此人抱进屋内，给他盖上棉被，过了一会儿此人清醒过来，段二爷又吩咐家人给他沏了红糖姜汤水喂下，又过了一会儿，他便恢复了许多。而后给他吃了热汤面，此人便彻底恢复了原状。雪过天晴，此人告别段二爷走了。

事过数年，段二爷已有些淡忘，若不是叫花子主动叫他，他不会再认出来。

说起这个叫花子是大有来头，原来他是一帮叫花子的舵主，段二爷富不攀、贫不嫌的佳话从此在胡村一带世代相传。

胡村与午方村"义结金兰"

胡村的东南方是沙土地，最适合种瓜。每年，段二爷都会种一些瓜，主要是供自家和长短工们吃，剩余的到附近的三里五乡去卖。

这一年，因为气候适合，管理得又好，所以瓜长得壮，结得又多。家里人和长工们吃不过来，一个长工便摘了一挑子瓜走村串乡去卖。来到午方村，长工把担子放在树荫下，便吆喝了一声："东西里胡村一窝风小甜瓜！"大家都知道这种甜瓜特别好吃，很快就围拢了好多人，你三斤他五斤一会儿就卖光了。长工见卖完了，便把扁担插在两个筐里，坐在扁担的中间休息一会儿。刚坐下，一个买瓜人提着买的瓜说："你少给了一斤，不信你称称。"长工道："还称什么，您不会说瞎话。今天瓜卖完了，明天我过来再给您补上，可以吧？"买瓜人满口应允了。

这时走过一个歪脖子竖眼的人，插嘴道："不行，你必须现在给补。"长工一看就知道这是一个混混，为了避免发生冲突，便赔着笑脸作揖打躬道："这位大哥，您高抬贵手，明天我一定把瓜送上门加倍补上。"没等长工说完，那个混混照着他的鼻子就是一拳，立刻血流满面。

长工也是段二爷的徒弟，武功相当不错。他刚想反击，二爷的训示提醒了他，筐、秤都不要了，一路小跑回到了段二爷家。段二爷见他满脸是血，便问道："这是怎么回事？"他把在午方村发生的事从头至尾讲了一遍。段二爷听完也很生气，说："你学的那武功呢？"长工回答道："二爷您平时不是总教育我们不要以武欺人，只许挨打不许打人吗？"段二爷听到后立即冷静了下来，说："你做得对。"第二天，段二爷把那位长工叫来，吩咐道："你去用抬筐摘一担瓜，我和你一起去午方村卖。"长工按照二爷吩咐摘满两抬筐瓜，用根小檩条当扁担，担着瓜一路疾行。他们来到午方村昨天卖瓜的地方，先挑选了四五斤好瓜给那家送去。

那个混混一听昨天卖瓜的人又来了，还想捞点油水，于是哼着小调又来到这里说："把瓜给我送到我家去，否则再给你放放血。"段二爷指着长工说："给他送去吧"。长工把檩条扁担插进两个抬筐的筐楗，胳膊一伸腰板一挺便把足足有三百余斤瓜的抬筐担了起来，对着那个混混说："走吧。"混混一看傻了眼，倒地磕头如同鸡捣米，口中连说："小人有眼不识泰山。"

段二爷一伸脚轻轻一提，便把那个混混提起来了，对他说："年轻人正是学做人的时候，要走正道，不要不务正业，游手好闲，挑拨是非，靠坑蒙拐骗生活。自古至今哪一个混混落了好下场？希望你痛改前非，学做正人君子，多做好事、善事，如果你改过自新，今后有难处可去胡村找我。"那个混混连连点头称是，表示一定改过自新，做自食其力的好人。

正在此时，就听围观的群众嚷："武辖（武辖是武职功名的一个等级，次于武状元和探花）大人到。"话音刚落，武辖已到了段二爷面前，对段二爷抱拳施礼道："年兄一向可好，村民缺乏教养，多有得罪，请恕罪。我已听村民介绍，您对此事处理得非常好。"段二爷见此人体格健壮、正直憨厚，拱手还礼道："年兄多有夸奖，小弟不敢当。"那个卖瓜的长工介绍说："这是我的东家段二爷。"段二爷远近闻名，武辖早有结交段二爷之意，可惜没有机会。今天机而逢时，于是伸手去拉段二爷的手（传说他拉二爷的手有两个用意，一是表示亲近，二是试探一下段二爷的武功，此为以武会友的一种策略，二人都心领神会）说："此地不是讲话之所，请年兄到寒舍一叙。"通过这一拉手，各自都暗暗称赞对方的武功。常言道："行家一伸手，便知有没有"，因此二人更加深了感情。

二人携手并肩来到武辖家，一阵寒暄过后，武辖说："我想高攀年兄结为异姓兄弟，咱们两个村也结为金兰之好，不知年兄意下如何？"段二爷答道："小弟早有此意，只不过没有机会罢了。"

第二天，段二爷向本村的地方（村里管事的）说明此事，并邀请了武辖和午方村的地方到胡村，双方达成协议。从此两个村互相关照，胡村与午方义结金兰的事一直传为佳话，两个村的友谊延续至今，长久不衰。

"一窝风"小白甜瓜的来历

传说乾隆皇帝去白洋淀，由刘罗锅陪同，曾路过胡村视察过"三塔寺"。住持献上胡村沙滩种的"一窝风"小白甜瓜，乾隆皇帝品尝后倍加赞赏，连连说："真甜真脆，好吃好吃。"为此刘罗锅还为种瓜户张家亲笔在双马子上题写了堂号。次年胡村有个叫段小义的，在村南沙滩地一下种了十亩"一窝风"小甜瓜，运到北京销售，写上"乾隆爷御尝甜瓜"，因此被一抢而空，"一窝风"小白甜瓜因此在北京享有盛名。

从此胡村的农民在村南沙滩地种"一窝风"小白甜瓜就风行起来了。一两千亩的沙滩，春天是碧绿瓜园，秋天飘着瓜香。到处搭着看瓜的瓜棚，路过的人口渴了，可以不收钱，随便吃，但是不能自己到瓜地去摘，因外人进瓜园会损坏瓜秧，导致减产。到了瓜熟的季节，种瓜人便挑着担背着筐，走街串巷到各村叫卖，车装船载到大城市去销售。胡村"一窝风"小白甜瓜真好吃，从此誉满京津地区。胡村种植这种小白甜瓜，一直到合作社时期才废弃，此籽种也失传了。

张考堂输了十桌荤席

在清朝末年，有一年老天爷久旱不雨，马劈堂的十三爷们就开始求雨，村中的富户张考堂不信，于是便与十三爷们打赌说："若你们在三天内求下雨来，我输八八荤席十桌，请你们马劈堂十三爷们和全体马劈。"十三爷们回答说："若三日后的午时三刻不下大雨，我们就砸了马劈堂的牌子，从此马劈堂关门。"

于是十三爷们在三塔寺前搭了求雨彩棚，把龙王爷的神像请到彩棚，安好香案，点燃高香，摆好供品，轮流祈祷求雨。到第三天的巳时，十三爷们人人头戴柳树枝条编的帽子，恭恭敬敬地把龙王爷的神像请下彩棚，抬着龙王神像，敲锣打鼓，围着村转了一圈又回到彩棚，此时已进入午时，然而天仍是瓦蓝瓦蓝的，一丝云彩也没有。此时张考堂笑眯眯的，捋着八字胡，坐在太师椅上，用扫帚棍剔着牙，眯缝着两眼，得意洋洋地看着十三爷们，心里在说你们输了吧。

正值午时三刻，说时迟，那时快，只见头顶上的天空出现了一片锅盖大的乌云，嘎啦———一声响雷，眨眼之间乌云布满天空，瓢泼大雨随之而至，一直下了下午大半天，下了个沟平濠满。事后张考堂真的摆了十桌八八荤席，请了十三爷们，除此还摆了一桌素席祭典了龙王爷。

三塔寺驱邪拿刺蛊

三塔寺坐落在胡村的村南偏西的地方。因在寺前建有三个塔，所以称三塔寺。始建于清朝雍正三年五月（据碑文载，当时胡村隶署安新县），在乾隆三十年曾修缮过一次。1948年，国民党匪军占据胡村时，在三塔寺的西面修建炮楼，把雄伟壮观的三塔寺，破坏得一片狼藉。和尚们也被迫离开三塔寺，去了五台山，据说有的做了五台山的住持。

三塔寺的十三爷和香头，每年的正月十四、十五、十六的夜间都要举行"拿刺蛊"的活动（刺蛊，据老年人讲就是成了精的黄鼬、刺猬以及能侵附人体给人打灾的精灵）。

在这三天的晚上，家家户户都要在自己的家里放灯。白天由各家的女人们把灯花纸（一种类似窗纸但比窗纸薄的棉纸）先剪成三角形的纸块，而后用手捻成圆锥形，再浸泡在香油里（用芝麻榨的油）。

那时候，农村的春节非常热闹。从腊月三十开始，大街上就挂满了吊挂，吊挂上画着三国演义、丁香割肉、岳母刺字、二十四孝等。晚上是挂纱灯，纱灯上画的也都是忠孝节义的故事，供人们逛灯观赏，从中接受道德教育。此活动一直到正月十六结束，长达半个月。

书归正传。晚上大街上的灯点着后，各家各户开始放灯，将白天备好的灯花，安放在自家院中的门口、墙角旮旯等处。然后则用大曲单（从前没有火柴更无打火机，各家则把麻秸秆劈成小棍，把一头蘸上硫黄，做成大曲单，需要点火时，则用火镰、火石打燃火绒，而后再点燃蘸上硫黄的大曲单）逐个点燃灯花，各家便成了灯火的海洋。

此时从三塔寺内走出一群人，开始在村里村外放灯。有人手举着火把，有的提着篮子。提篮子的人从篮子里捏出用香油浸泡好的锯末，一堆一堆地安放在地上，而举火把的人紧跟其后，逐个点燃。他们走遍大街小巷、村里村外，把胡村的村里村外照得亮如白昼……

此时三塔寺里，十三爷和信徒们摆好香案、上好供品，点燃高香，而后各就其位，盘膝打坐，开始请祖师爷下凡附体，以助他们拿刺蛊。

深夜大街上的纱灯和放的灯火熄灭了，各家各户的灯火也燃烧尽了，村里村外一片寂静。

突然，嘎——嘎——，从三塔寺里传出一声声震耳的鞭子响声，划破了寂静的夜空，拿刺蛊开始了。夜已深，村民大都入睡，但也有些好奇的人听到鞭子声，便走出家门看热闹。

此时从三塔寺内走出了一行人，有的高举火把，有的提着鞭子，最引人注目的是十三爷中的颜金贵，他身高不足四尺，但横着差不多倒有三尺，平时他走起路来，好似一个碾场的碌碡在地上慢慢地骨碌，可此时他却一反常态。他光着膀子，手持三十二斤重的鞭子，就如同手拿小羊鞭一样轻巧自如，单臂一挥抽得嘎嘎山响，震耳欲聋。

这年正月十六的午夜子时，拿刺蛊的队伍行至村北九龙口（九条道路交汇处，传说此处是鬼们赶集交易的场所）鬼集之时，听到"吱——"的一声尖叫，而后，一溜火线窜进了坐落在此处的戏楼里。十三爷中的段大狗高声喊道："有刺蛊。"说时迟、那时快，段大狗一个箭步就蹿进了高达两丈余高的戏楼里。颜金贵举鞭紧跟其后，提鞭也蹿进了戏楼。

刺蛊见无处藏身，一道火线又从戏楼中蹿出。此时段大狗见刺蛊要逃跑，一抖手打出了手中的神针，那神针尾追向东南逃窜的刺蛊而去。

段大狗和颜金贵跑下戏楼，段大狗对一个香头说："你去到村东南夹杆石（胡村的地域名）段家坟的坟头去取回神针，刺蛊已被神针钉在坟头上了，你带着装妖袋，取时一定先用装妖袋罩住神针，而后再取，否则刺蛊又会跑掉。"

拿刺蛊的队伍走街串巷，无处不到，而后他们回到了三塔寺。那个奉命到东南夹杆石处去取神针和刺蛊的人已回到了三塔寺。他手提装妖袋对段大狗说："神针和刺蛊都已取回，如何处理？"段大狗回答道："把刺蛊放进祖师爷座前的化妖炉里去吧，以防它再去害人。"

天齐庙钟声

在胡村的东北方九龙口处，原来建有一座气势宏伟的寺庙，名叫天齐庙。传说，庙匾是明朝首辅严嵩亲笔题写，庙匾到底如何损毁已无从考证。庙的钟楼建在前殿的东南方，楼内悬挂着一口硕大的铁钟。普通的钟如果被敲打，就会发出"咣——咣——"的响声。但是，天齐庙的大铁钟若被敲打，发出的却是"爹（碟）——鞋（偕），爹（碟）——鞋（偕）"的哀叫。钟声为何如此怪异呢？在古时候建庙，规模大的庙都建有钟鼓楼，楼内都悬挂一座大钟。天齐庙也不例外。庙将建成，就请来了手艺最好的铸钟师，开始铸造大钟。然而铸出的钟不是缺边，就是少沿，要不就是有窟窿。一次又一次，砸了熔，熔了铸，就是铸不成功。铸钟师们急得抓耳挠腮，不知所措，想来想去，觉得可能是熔炉和铸模地点风水不好，于是他们便把熔炉和铸模的地点挪到了庙外的路旁。一切工作就绪，铸钟师们又摆上香案供品顶礼膜拜一番。第二天选了吉时，拉鞭放炮，佩红挂彩才开炉。一炷香工夫，铁水即将熔化好，就听见一个年轻女子喊："爹——鞋——"铸钟师们抬头望去，只见一个姑娘光着脚向这边跑来，后面一个老汉紧追不舍。姑娘一边跑，一边喊："爹——鞋——"因为见这边有人，所以向这边跑来。姑娘慌不择路，跑到熔炉边时，脚下一绊，扑通一声，跌进了化好的铁水中。老汉见女儿跌进了熔化的铁水里，提着女儿的鞋，号啕大哭。等那老汉哭一阵子，有人把他劝走，铸钟师把铁水倒进了钟模子，等冷却后，打开钟模子一看，好一口漂亮的大钟！但是敲打时发出的声音不是"咣——咣——"的响声，而是"爹（碟）——鞋（偕），爹（碟）——鞋（偕）"的悲鸣声。这个姑娘是怎么回事呢？原来她是本村人，年方二八，姓段名大妞，天生丽质，一双水灵灵的杏仁大眼睛，圆扑扑的小脸上还有一对小酒窝。由于从小没了娘，她很早就会耕地，加上心灵手巧，做得一手好针线活。有道是，人怕出名猪怕壮。本村一个叫"独眼龙"的土财主早已对大妞垂涎三尺，曾几次托媒婆上门提亲，都被拒之门外。说起"独眼龙"，论长相是舅舅不疼，姥姥不爱；论人品更是十里八乡臭名远扬，吃、喝、嫖、赌俱全。但是家里有钱，骡马成群，使奴唤婢。虽然他几次被拒绝，但仍不死心。近来，段老汉年老多病无钱治，连生活都成了问题。"独眼龙"见有机可乘，又托媒婆拿着银元来提亲，段老汉无奈答应了这桩婚事。但是女儿听说后死活不同意，抬腿就往外跑，老汉后面紧追。大妞因为跑得急，把鞋跑丢了，所以一边跑一边喊："爹——鞋，爹——鞋"天齐庙的大钟，天天被敲响，发出"爹（碟）——鞋（偕），爹（碟）——鞋（偕）"的悲鸣声，控诉着万恶旧社会的包办买卖婚姻。

午方村的故事

光绪年间大武侠——张楷

讲述：张宏启（张楷三世孙　68岁）
　　　石大水（午方村民　75岁）
采录：曹宏君

清朝光绪年间，容城镇的午方村（现在的午方西庄），出了个武侠叫张楷。他是光绪年间甲午科武进士，皇帝钦点为乾清门侍卫。在慈禧太后执政期间很受重用，他的父亲张明德被恩赐昭武都尉，其母被恩赐凤冠霞帔一身，他的爷爷张彬也因孙子而被朝廷恩赐昭武都尉。一门三代均受皇封，光宗耀祖，曾引起不小轰动。

武侠后人保存的《张府乡试录》记载：张楷，字玉衡，号仪轩，同治丙寅年腊月二十二日生于容城县午方村。戊子年进学午方大寺（玉泉寺）习文练武。癸巳年考中恩科乡试第七十七名民籍武生，双好字号，取中马上五箭，地毯一箭，步下二箭，弓十力，刀一百二十斤，石三百斤。甲午年考中恩科会试第十九名武举，取中刀一百二十斤，弓十三力，石三百斤。甲辰年正月十五日考中殿试二甲第十一名。圣旨曰"奉天承运，圣帝制曰，衔以遊用，三等侍卫加四级"。

一、少年张楷痴迷武术

人们传说，张楷从小就膀乍腰圆，力大无比。在他十岁那年，村里有一头大牤牛，无人能够驯服，不但不能拉车耕地，有时还横冲直撞，伤害村民。那天小张楷上前抓住两个牛犄角，与大牤牛叫开了劲。大牤牛四只脚蹬地猛劲顶撞小张楷。只见小张楷两只脚就像定在了地上，纹丝不动。相持半袋烟的工夫，但见小张楷双膀叫力，一下子把大牤牛拧倒在地上，一只脚踩在牛头上，大牤牛四蹄乱蹬起不来……

就因为小张楷力大无比，也经常惹事端。一次他因为打抱不平，误伤了邻居家的小孩，父亲把他打出了家门。他跑到自家的坟茔里，天黑了又下起了大雨，他就蜷缩在看坟的一间小破房子里睡着了。晚上，家里人到处找他也找不到，谁想到去坟茔去找呀！这天夜里，张楷父亲做了一个梦，看见有一只黑虎卧在他家的坟茔中。张楷父亲猛然醒悟，连夜跑到坟茔里寻找，果然看见张楷睡在这里。他连唬带哄，才将儿子带回去。他想，这个梦可不一般，莫非这个孩子是黑虎星下凡，如果好好培养，定能够出人头地，光宗耀祖。于是父亲就将他送到本村的玉泉寺里，向寺院的一个武僧学习武功。张楷天资聪慧，力大过人，又肯用功，师傅所教的武术套路一学就会。经过数年的勤学苦练，张楷的臂力、武艺都有很大的提高。

二、武科场上博取功名

在清代，武官仍以行伍出身为"正途"，科举次之，民间习武者争先恐后参加武举考试，科举出身者数量不断增多，在军中占有很高比例。

清代武举考试大致分四个等级进行。一是童试：在县、府进行，考中者为武秀才。二是乡试：在省城进行，考中者为武举人。三是会试：在京城进行，考中者为武进士。四是殿试（也称廷试）：对会试后取得武进士资格者，通过殿试分出等次，共分三等，称为"三甲"。一甲是前三名，头名是武状元，二名是武榜眼，三名是武探花，前三名世称为"鼎甲"，获"赐武进士及第"资格；二甲十多名，获"赐武进士出身"资格；二甲以下的都属三甲，获"赐同武进士出身"资格。

清朝武举各级考试，通常每三年举行一次。在常科以外，还时常增设"恩科"，常额以外，也增加一点"恩额"。这类"恩科""恩额"都由皇帝直接掌握。无非是笼络人心，吸收更多武勇人士效命。

从光绪十八年到光绪二十九年，年轻的张楷先后参加了恩科乡试、恩科会试和殿试三级考试，一路过关斩将，大显身手，体现出高超的武功和扎实的功力。在恩科乡试武科场上，他先试马上箭法，驰马三趟，发箭九支，五箭中靶，满场叫好，欢声雷动。考"技勇"主要是测臂力。他拉弓十力，轻松自如，显示了强劲的臂力。又取一百二十斤的大刀，左右闯刀过顶、前后胸舞花，动作娴熟利索，神态自如，又是满场喝彩。最后是拿"石礩子"，即专为考试而备的石块，长方形，两边各有可以用手指头抠住的地方但并不深，重量分头号三百斤，二号二百五十斤，三号二百斤，还备有三百斤以上的出号石礩，应试者自选。张楷选了三百斤的头号石礩子，双手提至胸前，借助腹力将石礩底部左右各翻露一次，叫做"献印"，干净利索，一次完成，又赢得一片叫好声。

在这场恩科会试中，他获第十九名武举资格。几年之后，他又参加了清朝最后一次武科殿试，获二甲第十一名，皇帝加封为"三等侍卫加四级"，负责守卫皇宫的正门——乾清门。

三、效力朝廷，世受皇恩

光绪三十年正月十五日，张楷参加了清王朝的最后一次殿试，获二甲第十一名。有了武举人资格，就算有了逐步升迁的机会。这年，皇帝钦点他为乾清门侍卫。这个职位不高，却非常重要，一般在蒙古王公、宗室子弟及皇帝所赏识的侍卫中擢优选用。乾清门侍卫作为内廷近御之臣，经常奉差、执事，深受皇帝重用。正因为这样，张楷受到一些小人的排挤。一次慈禧巡游，他随驾护卫，原本在太后车驾之后，突然有一人将他的马打了一鞭，乘马受惊，一下子蹿到了太后驾前。这还了得，惊了圣驾，轻者撤职查办，重者满门抄斩。然而，天赐良机，当他的乘马蹿到驾前时，正好有一个醉汉跌跌撞撞地闯入队伍中来。张楷急中生智，一只手提起这个醉汉，扔出去五丈之外。这一招，被太后老佛爷看了个真真切切，不仅没有降罪，还封了他个"御前侠"（御前侍卫），官升一级，因祸得福，传为美谈。

张楷被封为御前侍卫之后，慈禧拨赏银4万两，恩准他修建侍卫府，并在府门前竖立起双斗旗杆，这在方圆数百里都非常罕见。前些年，这个双斗旗杆的夹杆石还在村里大街旁，两米多高，二尺来宽，半尺多厚，中间有两道铁箍凹槽，可惜现在已不知去向。

1900年8月14日，八国联军进攻北京，次日凌晨，猛攻紫禁城东华门，慈禧慌忙带着光绪帝、皇后等人乔装成民间大户的模样逃往西安。当时护驾的并不是朝廷御林军，而是在江湖上威名远扬的李家镖局。这时，张楷正在午方的家中为母亲守孝。张楷的好友、状元路润祥修书一封，派人骑快马星夜赶到午方村，请张楷火速随队护驾。张楷见信后片刻没有耽搁，立即追赶上慈禧西逃的队伍。在逃亡西安的路上，张楷鞍前马后，尽心效力，受到慈禧的喜爱，赠匾"忠心保国"一块，予以表彰。

光绪三十年正月十五日，皇帝连发两道圣旨，恩赐张楷的祖父张彬和父亲张明德为昭武都尉，并赏赐其母亲凤冠霞帔一身，以示皇恩。

四、回归乡里，威护一方

辛亥革命之后，清王朝被推翻了。张楷回到了家乡午方村，以他的威望和武功仍然受到人们的尊重。他耿直正义，善待乡邻，也为乡亲们办了不少好事。

午方村地处午方洼，十年九涝。为解决排水的问题，清朝雍正四年兴修水利，曾议定在三台村南开一道河，并在老新安城北四五里处筑一道护城堤。但在实际施工时，当权者是新安人周家相，他徇私废公，擅自将这道堤北移五里，改建于午方村南与三台交界处，名曰"新堤"，将大淀淀揽入堤内。又将三台村南议开之河改挖于新堤之北，名曰"新河"。这样一来，新河头高尾翘，中部低洼，午方及周边各村大水之年几成泽国，大水曾把新堤冲决开口数处，百姓深受其害。当年，怡亲王亲驾小舟查勘，大为惊骇，处置了周家相关不法官员。为了消排水患，就在新堤中间建设了一道闸门，以泄水患，这就是有名的"四工闸"，此后相安五十余年。到了清朝末年，安新人不让开闸放水，洪水不能流入白洋淀，大片庄稼又被淹没。经常是这边安新人将闸口堵死，那边容城人又去强行挖开。双方聚集数百人，手持铁锨、刀叉，将要形成大规模的械斗。地方官员上前制止，双方都不相让。在这关键的时刻，人们请来武侠张楷出面调停解决。张楷找到曾经同朝为官的安新刘村人"高尚书"，分别与各方的乡邻们摆事实，讲道理，晓以利害关系，终于做通了双方的工作，共同议定"四工闸"只能拆，不能堵，让北边的水能够南流入淀，保证容城南部大片的村庄不再遭受水患。张楷为这一带百姓做了件大好事，至今仍为人称颂。

那些年，容城人去白沟做买卖或赶集，都要过白沟河，过河就要坐摆渡小船。在渡口有一位管理摆渡的水官，非常贪婪蛮横，目空一切，尤其是对容城人，更是雁过拔毛，凶狠歹毒。张楷听说此事后，决定狠狠地惩治他一番。这天，他同一伙乡亲来到渡口要上船过河。这水官坐在岸边的一把椅子上，眯缝着三角眼说："每人先拿五个铜钱，谁不拿谁就别想过河。"人们说，这位就是武侠张楷——张大侠，只见他把脑袋一拧说："我不管什么卤虾锅包鱼，想过河一律拿钱来！"张楷耐心地对他说："这些都是穷百姓，又都是三里五乡的，五个铜钱是不是太多了，你少要点不行吗？"谁想这个家伙很不识抬举，坐在椅子上哼着小曲，不予理睬。这可气坏了张楷，他一步跨到这家伙跟前，连人带椅子一同举起来，转了三圈，"扑通"一声扔到了河里，并对他说："你再这样蛮横霸道，我就天天把你扔到河里！"自此，容城人去白沟过摆渡，他再也不敢要横要钱了。

在午方村，还流传着张楷"穿堂马"的故事。那年，刘大常家养着一匹枣红马，膘肥体壮，专门为乡亲们红事娶亲乘用。这天，有户人家娶亲，来拉这匹马。谁想，这匹马"闹性"，四蹄乱踏，谁都不敢上前。人们一看这情况，就把张楷请来。张楷来到马前，抄起马缰绳，还没等到这匹马动弹，一偏腿就骑了上去，这匹马四蹄乱动，连蹬带刨，暴跳如雷，非要把背上的人甩下来不可。只见张楷勒紧丝缰，双腿夹紧马胯，原地转了几圈后，就朝着南稍门跑去。

过去的农家大稍门，非常高大，上下都有一大块条形木板，下边紧贴地面的叫"下槛"是活动的，可以拿下来。上边的叫"上槛"，也叫"上衔儿"，离地面三米多高。张楷骑马来到门槛处，双手一提丝缰，借助马的前腿腾空的瞬间，只见他双手一下子抓住门上槛，双腿紧紧夹住马胯，一下子就把这匹枣红马吊起来，在场的人们看到这一幕，惊得目瞪口呆，挑指赞叹。自此，这匹烈马再也不敢闹性了，乖乖地任人们骑乘……

在我们农村，哪村哪代出了个有名望的人物，必定成为全村人历代传承的骄傲。时至今日，午方村武侠张楷的故事仍在这一带流传……

午方大寺的故事

讲述：石大水（午方村民）
采录：周志勇

恒山与恒山寺

午方村的老人们都说，很早以前，午方村西有座大寺，叫恒山寺。它的名称就来源于旁边的恒山。恒山是一座纯粹的土山，没有半块儿岩石，午方西庄70多岁老人石大水说，这座土山长约100米、宽20米、高不超过30米。山虽不高，但午方村地处平原，唯此平地凸显，站在其上，俯瞰周边，北看一马平川，南望一片汪洋，尽收眼底，却也有些壮观。1947年，解放军野战八旅攻打王凤岗盘踞的容城大楼堤，指挥所就设在恒山上。

对于这座土山的成因，说法不一。有人说是洪水冲积而成，可这是历史上哪次洪水所导致，又是哪条河的河道呢？无从考证。又有人说，是盗墓者掘坟堆积而成。相传恒山北侧有一陵墓，俗称老将坟。据看守过坟茔的老人的孙子说，墓穴内葬一官员——靖海恒侯，为汉朝人。盗墓者为获取金银珠宝，日夜挖掘，土方皆置于此。待劫掠一空，土丘已巍峨如山。后人见一墓碑横卧于野，上书"靖海恒侯之陵墓"几个大字，便取侯爵其名中一"恒"字唤此土丘。

恒山名闻乡里更源于山的西侧和北侧的两个洞穴，洞口如六印锅锅盖大小，看上去深不见底，造访者多望而却步，全然不敢入内。相传其与现张市村的疙瘩瓷洞穴相通，谁家有红白喜事，把需要的桌椅板凳、锅碗瓢盆儿的数量和时间，写一纸条贴在洞口，到正日子这些家什便如数摆在了洞边。对于这样的方便，百姓用之取之，也敬之畏之，从不敢不还。如不小心破损，必选购上品补齐，并跪请谅解。

道家始祖容成子闻听，点化穴内动物为仙，人们才知内藏狐仙。从此容城地界的人对狐狸敬畏有加，见之避之，后续逐渐把包括狐狸在内的五禽列为神物，嘱咐后人不得加害。

在恒山的东边约一里地，有一块相对平整的地块儿，四周被或宽或窄的水道围着，方圆有百十亩大小。传说正定大佛寺游僧拜过明月禅寺（现址容城县晾马台乡）后，西行累了，在恒山顶上小憩，发现此地风光旖旎，绿水盘桓，空气清新，遂生建寺之意。经批复便携同游僧众四处化缘，在此立身，并取名恒山寺。一时间，山与寺交相辉映，水与桥交错共融。寺不大，但远近闻名，慕名来访者络绎不绝。

恒山寺名声在外有两个原因。一是寺内有一块石碑，名曰六棱碑，又叫波罗蜜多心经幢（据午方西庄石大水介绍，此碑2013年被移至明月禅寺大雄宝殿西侧展列，现仍存）。沿着碑旁石阶走上高处，手搭凉棚，向正西眺望，易县灵山的奶奶庙如在眼前，连青砖灰瓦白灰缝隙都依稀可辨。二是在晴天的傍晚，寺内已经擦黑，登上寺的西门垛子顶部向西张望，但见太阳仍高悬天穹，久之不落，时人称之"夕楼晚照"。

这两个奇观先后被发现，很快名噪方圆百里，村民皆言此地与神佛相通，因此恒山寺信众剧增，捐赠日隆。

唐高宗饮玉井甘泉

据说，唐朝初年，高宗李治携武则天东巡途中来到燕南赵北的白洋淀边，远远望见一座山突兀地屹立在一片水中，于是弃船登上山顶，顿觉惊艳，万顷碧波荡漾，风吹苇绿逍遥，蓝天浩渺，其东一寺掩映其中，立感清爽沁心，时值盛夏，高宗与武则天前往寺中寻地休息。

待到寺中坐稳，武则天想起自己出家的感业寺，清泪双流。高宗不知就里，慌忙替妃拭泪，又递送茶饮。稍许，武则天破涕为喜，竟命侍从再续新水，凝神细品，一时大悦，遂问这是哪里的水，竟如此清冽甘润。

寺内住持秋月不敢怠慢，跪倒回禀：此水就在寺后。即唤朗明、朗若两位和尚跟随，引圣驾至寺院东北角的井边。唐高宗由武则天挽扶着亲临井沿，但见大理石井台干净整洁，其旁一棵硕大斜置垂柳笼罩，微风吹

拂，更显凉爽通透。井浅而见底，水透亮而清澈，水皮以下西北、东南方
向似有石兽经过，被井椁压住身形，难以动弹，井底形状仿如竹筛，水眼
密布，翻滚喷涌，却不闻"哗哗"作响之声，水位不见明显高低。二人皆
称奇哉怪哉。

武则天命僧取水，再饮，味仍甘甜清冽，凉爽沁心，转手呈递皇上，高
宗品味，脱口而出：此乃玉井甘泉也。转回禅房，高宗御笔题下这四个字，
端详良久。住持秋月为博皇上欢心，当下提议改恒山寺为玉泉寺，皇上立刻
恩准，马上传口谕拨付白银48万两修缮寺庙和玉井，并在井旁矗立石碑一
块，上书：玉井甘泉。至此恒山寺又多一景，后来成了容城八景之一。

从此，玉泉寺声名远播，水旱两路往来客商、官员路经此处，争相一
睹玉井风采，一尝泉水甘甜，必携带玉泉水回返，以表明到此一游的经历
和荣光。当地官吏、大户人家更是跟风，带亲朋故旧拜谒玉井，以甘泉水
泡茶待客，当上等礼品送给宾朋。繁盛时，取水者竟排成长龙，木头辘轳
吱呀呀响声不断，但人们秩序井然，从没有因先后早晚而生嫌隙和殴斗。
让人放心的是，虽大量取水，井水却从没有显示出干涸、浑浊之状，始终
充盈清澈，洁净无比。

后北宋覆灭，金章宗也曾巡幸至此，听闻甘泉之美名欣欣然饮之，盛
赞其妙，名不虚传。碰巧一女子失足跌倒脚下，此女子虽身着布衣，却天
生丽质，端庄秀美；问询搭话，燕语莺声，一颦一笑，不落俗脂，宛如大
家闺秀。章宗大喜，问其府苑家庭，得知其乃当地渔民之女，遂有意令其
服侍左右，女子得知皇上驾临，惶恐应允。而后二人竟宽住寺外月余，后
人把金章宗住过的这条街称为金街（现址容城县午方西庄）。这个女子便
是渔家出身的、居于渥城（现安新县新安镇）的李师儿，后逐渐得宠，一
步步被擢升为元妃，实领皇后之职。现安新县荷花大观园的前身就是金章
宗和爱妃李师儿在渥城时居所。

后隆庆朝周伦诗曰"穴地通千尺，中心常自明。曾消金主渴，雅称玉
泉名"，记录了金章宗驾临玉井这件事。

民国年间，时任县长刘锡廉因闹蝗灾，视察午方一带，在寺内歇脚，
饮茶并题字：铜椁铁底，玉井甘泉。说明近千年后的玉井水质还如历史记
载一样清冽甘甜。

朱元璋与兴国寺

在容城县东晾马台遗址上有一座明月禅寺，在宋朝年间连年和大辽国征战中，多处房屋毁于战火，徒留下一棵古柏，感知着战事的胜败和朝代的轮替，但午方村边的玉泉寺因四周环水，且规模比较小，却能较为完整地保存了下来，一直呈现祥和之态，香火旺盛。

一日，突然阴云密布，转瞬雷声大作，大雨滂沱，但见寺门外像着火一样一片通红。雷声间隙，竟听有小孩儿的响亮哭声，僧人们觉得蹊跷，出门察看时，见一妇人倒在门前，一小孩刚刚出生，脐带还没有剪断。住持见状，忙遣人唤村中接生婆收拾。问询那妇人，原来她是讨饭之人，并无亲眷可投，住持便将母子二人安置在南厢房居住，差村妇小心侍候。半年过去，母子康健，那妇人千恩万谢，告辞离去。

一转眼几十年过去了，忽一日，铜锣响亮，黄罗伞盖驾临玉泉寺，传召住持，待来人道明原委，僧众才知来者不是别人，正是当今皇上朱元璋。原来朱元璋做放牛娃时，老母便告知他出生在容城玉泉寺门口，幸得住持相助，才得以保全性命，要记得报答此恩。

后来朱元璋发迹做了皇上，某日心血来潮，想起自己出生之事，遂生报恩之念，于是差几拨人打听容城玉泉寺地址及现状，后又专程到此拜谒，并御笔亲题：庙倒山门修。落款为：洪武出生处。朱红大字篆刻于玉石碑上，赫然伫立在南门右侧。其意是：寺庙需要修缮时，在庙门口取钱使用就可，不必奏请皇上再批。朱元璋又书"兴国寺"三字，表达对玉泉寺感念之情。从此玉泉寺改名叫兴国寺。

话说寺院北边有一块烟地，三四十亩见方，产的烟叶劲头大小适中，芳香浓郁，灰白火灵，深得烟民称誉。住持荐之，朱元璋听闻，亲自燃点品味，适逢烟叶生长期，掰下湿绿叶子搓成卷，一点即着，当即誉之名副其实，遂敕封此烟为"满屋香"。从此这种烟成为皇家贡品，一时间驰誉中原，也成为周边村民的主要经济来源。

明末清初，明皇室无暇顾及此事，为表明反清意志，也为保障贡品品质，当时保定府衙官员力主把土和种子分散到各户各家，避免丢失适宜土壤和原种。后大清站稳脚跟，追查此事，欲惩罚责任者，怎奈法不责众，只好下旨烟地周边村民在炎夏露天裸居三个月，并恢复烟地，以示惩戒。皇命难违，百姓有房不能居住，只能天当被地当床。外间戏称烟地周边村落为无房户，久而久之叫白了就成了午方村，村名一直延续至今天。经此周折，烟地并没有按质恢复，适宜种植的土壤大多散失，一代名烟"满屋香"再没有形成规模种植，从此绝迹于世。

据传，明成祖朱棣在"清君侧"成功之后，着意放弃南京另选都城，军师刘伯温曾到此勘验土质和水文，发现挖出的土回填入坑后，任如何夯实，总高出一点，视为地暄。而在北京回添土坑后，稍加夯实就能比地平降一截，视之地沉。朱棣听闻容城午方一带水文虽盛，但地暄；北京虽水文略弱，但地沉，加上其他考量乃定都于京。

尽管都城没有定在容城，但兴国寺受到了明王朝的重视，香客众多，僧人多聚，寺院面积扩大一倍，功能齐全，大雄宝殿、藏经楼、厢房等一应俱全，院内松柏常青，殿堂雄伟，神像威严，晨钟暮鼓，青烟缭绕。而且其北不远处有尼姑庵（现午方西道街西侧），其东北二里处有关帝庙（现午方北庄车道街西北角儿），形成了寺庙群落。

杨继盛与护国寺

明朝嘉靖年间，兵部员外郎杨继盛（容城县北河照村人）忠诚刚烈，舍身保国，因弹劾奸臣仇鸾、权相严嵩，被诬陷入狱，惨遭非人折磨后被杀于京城西市。

隆庆帝执政后，知道杨继盛死得冤屈，决意为杨继盛昭雪平反。隆庆帝封其为忠愍公，并把其坟迁移至定兴县东引村"卧龙岗"官道旁，以方便来往之官员拜谒，意在做官当如杨继盛辅政爱民、疾恶如仇、刚正不阿。

杨继盛18岁时，因参加府考落榜，受了很大刺激，由此便暗下决心发奋苦读。冬季，冒着风雪严寒，寻贤问师，后来听说午方村大寺内长老是位学问高深的先生，便来到这里求学，借住僧房，与僧人一起用餐喝粥。晚上，点着油灯彻夜苦读。灯油燃尽，他就借着月光和雪的反光来读书学习。当时由于燃料缺乏，又缺少被盖，半夜里经常被冻醒。冻得他腿肚子抽筋，他就起来跑步，直到暖和为止。

一年秋天，他的老师病倒了，杨继盛寻医问药，精心伺候。那时，他哥哥的两个孩子也一同在这里学习，他也照顾得非常周到。一天，杨继盛的哥哥风风火火地跑来，非要将他们接回去，说这个老师得的是传染病，被传染上后就没命了。杨继盛对哥哥说："哥哥，看这位先生病得这样厉害，我们要都走了，谁管他呀？如果没人照顾，他还活的了吗？""哼，那我不管，你心疼他，你管他吧！你要得了这病，永远别再回家！"结果，哥哥强行把他的两个孩子拉回了家。此后的半年时间里，杨继盛不顾个人安危，仍旧是日日守候在床前，斟茶喂药，洗身擦背，那真是精心服侍，无微不至。有时出门拿药，他冒着刺骨的寒风奔波数十里，从不抱怨。经过细心的照料，这位先生的病慢慢好起来，可以说是杨继盛将他从阎王手中拉了回来。

杨继盛在这座寺里潜心苦学，心无旁骛，顺利博取功名。32岁考中进士，官至兵部武选员外郎。杨继盛号称谏臣，与元初著名理学家刘因、明末清初大儒孙奇逢并称为"容城三贤"。

隆庆帝感念寺僧执教有方，遂特书"忠心护国"四字送于兴国寺，兴国寺为纪念这段往事改名为护国寺。

拒马河的传说

神鞭引水流成河
采录：曹宏君

相传很久以前，在西南最高的山顶上住着一户人家，只有婆媳二人，生活还好，就是吃水十分困难，经常要到十余里外的山洼中去挑。因为路都是羊肠小路，崎岖难行，挑一担水就需要大半天的时间。而这家婆婆生性自私高傲，对儿媳妇小娥十分刻薄，要求儿媳妇天天都要给她挑新水吃。小娥虽然其貌不扬，但心地善良。一年当中，不管酷暑当头还是风霜雨雪的恶劣天气，每天都要下山担水，直累得腰酸腿痛。可谁知这婆婆却还故意刁难，每次担回来的水只留前面一桶，后面的一桶还要给倒掉，但这水缸必须得天天满着。一天，烈日炎炎，小娥挑着一担水爬上山崖，汗水湿透了衣裳。她放下担子正想擦汗，只见一白胡子老头骑着一匹马突然出现在她的面前，老头和蔼地说："这位大姐，能舍给我一桶水吗？我的马数日未喝上水了。"小娥打量了一下老头，慷慨地说："给您一桶。"白马刚将一桶水喝完，忽然人和马都不见了。第二天小娥担水回来，又在这里遇到那个老头，又要去一桶水饮马。第三天、第四天，直到第五天都是如此。第六天小娥担水回来，再路过那个地方时，她决定不歇，可没想到老头却已等候在了那里。老头慈祥地说："这位大姐实在太辛苦了，我的马白白喝了你五桶水，我也没别的可送，就给你这把马鞭子当作回报吧。"小娥不要，老头告诉她："拿回这把鞭子，搭在缸沿上，每天清晨晃两下水缸就自动满了。这样，你也可免受这挑水之苦。"小娥半信半疑地接过鞭子，一眨眼老头和马就都不见了。第二天清晨，小娥决定试试，她把缸沿的鞭子晃动两下，果然灵验，水缸真的满了！过了两天，婆婆发现小娥不去挑水，便怒气冲冲地走进厨房，可一看缸里满满的水，更奇怪的是缸上还搭一把鞭子，便高叫道："这是什么玩意？"说完往外一抽，"哗"的一声，水流喷了出来，冲到屋顶，流出门外，婆婆见势不妙，拔腿就跑。可是水比她快，眼看这婆婆就被水淹没冲走了，小娥急中生智，掀起锅盖扣在缸上。从此，一股清泉源源不断地从这里流出，汇成一条大河，河水把大山冲出一条弯弯的河谷，小娥化作泉口上面的小山。后人为了纪念小娥，便在泉口上面修了一座庙，庙前建了一座塔，这就是现在的广昌庙和庙前的古塔。千百年来，这个美丽的传说一直在拒马河沿岸流传着。

御敌成名"拒马河"

采录：杨同全

拒马河发源于涞源县的涞山，河原本叫涞河。涞河流经涞源、涞水两县全境，两县也便由此得名。但是，在大约1500年前，这条河又改名叫拒马河，这是为什么呢？原来呀，这条河不仅造福于两岸人民，还曾为保卫家乡，阻挡外来侵略，立下过汗马功劳呢！

那还是在很早很早以前，北方有个民族叫羯族，他们的首领叫石勒。这个石勒为了扩大自己的地盘，不顾百姓死活，率领百万兵马，浩浩荡荡，翻过太行山，要向内地进攻。晋朝皇帝接到边关急报，急忙派大将刘琨带兵十万阻击。刘琨领兵往北，一路马不停蹄地疾行。可当他赶到涞河边的时候，石勒也领着队伍攻打到涞河对岸二十余里的地方。刘琨是一位很有名的战将，久经沙场，英勇善战。他想：以自己十几万人的兵马，要和十倍于自己的敌人面对面开战，还真是胜算不大，只有想个良策才能以少胜多。这时，他看到湍急的河流，心中一动，暗想：这不就是一道阻挡敌兵的天然屏障吗？当下，他便下令大军在河岸布防，多备滚木礌石。兵马布置妥当，刘琨心中又想，这道河虽然能阻挡石勒一阵，给他造成些伤亡，但他仗着人多，硬冲过来怎么办？到那时，他强我弱，还是胜少败多啊！

刘琨心里想着，领着几个贴身卫士，信马由缰顺河察看地形。一路上，他绞尽脑汁，苦思御敌良策，却仍是一筹莫展。这时，天色渐渐暗了下来，天空中乌云翻滚，看样子要下雨了。刘琨一行人便策马疾行，路过一片树林，只见一个放牛人把一条长绳绕在了几棵大树上，然后，他把牛群赶进这个绳子做的牛圈里，那绳子正好挡在牛的脖子下边，牛只好乖乖地待在里边。看到这个情景，刘琨心中豁然开朗，把腿一拍，大叫一声："对，就这么办！"刘琨返回营帐，立即传令，让一部分军士到河的上游去阻住水流，使水面降低，另一部分士卒，则赶制绳索、铁蒺藜。然后，在河中又打上木桩，拴上了无数条带铁蒺藜的绊马索。

不几日，石勒果然带领兵马到了河对岸。他遥望对面刘琨的兵马少于他，先有了三分胜算，再加上一路上势如破竹，所向无敌，所以，更不把刘琨放在眼里。他见这河面风平浪静，河水也不深，于是便安排马队在前，步兵在后，摆开长蛇阵，要一鼓作气，杀到对岸。

哪料想，石勒的马队刚到河中间，就听刘琨阵中一声惊天动地的炮响，上游雷鸣般涌来一股巨大的水流。霎时，骑兵只露脑袋，步兵冲走无数，骑兵在往回返时，那马却怎么也走不回来了。原来，刘琨在河中布置的铁蒺藜绊马索，靠石勒这边河岸，稍低一点，经水一冲，陡然高了起来。再加上刚冲时，战马劲头足，难以抵挡，往回退时，乱了阵脚，所以，战马光转圈，就是回不去。石勒眼睁睁看着他骁勇善战的骑兵全军覆没，不由大叫一声，吐了口鲜血，从马上栽了下来。

众兵将见主帅落马，慌忙退兵三十里。后来，终因过不了这条河，只得快快而回了。

由于这条河成功阻挡了敌人的兵马，人们一来感念它的恩德，二来也为了纪念它，所以就给它起了个英雄的名字——拒马河。

拒马河两岸三奇人

讲述：郭大爷（西先村 76岁）
采录：郭同权（西先村人 退休教师 66岁）

我从小就听老人们说，明朝末年，南拒马河两岸出现了三个奇人：河南边西堲村有个郭力武，河北边南南蔡村有个焦力武，另一个是王家庄的王阴阳。三个人都有奇门绝技和高超的武艺，但由于当时政治腐败，这三人只能在家务农。

郭力武、焦力武都身高过丈，力大无穷，还有一身的好武艺。据说这两个"力武"一开始还相互不服，有一天郭力武正在西堲家中猪圈里起粪，焦力武在南南蔡用大嗓门在堤上叫阵，气得郭力武把手中起粪的钢叉用力朝焦力武甩了过去，钢叉飞了三里多地落在焦力武身边，差不到二尺没叉到，吓得焦力武汗都下来了，从此他彻底服了郭力武，二人成了好朋友。

有一年，明朝皇帝出巡路经南拒马河堤，行至西堲村堤段，发现堤顶正中间摆了一溜盛满水的大水缸，每缸水足有七八百斤。皇帝下令让卫队将其移开，但五六个人移一口缸移不动。这时郭力武站了出来："皇上莫急，我来！"只见他双手捧起一缸水，就像捧一碗水一样把这些水缸一个个移到一边。皇上大喜，赏赐了郭力武，但没重用。还有一年，一名沧州练武高手听说容城有个郭力武，特地来会，比武地点在西堲大庙（娘娘庙）。此时郭力武下地刚回村，上衣在肩上搭着，光着光膀，进了大庙见了来人，对来人说："请您稍等一下，我把褂子放好，别让风刮跑了。"说着用右胳膊夹住大殿的柱子轻轻一抬，柱子就离开柱石半尺来高，左手把褂子放到柱子下，右胳膊轻轻一放，褂子就压在大殿柱子下了，说了声："好了，我们可以比试了。"来人见了大惊，忙抱拳行礼，说："不比了，我服了！"赶紧打点行囊回原籍了。

后来人们拆大庙时发现大梁的一根柱子没在柱石正凹槽内，都说这是当年郭力武拿上衣时把柱子错位了。

王阴阳善晓阴阳奇门遁甲，精通八卦，可以撒豆成兵，赛过当年的诸葛武侯。据说当时李自成、张献忠造反，关外女真人进犯，天下大乱，王阴阳想干一番大事业，凭一己之力平灭乱世。他瞒着所有人自己忙活：买回很多彩纸、白纸和高粱秸，把自己关在屋里昼夜劳作。家人也不知他忙什么，他严令任何人不许进他的屋。他妻子很好奇，有一次她趁王阴阳赶集买材料，偷偷撬开他的房门，打开屋内的柜子。可不得了了，只见一阵狂风从屋内而起，自屋内飞出无数金甲武士，个个身跨神马，霎时布满天上地下，她当时就吓晕了。王阴阳在赶集回家的路上见到此景，知道坏事了：因为这些作品尚未做好，一旦放出会伤及无辜，因此他马上做法，来了一场暴雨把这些"武士"全部打落——原来是一些纸人纸马。他只能长叹一声：天意！天意！

据老人们说，如果当时明朝重用了这三个奇人，大明就不会亡。据说李自成自安徽、河南向北京进军不敢走保定这一带，而是绕道山西进居庸关而入北京，就是忌惮王阴阳、郭力武、焦力武这三个奇人。

母亲河的记忆

讲述：杨同全（东陈杨庄人　退休职工　72岁）
采录：曹宏君

杨庄街是一个独立的行政村，因为这条街的杨姓人与北河照村杨姓同属一宗，都是明朝忠谏之臣杨继盛公后裔，早为北河照西街，后来人脉繁衍，形成了一条街，称为杨家庄村。约至1944年，因本村与西面的陈庄连在了一起，距故里北河照倒隔了一二里，当时的政府就把杨陈二庄合并起来，称陈杨庄村。20世纪60年代，又把陈杨庄一分为四，以东南西北（陈杨庄）定称，至今不改。

"河润八百、水泽一千"，不管行政区划怎么改动变化，北面的这条沃泽吾乡的母亲河——拒马河以及关乎她的诸多记忆，都时时萦绕于心，难以忘怀。雄安新区的高端置立，将把她装点得更加纯洁而美丽，加之旧村宅院拆改乔迁在即，欣喜之余，留恋怀旧之情油然而生，童年往事历历浮现在眼前……

小时候，老人们都管这条河叫北沿儿河。北沿儿河的水清澈见底，北沿儿河的鱼都是白鳞鱼，不管怎么做都既省油又好吃。北沿儿河鱼虾成群，随便网几网就是十来斤；洗完澡用手摸个把小时，也足够全家人吃上几顿。那时候生活条件艰苦，抓鱼回来还常遭母亲的埋怨："又弄好些鱼，又费饽饽又费时，不知道家里忙吗？"确实是啊，父母拉扯我们八个兄弟姐妹，是多么不容易呀！记得小时候，母亲除了白天劳累一天，晚上几乎没睡过什么觉，成夜地纺线织布、打夹纸做鞋，一个孩子一个月光鞋就得两双啊！记得每当半夜醒来，母亲都是在昏暗的油灯下含辛茹苦地劳作，心中总是酸酸的，自己又帮不上忙，多次在被窝里抹眼泪，同时也暗暗下定决心，我是老小，长大后一定竭力孝敬她老人家。

我长大成家后，与妻子独立奉养父母二十多年，也尽力让二老享受一些，没计较过也已经年龄不小的哥哥和姐姐们。但是当母亲百岁离世后，我心中仍感难报母恩于万一！如今我也已经年逾古稀，每愧当时孝敬二老还有没做到的地方！真是不养儿不知父母恩，当少壮时，难能体念父母衰老的辛酸啊！

我小的时候，这条河上是非常热闹的。那时以水运交通为主，县境内除了白沟、杨村等大码头以外，还有沟市、北后台、西堼、东西河村等诸多小码头，货运商船接帆连棹，渔捕游船络绎不绝。北后台的舅舅就有一条大对槽货船，经常往返于京津保府之间。舅舅的船上有八位船工，除装卸货物，遇有顶风和逆水西行时，舅舅在船上撑篙，八位船工就成了纤工，排成一行，顺着河边沙滩，一路拉着船逆水而行，很吃力，纤工的肩膀常磨出血。纤工拉纤一般是光着身子不穿衣服的，我第一次见到时很是惊奇。他们唱着纤歌，一步步有节奏地艰难行走着，身形皆呈45度角前倾姿势。当时的一首纤歌我至今记忆犹新：

嗨——嗨——！一步一叩光腚走哇，身上（那个）汗水流哇，肩上磨得那个纤绳血水透！

哎嗨呀儿哟！顺水天津卫呀，三天两夜又拉回白沟哇！

哎嗨呀儿哟！白沟是大码头哇，大商小贩这里聚头哇！

（他们是）吃香喝辣福享不够哇，我们何时才能熬到头哇？再拉三十里呀，就是那个杨村大码头哇！

老婆孩子热炕头哇依儿呀哟！

声情悲亢，节奏铿锵。好奇心、恻隐心使我至今对这首歌记忆犹新。诚然，儿时最快活的事还是夏秋在河中戏水捉鱼，冬季在冰上滑行玩耍，那真是童趣横生，其乐无比。

耿先生降妖记

采录：宋可旺

传说在明朝末年，距县城二十余里的地方，有一个村庄叫西北阳。该村有百十户人家，在这个村中心的西北侧，住着一个姓耿的老人，村里人只知道他姓耿，不知名谁，也不知道他是从何时何地搬来这里住的，因为这个村只有张、王、孙、宋几个姓氏，所以，时间长了，人们也就习惯性地称他为耿先生。

据说，这位耿先生身高过丈，虽然年过六旬，但身体康健，脸似关公，目若朗星，尺余长的银白胡须，自然地垂散在胸前，俨然一副道骨仙风的模样。据传说，耿先生为人正直、朴实、憨厚，乡邻们都知道，这位耿先生不仅会把脉、看病、疗伤，而且还会看风水、相面、算卦，更会降妖捉怪，道行极深，也难怪人们对他百倍的敬仰。

传说该村有一段时间总是不安静，不是张家出事，就是王家闹鬼，搅得乡邻们人心惶惶。话说，有一天深夜，村西有一户姓张的老汉慌慌张张地跑来说道："耿先生，快到我家去看看吧，我老伴半夜里突然说起了胡话，也不知道是怎么回事。"耿先生问："你在家发现什么了没有？"张老汉愣了一下说："哦，我半夜上茅房的时候，一开门好像看见了一个穿白衣服的人正朝我走来，但一眨眼就不见了，当时我以为是眼花了，等我解完手回到屋，就见老伴又骂街又砸东西，怎么劝都不行，这不，我赶紧请您来了。"耿先生听完便说道："好吧，我跟你去看看。"说着，从炕边拎了一个布兜儿便去了张老汉家。等一进院，耿先生便到处查看，忽然，他发现从房门处闪出了一个"白衣人"。说时迟那时快，只见耿先生从布兜儿里一摸，抬手便对着"白衣人"打出了一个"掌手雷"，只听"轰"的一声，那个"白衣人"便应声倒地。等张老汉从屋里拎出灯来一照，这哪是什么"白衣人"，竟是一条白毛狐狸，已被炸得气绝身亡。这时，张老汉的老伴也不吵也不闹了，迈步出来问："刚才发生什么事了？"耿先生说道："刚才是一只妖狐附了你的身，我要是晚来一步，恐怕你的血就被吸干了，命也就保不住了，现在没事了，你们快回屋睡觉吧。"说完，耿先生一转身就不见了。

还有一天半夜三更，耿先生睡得正香，突然听到有"嘭嘭嘭"的砸门

声，耿先生急忙掌灯给来者开了门，但见村东王员外家的大少爷结结巴巴
地说："耿先生，我、我爹快、快不行了！"耿先生问："怎么回事？"
王大少爷说："我、我爹，口、口吐白沫，满炕、满炕打、打滚，还、还
说什么、什么，听、听不懂的话。"耿先生听罢，急忙从炕上拎起一个布
兜，跟着王大少爷就来到了王员外家。一进门，只见这家男的、女的、老
的、少的，以为老当家的不行了，正哭天抹泪地给老人家忙乎着后事，见
耿先生来了，赶紧把他叫进了屋。这时的老员外还是昏迷不醒，只有上
气，没有下气。耿先生给他一把脉，便知这不是什么病，而是妖魂附体，
于是说道："这样吧，你们先出去一下，我来给他看看。"家人们陆续退
出了屋，刹那间，就见耿先生手往布兜里一摸，抬手对着屋子的西北角就
打出了一个"掌手雷"，"雷"声过后，在屋子的西北角，立即现出了一
具白色妖狐的尸体。工夫不大，就听王员外长出了一口气："哎呀，闷死
我也。"说着便慢慢从炕上坐了起来。此时，家人们也都从屋外围拢了过
来，问这问那，还问老员外得的是什么病。耿先生不紧不慢地说："老员
外刚才是被妖狐附了体，这些妖狐就是靠着吸人血、吃人肉来增强它们的
功力和道行，它们变化多端，专门祸害人类，根本就没有人性。这样吧，
你们先给老员外做些吃的，让他慢慢恢复吧。"说完，耿先生就不见了。

那么说到这儿，耿先生怎么知道妖狐就在屋子的西北角呢？其实，
耿先生一进屋就看见了躲在西北角的妖狐了，为了稳住妖狐，耿先生佯
装不知，待妖狐不备，便抖手打出了"掌手雷"。那么，这只妖狐又是
怎么回事呢？原来，这只妖狐和前一只妖狐是一对亲姐妹，它的姐姐被
打死后，妹妹便前来寻找替身，为姐姐报仇，所以才引出了老员外被妖
狐附体的故事。

还有几次邻村几户人家也相继出现过类似妖狐害人的事件，都被耿先
生一一平定了。

通过多次的降妖捉怪，耿先生名声大噪，于是在三里五乡、十里八村
便传开了，有的说耿先生是钟馗转世，还有的说他是神仙下凡，说他的道
行最少得有两三千年，反正说什么的都有。一时间，请耿先生看风水的、
看病的、降妖捉怪的络绎不绝。就这样，在很长的一段时间内，不仅西北
阳本村的乡邻们过上了平静、安逸的生活，就连附近十里八村的老乡们，
也都过上了平平安安的日子。

就这样，时间过去了半年多，忽然，有一天的子夜时分，耿先生的门前来了一辆带棚顶的小轿子车。小轿子车停下后，来人便轻叩房门，"当当当"，耿先生闻声心想：这又是哪家出事了。他一边想着，一边就披衣把门打开了。等开门一看，见来者是个四十岁上下的男人，穿青挂皂，看起来很着急的样子。来者先是匆匆给耿先生施了大礼，然后着急地说道："耿先生，半夜敲门，实在是对不住。""有事吗？"耿先生问。来者说道："是的，我家主人病得很厉害，已经好几天水米不进了，请了不少的先生给我家主人都看不好，也治不了，听说耿先生道行极深，这不就打发我来请老先生了。"耿先生问："你们家住何方？"来者急忙施礼："离这里不远，老先生到后便知。"耿先生也没多问，便说："好吧，那你稍等。"说着，耿先生就从屋里背了一个"小药箱"出来，对来者说："那咱们抓紧赶路吧。""那好，老先生请上车吧。"耿先生上车以后，小轿子车便"嗒嗒嗒"地上路了。开始，小轿子车还不紧不慢地前行着，待一出村，小轿子车便腾空而起，像驾云似的，"呜呜"地带着风向南飞驰而去。好长一段时间，只听"唰"的一声，轿子车落地。"耿先生到了，请下车吧。"接耿先生的中年男人小心地搀扶着耿先生下了车。耿先生背好药箱下车一看，但见眼前一处宽大的宅院，青堂瓦舍的院子，足有上百间，院里院外灯火通明，亮如白昼，但却是烟雾缭绕，耿先生眉头一皱，感觉蹊跷。无奈，他在中年男人的引领下，迈步来到了这家宅院的中间大厅。刚进大厅，就见一个白胡子老头抢步迎了上来："老叟年事已高，不曾远迎，罪过罪过。"这个白胡子老头看上去有百八十岁，耿先生连忙问道："您是？""哦，我是这家的主人。"耿先生转身问中年人："你家主人这不挺好的吗？"中年人说："我也不清楚。"说完他就转身离开了大厅。这时，白胡子老头笑呵呵地自我介绍说："我姓胡，叫胡峡，看样子你比我年轻，你就称我老兄便是。"说完，他手一挥，"来人，摆宴！"时间不大，一桌丰盛的酒宴便摆上了八仙桌，胡峡一拱手说道："耿先生请上座。"耿先生随着胡峡入了席。这一入席耿先生可愣住了，只见桌上摆了满满当当的一桌菜，还有一壶红酒，别说吃，看见这些菜和酒就让人毛骨悚然，说是菜，其实，不是什么人的眼珠子，就是人的脚趾头、手指头，还有什么人的耳朵，人的大腿和人的五脏六腑等，红酒也是红乎乎的人血。看罢多时，耿先生问道："胡兄，这叫什么宴

呀？"胡峡胸脯一挺说道："老弟，这叫人身宴，没吃过吧，哼，不瞒你
说，为了找到你，我可是煞费苦心，今天，总算是把你请来了。"耿先生
问："你不是说有病吗？""我不说有病，你能来吗？"耿先生不紧不慢
地说："那是为什么呢？"胡峡眼睛一瞪："为什么？你忘了半年前，你
杀死的那些狐狸吗？""是啊，不杀不足以让百姓过上安宁的日子！"胡
峡道："哦？你可知道，你杀死的是谁吗？""不知道。""今天，我来
告诉你，那可是我的两个各有500年道行的女儿呀……"说着，白胡子老
头还掉下了几滴眼泪。"哦，这么说你也是妖狐了？""不错，我乃一个
有一千年道行的狐狸精。今天我倒要看看你有多大的本事！"耿先生厉声
问道："那你想怎么办？"这胡峡一瞪眼："怎么办？冤有头债有主，今
天叫你来，就是要为我那两个死去的女儿报仇雪恨！"说着，他向左右一
挥手："来人，先把他给我扔进油锅里炸，再给我一刀一刀地剐，让他给
咱们当下酒菜！"话音刚落，就见各拿刀枪棍棒的十几个彪形大汉（其实
都是妖狐所变）上来就要动手，只听耿先生大吼一声："慢着！"耿先生
用手点指着他们说道："你们这些可恶的妖狐，平日不在山上好好修行，
却到处祸害百姓，你来看！今天，就是你们的末日！"说着，耿先生从腰
里抽出一个布兜，对着这些妖狐举手"哗啦"一撒，顿时，就听天崩地裂
般的声声巨响，顿时炸得这些妖狐们个个血肉横飞，狐尸遍野，包括胡峡
无一幸免。耿先生也被震得昏了过去。也不知道过了多长时间，耿先生才
慢慢苏醒过来，他睁眼一看，立马打了个冷战，这哪里是什么宽大的宅院
哪，分明是一片长满荒草荆棘的坟冢，周围遍地都是妖狐的尸体。原来，
这个名叫胡峡的千年狐狸精道行匪浅，但跟耿先生相比却是相差甚远，据
说耿先生的道行最少得有两千年。所以，制服这些妖狐虽费了些力气，但
并未伤元气。半年前被耿先生打死的那两只妖狐，的确是胡峡的两个女
儿，他为了给女儿报仇，才变幻人形把耿先生骗到了这里。其实，耿先生
一到这里，就感觉事情不妙，院内院外妖气十足，便知这处宅院不是什么
好宅。那么，耿先生临到这里，不是背了一个"小药箱"吗？怎么没用上
呢？原来，他刚一进大厅，"小药箱"就被那些妖狐们悄悄地拎走了，但
耿先生早有计策，怕这里面有诈，就在临来之前，做好了防备，随机往腰
里塞了一个布兜。其实，这布兜里装的就是一些黑豆、朱砂、桃木剑之类
的降妖捉怪之物。据说，这些东西能避邪驱妖，遇到妖魔鬼怪就会发出电

闪雷鸣般的炸响，威力巨大，耿先生打出的这些"掌手雷"也是经过他多年精心修炼而成的。说到这，人们不禁要问，这片荒地、坟冢又是哪里呢？据传说，这是河南某地的一片荒地、坟冢，也不知什么时候聚集了好多妖狐，而且这些妖狐经过吸收日精月华，便脱换人形，专门祸害一方的百姓，吃人肉、喝人血，老百姓对其恨之入骨，但也没办法。这次，遇到了耿先生才一下子端了它们的老窝，为本地百姓除了一群祸害。话说耿先生家在河北，距离这里至少有一千多里地，他又怎么回家呢？无奈，老先生只好以乞讨为生，一路走，一路降妖捉怪，路上饥一顿饱一顿，遇上恶劣天气便露宿街头，苦不堪言，但从不叨扰百姓，就这样也不知道走了多长时间，终于有一天，耿先生回到了自己阔别多日的河北老家西北阳。乡邻们见他衣衫褴褛、面黄肌瘦，形同乞丐，便都前来问寒问暖，问老先生："这些日子你都去了哪里？"老先生苦笑了一下，并不作答。乡邻们心想：唉，这都是为了我们哪！时间不大，好心的乡邻们有的给他送来了衣服，有的给他拎来了吃的、喝的，老先生都一一谢过。

从此，他和乡邻们一同过起了安稳祥和的好日子。据传说，这位耿先生120多岁才去世。

风 物 传 说

容城古八景的传说

明月古塔闻鸡鸣

讲述：王老师（南阳中学）
采录：张运生（南阳中学教师 50岁）

晾马台遗址位于容城县的东部，是河北省重点文物保护单位。这里有著名的明月禅寺，千年古柏，还有一些关于北宋名将杨六郎手扳歪脖井的神奇传说。

我听当地的老人们讲，在这个高高的土台之上，除了这些古迹传说，还有一座砖木结构的古塔，人们叫它明月古塔。这座塔虽不如容城的大、小白塔那么有名，但它却留下了许多美好的传说，至今还有一些故事在民间广为流传着。

数十年前，我曾在晾马台乡中学任教。那时的晾马台遗址还没有被保护起来，而我们的乡中学驻地就在明月禅寺的西南部。那时实行教师住校制，我们几个年青的老师经常不回家，晚上就住在学校里面。

那时候学校里有一个姓王的老教师，是晾马台本村人，他经常给我们讲一些关于遗址的传说和故事。听王老师讲过一个关于晾马台大寺旁古塔的故事，现在回忆起来，印象还是相当深刻的。

在晾马台明月禅寺的东部原来是一个跨院，那里是住寺僧人们居住的地方。在这个院子的南面曾经有一座古塔，塔叫什么名字，他也不太清楚。他听爷爷叙述，这座塔基座是八边形砖石结构的，塔身是用青砖白灰砌成的六角形建筑，古塔一共有七层，越往上去，塔身越细，而且每一层都有一个木制的小窗户，而且在第六层的小窗户上面还有一个石刻的长条形窗楣，上面刻有四个字，好像是"什么浮屠"，王老师说他爷爷也不记得了。

王老师小时候常听爷爷说，当初建这个宝塔时，也不知道是什么朝代。后来建好了，里面还放过一个精美的朱漆宝盒。后来，那个宝盒里又放进了一只白翎大公鸡。为什么放一只大公鸡呢？据说村里的一个庄户人家养了一只公鸡，这只公鸡和别人家的公鸡有点不同。一般的公鸡都是天亮前打鸣，天亮后就停止。而这只大白公鸡是从后半夜就开始打鸣，一直叫到天亮！邻居们都嫌它吵得慌，于是经常就到这家来理论。那家主人一气之下，就打算把公鸡杀了吃肉。当时大寺里有一个叫弘一的老和尚听说了此事，就劝那家主人千万不能杀生。他说，大公鸡暂且交给他，他自有办法处置。

于是大公鸡就被老和尚带回放进了那个朱漆的盒子里，然后他又把盒子放到了古塔最顶端的小阁楼里。

说也奇怪，从那天起，那只大公鸡半夜再也没有叫过。更神奇的是，大寺里的和尚每天都是在晨钟响过几声之后就起床，然后开始默诵经文。这只大公鸡总是在晨钟响起之前的几分钟就开始高声鸣叫，有时还和钟声同步。

后来，大寺里的和尚就都习惯了，每当大家听到公鸡的鸣叫，和尚们就自动起床洗漱，寺院里新的一天就算开始了！

再后来，朝代更迭，连年战乱，寺庙破落，和尚们都跑光了，那座六角古塔也逐渐颓废破败，人们再也听不到公鸡的鸣叫了。

王老师说，有一天他和哥哥去这里的大坡上玩耍，远远地就看到有一群人在拆那个古塔上的青砖和基石，据说人们要盖一个饲养牲口的棚子，那些砖瓦、木料就是盖马棚用的。那天，他又听大人们说，真的在那个塔里拆出来一个朱漆木盒，只是由于年代久远，风雨侵蚀，木盒一捅就烂掉了。

"雄鸡一唱天下白，万方乐奏有于阗。"明月禅寺，三毁三修，又见兴旺；千年古柏，历经风雨，见证辉煌。中国这只雄狮早已冲破历史的牢笼，正傲然屹立于世界的东方。雄安和通州，也正如京城之两翼，正在协同发展的路上振翅翱翔。

　　身为一个雄安人，我不由得感叹，古塔虽然不复存在了，那个所谓的公鸡也随风而去了，但那份美好的回忆，那份难忘的乡愁就像血液一样始终在每个雄安人的血管中流淌着，永远流淌着……

大槐树下的移民
采录：张运生

　　"问咱老家在何处，山西洪洞老槐树。祖先故居叫什么，大槐树下老鸹窝。"这是一首很多容城老人都非常熟悉的歌谣。每当他们说起自己祖籍的时候，除了会背诵这首歌谣外，还会很认真地伸出脚丫子，让你查看小脚趾头是不是复形脚趾头，以此来证明自己的祖先是在明朝时候从山西洪洞县大槐树老鸹窝小仙州搬迁来的。这是怎么回事呢？这里流传着一个有趣的传说！

　　移民刚开始的时候，明政府颁告示于三晋百姓："不愿迁徙者，到洪洞大槐树下集合，限三天赶到。愿迁徙者可在家等候。"消息一传出，晋北、晋中、晋南的人拖家带口，携儿带女地簇拥而来。三日之内，老槐树下呼啦啦集合了十万之众。这时，大队官兵蜂拥而至，把手无寸铁的百姓裹了个严严实实，一官员高声宣布："大明皇帝敕命，凡来大槐树下者一律迁走！"说罢，官兵恶狠狠地先将青壮年带铐上枷，遂强行登记，强发凭照，一家一户根绳相拴，如串蚂蚱，十万百姓在刀逼棒喝之下，吞声饮恨，踏上了迁徙的路途。大迁徙中，移民双手被绑，在官兵的押送下上路，凡大小便，均要向解差报告："老爷，请解开手，我要小便。"长途跋涉，大小便次数多了，口干舌燥的移民便将这种口头请求趋于简化，只要说声"老爷，解手"，彼此便心照不宣。于是，"解手"便成了大小便的同义语。路途上，有的人趁官兵不注意偷偷地逃跑了，后来押送的官兵便想了一个办法，他们将移民的小脚趾砍上一刀，以做标记。打这以后，移民后代的小脚趾便成了复形。直到今天，山西洪洞县大槐树公园的祭祖堂里，还刻有两副楹联，一为"举目鹳窝今何在，坐叙桑梓骈甲情"，二是"谁是古槐底下人，双足小趾验甲形"。

　　部分三晋移民就这样来到了一片荒地，就在这儿安下了村落，开始了男耕女织的生活。这些人就是容城人的祖先，这些村落就是容城县现在一些大大小小的村庄。

白洋淀的故事

采录：宋忠臣（雄县退休教师 74岁）

烧车淀火烧辽兵

白洋淀的北大淀又叫烧车淀，其中一大部分在容城县境内，方圆八十里，水面开阔，水深数丈，连接着南面一个个水淀，构成城防的天然屏障。烧车淀名称的来历与一段北宋年间杨六郎大战辽兵的动人故事有关。

辽国萧太后总惦记着宋国的花花世界，千方百计想入主中原，可就是破不了瓦桥关。这年，天赐良机，天气格外寒冷，白洋淀的冰也格外厚，在大淀里跑马行车全然无事。萧太后闻报大喜，马上定了个调虎离山计。她派萧天佑率领三万骑兵，越过白洋淀，突袭高阳草桥关，又派韩昌率领三万精兵埋伏在白沟河以北，待杨六郎出兵救援草桥关，再趁机拿下瓦桥关。

萧天佑按萧太后的旨意，率领三万骑兵绕过瓦桥关，踏冰穿过白洋淀，突然包围了草桥关。消息传到东京，朝野震动，皇上传旨命杨六郎救援草桥关。

俗话说"将在外，君命有所不受"，杨六郎接旨后却按兵不动。孟良、焦赞摩拳擦掌，一再请战，愿带一万精兵解救草桥关，杨六郎置之不理。草桥关被围了四五天，杨六郎仍旧一个人在书房里看书、品茶，若无其事。几位将官急得转磨磨，一同闯进书房。

杨六郎缓缓放下手中的兵书，平静地问："什么事？"焦赞说："嘿！你倒没事了，草桥关咱还要不要？"六郎淡淡一笑："这也值得大惊小怪！草桥关有惊无险，稳如泰山。"接着他讲出了道理："攻城之战离不开云梯，辽贼一夜奔袭三百里，必没带云梯，所以能围而不能攻。草桥关城高墙固，兵力未损，防守绰绰有余，不必担心。还有，辽兵既是长途急袭，所带粮草必不多，待他粮断必然退兵，咱再沿途截杀，岂不一举两得。"顿了顿，六郎又说："你们既闲得难受，派点活儿吧！"随即派了点儿任务，几位领命而去。

再说辽国萧太后看杨六郎按兵不动，调虎离山没调动，也改变了计划。她传旨调集三百车粮草、六十架云梯，另加八台拆垛口的铲车，两台破城门的撞车，派兵运往草桥关。考虑事关重大，萧太后不惜"大材小用"，派大将韩昌押送兵车。临行前再三嘱托："此举甚重，一路需百倍小心，粮草运到草桥，我即稳操胜券。拿下草桥之后，你等迅速向东迁回，切断瓦桥后路，咱南北夹攻，必胜无疑。"

韩昌不敢大意，选了八千精兵，将人马分成前后两队，兵车夹在中间，首尾相连，依次前行。傍晚到达白沟河，忽然下起了大雾。韩昌暗暗高兴，心说乘着大雾夜色宋军更不易察觉，正好越过瓦桥关。辽兵前军越过了白洋淀北堤，韩昌松了口气，再走三四十里冰路就可到达草桥关。不料后面小番报告：夜雾中一小股宋军抢了几车粮草。韩昌吃了一惊，传令后面兵车不顾一切往前赶，这一来所有兵车都被赶上了冰淀。这是杨六郎用的第一招"赶"。

淀上冰面开阔，辽军兵车排成几路，排头往前涌，其余兵将散在四周保护。查点一番，仅损失几车粮草，韩昌暗自庆幸。

兵车走在冰上有利也有弊，有利是车轻了，马稍一用力车就走；可冰面儿滑，马不断滑倒，车夫们小心翼翼抱住车辕，不时救起跌倒的马。一会儿，小番报告：南区的冰路被人凿开了。韩昌派出两队小番向西探寻路径。一会儿小番回来报告：发现西边有两小股宋军还在凿冰，一队从东往西凿，一队从西往东凿，还差几十丈就凿通了，幸亏发现得早，杀散了宋兵，保住了这条"通道"。韩昌传令全速向西行，奔那"通道"。他不知道这正中了杨六郎的第二招"截"。

兵车又向西走了六七里，好在冰面结实，不必担心塌河。谁知刚到了"通道"口又出事儿了。

其实，这"通道"是宋军故意留的，借此把兵车引到冰面开阔的北大淀。这正是第三招"调"。接下来就是第四招"堵"。

这时天已过午夜，是全天最冷的时候，也是冰上劲儿的时候，凌乍声有如山崩地裂，一声接一声。常言说"凌乍凌乍别害怕"，这说明冰在上劲儿，越冻越结实。可辽兵不懂这些，被凌乍声吓得心惊肉跳，不知所措，再加上跑了半夜，水米未沾牙，又冷又饿，一个个直打哆嗦。守在"通道"的辽兵正惶惶不安，又听到一阵"咕噜噜""呱啦啦"乱响，更吓得不知所以，四散奔逃。夜雾中宋兵推来了一个个的大冰坨子。每个冰坨子差不多厚一尺半，宽二尺，长七八尺，一会儿把通道堵了个严严实实。

韩昌闻报大怒，把几个将官臭骂了一顿，命令他们立即把冰块儿推开，清出通道，又命令兵车集中靠拢，清出通道后再往南去。

这可苦了那些辽兵。辽兵多数来自大草原，走不惯冰，"出溜"一个跤，"呱唧"一个趴虎。他们又冷又饿，抖抖瑟瑟推那些大冰块儿，费了九牛二虎的力才把那些冰坨子推开。

谁知道刚推开，"咕噜""呱啦"一阵乱响，冰坨子又堵上了。韩昌气得咬牙切齿，又增派了两队士兵协助清道。于是宋辽双方展开了一场激战，辽兵拼命推开，宋军竭力堵住。黑压压的一大片人，分不清你我。你刚推走了，他又推回来，你往南推，他往北推。一时间厮打声、摔跤声、冰块儿撞击声，响成一片。

这场激战宋军明显占有优势，辽兵饥寒交迫、疲惫不堪，宋军以逸待劳。辽兵不习冰性，走路还自顾不暇，焉能打仗？而宋军蹲蹦跳跃，奔走自如。再有宋军的武器称手儿，杨六郎将钩镰枪稍加改造，既是武器又是工具，这就是后来撑冰床用的篙丫子，推冰拉冰非常方便。辽兵唯一的优势是人多，宋军出动的人少。宋军玩的是耗子逗猫，你赶我就走，你走我还来。

折腾了半宿，天快亮了，宋军不再纠缠，用大锤、冰镩把冰块击碎，瞅冷子再浇几桶水，很快就冻住了，南去的通道被彻底堵死了。

天亮了，大雾渐渐散去，北风初起，红日渐升。韩昌登上兵车放眼四望，满淀银冰反光，四百辆兵车八千将士被孤零零地困在淀心。南去的路已经切断，北、西、东三面都有宋军。北堤上旌旗招展，杨六郎勒马立于帅旗下，左有孟良，右有焦赞，威风凛凛！

韩昌暗暗叫苦，长叹一声："大势去矣！"如果韩昌舍弃兵车，率兵南撤，也可安然脱身，可他舍不了兵车，下令坚守待援，等萧太后发兵来救。

孟良催马来到阵前，要韩昌答话。孟良对韩昌说："我家元帅有好生之德，只要留下兵车，可放你们一条生路。如其不然，杀你个片甲不留。"韩昌一愣，看了看满淀的冰，哈哈大笑："孟良，你没发烧吧？这连根柴火刺儿都没有，你能把冰点着了？"

孟良说："信不信由你。"韩昌说："我倒想试试。"孟良说："悉听尊便！"拨马而回。

韩昌立即重新部署：把兵马收拢围在中间，兵将散在四周，前边是盾牌手，后面是弓箭手，再后面长枪、刀斧手，严阵以待。

北堤上杨六郎挥动令旗，一阵鼓响，西边涌出一队宋兵，推出来好多苇葶子。

苇葶子是苇叶子、苇茬、烂苇子捆成的。只不过这苇葶子捆得大点儿，有半人高，一丈多长。宋兵四五个人推着一个大苇葶子向前进攻。冰面儿滑溜，毫不费劲儿，进攻飞快。辽兵一阵乱箭，由于宋兵在苇葶子后面猫着腰推，箭都射在苇葶子上，宋兵毫发无伤，一会儿就攻到阵前。一阵乱杀后，宋军并不恋战，扔下苇葶子往回跑。

韩昌暗自得意，心说坚持两三个时辰，萧太后准能赶到。

西边正热闹，东边一阵鼓响，也冲出一队宋兵，轮番推着苇葶子往上冲……

韩昌不了解，宋军的进攻目的不是夺粮草，而是向上运柴草。

一会儿，东西两边都堆起高高的苇葶子。宋军越战人越多，辽军节节败退，阵地越来越小。这是杨六郎用的第五招"攻"。这一战宋军占了绝对优势，辽军似乎已成了瓮中之鳖。如果夜间是耗子戏猫，此时便是猫戏耗子。

焦赞向杨六郎报告："启禀将军，照您的吩咐，东西两面已把两千个苇葶子送到阵前！"杨六郎哈哈一笑："好，最后一招，烧。"扭头对孟良说："看你的了！"

孟良答应一声传令点火。

士兵拿出风葫芦：就是苇子扎成的圆圈，几根苇花参着，沾火就着。这时北风越刮越大，士兵们点着风葫芦一甩，那风葫芦借着风势"咕噜噜"刮向辽军。

一个个风葫芦越刮越快，好像哪吒的风火轮，风助着火势，火借着风威，很快滚到辽军阵前。尽管辽兵扑灭了一些，还是把苇葶子引着了。

两边苇葶子一着可了不得啦！前排的辽兵惊叫着后退，互相拥挤，自相践踏，阵势大乱。韩昌和几位将官竭力想稳住阵势。这时，北堤上金鼓齐鸣，千数宋军推出一个更大的苇苫子，多大？一百多丈长——条苇龙！呐喊声惊天动地，苇龙横着涌向兵车。韩昌急忙派出两队长枪手截住了苇龙，想阻止苇龙靠近兵车。这时双方可谓势均力敌：辽兵是背水一战，东西有火，南面有水，北边的苇龙再推上来引着了火，必死无疑。两千名长枪手截住苇龙拼命死推。而宋兵士气正旺，斗志正酣，劲头十足。好一场拉锯战，你向南推几步，他向北推几步，互不相让，不可开交。

孟良嘿嘿一笑："我叫你们推，点火！"几十只火把一齐点火，霎时苇龙变成一条火龙，火苗子蹿起好几尺高，直往辽兵脸上扑。辽兵是逆风，被火烧得一起后退。宋兵不怕啊！宋兵是顺风，乘势发一声喊，推着火龙一直攻到兵车跟前。

一会儿兵车就着了，车把式们见大事不妙，各自逃命，战马咴咴乱叫，又冲又撞，兵车互相碾压、碰撞，翻的翻，倒的倒。

可怜那些辽兵焦头烂额，哭爹喊娘，满地打滚儿。有的向南跑掉进冰河冻淹而死，有的侥幸爬上来也被冻成冰棍儿，只有少数随韩昌逃往草桥关报丧去了。

那些兵车直烧了两天两夜，后来人们管这叫烧车淀。

白洋淀边老龙潭

很久很久以前，白洋淀边有个老龙潭。老龙潭里的水很深很深，多少辈子都没干过。早年间连续十年大旱，大淀里见了底儿，老龙潭里的水却总不见少。据说潭底可通龙宫，潭底有只千年鳖精，整年伏在潭底修行，每隔六十年出来透透气儿。

这天来了个南方人，约莫四十岁上下，长得膀大腰圆，身强力壮。他围着潭边转了几圈，发现了水底的老鳖精。老鳖肚里有颗硕大的珍珠，足有拳头大小，那可是无价之宝。他要下到潭底，捉鳖取宝，又担心自己功力不够，想找一个帮手。

离潭不远处的堤坡上有两间土坯房，里面住了位柳老汉。南方人找到柳老汉，打听附近有没有胆子特大的人。柳老汉指点他到附近村里去找。转天南方人找来一个小伙子，小伙子姓杨，外号杨二愣。

杨二愣是有名的杨大胆儿，真是天不怕地不怕，不怕狼虫虎豹，不怕鬼怪神狐，可以说天底下的事没有他怕的。

南方人把杨二愣带到潭边，告诉杨二愣："过一会儿，我要潜入潭底擒拿鳖精，免不了要有一番争斗，你不要怕……"说着拿出五面小旗儿，递给杨二愣："这是蓝、黄、红、白、黑五色旗，我每伸出手来，你就递给我一面。记住，千万别害怕，事成之后我送你百两黄金。"

杨二愣说："你放心吧，我生来不知道什么叫怕！"南方人潜入水底后，一会儿平静的水面起了波澜，一阵一阵地翻起水花。突然水面伸出一只大手来，有蒲扇大小。二愣赶紧递上蓝色旗。小旗随即沉入水中。潭水更猛烈地翻滚，搅起一个个漩涡，水底发出一阵阵嘈杂的怪声。那只大手又从水中伸出，这回更大了，有簸箕大。二愣递上黄旗，心里暗暗称奇。

随着时间的推移，水底传出隆隆的怪声，潭水更加激烈地动荡，时而左面的潭水涌起，溢出潭外，而右面的水几乎见底；时而右面的水涌起，左面的水几乎见底。水中又伸出大手，这次有锅盖大，长宽约三尺，手指像大擀面棍。二愣递给他红旗，两腿不免有点儿哆嗦！

转眼间潭水激起一个个水柱，约三四丈高，一个比一个更高。水中的怪声更嘈杂震耳，似雷鸣，似风吼，似猛兽嚎叫，似兵器撞击……那只大手又破浪而出，有头号大笆篓大，手指就像大绞棍。二愣战战兢兢地递上小白旗，小白旗迎风一晃变成一面大旗，"唰"地进入水底。

就在这时天阴了，乌云翻滚，电闪雷鸣。潭里的水柱激得更高，直冲云空，与乌云相交，老龙潭上空大雨倾盆。大手又从水底伸出，这次更吓人，足有一间屋子大小，手指粗得像檩条。

二愣吓得"妈呀"一声，扔下黑旗跑了！

雷声渐渐地停了，乌云渐渐地散了，老龙潭又恢复了平静，南方人的尸体浮上水面，好心的柳老汉就近掩埋了尸体。

过了半个多月，晚上，有人敲柳老汉的门。柳老汉开门一看，不认识。来人是个黑胖汉子，"噗"地下跪，请求救命。柳老汉问他是谁，他说："我是潭底的鳖精，前几天一场大战，南方人溺水而死，我也伤了元气，明天他师父要来寻仇，我不是他的对手，看在多年来我没伤害过生灵的份上，请你救我一命！"柳老汉问："我怎么做才能救你呢？""无论他怎么做，你都拦住就行。"

第二天，果然来了一个道士，宽袍广袖，身背宝剑，白须飘洒，鹤发童颜。他来到潭边也不说话，围着潭边正绕了三圈，倒转了三圈，潭水

"唰"地降了三尺。柳老汉见大事不妙,赶紧上前拦住。老汉转圈转不成了,手指着潭里骂道:"孽障,看在老汉面上,饶你不死!"说着又跺了一脚,转身走了。

晚上,鳖精来谢救命之恩,不过瞎了一只眼,一条腿也瘸了。鳖精说:"幸亏他一根手指点的,如果两根手指点,我两只眼都得瞎了,他又跺一脚伤了我一条腿,你能拦一拦就好了!"

燕王大战月漾桥

月漾桥又名易阳桥,位于白洋淀东,是十二连桥的第一座桥,北距雄州正好十里,南距鄚州二十里。桥下是横贯东西的水路,桥上是直通南北的大道,战略位置十分重要。明朝初年,这里曾发生过两次惨烈的大战。

燕王朱棣是朱元璋的四子,素来胸怀大志,本想接替父皇登上大位,不料却被封为燕王,镇守北平幽州。

燕王在北平养精蓄锐,招兵买马,积草屯粮,力量不断壮大。朱元璋驾崩,皇太孙建文帝即位,燕王自然不服。几经摩擦,叔侄撕破了脸,朱棣以"靖难"为名,起兵征南。这就是民间说的"小燕王造反"或"燕王扫北"。

建文帝派老将耿丙文为帅,另派了十几员大将,率三十万人马征讨燕王。三十万大军陆续在河北真定集结。耿丙文老谋深算,派先锋杨松率九千人进驻雄县,又派潘忠驻扎在鄚州。这一招极为稳妥,月漾桥是燕军南征的咽喉要路,这一布置从南北两端卡住了月漾桥,截住了燕军的去路,为防万一,又派大将徐凯率军驻扎在河间,如此一字长蛇阵,一线三点,进可以攻,退可以守,实为上策。

不料,坏事坏在两个先锋上。杨松、潘忠自恃是天子之师,王命在身,一路上飞扬跋扈,各府州县远接近送,不敢怠慢。所到之处抓夫拉丁,派粮要款。士兵们军纪涣散,三三两两骚扰百姓,搅得鸡犬不宁。

消息传到北平,燕王一忧一喜。忧的是耿丙文老奸巨猾不好对付。耿丙文是朱元璋手下的老将,深受明太祖器重,火烧庆功楼,诸将俱被除尽,单单剩下此人,可见其极不一般。如今摆出这一字长蛇阵,锁住咽喉月漾桥,实在难以突破。喜什么呢?喜的是先锋人马军纪涣散,倒有可乘之机。

再说杨松驻扎在雄县城内,与手下议定过了中秋节即越过白沟河,杀向北平,一鼓作气生擒燕王。为鼓舞士气,中秋之夜大排筵宴,士兵们杀牛宰羊,置办酒宴,狂吃猛喝,从下午直喝到深夜,一个个烂醉如泥,呼呼大睡。

他们过节,燕王可没过节。

燕王早得知这一情况,也早做了部署,他选派了千名善攀爬的刀斧手,乘着月色,越过白沟河,来到雄县城下。

几名高手甩出飞爪,勾住城头,攀援而上。

城头上几名南兵正呼呼大睡,梦中做了无头之鬼。燕军从城上抛下绳索,大批军士攀上城头,随后一路猛杀猛砍,可怜那些南兵还没明白怎么回事,已经身首异处,九千兵将无一幸免。杨松也死于乱军之中。

更可怜的是城中百姓,惨遭屠城之害,多数死于非命。

肃清了残敌,燕王进了雄县城,天还未明。燕王召集众将议事。有人提议,拒守月漾桥头,等待南军。燕王摇头,不以为然,另说出一番见解,诸将点头称是。当下一位小将谭渊自动请战,愿率领一千名刀手去月漾桥设伏。

月漾桥两侧水面开阔,水下水流平缓,倒是设伏的理想所在,然而要藏起上千人并不容易。好在水不太深,士兵们进入水中各选地点,或蹲或站,只剩头露出水面。

如果长时间潜入水中,谁也受不了,可是,头露在水面上也不行啊!有人想了法儿,从水里捞些苲菜顶在头上。

这个法儿挺好,头顶着苲菜,鼻子、嘴可以露出水面出气儿,潜伏多长时间都行。于是士兵们每人都顶了一团苲菜,远处看去,就像水面漂着些水草,不细看很难分辨出来。另派了几名小卒伏在路边,伺机点炮,炮响为令,出击杀敌。

次日天明,潘忠在鄚州听说雄县有了军情,立即率军赶往雄县。他不知道杨松已然全军覆没,他犯了和杨松同样的错误——大意轻敌,大敌当前毫无警惕。假如他细心点,或许会发现月漾桥下的埋伏,可惜他没往那方面想,打马过了桥。真是将帅无心,士兵无眼,上万人通过,竟无一人发现异常。

潘忠赶到雄县城,燕王早列阵等待。潘忠还以为是自家人出城迎接呢,待看清是燕王旗号,才大吃一惊。

燕王一声令下,燕军刚打了胜仗,士气正足,一阵冲杀,南军转身溃逃。潘忠刚退到月漾桥,几声炮响震天震地,谭渊从桥下跃出,大喝一声,一枪将潘忠挑下马来,军士上前将其绑了。南军前后受敌,又失去主帅,乱作一团,溺水的溺水,被杀的被杀,一时间,月漾桥头血流成河,又一个全军覆没。

这是一战月漾桥,发生在建文元年。

燕王血战白沟河

采录:宋忠臣

建文二年,月漾桥又发生了一次更为惨烈的大战。这次大战起于白沟河,收于月漾桥,史称"白沟河战役"。要说一战月漾桥,燕王凭的是智,二战月漾桥凭的则是勇。

该年四月,建文帝派李景隆为帅,老将郭英、陆杰为副将,发兵六十万征讨燕王,又钦赐金瓜斧钺仪仗,以壮君威。

这六十万大军对外号称百万,声势浩大,大有黑云压城,巨石击卵之势。燕王部下微露惧色。

燕王朱棣却不以为然。燕王道:"李景隆等都是平庸之辈,无勇无谋,依仗人多势众罢了,然而人多易乱,打前面的后面不知,打左边的右边不响应,将帅不专心,军令不一,你们等着看吧,他带来的兵甲粮草都会留给咱们。"这一番话大涨了士气,大将张玉自请带兵先往白沟河拒敌。

白沟河与月漾桥相距四十多里,大战在这之间展开。

南军先锋平安先率军赶到白沟河。平安一贯作战勇猛,每战必带头冲锋陷阵。俗话说"强将手下无弱兵",其麾下多勇猛善战之士,尤其大将瞿能父子,更是勇冠三军,因此这三人堪称燕王的劲敌。更要命的是,平安曾随燕王作战,深知燕王的用兵之道,因而对燕王的威胁极大。

平安与瞿能父子率军越过白沟河,杀入燕阵,三人勇不可挡,所向披靡,燕军心惊胆战,人马死伤无数。燕阵内也杀出三员将官,截住平安等拼命厮杀,燕王率人从侧面助战,只杀得天昏地暗,日月无光。这场恶战从早晨杀到中午，又从中午杀到深夜才各自收兵。

一个平安就很难对付，燕王不知道，一个更大的威胁在等着他，那就是老将郭英。

郭英手下没有平安那样的勇将，却带来了很多火器。这些火器大概是当时最先进的新式武器。他们把这火器埋在燕军的必经之路，这大概是世界上最早的"地雷"。

第二天燕军越过白沟河，杀向南军，果然中了"地雷"，士兵们被烧得焦头烂额，阵势大乱，潮水般向后退去，诸将弹压不住。一时间整个战场上空烟雾弥漫，兵不见将，将不见兵。此时燕王展示了非凡的勇敢，带领三骑独自断后，掩护后撤，挽救了危局。他们且战且走，苦苦厮杀，以致迷了路，后来下马伏在地上观察水流，才辨明方向，回到大营。

形势对燕军极为不利，似乎败局已定。

燕王毫不气馁，连夜将人马分成数路。命大将张玉率中军，朱能率左军，陈亨领右军为先锋，邱福领后军，十余万人马黎明时分渡过白沟河。

次日，南军瞿能带领儿子攻击张玉的大阵，平安在后面掩护。一会儿燕军死伤了数百人。张玉面露惧色，燕王说："胜败乃兵家常事，他虽兵多，不过中午一定打败他。"说着率领着几千精锐冲向敌阵，朱高煦、张玉紧随其后。要说前天燕王是退却在后，今日又是冲锋在前。他率领着七骑，忽左忽右，时而前进时而后退，冲杀了一百多个回合，南军死伤无数。

然而南军也都不是吃素的，将士们箭如流星雨点般对着燕王的马射来射去，燕王的马几次被射中，又几次换马再战。后来燕王取箭对射，箭用完了，又拔剑猛砍，直到剑刃残缺了无法再用。

忽然燕王马失前蹄，差点被敌将擒获。燕王情急生智，跑上河堤，挥舞着马鞭做招呼人的动作，敌将疑有伏兵，未敢近前，燕王才转危为安。

燕王换了马再次冲入敌阵。此刻，燕军另一面情况也不妙，右路军先锋陈亨被平安斩于马下，副将徐忠被砍折两根手指。徐忠自断手指，裹伤再战。紧急时刻朱高煦率一支劲旅与燕王会合，与敌接战。

燕王太累了。

时近中午，瞿能又发动了新的一轮进攻，率领着千名勇士，光着膀子挥舞着大刀，高喊着："灭燕！灭燕！"杀向燕军。

燕军万分危急！

忽然，老天来帮忙，一时间西北风大作，偏偏刮折了南军的大旗。军旗折断是不祥之兆，南军军心动摇，阵形大乱。

燕王抓住战机，亲率一支劲旅绕到南军阵后攻入阵中，朱高煦从前方杀入，斩杀瞿能父子。朱能也杀败了平安。南军的大阵彻底崩溃。燕军乘势放火烧了南军营房。俗话说"兵败如山倒"，南军士卒纷纷逃走。主将李景隆向南逃窜，郭英向西逃窜。南军被砍头、烧死多达百万，丢弃的粮草辎重堆积如山。燕军一直追杀到月漾桥头，剩余的南军在桥头溺死、踩踏死又有几万。

双方都杀红了眼，老百姓被杀的也不少，经过此役，雄县一带居民死伤惨重，所剩无几，致使土地荒芜，田园颓废……

唉！叔侄争天下，死的全是老百姓！

康熙在白洋淀

康熙是历史上较有作为的皇帝，也是在位时间最长的皇帝，他一生来白洋淀四十多次，并修建了好几处行宫，可见其与白洋淀渊源之深。

有一次康熙来到白洋淀，宿在郭里口行宫。夜里康熙起身发现南方火光冲天，即判断有人家失火，马上传旨，命侍卫速去救火。侍卫们赶到失火地点，正是一户人家失火。火势正凶，将要殃及四邻，南风一阵猛似一阵，大有滚村之势。主人急得顿足捶胸，幸亏侍卫及时赶到，七手八脚扑灭了大火，保住了部分房屋，免了全村一场大难。村民们得知是圣驾遣人救火，非常感动，集体向北跪拜，叩谢皇恩。

康熙接到灭火奏报，才安然入睡。次日又遣人为灾户送去钱粮，以示慰问。

这事留下了一段爱民佳话。

康熙为什么爱来白洋淀？传说康熙是刘备转世，刘备当年"织席贩履"常来白洋淀。

一次康熙夜宿行宫，深夜正读书时听到甲叶"哗楞""哗楞"响。康熙灵机一动，随口问："哪位将军护驾？"空中有人答话："二弟云长也。"康熙这才知道自己是刘备转世，随即又问："三弟何在？""三弟镇守辽阳。"

第二天，康熙急切想见到这位转世的三弟，于是降下圣旨，八百里加急，金牌调银牌宣，宣辽阳县令进宫见驾。

辽阳县令接旨后一头雾水，他不明白自己一个小小县令，为什么突然被皇上召见，而且还八百里加急。他越想越怕，竟上吊自杀了。

消息传回行宫，康熙懊悔不已。

康熙后来追封关公为"武圣人"，与文圣人孔子齐名。关公的名声达到了至高无上的地步。全国各地大修关帝庙，历朝历代就数康熙朝关帝庙修得多。人们说由于关羽暗中佑护，康熙戎马一生，毫发无损，刘备没完成的统一大业康熙完成了。

康熙曾多次来白洋淀打水围，每次都调集大批船只。众多的船从四面八方驱赶水鸟，合围到一处开阔的水面。一时间各种水禽云集，遮空蔽日，异常壮观。随着一声令下，枪炮齐响，万箭飞鸣。刹那间，惊鸟飞旋，毛羽纷落，血溅水面……

一次水围正进行时，康熙的龙船前，恶浪翻滚，黑气冲天，只见一只大鳖横在水面拦住了去路。将官们有的张弓搭箭，有的想开炮轰击。康熙说："不可！"随即命人点燃了一炷香，来到船头，躬身举香，问："鳖仙有何指教？"老鳖说道："你每次水围杀戮太重，恐有损国寿，特来相告。"康熙又问："国寿几何？""能到灯头儿冲下！"又问："届时还有何征兆？""人们披头散发，手指冒烟。"说毕沉入水底，顿时风平浪静。康熙从此就停止了水围。

古时点灯都点豆油灯，灯头儿只能冲上，那时人们认为灯头儿永远不可能冲下，大清国运也就绵长无期。

然而，到了二十世纪初，外国发明的电灯传入中国，到了灯头冲下的时候，大清国也寿终正寝。人们剪了辫子成了"披头散发"，又有人吸香烟，就应验了"手指冒烟"的谶言。

康熙莲花淀打水围

话说康熙十六年四月十五日清晨，紫禁城飞出一队人马。四月的清晨仍有一丝寒意，凉风习习，薄雾蒙蒙，红日冉冉，这队人马出永定，下南苑，穿固安，走牛驼直取霸州。

这一行是什么人？原来是圣上玄烨。他们去哪儿？说来玄烨亲政十年了，也经历了无数艰难险阻，闯过了无数激流险滩。近来三藩之乱渐次平息，国势日定，心情为之一振，正好就此出宫一游。此行一者可暂免国事之忧，二者借机巡查京畿河务，以安百姓。由于南苑围场地域狭窄，连年行围，猎物难以休养生息，此行需另寻一行围之地，只得向南探寻……

多日未出宫，今天康熙格外高兴，时而策马飞奔，时而缓辔徐行，护卫们前呼后拥，马后腾起滚滚烟尘。过了霸州，一路向南直抵清河码头。

接到皇上旨意的地方官员不敢怠慢，直隶巡抚率一班大小官员早已在此恭候圣驾，河务道台备下多条漕船。康熙兴致勃勃弃岸登舟，在船头落座，巡抚道台陪侍左右。船顺大清河逆流西上，缓缓行驶，两岸堤防树木、村落人家，人随船移，景随物换。康熙不时询问堤防水害及风俗民情，巡抚道台一一作答。船驶入东淀，豁然开朗，水光天色，一望无际，漕船扯起风帆向西疾进。巡抚趁机奏到："此乃东淀，方四百里，水势浩荡，水面开阔，然可做围场处无几。西淀略小于东淀，方三百里有余，由大大小小数十个淀泊连成，其中最大淀名为白洋淀。纵观西淀，水流较为平缓，滩涂纵横，沟壕交错，苇田星罗棋布，方便鸟宿禽栖；水草风嫩，鱼虾繁多，导致禽鸟聚集，可做围猎场者甚众。"康熙点头称许。

一会儿，漕船驶进通惠河，水面窄了许多，两侧青芦蓁蓁，鸟鸣叽喳，另是一番景象。直隶巡抚接着再奏："经臣勘察，西淀中各处以莲花淀作围场最佳。前边出了通惠河口就是莲花淀。"

原来水上围场也得有几个条件，一是要有一片开阔的水面，二是周边要密布苇塘草滩，能容纳众多鸟类栖息，三是要有沟壕河汊相通，便于行船驱赶鸟群。

说话间船到通惠河口，放下桅杆，过了大石桥进入莲花淀。桥南是千年古镇赵北口，桥北一溜长堤，堤上杨柳依依，柳絮飞扬。此时红日西斜，水面微波荡漾，波光闪闪，野鸡、咕顶鸡浮游出没。低空鸥飞燕舞，凌空鸿雁高翔。芦苇丛中苇叶飒飒作响，呱呱鸡鼓噪齐鸣，再加上阵阵蛙声，真让人心旷神怡。康熙迷上了眼前美景。

巡抚趁机又奏："这莲花淀方圆三十五里，是凫鸟最多之处，此时仲春，候鸟北返，雁凫成群，正是围猎良机。臣已调集上千船只，想请圣上试打一场水围，恭请圣谕。"康熙大悦："正合朕意。"

为不扰民，当夜康熙就宿在船上。

次日凌晨丑时，上千条小船悄悄出动，分布在莲花淀周围的河汊沟壕。每条船上两三名士兵，一名水手。待部署完毕，随着一声号炮，各船一齐行动，士兵们高声喝喊，敲打着各种响器，锣、鼓、钹、铜盆、木板等响成一片。宿在苇丛的各种水鸟受惊，扑棱棱一齐腾空飞起。又有士兵挥舞着各色旗帜，轰赶着鸟儿们往前飞。水鸟们不甘心被惊起，飞一段仍想落进苇丛。船上不时放上几炮，鸟被驱赶着继续朝前飞，苇丛间的宿鸟不断被轰起，空中越聚越多，渐渐地鸟群被轰出苇塘，飞到莲花淀这片开阔的水面上空。此时天已大亮，红日喷薄欲出，四面八方的船都驶出苇巷，在水面形成一个包围圈。

围中的鸟想往哪个方向突围都被响声、旗帜吓回。一群大雁欲高飞远遁，几支响箭呼啸着直上凌空，吓得雁群降回低空盘旋。包围圈渐渐缩小，直到船与船头尾相连，水围告成。船上士兵们一齐脱帽，挥舞着旗帜高声欢呼，大呼："合围告成。"

直隶巡抚启合围成功，恭请皇上首射。

康熙已用过早膳，神采奕奕，精神焕发，身着戎装，挟弓带箭准备进围。直隶巡抚已备下几十条小船供皇上选用，康熙选了一条四舱船，船主姓宋，莲花淀西北马蹄湾村人，康熙看他身强体壮，忠厚老成。巡抚叮嘱船工要格外小心，不要惊着圣驾，船工回答："大人但放宽心，小民保万无一失。"

此时水围场上十分壮观，四周旗飞帜舞，炮声连连。空中的飞鸟欲逃无门，欲落无地，只得忽东忽西，忽南忽北，时上时下，时聚时散，时而低掠水面，时而直冲云端。

小船缓缓驶进围中，康熙在前舱丁字步站定，身子不摇不晃，脚底生根。这就是康熙的过人之处，虽贵为帝王却常常习武，平时练就了动如风、站如松的功夫，此时派上了用场。试想上船后左摇右晃，站且不稳，焉能再射？康熙瞄了瞄雁群，拈弓搭箭回首示意船工，船工点头会意，双臂用力猛摇几棹，船如离弦之箭直穿围中。

康熙拉开宝弓，箭指雁群，随着船行进，选准角度，"嗖"一声，第一箭"流星追月"，一只大雁应声落地。转瞬小船进到雁群正下方，第二箭仰天直射，这叫"旱地拔葱"，又中一雁。第三箭不失时机扭身转项"犀牛望月"，又中一雁。骑射讲究"一马三箭"，这"一船三箭"异曲同工，恰到好处，三射三中，展示了高超的射技，一代帝王有如此高超的射技，人们顿生敬意，四周的军士不约而同高呼万岁！

连伤了三只大雁，群雁惊叫四下乱飞，散了雁阵。大雁是组织性很强的飞禽，头雁"嘎""嘎"大叫着，急切地飞舞盘旋，重组雁阵，一会儿雁阵分而复合，再准备高飞远遁。

康熙稍息片刻，精神抖擞，再次拈弓搭箭，这回改变了招数，船泊在水围中心，对着盘旋的雁阵张弓四射，射了个"天女散花""流星落雨"，四周再次高呼万岁！

头雁中箭落水，几只幼雁孤叫哀鸣，声声凄厉。康熙动了恻隐之心，传旨："给这群雁留个种吧！"四周停放响箭，几只幼雁高飞，逃出水围远去。

围中最多的水鸟数凫，凫俗称野鸭子，比家鸭略小，飞翔能力较差，飞了一阵纷纷落在水上浮游。康熙又来了兴致，回首对船工说："把好船，看朕来个一箭双凫。"

在水面射野鸭比空中射雁容易，但箭射双凫就不易了，那得两只野鸭并排浮在水面，需箭、船、鸭成一条直线方可，射手得有耐心，还要善于把握时机，还需水手配合默契，及时调整船的方位、角度。

康熙搭箭在弦，双眼紧盯鸭群，水手小心地慢慢棹船，不断调整船向。突然康熙放手一箭，雕翎贴水面飞去，正好穿透两只野鸭的脖子。士兵竹竿挑起猎物，周围再次爆发出欢呼声，为万岁高超的射技喝彩。

接下来直隶巡抚、河务道台率领一班官员、将校，进围射猎。那真是人人奋勇，个个争先，谁不想人前显贵？谁不想展示射技？十几条小船往来穿梭追逐，棹欢桨快，舸翔舟飞，乱箭穿空，飞鸟纷纷坠落……

随后围猎士兵一齐动手，四面合击，霎时炮声阵阵，火光闪闪，万箭齐发。这场水围直打到红日西落。

自此，康熙常来莲花淀打水围，并就近修建了赵北口水围行宫。

刘罗锅智对乾隆帝

清朝乾隆年间有个宰相叫刘墉，因为背有点驼，人送绰号"刘罗锅"。他祖籍安徽砀山，出生于山东诸城，是清朝著名的政治家、书法家，历任翰林院庶吉士、太原府知府、江宁府知府、内阁学士、体仁阁大学士等职，以奉公守法、清正廉洁闻名于世。在乾隆年间，他曾跟随乾隆帝到白洋淀打水围，留下了许多动人的传说。

那时，刘墉任弹劾御史，每天三本，参倒了不少贪官污吏、不法之臣。一个老太监自恃服侍皇上，满朝文武都敬畏他三分，自信身无过错，对刘墉卖狂："刘罗锅，你今儿参这个，明儿参那个，满朝文武你参遍了，你可有本事参我一本？"刘罗锅嘴角一翘："容我一试。"

次日早朝，刘罗锅出班："万岁，臣有本奏，太监们自幼净身，进宫伴驾，其情可嘉。然，老太监进宫多年，理应复检扫茬，以免乱宫生事。"乾隆听着有理，准奏。降旨：凡老太监一律扫茬。可怜那老太监为一句狂言，偌大年纪再受一刀之苦。自此满朝文武莫不敬畏这位刘罗锅。

乾隆恃天子之尊，治国有方，政绩赫然，也卖狂："刘罗锅，满朝文武你参倒了一半，连台鉴都参了，找个事由参朕一本，算你有胆儿。"刘罗锅说："容臣一试。"

次日上朝，刘墉奏道："臣对大清律有一条不明，请教陛下。""讲！""偷坟掘墓该当何罪？""见尸者杀，不见尸者发。""何所谓发？""发，即发配充军。""臣再问，拆明陵补清陵谁的主意？""乃朕旨意。""臣斗胆，此乃偷坟掘墓。想明陵乃前朝朱家之坟，你私拆寝宫，实乃偷坟掘墓之举。"乾隆理亏，又耍天子威风："难道你敢治朕之罪？""王子犯法与庶民同罪。""怎么个罚法？""臣闻京南白洋淀风光秀丽，民风淳朴，臣愿与和珅和大人乔装改扮，陪万岁去打水围。一者暂免国事之扰以养息龙体；二者可寻欢取乐以悦圣心；三者借以体察民情，以定国策。"其实这第三才是刘罗锅的初衷。乾隆点头默许。

临行前刘墉拿出一个红兜肚："万岁戴上此物以免着凉。"兜肚上有条银锁链，乾隆明白这是给自己上了刑具，刘、和两人就是解差，白洋淀之行明里是打水围，暗里是戴罪发配。

自古以来哪个臣子敢发配君王？一路上乾隆窝着一肚子火，不断找碴，想给刘罗锅也定个罪名。

三人出了皇宫到了天桥，大街上人山人海，熙熙攘攘，热闹非凡。和珅说："人真多呀！"乾隆随即问刘罗锅："你说说有多少人？"刘墉明白：这是找碴呢，回答多少都对不了，答八千，他会说："明明是一万，你去数吧。"不数，欺君；数不对，也是欺君。得，欺君之罪，戴上刑具

陪我走吧！这罪就受大发了。刘罗锅毕竟非同一般，回答道："万岁，这
里只有两个人。"乾隆心里一乐：这回抓住把柄了！假装大怒："胡说，
这么多人怎说只有两个人？"刘墉慢条斯理地解释说："万岁，到这儿来
的人，不是求名的就是求利的，所以说只有名、利两人。"乾隆无奈，点
头称是。

出了京城一直前行，这天路过一块菜地，乾隆问："世上什么高？什
么低？什么东？什么西？什么多？什么少？什么欢喜？什么恼？"和珅抢
着答："茄子高北瓜低，冬瓜冬西瓜西，星星多月亮少，娶媳妇儿欢喜发
丧人恼。"给刘罗锅设的套儿和珅抢着钻了。乾隆不甘心又问刘墉。刘罗
锅不慌不忙地回答："君高臣低，文东武西，小人多君子少，借账欢喜讨
账恼。"刘罗锅回答得头头是道，这碴又没找上。

一路上乾隆这肚子火总泄不出来。这天到了淀边见了水，乾隆又生一
计，问刘罗锅："你是忠臣还是奸臣？""臣自然是忠臣。""君叫臣死
臣就得死，既是忠臣，你去死吧！"刘墉慢腾腾地站起来问："臣想问怎
么个死法？""跳水！""臣遵旨。"刘墉走了几步回过头来："臣斗胆
问：陛下是明君还是昏君？""朕自然是有道明君。""臣闻忠臣遇明君
则生，遇昏君则死，臣乃忠臣今又遇明君，不当死。"乾隆说："还真有
你的。"

进了大淀，和风习习，风光秀丽，乾隆坐在船头心情好了许多，仍
忘不了刁难刘墉。船行进间乾隆伸手揪一棵稗草，草断了，发出了"吱
儿"的声音，再揪一棵，又"吱儿"的一声，乾隆随即问："刘爱卿'吱
儿'怎么写？"刘墉张口回答："草字头儿，水字心儿，左手右耳加土
墩儿。""为什么这样写？""此草长在水中生在土里，所以有草字头
儿、水心儿、土墩儿，发出声音用手拔，得有提手儿，听音儿靠耳朵得
有耳旁。"乾隆不由拍手叫好。

乾隆在白洋淀深入民家，体察民情，受益匪浅，所以后来又多次来白
洋淀打水围。

乾隆理解了刘罗锅的良苦用心，不再怨恨。回京后赏了刘墉四十八万
两白银修座门楼。

按说四十八万两白银修处宅院也够豪华的，再说刘罗锅那宅子也值不
了四十八万，何必修那么高档的门楼？这就是"怪君"，钱，我花了，叫

你出来进去看着，住不上，你总不能搬到门楼住吧！

说来刘罗锅也"怪"。儿孙们常抱怨刘罗锅不为儿孙后辈着想，不置房产。刘罗锅说："行！我给你们置点儿传辈的产业。"于是，他叫来工匠们用桐油和白灰再加麻刀盖了几间土屋。那屋子很不美观，可就是不怕火烧，不怕水泡，住着冬暖夏凉。再就是特结实，没个坏，以至传了多少辈儿，四十八万两银子的门楼早没了影儿，那房还在呢！

"捞王淀"的来历

讲述：孙继安
采录：张运生

在容城县平王乡留通村南，有一块几十亩的水面，那里水质清澈，既无水草，又无蚊虫，就连蛙声也没有。相传是乾隆御封的。

这一天，阳光明媚，气候宜人。乾隆皇帝乘坐的龙舟刚一入淀，只见阵阵微风吹拂，层层细浪翻卷，满淀荷花东摇西摆，像在频频招手。乾隆看在眼里，喜在心上，不由诗兴大发，信口吟出一句上联："风摆荷叶千张饼。"他要随驾的亲信大臣和珅来对下联，可那和珅吭哧了半天，一个字也对不上来，急得满脑瓜子直冒热汗。这时，忽然船尾传来一句清脆的下联："浪打菱角疙瘩汤。"乾隆一听这下联对得工整贴切，便问道："此联是何人所对？""是小民随便说的。"乾隆一看，原来是直隶总督方观承给他找的船夫！不由暗自称奇。龙舟继续前行。这时，乾隆看到岸边不少乡民正在用芦苇编席，他触景生情，又吟出一句上联"芦苇编席席苫苇"，并再次要和珅对出下联。而那和珅又想了半天也没想出，便只好推辞道："臣头脑愚笨，不能对答，望万岁另请高明。"再看别的大臣，也都是大眼瞪小眼，恨不得从船上钻到水里去。乾隆刚一皱眉头，就听船尾又传来清脆的下联："牛皮拧鞭鞭打牛。"乾隆一听，甚是满意。他想："难道这水泊乡民还能强于我的亲信大臣？"不妨再试他一试。他抬头一看，见岸上有一匹御马正在吃草，马上吟出一句上联："风吹马尾千条线。"这次他直接让船夫对答，那船夫略一沉思，即刻对出："日照龙鳞万点金。"

此时，乾隆再也沉不住气了，他踱到船尾，对船夫说："你叫何名？""我叫李登龙。"这时，惯于察言观色、献媚讨好的和珅，一听说

这船夫叫"登龙"，便立即把满腹的嫉妒化为冲天的怒火，说道："大胆
刁民，竟敢叫这个名字，真是瞎了你的狗眼，还不赶快跪下！"乾隆却不
以为然地笑着说："嘿嘿，你叫什么不好，非要叫个'登龙'，我看还是
把'登龙'改成'陪龙'吧。"于是，方观承给李登龙递了个眼色，让他
谢过皇上的赐名之恩。李登龙从此成了李陪龙。

这时忽见西北天上阴云密布，顿时狂风大作，飞沙走石。那龙舟在淀
上打了几个转转儿，突然，一个顶天立地的大旋风卷了过来，乾隆一个趔
趄，失去重心，就被卷入淀里。这时，船上护驾的大臣和随从们一个个哭
爹喊娘，慌作一团，就跟那出殡的差不多，可着嗓子喊叫："不得了啦，
快快救驾呀！快快捞王呀！"

说时迟，那时快，只见李陪龙一个鱼跃就蹿入水中，凭借他超强的水
性，在淀中救人，如同探囊取物一般。工夫不大，就见他用双手将乾隆托
到船上。这时，只见乾隆双目紧闭，面色苍白，肚子鼓得圆溜溜的，已不
省人事啦。这可怎么办？随驾大臣谁经过这种阵势？连御医也慌了手脚。
和珅呢，刚才那威风劲早就不知跑哪儿去咧，他低声下气地说："陪龙，
还是你给想个法儿吧。"

陪龙二话没说，从家中取来一口铁锅，倒扣在船头，让乾隆趴在锅
上，不到半个时辰，就见乾隆哗哗地吐开了，然后才慢慢苏醒过来。折腾
了大半天，乾隆皇帝渐渐感到腹中饥饿，但船上带来的那些山珍海味早被
旋风卷进淀里喂了鱼鳖。此时，龙舟已进淀心，前不着村，后不着店，到
哪儿去找吃食呢？这可难坏了护驾的大臣们。

陪龙见皇帝饥饿难熬，把自己带的两个窝窝拿来，递给乾隆道："这
是小民带来的干粮，请万岁充饥！"乾隆接过来一尝，顿觉甜丝丝香喷喷
的，三口两口就把两个窝窝吞进肚里。他一边咂嘴一边说："这是何物，
竟如此可口？"

陪龙道："这是菱角面做的窝窝。"

龙舟在回行宫的途中，遇到一片险滩，一不留神，船又搁浅了。陪龙
急忙脱去衣服，跳入水中，用力推船。怎奈龙舟之上人多船重，一个人如
何推得动呢？这时，直隶总督方观承看在眼里，急在心上。他想：满船官
员大都是万岁的亲信，唯独自己是个地方官，如船久停不动，万一万岁怪
罪下来，如何担当得起？他想来想去，只好也脱去衣服，跳入水中帮助

推船。经二人用力，龙舟才慢慢驶入航道。方观承刚要穿衣上船，忽然"啪"的一声，屁股上挨了个"蹬瓜子"，这响声又焦又脆，连船上的人都听了个一清二楚。方观承回头一看，见李陪龙正捂着肚子大笑，他立时起火，怒斥道："为何如此无礼？"

陪龙笑着说："我看你们当官的屁股又白又嫩，就试了一下，开个玩笑嘛！"

方观承感到受了侮辱，但在皇上面前又不敢轻易发作，只好暗暗骂道："好你个猴儿崽子，没大没小，竟敢在圣上面前丢我的丑，看我回了保定府如何收拾你。"

不料，这事却被乾隆看得真切，他想：陪龙这个"蹬瓜子"可能要踢出大祸来。于是他略一沉思，就对方观承说："龙舟在此搁浅，延误了朕回宫的时辰，你身为直隶总督，可知罪吗？"

方观承正窝着一肚子火，听乾隆这么一说，便急忙跪到船上道："下官知罪，下官知罪。"乾隆一听，立即对随从们说："他既然知罪，马上给朕推出斩首。"

方观承一听说要斩首，可吓了个半死。其他大臣也不知乾隆的葫芦里卖的什么药，个个胆战心惊。怎么龙舟搁浅了一下就要杀头呢？这时，有几个大臣出来保本，乾隆不准。后来，连和珅也出来保本了，乾隆说："你们谁保本也不行，就是陪龙保本，朕也得考虑考虑。"

乾隆的话，陪龙在船尾听得明白，他立即来到乾隆面前，双手打拱说："万岁，龙舟搁浅，实乃小民之罪，与方总督无关，望万岁开恩，饶恕方大人吧！"

这时，乾隆的龙颜才露笑容，对方观承道："延误朕的时辰，本当斩首，看在陪龙面上，暂且饶恕于你。"方观承趴在船上，一个劲地磕头谢恩。乾隆又道："不要谢朕，你当感谢陪龙才是。"

方观承想：这回还真亏了陪龙，不然我的脑袋早就搬家了。他只顾向陪龙道谢，早把"蹬瓜子"之事忘到脖子后头去了。

就这样，乾隆用一小计，免除了陪龙一场大祸。

乾隆回到赵北口行宫，养息了几日，顿觉精神爽快。这天，他命随从把李陪龙唤来，对他说："陪龙，念你救驾有功，朕现在就赏赐你，不知你想要何物？"

"小民什么也不要。"

"那就给你个差事干干吧！"

"我能干什么差事？能混碗稀粥喝就行咧。"

后来，乾隆皇帝果真给陪龙安排了个差事，派他到天津塘沽当了二十四家盐商的盐道总管。盐商们听说他是皇上亲自派来的，都想巴结他。上任第一天，就给他抬去满满一大坛银子，算是见面礼，可陪龙让他们原封不动抬了回去。盐商们以为嫌少，又改用大筐抬去银子，而陪龙还是让他们抬了回去。盐商们很奇怪：这总管是什么脾气，哪有当官不稀罕银子的？后来，盐商们又找到李陪龙手下人，这才听说："李总管什么也不缺，就缺一件大皮袄。"于是，这二十四家盐商就合伙给他买了一件大皮袄。三个月后，李陪龙辞掉盐道总管，两袖清风，回到老家李庄子。

第二年，乾隆皇帝又来淀上打围，见到陪龙后问道："你当了几个月的盐道总管，弄了多少银子？够你后半辈子喝稀粥了吧？"

陪龙答道："唉，我哪儿弄了什么银子，只不过弄了一件大皮袄。"

乾隆听后，随口说道："嗨，你真是个穷龙啊！"从此，李陪龙又得了个"穷龙"的封号。因为李陪龙曾在这个淀里捞过乾隆皇帝，所以，这个大淀就成了"捞王淀"。

乾隆与小枣切糕

采录：宋忠臣

乾隆经常到白洋淀打水围，借以体察民情。小枣切糕是北方的名小吃，它的发明跟乾隆打水围有关。

这天乾隆和刘罗锅君臣二人乔装改扮，乘了一条小船在淀里赏花逛景。少了君臣礼仪，两人无拘无束，吟诗答对儿，嬉笑斗嘴，玩得格外开心，不知不觉天过了晌午。

忽然西北天浓云翻滚，顿时布满天空，船工赶紧就近靠岸。两人上岸后又暗暗叫苦，这里左不着村，右不着店。幸好不远处大堤堬儿上有几间土坯房，两人急忙跑去。一个炸雷划破天空，铜钱大的雨点啪啪直往下砸，紧跑慢跑两人还是淋成了落汤鸡。

　　屋主是一对夫妇，约莫五十岁上下，见来了生人格外热情，让到里屋。男主人帮着脱下湿衣，拧干晾上。阵阵凉风隔着窗户吹进来，两人冻得直打哆嗦。男人找出一件外衣给乾隆披上，小户人家没什么多余的衣裳，只好拿出条被子给刘大人披上。真是家有万贯，出门不便，想两人至尊至贵只好暂屈一时，等雨住了再做道理。

　　女主人在灶上烧了两瓢开水，切了些姜丝儿，从高处搁板上拿一个里三层外三层的纸包，打开后捏了几捏红糖，沏成两碗姜糖水。男主人端给两人："喝几口赶赶寒吧，这红糖是妞她妈坐月子时省下的，一直舍不得喝。"

　　乾隆喝下几口糖水，肚里一热乎，身上一暖乎，闲心又来了，又找茬儿和刘罗锅斗嘴。

　　刘罗锅问："先生贵姓？"老汉回答姓刘。乾隆一指刘罗锅说："这位是你们当家子。"刘罗锅心说："一会儿我也给你攀上亲戚。"

　　这时，妞妞进了里屋。妞妞是刘老汉的独生女，六岁了，浓眉大眼儿，水灵灵的招人喜爱。乾隆连夸了几句。刘罗锅说："你有意认作干闺女吧？"乾隆一扬脖子："认就认，朕再添几个格格也不多。"

　　刘罗锅冲刘老汉说："当家子，这位先生有意认妞妞做干闺女。"刘老汉连喊："高攀了，高攀了。"刘罗锅又对妞妞说："快叫干爹！"妞妞却转身跑了。

　　原来妞妞去拿东西。刚才妞妞在厨房鼓捣着玩呢：早晨剩的半盆黄米小枣粘饭，妞妞用铲子沾着水拍成个方坨子，又切成一块一块的方径块儿，劈两根苇棍儿又起一块，也好吃，也好玩。这会儿她跑去叉了两块递过去："干爹，给。伯伯，给。"老刘夫妇刚想说："怎么拿剩饭给人吃呢！"但已经来不及了。

　　两人不知是什么食物，接过来一闻，倍儿香，尝一口，倍儿甜，又凉又粘，越吃越爱吃，多少年后都没忘记。

　　趁老刘夫妇不在，乾隆低声说："你这当家子多好，多热情，有朝一日他到了你府上，你可不能小气。""那是。"刘罗锅抖抖身上的被子"我给俺当家子披条新被子，让他满府转悠。"乾隆"噗嗤"一笑。刘罗锅又说："万岁回宫后传旨给娘娘，坐月子多攒点红糖。"乾隆早忘了刚才的话茬儿，一愣："干什么？""有朝一日，敝当家子到了您家，你得多沏几碗红糖水招待他呀。"乾隆刚呷了一口水，"扑"一口喷了半屋子："罗锅子你损不损呐？"刘罗锅接着说："贵干亲家到了您家，您也得拿出龙袍……"乾隆低喝："嗯？大胆！"刘罗锅赶紧改嘴："拿出龙袍让他看看。"

说着话刘老汉进到里屋，刘罗锅一说："当家子，以后如果有为难的事儿到北京找你们干亲家，什么事儿都办得了。你们干亲家在北京可是有头有脸儿的主儿，一跺脚九门乱颤。"刘老汉说："一看就知道是干大事儿的，干大买卖的。""对！对！就是大买卖。""卖什么呢？""卖什么……就是弄点金子，铸成方块儿，刻上字儿，发到各州府县。""倒腾金子可得多雇点儿保镖，多雇点儿看家护院的。""多着呢，你放心。""你干哪行呢？""我给他跑跑腿儿，当差。""也挺行啊！"

刘罗锅又说："以后带着妞妞到北京住一程子。你们干亲家宽房大院，屋子多着呢！全北京就数他家房子多。""比新安县城里白武举家房子还多吧？""白武举？多——比白武举家房子多得多！"

刘罗锅解下乾隆一块玉佩交给刘老汉："拿着吧，啥时进了北京，过了前门一直往北走，走着走着有个大门口，那就是你们干亲家的家，有人拦你，你一亮这东西就行了。"

其实这话说得够明白了，无奈刘老汉夫妇天生愚钝，又没见过世面，听不出话里的意思，小心翼翼地接过玉佩，放在高处，这一放竟放了十几年。

十几年后，妞妞长成大姑娘，出落得方圆几十里没人可比。

新安县里有个白武举，仗着有点武功，有俩糟钱儿，横行乡里，欺男霸女。儿子白少爷是个浪荡公子，成天寻花问柳调戏妇女，见了妞妞一面，便神魂颠倒，茶饭不思，一门心思要把妞妞娶过来。白武举说："门不当户不对的，娶来做小婆儿吧。"于是派人去提亲。

白府管家带着媒婆、彩礼，找上刘家提亲。一进门就说："刘老头儿，恭喜你了。我们白少爷看上你家妞了，算你的造化，明儿个把姑娘打扮打扮送到白府。"刘老汉说："我老两口就这么一个独生女，俺后半辈子指望她养老呢。不能做小婆儿，要娶就做正房，得来花轿迎亲。"管家把嘴一撇，说："嘿！就凭你这主儿还想当正房？你想花轿迎亲也行，你得准备下马席，还得找俩戴顶子的当陪客。"按照当地风俗，办事那天，新郎骑着马由两位伴郎陪着，带着花轿到女方娶亲。女方得办桌大席招待，称为下马席。女方还得找俩人接待陪着吃饭，称为陪客，伴郎陪客多找些文理人，席间谈诗论文以示高雅。"顶子"指的是清时的官儿帽，有"顶子"的最低也是秀才。

管家故意刁难刘老汉，想逼刘老汉知难而退，把姑娘送去了事。"我们宽限你几天，你找着戴顶子的陪客咱们再定日子。"听这口气倒像是来收租子。明知道刘老汉孤门独姓没有三亲六眷，故意卖狂："送亲时多去点儿援大饭的，越多越好，去多少人我们都管得起饭。"

这还真难住了刘老汉夫妇，到哪儿找俩戴顶子的，到哪儿找那么多援大饭的。愁得翻来覆去睡不着觉，愁到半夜老婆儿忽地想起来："咱们当家子不是说，有为难的事儿到北京找干亲家吗？"刘老汉一拍炕沿："对！想起来了，咱当家子说妞他干爹在北京是有头有脸儿的主儿，一跺脚九门乱颤，说不定能找俩戴顶子的。"老婆儿说："行，准行，人家比白武举家房子还多呢。白武举找得到，他也找得着。顺便找几个援大饭的。"

老婆觉也不睡了，点火做干粮，贴了两锅饼子，弄个"捎马子"，前后装满了饼子。拜访干亲家得带点礼物哇！找了找，还有半瓦罐黄米，一篮子小枣，拿了个布口袋，下半截装了黄米用绳扎上，上半截装了小枣儿扎上口。就这样刘老汉背着饼子，提着黄米小枣儿，怀里揣了那块玉佩上路了。

一路上饿了吃块饼子，渴了找个井台儿喝口凉水，晚上找个柴禾旮旯偎一宿。两天总算到了北京。

过了永定门，进了前门又往里走，果然有个大门口。刘老汉还往里走，卫兵拦住了。"干什么的？""串亲戚的。"卫兵们都逗乐了，这副打扮儿：胡子拉碴，破衣拉撒，腰里抽根茅腰儿，身上沾满了柴火刺儿，到皇宫来串亲戚这不找改吗？"到别处去！""唉！我干亲家住这儿。""住哪儿？""俺当家子说的，过了前门还往里走，有个大门口就是我干亲家的大门。""你干亲家是谁？""不知道，反正我干亲家在北京是有头有脸儿的，一跺脚九门乱颤。想起来了，我这有东西。"说着从怀里掏出玉佩。卫兵们认出这是御用之物，吓得直吐舌头：咱们幸亏没说差话。这时刘罗锅下朝路过，虽然事隔多年，刘罗锅一眼认出了刘老汉，

吩咐落轿。问："当家子怎落的这般光景？"刘老汉低头看看身上："我
一直这样。"刘罗锅苦笑一声："哎呀！怕别人小瞧你，给你个台阶都不
会下。"又问了问事情的原委，吩咐张成将刘老汉带回相府安顿，自己则
转身进了皇宫。

乾隆下朝后在御花园喂金鱼呢，见了刘墉："刘爱卿，何故去而复
返？""特来报喜。""噢，尊夫人坐月子了添了个大胖小子？""老妻
心有余力不足，挑水的回头——过井（景）了。倒是娘娘备下的红糖要派
上用场了——贵干亲家来了。"

刘罗锅将事由叙说一遍，乾隆大怒："白家武举简直欺人太甚。传旨
拿来问罪。"刘罗锅说："不妥，人家犯了哪条罪？""强占民女。"刘
老汉并未告他强占民女，只是求你找俩戴顶子当陪客。""我那干格格也
是金枝玉叶，由他糟蹋不成？""倒也不能，有个功名给他摩沙了，有俩
糟钱儿给他豁腾净了，自然就老实了。""你就酌情办理吧。""臣领
旨。"

刘大人回到相府差人下请帖，宴请文武百官。

次日，百官齐集相府，刘大人设宴招待，吃到最后上了一盘"切
糕"，这是刘老汉带的黄米小枣蒸的。刘大人借机说明："这东西名为
'切糕'，是万岁的干亲家进京探亲带的贡品，这可是妞妞格格发明的，
至今只有万岁爷和本相品尝过，今天各位有幸品尝，机会难得，枣核不能
乱丢，放在另一空盘里，过会儿有用。"

那些王公大臣虽说吃得多见得广，可谁也没见过这种东西，更是物以
稀为贵，小盘里那么一小块儿显得愈加珍贵，先闻闻，米香枣甜儿沁人心
脾，称得上闻所未闻；尖着舌头尝尝，凉、香、黏、甜，数味俱全，真是
美味。可惜太少，吃了个逗馋不逗嘴。但是在刘相府谁也不敢造次，唯
独和珅吃了一盘还想吃："罗锅子再给来点儿。"刘罗锅说："给和大
人再上一碟儿。"上来一碟儿几口又完了："罗锅子真悭哪！再来一碟
儿。""把剩下的都给和大人。"

都吃完了，刘罗锅说："这小枣切糕是妞妞格格发明的，诸位先一品
为快，如今格格要出嫁，大家凑凑份子吧。"众人议论多少合适，意见不
一，久议难决。刘罗锅又说了："咱们数枣核，按枣核算吧，第一枚枣核
一两银子，第二枚二两，第三枚四两，第四枚八两，依次翻番加倍，怎么

样？"和珅算不过账来，不知是计，就说："小意思，就这么算吧。"各位官员大多是四五枚枣核，八两或十六两。到和珅这一数十二枚，一算竟算了二千零四十八两。和珅这才知道上了当，大喊："罗锅子，损不损哪？我一口吃二百两银子。"刘罗锅脸儿一绷："哎——又不是我要你的，你这是给万岁的干亲家上礼呢，少了不嫌寒碜哪？你还应该谢谢我呢。再说这钱你也不白花，还有桩美差：他那儿找俩戴顶子的当陪客，正好咱俩去，少时咱还得去坤宁宫面请娘娘。"

和珅无话可说，只好派人回府取银子。第二天，刘罗锅派张成带上收礼的几千两银子送刘老汉回家，暂且不提。

再说刘、和两位大人进了坤宁宫见了娘娘，奏报详细。娘娘说："宫外的礼节我不懂，你们安排吧。"刘大人说："按该地风俗，你得去送亲，那儿叫援大饭。""几时动身？""明天动身。""传旨，銮驾伺候。"刘墉又对和珅说："銮驾出京你安排护驾吧，那主儿可说了去多少人都管得起饭。"和珅说："那行，我有的是兵，十万御林军还吃不垮他。"

次日，銮驾出动，黄土垫道，净水泼街，十万御林军前呼后拥，旌旗蔽日，号炮连天，出城走到良乡，扎下了行营。

早有探马飞报直隶总督，总督莫名其妙，派保定知府去新安县查问，问到白武举父子，果有此事。知府问："是否叫找俩戴顶子的当陪客？"白武举还斯派正理："他家找不到戴顶子的陪客，就得给我儿子做小婆儿。""嘿！如今人家找到了，一个是刘墉刘相爷，一个是和珅和大人，当朝最大的一文一武，你配俩伴郎吧。"白武举傻了眼。知府又问："说过多来点援大饭的吗？来多少人都管得起饭吗？""那是管家说的。""真乃狗仗人势，先拉他过来打折狗腿。现在援大饭的来了，十万御林军，你管饭吧！还管得起吗？"

保定知是武将出身，办事还算干练，吩咐备马，把白家父子绑了，然后飞身上马，马前驮了一个，马后跨了一个，连夜飞奔良乡，平明时分到行营，把白家父子扔在辕门请罪。

和珅窝了一肚子火，破口大骂，白家父子跪地求饶，磕头有如鸡啄米。刘墉吩咐，革去功名，免其死罪，罚一顿饭钱。这顿饭十人一两，十万大军一万两白银，由直隶总督垫付，班师回京。

白氏父子回到家，将家产变卖干净也就凑了七八千两。新安知县跟着吃了挂落儿，不足部分用俸禄凑齐了，这才了事。

娘娘派车接妞妞格格进宫。妞妞进宫是带了几口袋黄米、几口袋小枣，进宫后大摆"切糕宴"招待各方。自此，小枣切糕饮誉京城，并一直流传到现在。

公孙瓒与昝村

讲述：张爱民（昝村人，退休教师）
采录：曹宏君

在平王乡昝村、古贤一带，多年来一直都流传着公孙瓒与袁绍打仗的传说。

古贤，原称"古县"，传说在秦汉时期作过县城，那里至今还沿用着"南城""北城""马道""仓道"等一些古地名的叫法呢。从古贤往西三华里便是昝村。

东汉末年，割据幽州的公孙瓒曾连年与袁绍作战。而这公孙瓒由于屡战屡败，不得已逃回易京（相当于今天容城县的南阳、昝村一带）据守。其间，公孙瓒命士兵紧临易河挖了十余重战壕，又在战壕内堆筑起高达五六丈的土丘，丘上再筑营垒。其中，堑壕中央的土丘最高，达十余丈，公孙瓒自居其中，以铁为门，斥去左右，只与妻妾住在里边。此外，他还囤积粮谷三百万斛，并让妇人大声说话，使声音能传出数百步，用来传达命令。公孙瓒又疏远宾客，致使身边没有一个亲信。从此以后，很少出来打仗。

有一次袁绍传书给公孙瓒，想跟他释和，可这公孙瓒不仅没有答复，反而还增强了守备。于是，袁绍接下来便大规模调兵，攻打公孙瓒。

先是公孙瓒一别将被围，公孙瓒不肯相救，并说："救一人，那以后众人都会只等救兵而不肯力战。"这样，等到袁绍来攻时，公孙瓒的界桥别营自度不能自救，而公孙瓒又不肯相救，于是众人就或降或逃了。结果，袁绍直就接攻到了城门前。危急之下，公孙瓒派他的儿子公孙续向黑山（今河南浚县西北）黄巾军求救，又想亲自率兵冲出重围，占据西南山，仰仗黑山军，切断袁绍军的后路。长吏关靖劝谏他说："现在您的将士都各怀叛离之心，已无力再战，他们之所以能固守是顾惜他们的故乡老少，而把将军您当成主心骨。此时将军如能持久坚守，袁绍自然会退兵，四方军队一定又可以会合了。若将军现在弃易京而走，军队会失去后镇，易京覆灭指日可待。试想，将军一旦失去根基，流落荒野，日后还怎么成就事业呢？"听了这番劝谏，公孙瓒决定不离开易京，等待其子搬来救兵，内外夹攻袁绍。

几个月后，黑山帅张燕与公孙续率兵十万，分三路相救公孙瓒。援兵还没有到，公孙瓒便秘密派人送信给公孙续，让他率五千骑兵于北隰之中，举火把为应，然后自己再出城为战，以夹击袁绍。然而，这封信却被袁绍劫得！于是袁绍将计就计，到了城下也举起火把。公孙瓒以为是救兵到了，就率兵出城。结果正中袁绍的计策，惨遭袁兵袭击。为此，公孙瓒大败，又一次回到城内坚守。

接下来，袁绍派人掘地道到易京城下，毁坏其望楼，渐渐到达中央的土丘。公孙瓒自料必败无疑。于是，先杀自己的妻子、儿女，然后便引火自焚。查史书得知，公孙瓒于汉献帝建安四年三月，战败自焚，死于易京。

据说，当年公孙瓒堆土筑楼，战败自焚的地方就是眢村，村名本来叫德仁社，可能是为纪念公孙瓒改名为瓒村，再后来就演变成眢村了。

李茂王禅老祖庙

讲述：赵绍先（李茂村人 退休教师 78岁）
采录：曹宏君

李茂村东北，有座王禅老祖庙，供奉着被称为"鬼谷子"的王禅老祖和他的弟弟王敖以及他们的生母"王仙圣母"。早些年，那座庙建得非常精美气派。庙门是一个很大的月亮门，进庙门左侧有一通刻有"万古流芳"的大石碑。院落正中是一座高大的八角亭，八角亭磨砖对缝、攒顶飞檐，非常壮观。八角亭里面是一个大坟头，是王禅母亲的坟墓，八角亭正门上方有一砖刻横匾，刻有"王仙圣母"。在八角亭前左右两侧分别摆列着青铜仙鹤和青铜仙鹿。最后边是五开间正殿，高脊飞檐，灰瓦盖顶，油漆彩画，庄严肃穆。大殿正中雕塑着"王仙圣母"的金身，他的两个儿子王禅、王敖端坐在左右。二人都是道教装束，神态自然。院内有几棵古柏，树干合抱粗，树帽如巨伞，粗大的枝干伸出墙外，树荫遮蔽了整个寺院。遗憾的是这座千年庙宇却在1960年前后被拆毁，现在的"王禅老祖庙"是1990年由村民集资重建的，规模和档次与原建筑无法比拟。

容城县李茂村因何建有王禅老祖庙，在这里自古流传着一个动人的历史传说。

在很久很久以前，李茂村里有一户王姓大户人家，养育着一女一儿。一年秋天，听说在村北小庙前长出一棵奇谷，粒大穗沉，奇香诱人。姐弟俩就想跑去看看，出门时父母再三叮嘱，千万不要摸那谷穗，以免引来灾祸。姐弟俩高高兴兴地来到小庙前，见那棵奇谷果然神奇，谷杆如芦苇，叶子赛高粱，谷穗像狼尾，沉甸甸，金灿灿，微风吹拂，点头摇曳，而且还散发出喷喷香味。姐弟俩早把父母的嘱咐忘到了九霄云外，姐姐上前摩挲着大谷穗，无意中捏下两个谷粒放进嘴里，一股奇香沁人肺腑，一直到了胃里，想吐却再也吐不出来了。年幼的姐弟俩也没在意，回到家也未告诉父母，照常吃饭睡觉，相安无事。一个月之后，姑娘不思饭食，身体渐渐消瘦。老实憨厚的弟弟告诉了母亲，母亲见女儿如此消瘦，心疼万分，忙着请名医调理。连吃两个月草药，仍不见效，却见女儿的肚子一天天大起来。王父得知消息，恰似五雷轰顶，对夫人大发雷霆，怒气冲天地说："你养的好女儿，竟如此伤风败俗，我乃忠厚本分之家，叫我如何做人？"夫人忙赔笑脸："老爷息怒，家丑不可外扬，你要想个两全之策才是呀！"两人如此这般商量半天，决定把女儿连夜赶出家门，免得事后别人说三道四。

姑娘蒙冤受屈，在丫鬟陪同下，毅然离开家门。路漫漫何处奔走，天苍苍哪里安身？姑娘看看丫鬟，丫鬟望望姑娘，两人心如火焚，悲困交加。姑娘紧咬嘴唇："云妹，咱走，走到天涯海角，让天下人知道姑娘我本是清白之人。"主仆二人离开村庄，朝着北斗星的方向走去。当她们走到李茂村东北一个大土疙瘩旁边时，姑娘觉得腹内疼痛，丫鬟忙搀扶姑娘坐下，姑娘一阵头晕目眩，腹中的婴儿就呱呱坠地了。不看则已，一看被吓得魂飞魄散。姑娘生下来的哪是什么孩子，而是两条小花蛇。姑娘又急又怕，顿时被吓得昏死过去。不一会儿，一阵天昏地暗，风沙四起，狂风过后，两条小花蛇踪迹皆无。姑娘父母闻讯赶来，姑娘已经气息奄奄，回家不久就一命归天。家人悲痛懊悔不已，就把姑娘埋葬在大土疙瘩旁边。

后来，也不知道过了多少年，这里的人们时常在每月初一、十五的日子，在村东北的大土疙瘩旁发现烧纸的痕迹，每年清明节时还有人来填土上坟，现场遗留的铁锨印和脚印都非常大，非常人所为。再后来，大概在唐朝的时候，在李茂村东北就建起了一座庙宇——王禅老祖庙。人们才知道，早年传说中的姑娘生下的两条小花蛇被西山圣母收去，点化成人，教授武艺、法术，最后成仙。其中之一就是传说中的"鬼谷子"，俗名王禅，后有人称其为"王禅老祖"。其弟为王敖，道家始祖。听李茂的老人们说，早些年李茂人到云蒙山去朝圣王禅老祖庙，总受到非常热情的接待。庙里人也把容城李茂看成王禅老祖的故乡。

晾马台和斜井

采录：张运生

相传，北宋杨六郎被封为兵马大元帅，镇守溢津、瓦桥和于口三关，以拒北国辽邦的进犯。有一年夏天，六郎与辽军打了一次大仗，在方圆几十里的战场上，人喊马叫，烟尘滚滚，尸横遍野，直把辽兵杀了个一败涂地。而杨六郎又一鼓作气，率宋军把辽兵追出了几十里，来到容城境内。当时，因天气炎热，人马劳累，宋军便停止了追击，扎下营盘进行休整。

可是，这一带严重缺水，全军人马都渴得要命。众军校只好到处找水。后来，好不容易才在一个村的西北角上找到一口水井。然而，由于喝水的人马太多，靠一口井往上打水根本就供不上。

杨六郎见此情景，就分开众人，来到井口前，对着井口端详起来。端详了一会儿，忽然想出个办法。他命军卒紧贴井口往下挖，挖下去一丈多深。之后，六郎双手把井筒搂住，两膀一叫力，"唉"的一声，生把井筒给扳斜了。只见井底的水，自然而然地向井口涌来。一时间，军士们瓢舀盔取，都喝了个足够。从此那口井就斜歪了，当地人还跟它叫

"歪脖井"呢。

军士们喝足了水，解了渴，就继续向北追击敌人。这时，人们才互相看到，每个人的身上、马上都沾满了土。于是，人们便都拍打起来。拍打下来的尘土积少成多，堆成了斜井北边的一个大黄土疙瘩。这土疙瘩，后人管它叫晾马台。晾马台上建有明月禅寺，因此也是佛教活动场所。斜井曾被人填埋，近年经挖掘修复，已成为景点，供人观瞻。

杨六郎巧设牤牛阵
——东牛、西牛村的来历

采录：王会欣

北宋时候，北边的契丹族总想入侵中原。为此，朝廷派武将杨六郎率宋军镇守"三关"，抵御契丹人的侵略。当时的三关地区就包括我们容城这一带。

据说，杨六郎带领宋军曾多次和入侵的契丹军队交战，屡战屡胜。可是，有那么一次却出师不利，被几倍于自己的敌兵打得节节败退，一直从倒马关退到了现在的容城。

这可怎么办呢？正当这杨六郎愁得无计可施的时候，他突然看到有一位老农牵着一头牤牛从身边路过，他便叫住这个老农问道："老乡，你们这个地方的牤牛多吗？""多啊！我们这里种田主要就靠它了，几乎家家都有牤牛。"听老农这么一说，杨六郎高兴得哈哈大笑起来。当时，跟他一起巡查的那些将领们也都被他笑得丈二和尚摸不着头脑了。于是大家赶紧就追问是怎么回事。他笑着告诉部下："我想到了破敌之计，用不了几天咱们就能以少胜多、转败为胜了。"

第二天，杨六郎元帅便传令兵士们走乡串村，从百姓手中买来数百头牤牛，然后就拴在树林里饿起来。接着又用干草绑了无数个草人，还给这些草人穿上契丹兵的衣服，戴上契丹人的帽子，肚子里还故意露出一些草料。摆布停当后，便把那些早已饿急了的牤牛放了出来。只见那些牤牛一闻到草料香味，就疯狂地冲向这些假契丹兵，争着抢着吃"契丹兵"肚子里的草料，吃不着，就用犄角把草人的肚子挑开。照这个法子，杨六郎把牤牛训练了两次，然后又再次把它们拴进树林里饿起来。

说也巧，三天之后，探子来报，契丹兵真的来了。于是，杨六郎传下命令，让兵卒们赶紧把宰猪刀子绑在牤牛的两只角上。刚刚绑好，张牙舞爪的敌人就杀过来了，杨六郎让兵卒们解绳放牛。这时，几百头牤牛以为迎面过来的敌人又是供自己饱餐的草人，就一个个撅着尾巴迅猛地朝敌阵窜去。它们见人就挑，挑倒后一闻没有草料味，就再去找活的。结果没用多长时间，被牤牛挑死的敌人就已经尸横遍野了。即便那些没有被牤牛挑死的契丹兵，此时也已吓得魂飞魄散，赶紧后退逃命。就这样，牤牛群一直把敌人追得后退了四五里。

从那以后，契丹兵好长时间不敢再犯中原，三关地区的百姓也因此有了一个相对安定的生活环境。

再后来，那里的百姓为了让自己的子孙后代记住杨六郎的恩情，就把自己的村名改成了东牛和西牛，就是我们县容城镇的东牛村和南张镇的西牛村。

"龙王跑"与"龙王庙"

讲述：沙河营老人
采录：庄梦醒（教师 50岁）

容县位于太行山东麓、冀中平原中部、南拒马河下游南岸，在大清河水系冲积扇上，属太行山麓向冲积平原的过渡带。全境内有多处古河道，多西北—东南走向，东南部有大片低洼地。受洪水冲积影响，形成了三条缓岗指状隆起，同时形成了大小不等的10个低洼区，即大碱厂、鸭子圈、龙王跑、天沟河、大麦洼、午方洼、胡村洼、大河洼、李郎洼、郭村洼。其中龙王跑面积最大，约25000亩。

在这一带，自古流传着一首民谣："先有龙王庙，后有龙王跑。白洋淀的龙，家在沙河营。"

"龙王跑"的由来

"龙王跑"地处沙河营村东，是远近闻名的沙河营龙王庙也就是现在的龙华寺所占的那一大块地的名称。名为"龙王跑"的这一大片地包括沙河营村东从北到南的近千亩土地，虽然各村的土地为了互相区别和人们劳动上的便利，每一块地都有自己的名字，但是一般只是本村人知道，外村人知之甚少。而"龙王跑"这个地方，周围四乡八村以及城西部大半个县的老人们却都知晓，更有周边各县甚至其他省市的远客也有不少知道龙王跑这个名字和这个地方的，其中好多还亲自来这里上过龙王庙。

现在坐落在沙河营村东的龙华寺，就是在原来龙王跑大庙的遗址上重修的。最早修建的后殿里，供奉着五龙圣母的金身，同时供奉着她的五个龙子以及义子小白龙。他们似乎每天都在向前来的游客诉说着关于龙王跑的那些古老而神秘的故事和传说。

老人们说，五龙圣母原是徐水县西张村的一个美丽而善良的姑娘。很久很久以前，一个名叫雷秀平的姑娘，被上天选中怀了龙孕，渐渐感到了身子不适，十八岁的女儿之身愁不堪言，这种事终于被家里的人知道了。鉴于当时的封建习俗观念和严厉的宗法族规的惩罚，她面临着可畏的人言，甚至是致命的人身威胁。

她的母亲哭着让她离家求生。万般无奈之下，在一个凄冷的夜晚，她黯然告别了双亲和好心的兄嫂，洒泪离开了生她养她的故乡。天昏昏，夜茫茫，举目无亲哪里去？十几岁的少女父母不敢留，有家不容身，何处能偷生？为了腹中的龙子，她决心坚强地活下去。她漫无边际地走呀走呀……

几天后的清晨，她来到沙河营村东龙王庙前的一口水井旁时，早已经筋疲力尽，饥渴难耐。而且腹内疼痛，感觉到小龙就要出生了，这可如何是好？她想先用一个玉米秸在井中取点水喝，不料想脚底一滑，失身落入井中。

这时，一些乡亲们正在附近田地里干活，有人无意间看到一个姑娘突然落入井里，于是急忙叫来好多热心人，对这个姑娘施救打捞。打捞了半天，却是活不见人，死不见尸，最终打捞上来的却是五条小蛇，只见它们随风见长，最后竟然化成五条小龙从井旁飞腾，然后纷纷向南跑去。

五条龙前前后后地向南跑，逐渐由小变大，头上也长出了龙角。他们跑过沙河村东以后，又经过东牛村西和西牛村东，由于当时晨光熹微，刚从睡梦中醒来的人们远远看到真龙经过的时候，误以为是长着大角的巨牛跑过，因此，两个村便分别以"东牛"和"西牛"命名了本村。至于传说宋辽时北宋大将杨六郎受到"东牛"和"西牛"两个村名的启发，在此地摆下"牤牛阵"而大破辽国兵马，便已是后话了。

传说中的五条龙有黑有白，相貌不一，跑到现在的白龙村时已是天色大亮，人们惊异地发现真有一条白龙乘雾贴地向南而去；更南面的一个村子见到了一条黑龙经过村子，在村东与三台山西村交界处直入白洋淀，于是，这也就是"白龙口"和"黑龙口"两个村名的来历。

五条龙都不约而同地陆续在黑龙口东南进入白洋淀，在浩渺无垠、水深浪涌的大淀里看月升日落，听渔歌互答。

后人为纪念此事，在沙河营村东龙王庙五龙出生原址重新立庙塑像，从此这里就有了新的名字，大庙就叫"五龙圣母庙"，五条龙出生并向南跑过的沙河营村东这些地方就叫"五龙跑"。

这就是流传至今的沙河营龙王庙的故事，即"五龙圣母"和"五龙跑"，也就是"龙王跑"的传说。

历史上，在五条龙跑向白洋淀时经过的村庄，都曾有长片地块儿取名为"五龙跑"或"龙王跑"，各村这些大致相挨的地块儿连起来，就形成了从沙河营到白洋淀的一条清晰的路线。

"龙王庙"传奇

"二月二，龙抬头"，在这条路线上的村庄，都在一个漫长的历史时间段里，每年同时过着一个共同的节日，那就是二月二的龙王庙会。从沙河营到南北相邻的东西野桥、野桥营和沙河村，再到白龙、王村、黑龙口，都曾经将农历二月初二这一天作为自己村里的庙会，只是在二十世纪六七十年代后，各村出于各自情况和各方面利益的考虑，才分别另择日期立了自己村的庙会。

在唐朝末年，这里也曾阡陌纵横，河道环绕，沼泽遍布。几万名士兵行军打仗路过此地，大雾弥漫之中，在河道之间和庄稼地里迷了路，正值晕头转向之际，出现了一位胡子花白的老者，老者带着士兵左拐右拐就走出了河道和庄稼地。带兵将领询问老者家在哪里，老人家答道："家在沙河营五龙跑。"后来将领打仗得胜后为表谢意，带着金银珠宝驾车回到五龙跑，却只见茫茫野地上只有一座大庙，除了发现大庙里的一个塑像极像那位老者以外，再也打听不到老人家的音信了。

"五龙跑"后来怎么又叫"龙王跑"了呢？

据传说，那是乾隆皇上到白洋淀打鱼围，一不小心失足掉到了淀里，大臣们七手八脚地把皇上救上岸来，乾隆皇上竟然安然无恙，原来他是真龙天子，落入淀中以后，身旁左右有数条神龙在下面托护着他，以致连水都没喝一口。乾隆皇上非常感念白洋淀龙王的恩德，认为龙王救驾有功，于是便询问白洋淀的龙王庙在哪里，要前去祭拜谢恩。当地人却说白洋淀边上没有龙王庙，我们这淀里的龙都是沙河营的，我们的龙王庙就在容城西北边的沙河营五龙跑。乾隆皇上闻说后，遂命随臣次日早排御膳，摆驾沙河营五龙跑。

乾隆皇上到了五龙跑以后，不仅见到并祭拜了五龙圣母，更敕封五条龙为白洋淀各淀龙王，把"五龙跑"改称"龙王跑"，并着令划地拨钱，运木调料；扩建翻修龙王大庙；御笔亲书，赠牌挂匾；勒石刻碑，诏敕记铭。于是自此后白洋淀便有了一个"捞王淀"，沙河营便有了敕封的"龙王庙"和"龙王跑"。

"山有仙则名，水有龙则灵"，沙河营的龙王庙历史上便是官府及民众遇旱祈雨的地方，每逢风雨失调，久旱不雨，或久雨不止时，各处民众都要到龙王跑烧香祈愿，以求龙王治水，风调雨顺。传说这里的龙王庙也还真是个十分有灵性的地方。对此，史书上虽无记载，但是民间流传着种种传说，特别是大旱之年，当各村的庄稼苗叶都旱得打了卷，眼看再也难以舒展开的时候，心里发了慌的百姓们就赶紧到龙王庙来求雨，据说一般都是有求必应。如果不灵验，大家就会到徐水县五龙圣母娘家村去搬请援兵，只要西张村的人们头戴柳条、敲锣打鼓地一来，不等他们回到家里，倾盆大雨就会从天而降。

还有一个流传很广的故事，那是二十世纪三十年代的事情。那时的二月二龙王庙会，都是在龙王跑大庙土台子前边的大道上和周围一大片开阔地里举行，四村八乡的百姓都争相赶庙逛市，打火烧炸油条、去柽卖檩、买猪、粜粮食和要把式卖艺、说书唱戏的好不热闹。这一年二月初二大庙会，请来唱戏的是远近有名的戏班儿，唱的却是《哪吒闹海》，不承想，当唱戏唱到哪吒要抽龙王的筋，扒龙王的皮的时候，好端端的天气忽然自西北突起一阵狂风，飞沙走石遮天蔽日，不仅刮散了庙会，更把那大戏棚一下子吹到了白洋淀。

在沙河营村和周围各村，流传的"五龙跑""龙王跑"的故事和传说还有很多很多，说起来可真是说也说不完，道也道不清。

然而我们小的时候，见到的龙王跑的大庙也只是一个巨大的土台子了，这土台子大约六七十米长，三四十米宽的样子，有两间来房那么高，雨水冲刷的沟沟壑壑间，夹杂着砖头瓦块和浓密的荒草，周围十几亩地不怎么长庄稼。虽然我们这些少年顽童正是天真好奇的年龄，一个个调皮得不得了，但是那大土堆的顶上，谁也没有上去过，因为大人们都说，那上面有着狐狸精、黄鼬精和数不清的各式各样的长虫，无论是谁，上去容易要下来可就难了。

龙王跑的大庙在历史上建过几次，毁过几次，现在早都无据可查了，据健在的八十六岁的张春礼老人说，在他很小的时候，原来的大龙王庙早已经被毁。他听他的姥爷讲过，大庙最后的废毁，是因为庚子年间的一场战争，当时北张和野桥以及周围各村的义和团，为了抗击洋人和清兵的追剿，在这里打了最后的一仗，战火把一个好端端的龙王大庙，变成了一片废墟；残垣断土堆在一起，形成了一个巨大的土台，远远望去就像一座土山。

历史上的沙河营龙王庙也许修建在隋唐，也许早在秦汉或者魏晋时代就已经存在了，也许"五龙圣母"和"五龙跑""龙王跑"的故事，只是龙王大庙经历的一个插曲。整座庙宇很有可能是砖木结构，或者也有木塔高耸，大殿恢弘；或者也曾粉墙蓝瓦，飞檐翘角，雕梁画栋；或者墙壁上的字画也曾精美典雅，各式塑像也曾形象逼真。曾经的"龙王跑""龙华寺"也曾是游客如云，香火鼎盛。

然而沧海桑田，几经磨难，无情的岁月和纷争的战乱，使得我们多少宝贵的历史文物连同动人的故事，都湮没在历史的长河中了。而又正是因为缺乏那些本该拥有却因为种种的原因而被毁坏遗失了的碑文铭志，缺乏了那些本该翔实记载而却遗失疏漏了的简刻帛书，而使得无数真正的珍贵历史缺乏令人信服的佐证，只得通过代代相传而变成了传说，变成了神话。这对于我们的文化和历史，不能不说是一种遗憾和悲哀，这不能不说是我们永远的乡愁，不能不令人扼腕叹息。

现在的龙华寺建筑于沙河营村东龙王跑的龙王庙原址，是由1992年重建的五龙圣母庙改建而来，其规模和原来几十亩的大庙遗址已远远不能同日而语。它占地7亩，一共分为4个主殿：大雄宝殿、圣母殿、五龙殿、龙王殿；6个偏殿：地藏殿、枷蓝殿、车王殿等。主要是砖混结构，2016年，主殿大雄宝殿加盖现代彩钢。进入龙华寺大门，首先映入眼帘的是一尊近7米高的观世音菩萨的石像，"如果你跟她有缘，你会发现她时刻都是冲你微笑着的"，龙华寺的龙果大师这样讲。"去年观世音佛像开光当天，观音菩萨显灵，天空中出现了观世音菩萨，大家立马就都跪倒磕头，随后菩萨向南方飘去"，好多的百姓也如是说。

神话和传说还要继续下去，我们的历史和代代的乡愁更要留存下来！

白龙村的传说

讲述：白龙村老人
采录：曹宏君

白龙村，原先是东牛乡的一个行政村，后来东牛乡并入容城镇后，就隶属于容城镇管理。白龙村位于城南十里地，人口3000余人，耕地5000多亩。西与小里相邻，南与三台接壤，北与东牛村为邻。村东是万亩平川，水肥地沃；远眺白洋淀，荷花飘香。可谓物华天宝，人杰地灵，交通便利，万物皆丰。

白龙，顾名思义，必定与"龙"有着必然的联系。相传在3000多年前的殷商时代，就有了这个村落（今愈家坟左右）。祖先们在那里围田垦荒，平静地生活，不幸的是突然有一场飓风，把他们的田园变成一片废墟。传说当时确有人看到一条巨龙从天而降，搅动着空中的尾巴，吞噬、卷走了整个村庄。这场灾难之后，一些幸存者将整个村庄东迁到如今的老王沟一带。人们为纪念失落的家园，为村庄取名"龙卷村"。

11世纪初，村庄又被一场强烈地震毁灭。那时，人们不懂地球内力造山造海，外力削山平谷的地壳运动，认为是红孩儿妖，吃了他们的村庄。惶恐中，人们迎来了一个崭新的黎明。东方，一轮红日喷薄欲出，云蒸霞蔚，似有游龙嬉戏，有龙之处，必是风水宝地。聪明的祖先感恩于上苍的点化，于是他们向着东方，向着有龙的地方走去，在距"龙卷村"三华里的地方定居下来，取名"白龙村"。这里，待垦的荒地可供他们衣食无忧，无边的湿地还可以临溪而渔。为了求得神的庇护，他们修建了观音庙、白龙庙，还修了红孩儿庙——祈求他们别再给人们降灾……这样薪火相传，沿袭至今。

白龙村还流传着一个姓王的老中医的故事。

王老中医出身中医世家，医术高超。一次，三台镇山西村张氏老太得了一个怪病，肚子一天天地大起来，好像一个孕妇。有人说年近花甲的老人又怀孕了，也不怕人笑话！也有人说她鬼怪附体，钻到她的肚子里故意折磨她，各种说法都有，家里人又是害羞又是着急，不知如何是好。有好心人告诉他家人说，离这村不远的容城白龙村有个姓王的老中医，医术高明，能治百病。于是，家人赶紧请来了王老中医为老太太看病。王老中医给张老太把完脉后就说："老人家，你既不是怀孕，更不是什么鬼胎。你肚子里长了一个瘤子，要抓紧医治，不然破了就没救了！"听了老中医的话，老人身体很快就康复了。此后张家人最信服的医生就是这位王老中医。

更神奇的是，王老中医不仅医术精湛，还会驱邪。在白龙附近有人中邪、鬼或大马猴附身，找到他总能给人治好。

有一天，定兴县一大户人家赶着马车来白龙村，请王老中医去看一个被大马猴附身的女人。王老中医感觉路程太远，超出他保护范围之内了，就说不能去。定兴这家人好说歹说，王老中医实在推脱不开，只好同意去。马车到了定兴那家后还没进屋，王老中医的耳边响起一个声音，气气地说："我离你这么远了你还来坏我事？那好吧，我走了，我远远地走了！"然后一阵狂风离开这里。

大马猴走了，屋里的女人立即好了。王老中医却知道情况不妙，马上得回家！主家看王老中医急坏了，马上送他回去。王老中医还没到家，他家里就出事了。突然吹起来的一阵狂风把王老中医家的屋顶掀飞，好在没有人受伤。

此后，大马猴在离白龙近的地方就没出现过。有人说，因为王老中医的存在，大马猴就躲开了这里，在白龙村方圆几十里内不再害人。

小南头村刘爷庙

采录: 曹宏君

大南头村北边一里多地是小南头村, 小南头村东头有座刘爷庙, 每年农历三月十五的庙会就是为刘爷庙开光而设立的。十里八村的人们都在这天赶庙会, 既探亲会友, 也顺便置办必需品, 有些人还要到刘爷庙里烧香祭拜, 体现了人们对刘爷的怀念和对神医的尊崇。小庙规模不大, 面阔进深都只有一间, 但却记载着金代名医刘守真与小南头村的渊源关系。小庙的院中有一座民国二十二年的重修碑, 但损坏严重, 只剩下半截, 而且字迹也模糊不清。

听老人们说, 庙里供奉的是神医刘守真, 本名完素, 字守真, 河间县城东南十八里营村人。他自幼聪明好学、喜读医书, 25岁时, 母亲突然得了重病, 曾经三次去请医生治疗, 却都没有请到, 致使母亲的病没能及时得到治疗, 不久病情恶化而死亡。这段不幸的经历, 使刘守真悲痛欲绝, 恨自己不懂医学而痛失母命, 从此立下志向, 专心学医, 终于成为金元四大医家之一。

传说在金朝泰和年间, 金章宗完颜璟的女儿得了重症, 御医们一筹莫展, 束手无策。金章宗传旨, 命各州府立即推荐民间良医, 进京为其女儿治病。河间知府吴锐就将刘守真推荐给皇帝。刘守真通过望闻问切, 了解了病情, 仅用三副中药使其痊愈。金章宗非常赞赏刘守真的医术, 当时封他为太医, 留在京城专门为皇帝治病, 刘守真坚辞不受, 并借故离开, 不辞劳苦地扎根在民间诊病疗疾, 解除百姓的病苦, 因此极受百姓的爱戴。

刘守真长期在保州 (今保定) 一带行医, 在容城县农村里还流传着刘守真 "一针救两命" 的故事。

有一次, 刘爷行医回来路过一个村庄, 迎面遇到一个送葬的队伍, 前边一些人手执魂幡, 哭哭啼啼, 后面是一副棺木, 棺木底板缝隙之间流出滴滴血迹。见此情景, 刘爷上前询问, 葬的是什么人, 因何而死? 死者家人诉说是媳妇因难产而死。刘爷说: "能否让我看看, 也许还能有救!" 家人听说还能有救, 非常高兴, 马上打开棺木。刘爷上前仔细观看, 见棺中女人面色尚有血色, 肢体并不僵硬, 把脉尚有波动, 这是一种 "难产假死" 现象。于是打开随身的药箱诊包, 拿出几根银针, 在几个穴位轻轻地扎上了几针，时间不大，棺中孕妇开始呻吟，随即生出了一个婴儿，母女转危为安。送葬的队伍中爆发出欢乐的笑声，丧事变成了大喜事。从此，刘爷"一针救两命"的故事传遍了保定府的大小村庄，刘爷"神医"的名声越传越远……

在小南头村还流传着刘爷死后显灵治病的故事。有一位老人脖子后面长了一个大疮，疼痛难忍。这是一种恶疮，俗称"砍头疮"，难以治愈，一般医生都望而却步。这位老人一生多行善事，儿女们也都很孝顺，为老人的病痛伤心。有一天老人做了一个梦，一位仙风道骨的人飘然来到他的面前，说要给他诊病，从兜囊中拿出两根银针和一些药膏，给他行上针，起针后在脖子后面长疮处涂抹上药膏，他顿时感到一股寒凉的感觉从脖子后面发散开来，疼痛很快消除了，脖子动转也灵便了。老人看着给自己治病的人好像在什么地方见过，就问他住在哪儿，那人答就住在村东，说完收拾好行囊又飘然离去。

第二天老人把梦中奇遇告诉家人，家人看那疮消了不少，不几天就奇迹般地好了。老人记得给自己治病的人说就住在村东，可仔细想想村东并没有这样一户人家。他想到村东看个究竟，不知不觉走到刘爷庙前，推开庙门进到庙里，一眼看到刘守真的塑像才恍然大悟，原来那天晚上梦中给自己治病的人不就是刘爷吗？他赶快把这个消息告诉家人。这事一传十、十传百，很快传遍小南头村和周围各村。每到农历三月十五刘爷的生日那天，小南头和十里八乡的人们都来到刘爷庙，供奉刘爷，进香祈愿，祈求刘爷保佑安康。年年如此，形成了不小的庙会，每年庙会前，全村家家接闺女叫女婿，亲戚们也前来赶庙会，家家待客。村里请来高跷会、少林会、吵子会、音乐会等民间花会前来演出，给庙会增加了无限的欢乐。庙会上做买卖的很多，烟酒茶糖、服装布匹、叉耙扫帚，应有尽有。因这时候正是谷雨节气，即将是春耕大忙的时节，人们认真选购桑杈铁镐、门窗柁檩等物，为春种春耕和翻盖房屋做着积极的准备……

三月十五这天，经常闹天，不是刮风就是下雨。民间传说这是刘爷在天宫得罪了王母娘娘，受到惩罚的结果。据传说，刘爷死后被封为天神，经常被王母娘娘邀去参加蟠桃盛会，慢慢就跟其他神仙，特别是王母娘娘都混熟了。俗话说熟不讲礼，有一年的蟠桃会上，刘爷喝王母娘娘的琼浆玉液喝多了，就和王母娘娘开起了玩笑，竟然当着众位天神的面抬起脚来踢了王母娘娘的"登挂",也就是踢了王母娘娘的屁股,这玩笑确实开大了,触犯了天威。这让王母娘娘脸上挂不住了,手点着刘爷说:"好你个刘守真,没深没浅,竟敢踢老娘的登挂!从今往后,我让你的三月十五庙会上年年不得安宁。"打那时候起,三月十五刘爷庙会那天就经常闹天,不是刮风就是下雨,这可能就是王母娘娘报复刘守真的缘故吧!

东西里村财神庙

采录:宋可旺

容城县东里村在白洋淀的西北边,距离不算很远。早先村里有一个财神庙,关于财神庙的由来,曾经有一个感人的传说。

那时候淀边的人们依靠种地打渔为生,收入微薄,生活艰苦。

且说村里有一个叫李孝的人,比别人更艰苦。他家上有老,下有小,一家数口,难得温饱。李孝家供了一个财神牌位,晨昏三叩首,早晚一炷香。不希望发大财,只祈求过上不愁吃不愁喝的日子。可他家总是事与愿违,尽管他常年风里来雨里去,起早拿晚儿,还是刚好混了个肚圆,一日打柴一日烧,住了辘轳干了畦。

真是越穷越赶上,越喝汤越咸,这年偏偏老母亲又病了,糠糠菜菜吃不下,就想吃碗白(大)米饭。那时候吃大米饭是十分奢侈的,贫困人家想都不敢想。这可急坏了李孝,他早出晚归拼命苦干,希望能多挣点钱,给母亲称点米,哪怕半斤也好。然而,老天又和他作对,一连刮了三四天大风,害得他出不了船,逮不了鱼,家里即将断顿儿。

这天,风刚住,李孝急着出了船,他在淀里边捕鱼,边琢磨大米的事儿,忽然眼前一亮,看见水面上漂着些大米粒儿,他又觉得自己好笑,想米想得入了迷,眼花了,揉揉眼看看,确实是大米粒,他俯下身子捞了几粒,果真是大米。他乐极,用手一把一把地捞,最后竟捞了一大捧,他掐片荷叶包好了,回到家交给了媳妇,给老母亲蒸了半碗饭。

老母亲吃了大米饭后,心情一振,病好了许多。媳妇认为是孝心感动了财神爷,是财神爷显灵赏给的大米,于是在财神前又烧香,又磕头……

李孝认为媳妇的话有道理,不是财神给的是谁给的?大淀里哪来的米？第二天又去那儿，想看看财神能不能再给点。

到那儿一看，嘿！又漂上来一些大米粒儿，这次他带着笊篱来的，捞了又捞，比上次捞的多得多。

这事他也没声张，每天清晨悄悄地来捞大米，少的时候捞一碗两碗，多的时候能捞半盆，竟一连捞了两三个月。

这一来，他家的生活得到了改善，老母亲的病也好了，吃大米饭吃得红光满面。全家隔三差五的也吃顿大米饭，吃不完的大米还晒干了存起来。

邻居们不知道他家是怎么回事，看他家常吃大米饭，就说他家发了财。人们背地里纷纷议论，为什么他家能发财，有人说他家供着财神呢，看来财神很灵验。于是好多家都供财神牌位。后来又有人提议，既然大家都供财神就修座财神庙吧！于是大伙集资建了座财神庙。

咱再说李孝实在得过了火儿，你每天捞到那么多米不探探原因吗。有一天，他终于醒悟了，对媳妇说："咱们探探财神爷给咱们存着多少米呢。"他潜入水底看清楚了——原来是条沉船。

那是条装满了米的大船，夜里被风刮断缆绳，随风顺水漂流，茫茫黑夜无人察觉，沉在那里也无人知道。水底的鱼在米里偎窝、吃米，搅动了米，便漂上一些来……

李孝把沉船打捞上来，自然又发了一笔财。

这个"发财"秘密公开了，按说跟财神没关系，可村里人不这么认为，说就是财神叫他碰上这等好事。财神庙的香火更旺盛了。

李孝的老母亲另有说法，她说儿子的孝心是发财的根源，他要没有孝心发现不了那几粒米，要没孝心也不会在意那几粒米，不捞上第一捧米，更没有后来那些事了。看来，人哪，还得讲孝顺。

八王坟的传说

讲述：杨同全
采录：曹宏君

宋辽时期，容城一带地处宋辽边境，以南拒马河为界，河南为宋、河北为辽，两国在白沟镇分兵把守。据传，宋朝八王爷赵德芳曾行军督战到此，后因年事已高、体弱多病，最终病故于陈阳庄村的堡子街。为掩人耳目，当时还在堡子街建过八王爷的坟墓呢。

实际上，八王坟位于容城县八于乡陈阳庄村南、大八于村北，占地20余亩。早在三四十年前，距八王坟墓前五六十米处曾发现过大量房基，由此推断八王坟这一带曾有许多房屋存在，而房屋里居住的很可能就是看护坟墓的一些人，因此说八王坟并不是一座简单的孤坟。

相传墓园里有一深井，四条铁链吊挂一口棺木，且有密道直通大八于庙中的供桌下面。因千百年来风化腐蚀、缺少维护，再加上多次被盗，八王坟坟冢渐渐只剩下了一个土堆棺木，密道之说至今也无法考证。

据几位八十岁以上的老人所述，现在南陈阳庄村东南角的三个小街巷的名称，都与八王坟有密切的关系，如西门、旮旯、车道。而现在西陈阳庄村的"堡子街"则是与八王坟同时建起来的八贤王的后花园，占地十亩左右，周围是一丈多高的围墙，正门是一个两扇的大梢门，非常宏伟。现在，所谓的"后花园"已不复存在，仅留存一段小土坡。

传说八王坟里有狐仙。古时候，每逢周边村的村民办红白喜事需要用具时，人们只要在办事的头天傍晚，把所需东西列个清单，写个条据放在八王坟前，第二天早上这些东西就会摆在八王坟前，村民用车拉去即可，但必须保证用完后如数归还，否则再借就不灵了。

1940年前后，日寇驻扎容城。为了保护墓中文物不被日寇掠走，由中共地下党领导组织数十个民兵（当时为掩人耳目叫护秋队）曾探挖过八王坟，大约挖了七八天，挖了一两丈深。当时，虽说有专门负责站岗放哨的人员，但因斗争环境艰苦，日本人又不时骚扰，最终只挖出了一排排的梭式小旋门，并没有挖出什么文物来，后来也就不了了之了。

"二鬼摔跤"的来由

采录：曹宏君

春节期间，容城县三贤文化广场上人山人海，笑语飞扬。大人们领着小孩，老人们相互搀扶，情侣们携手搭背，都来观看精彩的春节文艺汇演，人人脸上洋溢着幸福喜悦的笑容。演出单位来自各个乡镇和机关团体，舞蹈、杂技、戏剧、独唱、民乐吹打、民间花会等，形式多样，精彩纷呈。

这天上午，舞台上正在表演的节目是"二鬼摔跤"，只见两个龇牙咧嘴、相貌丑陋的白脸"小鬼"紧紧地抱在一起，你踢我咬，上下翻滚，打得难分难解。一会儿从舞台上翻滚到地上，照样搂抱在一起，互不示弱，你伸腿下绊子，我双拳击你头，正像两个矮小武士摔跤较劲。在武场乐队锣鼓的伴奏下，时而怒目相持，时而翻滚厮打，精彩的表演不断赢得观众们的喝彩和掌声……

突然，锣鼓停息，打斗停止，俩"小鬼"站起来，露出了一个人头，背后还背着两个"鬼头"。这时人们才恍然大悟，原来这紧张打斗的两个"小鬼"，却是由一人扮演。表演者将两个小鬼的头脸牢牢地绑在背上，双腿蜷蹲，双手倒穿一双薄底布靴，在道具围子的隐藏下，用两只胳膊扮演对方的两条腿，形成两个夸张的矮人摔跤姿态。在武场乐队的伴奏下，手足并用，做出许多如抢、转、滚、举、扫、磕、绊、支架子、下绊子等摔跤动作，既紧张诙谐，又灵巧多变。这是一种民间流传的传统舞蹈，表演者是北张村一个姓张的小伙子，这个节目形式在北张村已经传承了多年。

据说，"二鬼摔跤"的形成与民俗活动放河灯有关。相传，清光绪年间，县城里经常发生闹鬼之事，夜深人静时，衙门内三班六房的衙役们睡得正香，突然，惊叫声响起，有的叫得声嘶力竭，有的打得不可开交，整个衙门内乱作一团，搅得人心不安。城内南大寺和城隍庙几十名和尚与道人为破此事，于中元节那天，用油纸扎的灯笼、船、桥各百余个，放入护城河，招引众恶鬼归宿正道。中元节戌时，超度鬼魂仪式开始，30名和尚与道人各列城隍庙两侧，焚香烧纸，口诵经典，把用油纸扎的灯笼、船、桥送入护城河中，愿恶鬼归宿庙主。从此，农历七月十五放河灯便流传下来，成为当地的一种民俗活动。传至民国初年，这种超度鬼魂的民俗活动便演变成为民间一种娱乐性活动，每次放河灯规模庞大，观众有数千人。放河灯结束后，由城里民舞队为群众表演二鬼摔跤、高跷、鬼会等民间舞蹈。由此可见，二鬼摔跤与放河灯有着密切关系。

此外，还有一种说法：从前，有个姓刘的财主，他有两个儿子。大儿子叫刘天地，小名大鬼；老二叫刘地天，小名二鬼。兄弟俩都想得到老人的财产，因为个人利益竟打起来。他俩不顾老人的斥责，紧紧地搂抱在一起，从炕上打到地下，从屋里打到门外，从古代打到现在，一直打了二百多年。这就是"二鬼摔跤"的来历。

容城卷 河北 保定 中国民间故事丛书

故事

幻 想 故 事

白洋淀神牛

采录：宋忠臣（雄县）

白洋淀每到汛期常常发大水，所以四周都有堤。

那时，堤顶上常备些土堆。那些土堆大约一米见方，一个接一个的，远看就像城墙上的垛口。人们管这些土堆叫"土牛儿"或"土牛子"。一旦遇到险情，"土牛儿"就派上了用场，人们用土牛儿的土来堵漏洞和决口，排除险情。

土堆和牛有什么关系？为什么偏叫"土牛儿"？这里有个有意思的传说。

早年间，天庭里有一只神牛。有一天，神牛突然挣脱了缰绳，溜出了南天门，下了天界。

神牛到了人间，就没了管束，自由自在的，非常高兴。它顺着九曲黄河信步闲逛（那时黄河经过白洋淀东流入海），这天来到白洋淀边。

白洋淀风光秀丽，气候宜人，滩涂相连，水草丰美，神牛深深地爱上了这块宝地。这里的草又多又嫩，他饿了吃草，渴了饮水，吃饱喝足了，或在滩涂上悠闲地散步，或在水里尽情嬉戏，每天过得非常开心。他再也不愿回天庭了，就在这儿住了下来。

那时，白洋淀住了一条怪蛟。这怪蛟长着一只角，人称"独角蛟"。这家伙性格孤僻怪异，脾气暴烈，喜怒无常，而且又神通广大。他常常搞点恶作剧取乐，有时一口气儿吞干白洋淀的水，睡上几年，造成连年大

旱，旱得芦苇枯死，荷藕绝迹，鱼虾绝种，淀底寸草不生，闹得人们背井
离乡，四处逃难；有时来了劲儿又连降大雨，把白洋淀灌得满满当当，然
后再兴风作浪，把堤坝冲毁，他躲在云层里看热闹，就爱看人们忙碌奔波
的样子。人们受够了他的祸害。

这一切神牛自然看不下去，一来二去，两个成了冤家对头。这一天，
独角蛟一觉醒来，大发脾气，一连下了七天七夜大雨，直下得沟满壕平，
白洋淀里大水平了水坝，洪水成灾。沿淀边各段堤上都站满了人，人们紧
张地巡逻防汛，生怕开了口子。看着人们紧张忙碌的样子，独角蛟开心极
了。但他还不满足，还嫌不热闹，真是唯恐天下不乱，他连着吹了几口
气，水面涌起了巨浪，大浪一个接一个地冲向堤坝，堤坝时刻都有崩溃的
危险。防汛的人们顿时慌了，忙着钉木桩，挂满树枝，铺苇席苇箔保护堤
坝。看着人们紧张忙碌、惊慌失措的样子，独角蛟更来劲儿了，在云层里
张牙舞爪，浪头一个比一个大，眼看就要漫过堤顶，冲毁大堤，形势十分
危急。

正在这时神牛出现在大堤上，他威武地站在堤顶，昂首冲天，冲着恶
浪引颈长鸣，"哞——"一声怒吼，立时风平浪静，水退了一尺。

独角蛟正玩儿得高兴，被神牛一挡，很扫兴。可是他不甘心，又转向
了另一面，继续兴风作浪，那段堤又出现了险情。不过，很快神牛又出现
在那段堤上，镇住了风浪，再次化险为夷。

独角蛟火了："你不叫我玩儿，我偏要玩儿个痛快！"于是，逮哪儿
向哪儿冲浪，沿淀各堤段都出现了险情。好神牛，毫不示弱，摇身一变，
化成无数个神牛，沿岸堤顶上三五步一个，处处站着神牛。

独角蛟大怒："凭你能管住我？我偏冲开个口子叫你看看。"它又
想：哪来那么多神牛？其中只能有一个真的，既然只有一个真的，谅你顾
东顾不了西。于是他有了主意，不顾一切地到处冲击。嘿嘿！还真让他冲
开了一个口子。

这下可不得了啦！大水倾泻而下，汹涌奔腾，眼看就要淹没良田，冲
毁房屋，三府六州十八县要遭大难啦！

人们惊慌失措，形势万分危急。这时候，奇迹出现了，堤顶上的神牛
一个接一个地跳进决口。神牛跳进水里立即化成泥土，神牛越来越多，泥
土渐渐高出水面，阻断了水流，很快堵住了决口，大堤终于转危为安。

　　老百姓们跪在堤上拜谢神牛，感谢神牛解救了人们。从那以后，人们为了镇住洪水，就在堤上用土堆成牛的形状。再后来索性堆成土台，也叫"土牛儿"，或叫"土牛子"。这是后话不提。

　　再说当时，神牛也火了，他站在堤顶上冲着云层里的独角蛟喷了一口法气。俗话说"牛气冲天"，一口法气把独角蛟吹了一溜跟头。独角蛟也不示弱，"哗"的一口水喷过来。要换另一个，谁也顶不住这一喷，得把你喷出十万八千里。可神牛不怕，头一低，身子向前一挺，岿然不动。

　　接着，两个打在了一块，三角相抵互不相让。怎么三角呢？神牛两只角，独角蛟一只角。你撞我一头，我顶你一角，越斗越凶。他俩各自使出了看家本领，从地面打到云层，从云层打到水上，又从水面打到水底。一时间，巨浪冲天，云腾风吼，电闪雷鸣，大雨倾盆，哞哞怪叫，声震云天……

　　这场大战持续了三天三宿，独角蛟渐渐支撑不住，败下阵来，退到水底。神牛哪肯罢休？你说不玩儿就不玩儿了？牛脾气上来了，追呀！追呀！直追到水底。独角蛟闭门不出，神牛头撞脚踢捣毁了他的巢穴。独角蛟这回碰上硬碴儿了，没法儿了，只好逃往北海。自此以后白洋淀一带风平浪静，太平安宁。

　　不过，神牛也累得筋疲力尽，再也无力浮上水面。他昏昏沉沉地睡在了水底，这一睡竟睡了千百年。

　　人们在岸边等啊等啊，再也没等到神牛浮出水面。人们口耳相传，一代一代人都知道淀底沉睡着一头可爱的神牛。也不知过了多少年，有一年，来了个云游道士，道士法号"云开"，神通广大，法力无边。

　　云开道人听当地人们述说了神牛的事迹，他深深佩服神牛的精神和勇气，也特别同情神牛。

　　云开道人决心唤醒神牛，把神牛解救出水底。

　　云开道人等了几天等来了机会。那天夜间，风平浪静，明月高悬，月光明朗，淀水清澈见底。云开道人手提宝剑潜入水中，他先用剑割断缠绕在牛身上的水草，再扒去周围的淤泥，露出了神牛的大半个身子。他用力推了推，神牛纹丝不动，又用力拽了拽，还是纹丝不动。

　　云开道人只好浮出水面，另想办法。后来，人们找来一条长长的绳子，云开带着绳子再次潜入水底。他把绳子拴在牛脖子上，岸上众人一齐用力，拉了半天还是纹丝不动。

忽然，云开道人看见了岸边的青草，立时来了主意，牛不是爱吃草吗？他跑去割了一把青草，又潜入水底，拿青草拨弄神牛的鼻孔嘴巴。

沉睡了千百年的神牛，迷迷蒙蒙地闻到一股久违的青草味儿，不由自主地张开嘴嚼了起来。当它嚼完了一把，还想吃时，草离他远点儿了。他努力地睁睁眼，睁不开，伸伸脖子，够不着，向前迈一步，还差点儿够不着，再迈一步，还是差点儿……

就这样，云开道人用一把青草一步步地把神牛引出了水面，引到了草滩上。

神牛站在草滩上又沉沉睡去，云开道人用尽招数再也未能唤醒神牛。

经历了无数的春秋岁月，又经历了无数次风霜雪雨，神牛化成了石牛。

后来一个法师拴了条缰绳想牵走神牛时，被当地人发现了。人们剁断了缰绳保住了神牛。

神牛永远留在了白洋淀，保佑这一方幸福平安。周边的人们常去摸摸神牛，祈福禳灾。这里流传着几句顺口溜："摸摸牛角，长生不老；摸摸牛背，大富大贵；摸摸牛尾（当地口音读"乙"），添财添喜。"

如今，旅游景点"白洋淀文化苑"重塑了神牛像。许多游客都来摸摸神牛，以期带来好运。

亲爱的读者，到了白洋淀千万别忘了去摸一摸神牛。

狐狸报恩

采录：任永群

一只狐狸拼命地奔跑，它的尾巴眼看就要被狼咬住了。

"叭——"，一声枪响，狼惨叫着倒在地上，狐狸得救了。

狐狸感谢猎人的救命之恩，发誓要好好报答猎人。

打这以后，狐狸东家叼来鱼肉，西家抱来被褥，南家扛来犁耙，北家偷来弓箭。一夜之间，把猎人的破瓦寒窑塞得满满当当。清早起来，猎人莫名其妙，看了窗台上的字条，才知道是狐仙为报恩之所为。

猎人为此非常生气，便写了张字条放在窗台上，叫狐狸赶快把东西送回去："狐仙狐仙，快把东西送还；靠损人来利己，这样的缺德事咱不办。"

狐狸满怀委屈，只得把偷来的东西一件又一件地挨家送还。

"东西都送回去了，可接下来又该怎样报答猎人的救命之恩呢？"狐狸苦苦思索着……

这一年正赶上大旱，猎人开荒种的几亩庄稼地也旱得裂了缝。看到猎人对此愁眉苦脸，狐狸心想："这可是我报恩的好机会！"于是它找到自己的结拜弟兄小白龙，让瓢泼大雨下了三天三夜。可接下来一看，却傻了眼：处处墙倒屋塌，庄稼全被水淹了。

有了这两次教训，狐狸从此不再蛮干。春天，村子里疫病蔓延，猎人也一病不起，气息奄奄。狐狸一次又一次攀上绝壁，衔来一株株仙草送给村民们。这样，村里的疫病消除了，恩人也得救了。然而，令人意想不到的是：这只狐狸却不小心葬身山涧。

从此，人们一直都很怀念这位知恩图报的狐仙。老人们说，山脚下，小河边，至今还有人们为之修建的"义狐祠"呢。

胡狄骂阎

采录：梁印林

《胡狄骂阎》是一出久演不衰的传统戏，河北梆子、老调及京剧都广为流传，深受民众喜爱。讲的是胡狄为抗金英雄岳飞鸣不平，大骂阎王爷，同阎王爷到天庭找玉皇大帝打官司评理的故事。

传说，剧中的胡狄就是胡村人。南宋年间，在胡村"真武庙"旁住着一对中年胡姓夫妇。男的长得膀大腰粗力气大，娶妻刘氏。夫妻二人忠厚老实，以种地为生。尽管家境贫寒，但对于乡邻却是有求必应，人缘极好，乡亲送他外号"胡老傻"。妻刘氏四十二岁才喜有身孕，怀胎十月有余。一日清晨，天刚蒙蒙亮，胡老傻起床穿好衣服，刚要拿锄头去耪地，突然院中的槐树上飞来喜鹊数只，对着他们的卧室喳喳喳叫个不停。此时妻子刘氏肚子疼，忙叫丈夫请来接生婆，妻子刘氏顺利产下一个男孩。胡老傻夫妇老来得子，喜笑颜开，人们都说：这是胡老傻忠厚老实，行善积德的福报。

此子长得白净英俊，天庭饱满，地阁方圆，眉清目秀。夫妻俩请马阴阳给孩子相面，说此子是状元命。儿子长到了七岁，胡老汉就把儿子送到本村段家学堂去读书，老先生给他取名"胡狄"。胡狄读书认真刻苦，而且很聪明，可以说是过目成诵，人称"神童"。

胡狄从小尊敬师长，孝顺父母，善睦乡邻，少言寡语，没用的话不说，最重要的是他是非分明，疾恶如仇，乡亲都夸胡狄是个好孩子，大家都喜欢他。

胡狄十二岁中秀才，十六岁中举人，十八岁准备进京赴试。此时传来了抗金英雄岳飞被奸贼秦桧害死在风波亭的噩耗，胡狄义愤填膺，大骂奸贼秦桧残害忠良，同时痛恨阎王爷执法不公，声称要去天庭找玉皇大帝告阎王。一天夜里，胡狄在真武庙上了吊。一缕青烟飘过，胡狄的灵魂来到凌霄宝殿，敲响了警阳钟，玉皇大帝驾登凌霄宝殿。胡狄被传上凌霄宝殿，立而不跪，高声呼道：我状告阎王老儿。玉皇大帝便把阎王召进了凌霄宝殿。

胡狄一见阎王到了，没等阎王跪拜玉皇大帝，就怒发冲冠，指着阎王鼻子骂道："该死的阎王老儿，你黑白不分，忠奸不辨，岳飞精忠报国，舍生忘死，为了中原老百姓不受外辱，抗击金兵，节节胜利，眼看老百姓就要过安定日子了，卖国奸贼秦桧十二道金牌调回岳飞，将岳飞害死在风波亭。你为什么让忠臣死，奸贼活？你真是昏庸无道，该死的阎君，我打死你！"说着举拳就向阎王砸去。玉皇大帝命执殿神拉开了胡狄。

胡狄虽然被玉皇大帝拉开，但是仍余怒未消。他指着阎王爷说："岳飞可称得上是忠、孝、礼、义俱全的正人君子，他尊母命背刺'精忠报国'可谓之孝；与汤怀、牛皋义结金兰，亲如手足，携手抗金，同生死、共患难，可谓之义；别老母，舍妻儿，保国抗外辱，治军有道，军纪严明，不犯民之丝毫，可谓礼；奉旨抗金，舍生忘死，不顾个人安危，可谓忠。最不能容忍的是，岳飞抗击金兵，节节胜利，眼看直捣黄龙府，就要取得抗金的最后胜利，阎王你这老儿却在生死簿上勾销了他的名字，容忍秦桧害死了岳飞。岳飞虽活得有气节，但死得太冤枉了，太不是时候了。"

"你再看看秦桧夫妇是何等人也，这对狗夫妻狼狈为奸，卖国求荣，为达到谋权篡政的目的，认贼作父，用十二道金牌把岳飞调回，强加'莫须有'的罪名，是何等残忍！然而，岳飞却振臂高呼，激书《满江红》表达自己抗击外辱的意志和决心。你这个主宰生死的阎君，却忠奸不辨，善恶不分，要你何用！"胡狄越说越有气，伸手把身旁的一把凳子抄起来就要砸阎王，玉皇大帝忙命武士拦住。阎王急忙跪伏在玉皇大帝面前说："吾皇万岁，万万岁，您看怎么办？"

玉皇大帝说："这样吧，胡狄你且消消气，阎君带胡狄去十八层地狱去看看，而后再到天堂瞅瞅，然后回我的凌霄宝殿。"

阎王带着胡狄来到第一层地狱，见一个地狱刽子手手持剪刀，用手抻出一个刚刚被勾魂鬼拿来的人的舌头，一剪子就把他的舌头剪了下来。胡狄见此状，吓得一激灵，阎君道："凡是在人间爱说闲话，爱咬嘴嚼舌，挑拨是非的人，死后都要被割掉舌头，以示惩罚。"阎王又把胡狄带到了第二层地狱。胡狄看见一个狱卒把一个人的双手按在案子上，刽子手举起手中的钢刀，"啪"的一声就把那人的双手剁了下来，鲜血淋淋，疼得那人满头大汗，嗷嗷直叫。阎君指着那人说："此人在人世间专爱偷偷摸摸，偷别人财物，死后剁掉双手，来世在人间不要再犯偷摸的坏毛病。"

在第三层地狱，胡狄见一排排狱房里关押的都是被剁掉双脚的人，疼得他们呲牙咧嘴，惨不忍睹。阎君对胡狄介绍说："第三层地狱是关押在阳世间不务正业、游手好闲之人的。为了惩戒他们改过自新，重做新人，要剁掉他们的双脚，来世做一个自食其力的人，方可托生。"

阎君带领胡狄看了四、五、六、七、八、九、十、十一层地狱，所到之处看到的都是在人世间犯有不同类型错误的人，受到了不同惩罚的场面。胡狄问阎君："你让我看这些干什么？"阎君回答道："胡状元不要着急，您往后看。"

阎君带胡狄到第十二层地狱，阎君用手一指说："胡状元您看那是谁？"胡狄顺着阎君的手看去，只见奸贼秦桧和他的妖婆正受酷刑。奸贼秦桧，刚刚在油锅里炸去大腿，现在正在用磨磨双手；秦桧的妖婆刚刚用磨磨掉大腿，现在正在油锅里炸双手。

阎君说："胡状元看到了奸贼、妖婆的下场了吧？咱们再到天堂去看看。"说完带着胡狄，一缕青烟直回天堂。胡狄见天堂的建筑金碧辉煌，摆设都是金桌子、银凳子，翡翠茶壶、玉茶碗，卧室是象牙床、金丝锦被褥。此外，每人都有两位侍童侍候。看着看着，阎君突然用手一指说：
"您看那位是谁？"胡狄顺指看去，正是岳飞在看兵书。胡狄急忙上前施
礼："岳大帅一向可好？"岳飞问道："您怎么到这里来了？"胡狄便将
为岳飞鸣不平，到天庭与阎王打官司的事情如实告诉了他。岳飞听罢说：
"恶有恶报，善有善报，不是不报，时间不到。"

　　阎君说："好了，您都看到了，咱们该去复旨了。"二神回到凌霄宝
殿，向玉皇大帝交旨。玉皇大帝说："人间天上善与恶，忠与奸的斗争是
永远存在的。但是善有善报，恶有恶报也是必然。今天你在地狱和天堂都
看到了，你不要回人间了。""胡狄听封"，执殿仙高声宣读圣旨："封
胡狄为冰雹神，主宰冰雹之灾。"

　　胡狄是胡村人，外公家是王路村，很多年间胡村和王路村一带没有发
生过雹灾。

勇士斩蛇立新村

采录：任兰君

　　明朝永乐年间，朝廷从山西洪洞县大量移民到容城。

　　当年，这片古老的大地上荆棘丛生，地广人稀，蒿草长得比人都高。
夜晚，野狼凄惨嚎叫；白天，野兔肆意奔跑。一年又一年，冬去春来，日
出日落，没有人烟，只有野狼撕下的野兽尸骨，混合着古树作响的风声。
在每棵古老的大树上，都盘踞着巨大的毒蛇，那毒蛇的眼睛在漆黑的夜里
忽闪着寒光……

　　这里有的是树木，从山西长途跋涉远道而来的人们要在这里生存，就
要砍树建房，安家栖身。可走进那树林，就有一股旋风，把人卷到树林中
间，那盘在树上的大蛇，吐出长长的信子，张开血盆大口，立刻就把人吸
到肚子里了，仿佛向人们宣告，这是我们的地盘，你们休想占领！

　　当时，有一个勇敢的青年，血气方刚，力大无比。他看到自己的父亲
和叔伯们一个个被毒蛇吞掉，心如刀绞，悲痛万分。可有什么办法才能除
掉这些大毒蛇呢？愁得他夜看星斗闪现，日看河水东流，总也想不出好主
意。他抚摸着从山西带来的老黄牛，流着眼泪说："我们本想到这儿披荆

斩棘开荒种地，可毒蛇不让我们安家，无法耕田了。老牛啊，你跟我也无用了，自己去找生路吧！"

"不——"老黄牛叫了一声，一双大眼里流出了眼泪。

它跪卧在小青年身边说："我愿为百姓献身，帮你们杀死大蛇！"

青年人听老牛吐了人言，大吃一惊，问道："你有什么好办法呢？"老黄牛说："请你们把我杀死，用我的血去洗磨一把尖刀，用我的皮缝制一件护身衣，把全身包严。这样，你就可以杀死大蛇了！"

听了老黄牛的话，青年非常感动，给老黄牛跪下，叩了三个头后，就把老黄牛杀掉。按老牛所嘱，磨出了尖刀，缝好了护身衣，青年身穿护身衣，手持尖刀，大步奔向树林。

那盘踞在树上的大蛇，把头探到地上，见青年人走来，便用吸盘一吸，天地间一股冷气袭人毛骨，呼呼地卷起一阵旋风，眨眼间就把那青年吞入腹中。

小青年进入大蛇肚子里，抽出尖刀向毒蛇的心脏猛扎起来，那大蛇痛得满地翻滚，青年人便在蛇腹内上下左右乱扎了无数大口子。终于，人战胜了毒蛇，毒蛇被杀死了，青年人也献出了生命……

这样，很多青年们按着这个青年的样子，把盘踞在这里的毒蛇全部斩杀了，这才和泥脱坯，伐木建房，建立村庄，人们就在这里世代居住下来。

关老爷捉拿白狐狸

采录：宋忠臣

传说在白洋淀东面，雄县城正南，十二连桥以北有座青石山。确切地说不过是一块大青石，在常庄村正东，村里许多老年人都见过。在这里流传着一个关老爷青石山拿白狐狸的故事。

说南关有个胡员外。胡老员外有位公子，胡公子年方一十八岁，生得眉清目秀，一表人才，每日在书房苦读，准备求取功名。

这天胡公子到青石山上坟祭母，哭声惊动了白狐狸。

白狐狸在青石山修炼千年得道成精，即将修成正果。一看这位公子，

顿生爱慕之心，随即变成一个妙龄少女来到胡公子面前，

白狐狸哭哭啼啼，佯说自己姓白，父母早亡，跟叔婶过日子，被婶母赶出家门，无家可归。她恳求胡公子收留，愿当牛做马服侍公子。胡公子动了恻隐之心，把白小姐带回胡府藏在书房。

白狐狸终日给胡公子陪读，耳鬓厮磨，撞击出爱情火花。二人双双坠入爱河，白狐狸放弃了修行正果，胡公子也忘记了求取功名。

男女自愿，自由恋爱，这事本无可非议，偏是小狐狸们惹了麻烦。白狐狸的小姐妹们常来胡府玩耍，顺便吃光了胡家的鸡，接着又吃左邻右舍的鸡。南关城夜夜丢鸡闹得人心惶惶。人们在胡家后花园发现了大量鸡毛、鸡骨头，于是满城风雨：了不得啦！胡府出了妖精啦！天天吃鸡呀！还要吃小孩啦！

这话传到胡员外耳朵里，胡员外也发现一些异常：胡公子久不出书房，一人吃饭却要两副碗筷，仆人们常听到女人说笑却又看不见人。再看胡公子黄脸肌瘦，断定是让妖精迷住了。胡员外马上请人捉妖。

王家房村住了个王老道。其实这人没什么本事，也就是骗吃骗喝。见有人来请他捉妖，满口应承。进了胡府，一顿胡吹乱捧，又一路子胡吃海塞，饱嗝连连，酒气冲天，之后手舞足蹈一番折腾，掐诀念咒画符烧纸，然后腆着肚子，壮着胆子进了书房。

王老道一见白小姐，用宝剑一指："呀！呔！"白狐狸一撇嘴："嘿！小样儿！瞧你那个儿头，三块豆腐高，叫猫吃了两块半。我和胡公子相爱，碍着你了？"说完，她"扑！"一口法气，吹得王老道血压升高、手脚冰凉，往后一倒，摔了个仰巴脚子，磕了后脑勺子。他狼狈地爬起来，喊了声："妈呀！没见过这么厉害的！"一气儿逃跑了。这事留了个话把儿：王老道捉妖——瞎胡闹！

胡员外没辙，又到老爷庙烧香，求关老爷显灵捉妖。

那天关老爷去天庭赴会，周仓在家值班，听了胡员外的祷告，他义愤填膺，决心为民除害。这天夜里，只见南关上空阴云密布，雷声阵阵，落的血雨腥风夹杂着狐狸毛。小狐狸们死的死，逃的逃，白狐狸躲在胡公子怀里逃过一劫。

天亮后，人们发现南关外滴雨未下，知道关老爷显灵了，家家户户都到老爷庙烧香上供。关老爷回庙大喜，表扬周仓的义举，又道："除恶务

尽，我要亲自出马。"随后，关老爷跨上赤兔马，手提青龙刀带着关平、周仓杀到胡府，又追到青石山，围追堵截，终于把白狐狸斩于马下。

第二天，人们看见庙里泥马浑身是汗，青龙刀上沾着血，知道关老爷又显灵了，香火更盛了。

京剧有一出《青石山》，李万春等名家都演过。情节和传说大致相同，只不过京剧里是九尾狐，还有吕洞宾、天兵天将等。不知两者之间有何渊源。

"门插关"和"镲锦儿"

原载《容城县志》
采录：曹宏君

有这么一家儿，娘儿仨，住在村边上，日子挺好过的。妈妈个儿高，有力气，年轻人都叫她杨大婶。她的两个闺女，大的叫门插关，小的叫镲锦儿。

一天妈妈对闺女说："今儿个我上你姥姥家去，明儿就回来，你们姐俩看家吧，别叫白眼狼叼走咱们的小猪儿。"姐俩一齐答应："嗯。"姐姐不放心，说："妈，你拿根棍子，听说白眼狼常在半道儿劫人。"妹妹也说："妈，早点回来！"

妈一出门，门插关就把大门关上啦。

妈拿着棍子，从一片树林边经过，不巧正遇上一个年轻媳妇儿坐在树桩上。这个媳妇其实不是人，是白眼狼变的，它早就琢磨着想吃杨大婶的小猪儿呢，就是不得机会。

白眼狼问杨大婶："杨大婶儿，你上哪儿去呀？"

"我回娘家去。"杨大婶回答说。

"你什么时候回来呀？"

"我赶明儿才回来呢。"

"谁给你看家呢？"

"我家那两个小丫头子呗。"

"你那俩闺女叫什么名字呀？"

"一个叫门插关，一个叫镣锦儿。"

白眼狼心想：这下可有机会啦，小猪儿算是吃上了，那俩小闺女儿的肉也嫩生好吃啊，这回可得吃个饱！等杨大婶走过去，白眼狼一晃身子，又变成了杨大婶的模样。

傍黑儿的时候，白眼狼鬼头鬼脑地走到杨大婶家门口，敲了敲门，压着嗓子叫门："门插关、镣锦儿呀，开门来，妈回来啦！"门插关正要去开门，心里又一想，妈怎么回来这么快呀！她先隔着门缝看了看，便说："你不是我妈，我妈长得高。"

门插关不开门，白眼狼又变开了花招儿，它对天念叨起来："东来的风，西来的风，刮个坏头子来我登上。"于是呼呼刮起了一阵大风，真的刮来了一个坏头子，白眼狼登上了坏头子，又叫门说："门插关、镣锦儿开门来吧，妈回来啦！"门插关又隔着门缝看了看说："你不是我妈，我妈脸上有麻子。"

门插关还是不开门，白眼狼又对天念叨起来："南来的风，北来的风，刮把楞子皮来我贴上。"于是大风又刮来好些个楞子皮，全都贴在白眼狼脸上了。白眼狼又叫门："门插关、镣锦儿，快开门来吧，真是妈回来啦！"这回门插关镣锦儿隔着门缝看了看，说："真是咱妈回来了！"就把门打开，让白眼狼进来了。

白眼狼盘算着，等俩小闺女儿睡着觉，先咬死她们，掏了她们的肠子，再去吃小猪崽子。于是，白眼狼说："天黑了，我走累了。咱们睡觉吧。"

门插关总觉着这人不像她妈，上了炕，挨着白眼狼躺下，翻来覆去睡不着。白眼狼说："你这个丫头，怎么不好好睡觉？"门插关又翻个身，一下子摸着了白眼狼的脊梁，吓了一跳，忙问："妈，你身上怎么净是毛？"白眼狼说："你姥姥给了我一件翻毛儿皮袄，穿在身上不怕臭虫咬。"门插关又一摸，摸着了白眼狼的尾巴，连忙问："妈，你屁股上是什么？"白眼狼说："你姥姥给了我一缕儿麻，没处儿拿，屁股眼儿夹。"

门插关一下子明白了：这不是我妈，准是白眼狼装的。于是，她撒了个谎，叫起镣锦儿就伴去解手儿。姐俩在院子里嘀咕了一会儿，就拿了条绳子，爬上墙头，上了房顶。

　　等了半天，白眼狼也不见俩小闺女儿回来，就干脆起来到了院子里。先叫了一声门插关，没人答应，又叫了一声镣锦儿，还是没人答应。这下白眼儿狼可急了："你们俩丫头片子，上哪去了？"门插关在房顶上说："妈，你也来房顶上看热闹来吧，东边来了个娶媳妇的，西边来了个发丧人的，真热闹呀！"

　　白眼狼心想：我倒还真想看看这发丧人的会把死人埋到哪儿去，等摸不着吃儿的时候，好去吃死人。于是，白眼狼说："你们怎么上去的？"门插关儿说："我们用绳子把你拉上来吧，房顶上看得可真了。"只见她边说边把绳子挽了套儿递了下来。白眼狼抓住绳套儿套在腰里，姐俩就往上拽，拽呀拽呀，越拽越高，拽到房顶的时候，姐俩一撒手，"咕咚"一声，就把白眼狼摔了个仰巴跤子，现了原形儿。白眼狼摔折了腰，动弹不了了，疼得嗷嗷直叫。姐俩从房顶儿上下来，叫来街坊王大叔，把白眼狼打死了。

生活故事

李庄村的故事

任彦芳：《血色家族》
采录：任兰君

河水冲来好媳妇

容城县北靠南拒马河，蜿蜒的河水自西向东，潺潺流淌。早些年，河水长年不断。它的上游，就是古易水。"风萧萧兮易水寒，壮士一去兮不复还"，这古老的悲歌，一直在拒马河上游回荡。当它奔泻下来的时候，也怀着奔泻入海一去不回的气势。岸边有个村庄叫李庄，小伙子们经常到河里游泳、逮鱼、打水仗……

这一年的洪水来得格外邪性！河水里，先是冲下来不少树枝泡沫、死猪死羊，后来，就见到很多的门窗檩木、锅碗瓢盆。有时，水里还漂来尸体，有趴着的男人和仰着身子的女人，心软的百姓常常眼含热泪，目送这些淹死的百姓漂流而去……

七月的一天下午，一声霹雷，把密封的云层炸开了一条缝，天上的雨水，瓢泼似的倾泻下来。河水平了槽，眼看就要到大堤跟前了。李庄的老年人回家了，守在河岸的是一些年轻力壮的小伙子。天阴沉，雨水白茫茫一片，借着闪电，忽然看到河中心冲下来一个黑乎乎的巨物。雷电一闪，逐渐能看清楚：是一棵连根拔下来的大松树，长约数丈，粗有合抱，那树帽搅着泡沫，正向下游漂来。

"大松树！"小伙子们惊叫着！

"咱们把它拉上来吧！"一个脸膛黑黑的小伙子喊着同伴。

又一道闪电，把冲到眼前的大松树看得更清楚了：在那粗大的树身上，还趴着人呢，好像是一个穿红衣的小姑娘。

"有人哩，咱们快把她救上来！"黑脸膛的小伙子大喊一声，顺手把粗布褂子一脱，扔给了同伴。

"任黑子！"伙伴们大喊一声，伸手要拉住他的胳膊，没有拉住。"扑通"——黑子已跳入湍急的河流中。

伙伴们的喊声伴着滚滚的雷声，黑子已全然听不见。望着黑子在水里上来下去，人们的心也悬在空中一上一下。

任黑子双臂拨着激流，终于抓住河心的松树枝，伸出右手抹了一把脸，这才看清楚，这大树上果然趴着一个穿红衣的小姑娘，双手紧紧地抓着一个松枝，双眼紧闭，也不知生死。那长长的辫子在水浪里漂浮。黑子拉着松枝，顺着激流，慢慢游到前面去，把树头向河南岸的方向拨动，他用尽全身力气，向南岸拉着松树。河心激流如野马，黑子水性在方圆几十里是最有名的，他平时可以立着踩水过河，水面能露出肚脐眼来。他抓着松枝，心里有了底，顺河而下，就像骑在奔跑的马背上，看到两岸那被水淹了的庄稼露出的高粱尖儿，飞也似的向后跑去。

洪水茫茫，那几个跟着黑子跑的同伴，看不到黑子的身影，慌了神，有的回村去报信儿，有的还拼命地跟着跑……

黑子在激流里死死地拉住松树，他凑近扒着树的小姑娘，发现她身子还很柔软，应该还活着。他想，救人一命，胜造七级浮屠，无论如何，我要把这姑娘救到岸上。

这么大的松树，像一条大鲸鱼在洪水中浮游，黑子拽着树枝，顺流而下，就要靠上南岸的大堤了。突然，河心卷起巨大的漩涡，像一张大老虎嘴，飞快地把黑子拧到嘴里。黑子的身子像被捆住似的，河水打进嘴里，灌了个辣蒜，河水淹没了他的脑袋，一直拧到了河底。多亏这黑子水性特别好，紧紧地抓住树枝，死不撒手。黑子的双腿没有绞进泥沙，被大树扯着，离开了死亡的漩涡。然而，漩涡却调歪了树身，大松树被冲向北岸。

再说那回村报信的伙伴们，向任家老人们述说了黑子下水救人的情景，不光老任家急了，全村的乡亲们都跑出来，披上蓑衣，沿着河岸找下去。

雨住了，天也黑了。他们这一大群人跑了20多里，终于在新盖房村口的河堤边见到了那棵顺流而下的巨大的松树。

这时，一个身穿府绸衣裤的老头儿，立在土坡上，右手捋着稀疏的胡须，左手握着一对保定铁球，笑眯着两眼，正望着村民们把那棵大树往村里拉。

黑子爹大步走到跟前，李庄的人们也跟上来。黑子爹向拉树的人们一拱手，道："借光问一下，这树是从河里捞上来的吗？"

"是呀，你们干什么？"

黑子爹又一抱拳："老少乡亲，这树是我儿子从20里外的李庄追过来的。我那儿子呢？他人呢？"

人们都伸直了腰，不说话，有人用眼扫着高土坡上的老头，小声说："问我们东家去……"

黑子爹看出了这阵势，便转身奔向那老头："老先生，在下有礼了。"

老头不紧不慢地看了黑子爹一眼，见他膀大腰圆，像个黑铁塔，就猜出是那个拉树小伙子的父亲，便故作不知，反问道："这位老客有事吗？"

这时旁边有人小声告诉黑子爹："这时俺村首富陈家二先生。"

"陈先生！"黑子爹又抱拳行礼："求求先生了，我那孩子为追这棵树，在水上漂游了几十里，如今见树不见人，想在贵村打听孩子的下落……"

陈二先生慢条斯理地说："我只知河神给我们送来了财宝，可没见还有什么人哪。你们谁见老头的儿子啦？"他转身问拉树的人，没人应声。

"大水给咱们送宝，龙王爷赏赐咱新盖房。"陈二先生得意地说，"快拉呀，今晚都到我家吃饭吆！"

人们又跟着领号子的喊声，把大松树拉进了村口。

李庄的人肺都要气炸了。一个小伙子暗暗地捅了捅黑子爹，向河沿的方向指了一下。黑子爹明白了，这其中必有缘故，便不想与这老无赖纠缠，扬扬手道："这话回头再说，走！"

夜色茫茫，洪水茫茫。

李庄人在河套地里、堤坡里外寻找着黑子。

"大伯，快来呀，黑子哥在这里！"一个小伙子听到堤内树林里有呻吟声，人们都涌过去。果然，黑子正躺在堤坡下，额头上流着鲜血……

黑子爹紧紧地抱起儿子，人们围在他身旁，黑子慢慢睁开双眼，对爹说："……他们想图财害命……快上堤看看……那姑娘怎样……"

事情其实是这样：当黑子引着那巨大的松树接近村岸时，便有狗腿子报告了陈家二先生。二先生是个爱财如命、心狠手辣的东西，马上带人到河边拉这棵大松树。趴在树上的黑子拼着力气喊："快……救人……"那些如狼似虎的家伙，哪里肯听？黑子赶紧把姑娘从树身上背下来，一上岸就觉得天旋地转，仿佛大地还在流动翻腾，他站立不稳，"咕咚"倒在地上。

等黑子醒来的时候，才发觉自己躺在一片黑乎乎的树林里。摸摸额头，黏糊糊的一手血。那棵大树呢？那个姑娘呢？为什么头涨得这么大，脑袋还这么疼……恍惚中，听到有人呼唤他，他睁开眼，在透进树林的月光下，看到了父亲的面孔……

再说那姑娘。一个看堤的老人发现姑娘躺在河岸上，上前一摸还有气息，赶紧点火为姑娘暖和冻僵的身子，又拔下做饭的七印锅倒扣在堤上，让姑娘趴在上面，脑袋朝下，空出了灌到姑娘肚子里的水。姑娘哼出声来，老头很高兴，便要出门去寻找那被坏家伙打伤的小伙子。

"姑娘，你命大呀，又还阳了。不要怕，我去找你男人……咳，你们是从哪儿冲下来的呀！真是死里逃生，命不该绝呀！"老头安慰着姑娘，走出看堤的小房。

姑娘好生奇怪，我这是来到什么地方了？他说我有"男人"，我哪有什么男人呀？

老头在堤上正巧遇到李庄的乡亲，他们正搀扶着黑子寻找姑娘。老头说："小伙子，不要着急，你媳妇在我这里，她命大，醒过来了。"

老头乐呵呵地把他们领到看堤房，老头进屋领出姑娘，说："快去见你男人吧，他找你来了。"

听老头一说，姑娘红了脸，黑子更是莫名其妙。我哪来个媳妇？真是乱点鸳鸯谱。黑子爹见过姑娘，知是苦人家的女儿，如今被儿子救了，闯过九九八十一道险滩，终于都活了下来，也算是天作之合，姑娘若做了儿媳妇，倒也合适。黑子也两眼望着姑娘，不知说啥才好。

姑娘已明白自己是怎么活过来的，见到黑子，"扑通"跪倒地上，泪水从脸上流下来。

老头这才知道，原来他俩并非夫妻，而是拒马河的洪水把他俩的命运连在一起，便对黑子爹说："我还以为他们是患难夫妻哩……想不到，你儿子有这种侠义心肠！我看，这姑娘已无家无业，没有了亲人，你们就把她领回去，算是龙王爷亲自做的大媒，让两个孩子喜结良缘吧……"

乡亲们都觉得老头说的在理。就这样，黑子和这个姑娘成了亲。

松树官司

李庄的黑子与姑娘成了亲，患难夫妻，两情相悦，美好的姻缘成为佳话。

可是为了这棵大松树，李庄人愤愤不平：新盖房陈家为富不仁，为了霸占大松树，竟图财害命，把黑子打伤，丢在树林里，如果不是乡亲们赶来，还会有命吗？这口闷气实在忍受不了。为这棵大松树，李庄老任家与新盖房陈家打了一场官司。

新盖房陈家是有钱有势的财主。李庄老任家从山西洪洞县搬到这拒马河岸，斩蛇立户，也有五六代人。任家全族聚议，一致同意和陈家打这场官司。在黑子结婚的这天，大家共推本族秀才任锡荣写状子。

任锡荣说："状子好写，官司难打。俗语说：衙门口朝南开，有理没钱别进来。新盖房陈家，家大业大，有钱填坑，我们行吗？"

"咱们大家凑钱！"族长说："咱们打官司，争的是一口气！老任家要齐心，砸锅卖铁，也要多凑银子。还能打不赢？"

任家全族议定：官司一定要打，一边写状子，一边凑钱。

这年，容城县衙新换了一个知县。前任知县大刮地皮，直刮得"天高三尺"，甚至刮到十八层地狱，把那些无赖都刮出来。皇上一道谕旨，知县被削职为民了，这才换上了新知县。人们都说他为官清廉，绝不做那刮地皮的事儿。

哪有猫儿不吃腥的？还有当官不爱银子的？三年清知府，十万雪花银。新盖房陈家才不相信有不爱银钱的官呢！这陈二先生更熟知官场，早把这当官的心看透了。谁不是满嘴的仁义道德，背后干些男盗女娼的勾当。他们陈家是怎么发的家，还不是老辈子人给旗人王爷当奴才，会阿谀奉承，把王爷伺候乐了，让他来承办这一片收租的事儿，从中渔利才置下这偌大的家产吗？如今传到他们这一辈儿，为争这么一棵树，还有什么难办的？有钱能使鬼推磨，豁出些银子，还怕官司打不赢？

这天，陈二先生派管家到河沿去买一条新鲜的大鲤鱼，要亲自送到县衙去。管家说："怕这礼物太轻了吧！"陈二先生一笑："表面看似薄礼，不过去个外表，求个吉利。你去买条大的，回来再装东西……"

管家会意，他到河沿，见一打鱼小船正靠岸，几条金翅金鳞的鲤鱼正在船舱里打跳。管家让渔家挑个最大的，说是给县太爷送礼。

说者无心，听者有意。原来这打鱼的小船就是李庄村的。为了打赢这场官司，专门派人到河下游来，一来是为了看陈家的动静，二来是暗地打探消息。打鱼人回到村里，汇报了任家族长，说陈家可要拿大鲤鱼去见官了。古时候，有鱼腹藏剑之说，如今，陈家鱼里要藏什么，不用说也明白。

这时，任家已把状子写好，并写上支持打官司的乡亲们的名字，然后，到地里摘了一个老鸹翎大西瓜，把西瓜瓤全掏出来……

陈家二先生把大鲤鱼送给县官，县官一见，有些不高兴，你陈家真够小气刻薄的，头次见面就送这么条鲤鱼，这不是太小看我了吗？

陈家二先生说："请老爷笑纳，这里有我们的一点心意，就算意在其中吧……"管家把大鲤鱼用红的笼筐托举给县太爷，县太爷见那人很吃力地举到面前，有些奇怪，他倒要看看这是条什么样的鲤鱼？他用手指把这鲤鱼一动，觉得沉甸甸的，顺手把鱼肚皮一扯，眼睛立刻睁大发亮了，这里边装的全是白花花的银子！

县太爷收下了陈家的礼物，二先生心里有底了，谈话进入正题。他就把这松树风波细讲了一遍，说上游李庄任家要打官司，想把树夺去，请县太爷主持公道，必须把大松树判给陈家。

县太爷满脸堆笑：这是自然之理，大松树既是你们从河里捞出，当然应该归于你嘛！

听了县太爷的表态，陈家二先生很高兴，和管家高兴地坐着轿子车回家了。

过了几天，县太爷传陈家去过堂。

这天，陈二先生换上长袍马褂，头戴红疙瘩缎子帽盔，踌躇满志地上了三匹枣红马拉的轿子车，哒哒哒直奔县城而来。

一过堂，陈家就傻了眼，二先生的脸都气白了。县太爷当堂宣判：大松树为任家子弟冒着性命从河水中追寻到的，陈家却仗势欺人，巧取豪夺，想把大松树据为己有，实在于情理不合，应由任家取回，限令陈家即刻交出大松树。

这是怎么回事？陈二先生纳闷了，莫非这新到的知县果真清廉，偏偏要打我这送礼的不成？仔细一想，不会呀，那日送礼时，这县令一见到白花花的银子从鱼腹内露出，真是"见钱眼开"，恨不得一下抓到手里。那贪婪的眼神就让人明白，这家伙是个贪腥的猫！莫非这是个昏庸糊涂的县令，把我送给他的鲤鱼忘记了吗？我就给他提个醒，不能白白把银子送给昏官，我扔到大河里还能听个响呢！

这陈家二先生越想越有气，在县太爷就要退堂时大叫道："老爷……你不能忘……我可是个愚（鱼）呀！老爷给我做主，可要看我是愚（鱼）呀！……"

那县官把惊堂木一拍，吓得陈二先生舌头收住了。"你陈家愚？我看你真愚，不如任家是个大傻瓜！退堂！"

原来，老任家听说陈家送了鲤鱼，腹内装的定是银子，便把那大西瓜掏空，也装满了白花花的银子，这要比那鱼腹装得多多了。

银子多少决定了官司的输赢！一棵大松树判给了李庄老任家。

这场官司传开之后，在拒马河沿岸传开了一段民谣：

新盖房陈家，打不过了李庄老任家，
陈家愚（鱼）得白花花，不如老任家大傻瓜！

任二爷的品格

官司打赢了，大松树归了任家。这可是白花花的装了满满一大西瓜的银子换来的，不蒸包子蒸（争）口气！老任家全族商议，为了感谢四方乡亲的支持，决定用这棵大松树造一条大船，让船在拒马河上摆渡南来北往的远近乡亲们。

这年秋天，张作霖的奉军败退过拒马河，抓住任家二爷为他们撑船。一群兵匪刚抢了南文大财主曹家，每个人都带着大包小包的东西。摆过拒马河后，一个小军官非让任二爷再送一程。那个小军官把所带的财物清理了一下，现大洋、铜子全装进一个袋子，还有一大卷字画，他嫌累赘，就对任二爷说："这些不要了，送给你拿回家看吧！"

任二爷觉得这些废纸也没什么大用，回来就放到自家的小南屋里。

一天，任二爷的一个本家孙子，叫任化南，来家串门。他在北京当过学徒，写一手好字，也打一手好算盘。不知他从哪里知道了奉军抢来南文曹家字画的事，特意跑来看看。

任二爷不识字，对他说："你去南屋自己看吧，就墙角那一卷。"

任化南就着小窗户透过来的弱光，把那一卷卷字画打开，他的眼睛立刻亮了：这些字画原来是明代容城三贤之一杨继盛和清代刘罗锅子留下的真迹呀！

任化南掩饰着内心的高兴，对这个不识字的本家爷爷说："这不是什么值钱的东西，你就拿给我回家练练字吧！"

二爷说："你喜欢写字，就拿去吧！"

任化南把这些东西拿到北京，找门子卖给了外国人，外国人知道这是中国的国宝，出了大价钱，他一下子就发了。

没有不透风的墙，这事让许多人眼红，说任化南靠这些字画发了家。有人抱不平，煽动任二爷，可任二爷却平静地说："他发财也好！不让他拿去，放在我这里让耗子咬了，好东西也就糟践了！"

话虽是这么说，可任二爷心里总是别扭。这天，他直接去找任化南，当面质问道："这些字画你是不是卖给了洋人？咱中国的宝贝，洋人抢去的还少吗？咱可不能卖国呀！"

任化南矢口否认，信誓旦旦地说："咱一个庄稼人，怎会认识外国人呢？怎么也不能卖给洋人呀！"

任二爷信实，气也就消了，临出门说："你卖多少大洋，我不追究，只要没卖给鬼子就行"

这事一直传了好多年，人们都佩服任二爷的品格。

"疙瘩瓷"的故事

讲述：刘大爷
采录：张运生

　　在晾马台镇刘村北面，有一块地叫作"窑坑"，那儿原来有一个大窑疙瘩，窑疙瘩上有一个破窑洞，每年春天村民在此耕种时，总会在窑前的耕地上发现一些瓷器碎片儿，村民们把这些碎瓷片叫作"疙瘩瓷"。现在窑洞早没有了，窑疙瘩也被夷为平地。然而，关于这些"疙瘩瓷"，却流传着一个神奇的传说。

　　据说，在很久以前，刘庄村还是一个不足百户的小村庄，那时家家户户以种地为生，日子过得虽然很艰难，但生活还是比较安定的。

　　有一年春天，村里来了逃难的夫妻二人，他们无亲无故，只能暂住在村北的大窑疙瘩里。夫妻二人把窑疙瘩的破窑洞简单地收拾一下，又在村里好心人的帮助下添置了些日常家什，暂时有了个栖身之所。

　　平日里，夫妻二人就在窑前空地里辛勤劳作，春种秋收，自食其力，小日子倒也过得清闲自在。时间长了，丈夫也到村里的店铺置办些米面、油盐之类的东西，渐渐就和乡亲们熟了起来。

　　这天，丈夫到村里买东西时，听说刘家在操办喜事，正在为到哪家去借碗盘、桌凳发愁。丈夫回到窑洞就与妻子商议，说自从咱住到这里，村里人没少帮咱，咱为何不置办些碗盘、桌凳之类的东西借予乡亲们使用呢？妻子一听点头称是。

　　第二天，夫妻二人就把青花瓷碗盘、红油漆桌凳买来，借给各家无偿使用。从此，村里人再也不为办酒席借不到家什而发愁了。

　　话说这年秋天，村西孙家女儿出嫁宴请亲朋好友，于是就派人到大窑疙瘩那儿借用家什。刚到窑门口，就听妻子说道："当家的，乡亲们来借家什了，快把东西准备好吧。"说也奇怪，还没等丈夫应声，几大筐干净的青花瓷碗盘、几十个油光锃亮的桌凳就摆在了众人的面前，大家就高高兴兴地把东西拿走了。

　　等到喜事办完之后，乡亲们就把碗盘、桌凳擦洗干净，清点好数目送回窑疙瘩里去。而且，每当村里人要将些散碎银两送予夫妻二人作为酬谢时，都被他们婉言谢绝了。于是乡亲们就把办事的饭菜有意多留出一些，在送家什时就偷偷地放在窑门的旁边，而此时丈夫总是会心地笑笑，仿佛什么事也瞒不过他的眼睛。每当人们把家什送回窑洞要求夫妻二人清点过数时，他们总是说，你们借我多少家什，还我多少就是了，何必再过数浪费时间呢？因此村里人对夫妻二人的人品都十分敬佩。

有一年的秋后，村东大财主王金龙为儿子办喜事，大摆筵宴，宴请亲朋，也派家人去窑疙瘩借来碗盘、桌凳。那天，王家真是高朋满座，喜气洋洋。客人们除了品尝各种美味佳肴之外，还对餐桌上的青瓷盘碗、红油桌凳赞不绝口。

客人们走后，王财主就打起了这些碗、盘的鬼主意。只见他俯在管家马武的耳边小声嘀咕了几句，一个罪恶的偷梁换柱计划马上就开始了。

第二天天刚蒙蒙亮，马管家就带着家人把昨晚刚从瓷器店买来的碗盘等家什送到了窑洞门前。谁知还没等叫门，丈夫就迎了出来说："家什送来了就放在门前吧，窑洞里太乱就不让诸位进去歇息了。"送家什的人听后就离开了。

天大亮了，妻子从窑洞里出来，一见摆在地上的盘、碗等物大惊失色。因为马武等人送来的瓷器虽然颜色、大小与原物一样，但花纹、质地与原来的东西大相径庭。夫妻二人对视苦笑了一下，谁也没再说什么。

这样又过些日子，村里又有人家给孩子过满月，派人来大窑疙瘩借盘、碗等家什时，人们惊奇地发现，头一天夫妻二人还在窑前地里劳动，今天却早已人去窑空。人们百思不得其解。忽然有人在窑前的空地上发现了许多打碎的瓷片！

村里人们在私下里传说，王财主以次充好盗用的青花瓷大盘儿、青花瓷大碗在一夜之间都忽然变成泥盘、泥碗了。听到这些，王家人简直是心惊胆战、又气又怕……

后来，听村里老年人说，那窑疙瘩里住的夫妻二人是牛郎星、织女星转世，他们住在这里不光是为了种地，也是在试探世人的良心。

孤坟"鬼"影

采录：张运生

在我小的时候，奶奶讲过许多的有趣的故事，其中有一个关于"捉女鬼"的故事就发生在我们村里，所以我的印象特别深刻……

那些年，日本鬼子占领了整个华北地区，他们到处修炮楼，筑碉堡，我们村子北面十几里地就是白沟镇，那里也修建了炮楼，炮楼里长年驻扎着日本鬼子和白脖（伪军）。

那时村里有一户人家，无儿无女，只有夫妇二人单独生活。那男主人叫赵二，是一个好吃懒做的家伙。那女的叫秋梅，整天游手好闲、涂脂抹粉，是一个不守妇道的女人。奶奶说白沟楼里有一个叫吴三麻子的白脖队长和秋梅是"相好"，那个吴三麻子经常有事儿没事地往秋梅家里来"做客"，也会乘机把那些搜刮来的民脂民膏送到赵二家里。吴三麻子和秋梅在一起行一些苟且之事，那赵二自然是心知肚明，不过等吴三麻子一走，那些好吃好喝的东西就够两人享用一阵子，这才叫"各取所需，两相情愿"呢！

那一年，村里接连发生了几件事儿，有些事情的内幕至今人们也说不太清。

奶奶说，那一年村里的武工队干部正在一家堡垒户开会，忽然就从白沟河方向开来了一队白脖和日本鬼子，他们好像事先得到了情报，那领头的白脖就是吴三麻子。那天五六十个鬼子和伪军将七八个武工队员团团包围在了肖家院子里，几个武工队员终因寡不敌众，全部壮烈牺牲。

又过了有一个来月，那天爷爷去白沟赶集，就听说那个叫吴三麻子的白脖头子被八路军的锄奸队给处决了。据说，那天吴三麻子正在一家店铺门前低头喝豆腐脑儿，那锄奸队的子弹正好打在了他的后脑勺上，那白花花的豆腐脑就和红色的脑浆子一起流在了白沟的大街上……

消息很快就传到了各村里，老百姓们都暗地里拍手称快。那秋梅的"相好"死了，村子里也暂时消停了许多。又过了几天，她的丈夫赵二也被区小队处决在了村外一个叫"红眼堤"的苇塘边上。

奶奶听村里人私下议论说，那天武工队在村里被白脖包围就是赵二暗中给吴三麻子报的信儿。吴三麻子死了，赵二也死了，这秋梅真成了"孤家寡人"！

在一个深秋的晚上，爷爷从白沟办事儿回来晚了。大概在12点钟的光景，走到了村北的一片坟地旁边，他好像看到一个白乎乎的东西，可是一眨眼的工夫，那个白东西就不见了。爷爷以为是看花了眼，所以也没有在意就急急回家了。

几天之后，村里有人纷纷议论说，在村北通往白沟去的刘家洼岔路上，晚上总有人发现一个穿白衣服的像"女鬼"一样的东西晃晃悠悠，凡是回家稍晚的老乡们，晚上都不敢走那条路了。

当年，我们村里有一个姓杨的区小队长听说了此事，他偏偏就不信此事：世上哪有鬼，都是自己在吓唬自己，我就不信这个邪！一天夜晚，他带上了两个区小队员，悄悄埋伏在了那个坟头附近的一块棉花地里，他要看一看那个"女鬼"到底是个什么模样。

秋后的冀中大地，地里的庄稼收的都差不多了，到处都是光秃秃的。到了夜里，路上更是行人稀少，田野里静得出奇。杨队长手里握着盒子枪和战友们伏在棉花地里一动不动。

天气凉了，到了后半夜里，还刮起了小北风，田野里和村子里都显得更加安静了，但杨队长和战友们依然瞪大了眼睛，他们在静静地等待着……

忽然，从村子里走出来一个黑影，只见她出村向北，快步来到一个坟头的附近，她将身上的外衣反穿，又在脸上戴好一个"鬼脸儿"，立刻成了一个白花花、毛茸茸的"怪物"。她看了一下四周，见没有什么动静，就来到棉花地里揪起那一个个白白的、呲嘴儿的棉花桃来，她一边快速地揪着，一边还不住地东张西望……

杨队长示意两位队员立刻行动，三个人从不同的方向快速包抄过来。说时迟，那时快，杨队长手握盒子枪，大喝一声："不许动，把手举起来！"那个女鬼突然听到这一喊声简直是神魂出窍，吓得她急忙举起了手，重重地瘫软在地上。大家近前点亮灯光仔细观看，哪有什么女鬼，原来是那个赵二的老婆——秋梅，她是将一件羊皮大衣反穿起来，她的"鬼脸儿"也被打落在地上。

原来，自从吴三麻子被处决以后，秋梅就没有了吃喝的进项。她的丈夫赵二被抗日政府处决以后，她更是无着无靠。她丈夫的坟地附近有一块棉花地，棉花长得特别茂盛，那天她来给丈夫烧纸，就打起了这棉花地的主意。于是，她就扮作女鬼来到这里偷棉花，她想着卖了这些棉花来换些钱继续混日子……

"女鬼"被捉住了，村子里的生活又恢复了往日的平静，乡亲们种的棉花也避免了损失。为此，大家非常感谢区小队的战士们。

面团 凉粉 老干葱

讲述：刘一（职中教师）
采录：曹宏君

古时候，在我们村有个七十多岁的私塾老先生，一个白发苍苍的老头却娶了个名叫彩凤的小媳妇。彩凤年方二九，长得如花似玉，聪明伶俐，虽然每日不愁吃穿，不用劳累，但总是闷闷不乐，埋怨父母贪图钱财，给自己找了个行将就木的老头子。

老头家里雇有一个20多岁的小长工，每天不是扛起锄头到地里干活，就是在家里挑水扫地，家里事、地里活打理得井井有条。彩凤独坐窗前时常默默看着小长工勤快利索的身影。小长工眉清目秀，长得一表人才，与那个老头子相比，简直是天壤之别。老头子不在家时，彩凤就经常陪他干活说话，悄悄地找机会接触，慢慢二人产生了感情，两个年轻人的心终于贴在了一起，乐得快活。

有一次，彩凤对小长工说："你我这样相会，不是长久的办法，我有一计，能使我们天天相会，如同夫妻一般。"小长工问什么妙计，彩凤就如此这般讲了一遍，小长工点头称是。

原来，老先生每日五更后就要起床到学堂里上早课，那时没有钟表，正好他家院中老槐树上有个老鸹窝，那只老鸹天天五更头就叫唤，非常准时。老头儿听到老鸹叫声，就赶紧起床上学堂。彩凤让小长工每日四更时用竹竿来捅这只老鸹，让它提前叫唤。老头一走，小长工马上就进屋，两人就团聚了。

这天，老先生听到老鸹的叫声，赶紧穿衣起床，来到学堂一看，一个人都没有，一寻思，可能是来得太早了。他暗想，老鸹叫得不准了？还是转身回家吧。刚走到自家房门外，就听屋里彩凤说："明天你再捅早点儿，和你在一起多痛快呀！你这个小长工个面团儿。"又听小长工说："你活像一块又白又嫩的凉粉团，却嫁了一块老干葱，多可惜呀！"老头儿在门外听了，气得浑身发抖，但并没有声张发作，转身又上学堂了。

第二天正是中秋佳节，老先生特意把彩凤和小长工叫到一起，在院中的老槐树底下饮酒赏月。月到中天，酒过三巡，老先生将了将胡须说："今晚月色皎洁，咱们应该做诗助兴，我先做，你们再接着我的诗意绉上几句。"说着高声吟诵：

> 昨夜四更月当空，老鸹不叫竹竿捅。
> 面团落在粉团上，门外冻坏老干葱。

小长工一听，自知露了馅，"扑通"跪在桌前，叩头认错，顺口对上了四句诗：

> 八月十五月儿圆，小人知罪跪在前。
> 大人莫把小人怪，宰相肚里能撑船。

彩凤见事情已经挑明，也慌忙跪倒在地上说：

> 中秋良宵月偏西，妙龄无奈伴古稀。
> 老爷若肯抬贵手，面团凉粉正相宜。

老先生知书达理，自知老夫少妻难以长久，索性做个人情成全他们：

> 老少匹配本不宜，意马难拴我自知。
> 两情相悦成天意，速离老朽做夫妻。

彩凤和小长工听了连忙叩头谢恩，携手离去，有情人终成眷属。后来，这对夫妻感谢老先生成全他俩的恩德，主动为老人养老送终，成就一段佳话。

秀才训牛

讲述：郭恩会
采录：郭同全

　　拒马河岸边城子村是个大村子。隋唐时期至明朝景泰年间曾做过容城的县城，既有着悠久的历史，又传承着朴实的民风，还流传着一个秀才训牛，教化民风的故事。

　　早些年夏天，拒马河河里涨水的时候，村里人们就爱拿一把两齿抓钩捞柴草。这一年夏天，村里的刘老栓不仅捞了一大堆树枝、秸秆，还捞了一头牛犊子！

　　其实，那牛犊子被刘老栓用抓钩卡着脑袋拉上河岸时，早已经腹胀如鼓，奄奄一息。当时，刘老栓的儿子刘富有说道："趁着还有一口气，抓紧宰了吃肉，如果等它自个儿咽了气，伏天的死牛犊可就不好吃了。"刘老栓心善，实在舍不得杀生，就把这牛犊子抱回家放在了树荫下，还拿扇子给它驱赶蚊蝇，用稀米汤饮它。就这样，牛犊子在刘老栓的精心照料下很快缓过劲儿来，没几天就能自己站起来吃草了。

　　牛犊子知恩图报，仅一年多点就会干活儿了。第二年还怀孕产了子！正是这头牛的怀孕产子，改变了刘老栓的家境。

　　这就要说到刘老栓的邻居了。邻居是个老秀才，也是这村上刘氏家族的族长。老秀才家有田产，又开着学馆，收入颇丰，是村上的第一富户。可惜的是，老秀才家财旺人不旺，老婆过门三十年不解怀，害得老秀才年过半百还膝下还没有儿女，眼见这一门的香火就要断了，没办法老秀才就只好又纳了个小妾。小妾倒是不负厚望，过门的当年就生下一个男婴。老梅结子，老秀才自然高兴得不得了。然而接下来，令他发愁的是：那小妾的胸乳虽也丰满，但却有乳无汁，这就等于婴儿一出生便无饭吃，直饿得婴儿彻夜啼哭。为此，老秀才急得跳脚，站在院里仰天长叹："难道这是老天要让我绝后吗？"

　　这时候刘老栓端着个粗瓷大碗过来了。两个人是平辈，只是刘老栓要大几岁。刘老栓端过来的是半碗热牛奶："老弟，听说城里有人拿牛奶当茶喝。我家那母牛奶水旺，我就挤了这些，你看敢不敢让小儿喝了充充饥？"一句话提醒了梦中人，老秀才赶忙伸手接过牛奶："敢，怎么不敢呢！"早些天老秀才去城里朋友家做客，朋友的儿子刚从东洋留学归来，每天早晨都要喝一杯牛奶加强营养呢。

自此以后，老栓家这头母牛就好像生了双胞胎，一份乳汁供养两张嘴，牛犊和婴儿分着喝。直到一年以后，这边的儿子会吃饭，那边的牛犊能吃草，这才给断了奶。

老秀才知书明理，给儿子取名刘恩牛，小名叫牛子，以示对母牛的哺育之恩永志不忘。又送给老栓家三亩良田，表达感激之情。

之前，刘老栓就是个编织箩筐的匠人，没有田产，只靠薄技养家糊口，那日子过得分外贫寒，以至于儿子刘富友年近三十还是光棍一条。自从得了老秀才赠送的良田，老栓一家才算有了出头之日，田地的产出解决了衣食温饱，父子俩卖箩筐所得就成了积蓄。家境渐渐殷实，富友很快也娶上了媳妇。

而这一切，不都该归功于那头小母牛吗？那母牛的功劳还不仅这些，若干年后，它还救了老栓一命呢！

当时，老栓已经老了，两只手再也编不动箩筐，只能干些放牛、拾柴一类的轻活儿。那天，他又在河坡放牛，一不小心失足滑到了河里。年迈体弱的老栓在水里挣扎呼救，岸上的几个放牛娃娃却不敢下水施以援手，只好跑回村里喊人。关键时刻，那母牛竟然跳进河里，游到老栓跟前，老栓赶紧抓住了牛尾巴，被母牛拉上岸来，才死里逃生捡回老命。闻讯赶来的乡亲得知老栓逃生的经过，都说这母牛通人性，当年被老栓从水中搭救，如今又从水里把老栓救出。老栓老泪横流，哭着喊着："不是一命还一命，是这母牛给俺的太多太多了：它用奶水喂活了老秀才的儿子，给俺换回三亩良田；它除了犁地拉车之外，每年还产一头小牛犊。它才是俺家的大恩人啊！"

这件事发生以后，老秀才就决定以后重修族谱的时候，把老栓救牛和牛救老栓的行为作为善人异事写进族谱，教化后人善有善报，多多行善积福。

老栓落水被救是在冬天，受了惊也着了凉，回家以后就卧床不起了。俗话说久病床前无孝子，儿子富友端汤喂药伺候了两个月，渐渐就有些不耐烦了。老栓也算识趣，熬到来年春天，便长眠不醒了。

老栓去世以后，那头母牛也一蹶不振，草料吃得少了，走路慢腾腾的，一点儿也打不起精神，再也不能拉车犁地了。要说这也不足为奇，这头牛到老栓家已经二十年了，二十岁的老龄牛，即使没病没灾，也到了该退役的时候。何况这通人性的牛年年产犊，干活卖力，早已耗干了精气神儿，再说它与恩人老栓感情深厚，老栓的去世对它打击太大，出现疲惫之态也属正常。

不正常的是，老栓的儿子富友却要卖掉这头牛。老牛既然不能干活，要它何用？他已经去镇上问过，这样的老牛开汤锅的也收，只是老牛的肉难煮，不大受食客欢迎，所以价格压得很低。再低的价格也要卖，能收一文是一文，总比白养着强。他和老婆商量以后，就去牵老牛上街。

没想到那牛可真是通人性！好像已经预感了小主人的意图，缰绳刚刚解开，它就猛地从他的手中挣脱，拼尽力气往村外跑。

刘富友愣了一阵才去追赶老牛，一边追还一边求人帮忙："劳驾，截住它！"

有热心人跟着刘富友一起追牛，一直追到他父亲老栓的坟地，只见那老牛长鸣一声，"扑通"卧倒在了老栓的坟前。富友自然跑在前边，一把抓过牛缰绳死命拉扯，把老牛的脖子拉得老长，几乎要把牛鼻子拉掉，而那老牛却像生了根一样一动不动。

大家不忍心看这惨状，忙七嘴八舌询问原因，这才知道刘富友要将老牛卖到牛肉汤锅里。村上的人都知道这牛对他家恩重如山，忙劝富友松手。原来，村里人古道热肠，对耕牛这样的大牲口就像对家人一样，把丧失了劳动能力的高龄老牛养起来，老死以后就深埋在自家地里，任其与土地融合，没有人为了仨核桃俩枣把他们卖给屠户汤锅。这种做法虽然没有写入村规民约，却是世代相传，无人违例。

可那刘富友是个爱财如命的人，不管大家如何劝说，就是抓着牛缰绳不松手，还振振有词地反驳大家：牛对人再好，它也只是个牲口，而牲口就是供人驱使和享用的。再说了，我家世代以编织箩筐为业，没有养过牛，所以就可以不遵守你们处置老牛的规矩……

谁想到，这事把老秀才也给惊动了。此时的老秀才已经八十高龄，须眉皆白，但头脑依然清醒，走路也还不要人搀扶。只见老秀才火急火燎地来到老栓坟地，大家也自动给他让开一条路，等着他训斥刘富友。他是族长，又对刘家有赠地之举，因此是有资格训斥这个后生的。

料不到的是，老秀才根本不看刘富友，而是把拐杖指向了卧在地上的老牛，厉言厉色地训斥起来："刘老栓救过你不假，可你已经拿自己的奶水给他家换了三亩好地，以后又年年给他家犁地拉车产犊儿，其实早已扯平了。可主人有难之时，你还偏要舍命相救。如果你不搭救老栓，任其葬身鱼腹，他儿子就不用耗时破财给他看病抓药、养老送终了！埋葬老人是容易的吗？买棺材，买寿衣，还要搭上一块地皮；请唢呐吹奏，请阴阳先生择吉地选吉时，哪一样不要花钱？而且这坟头堆起来以后事情并不算完，儿孙后辈年年都要春祭秋奠，烧纸鸣炮，这同样需要花钱！还有，主人去世以后，你比人家的儿子都伤心，并且思念成疾，再不能劳作，人家要你何用？最后再拿你的老骨头换几文小钱，也在情理之中。你本是个畜生，怎么比人还要讲究知恩图报？你这样做的结果，不是把人比得还不如一个畜生吗？"

坟地里鸦雀无声，一片肃静。老秀才指桑骂槐，借牛训人，把刘富友羞得抬不起头来。心中暗想，老牛对自家的好处桩桩件件如在眼前，如果执意要把老牛卖到汤锅，那可真是恩将仇报，不如畜生了。刘富友突然跪下，朝大家作了一个罗圈揖："各位本家，我知道错了。牛，我不卖了，一直把它养到老死！"

这头老牛被牵回家以后，不吃不喝，没过几天就死了。刘富友没有食言，在地头挖了个深坑，把它给埋了。而自从老秀才借牛训人之后，城子村的民风似乎也更淳厚了。

假附神　真骗人

讲述：李奶奶
采录：任兰君

很久很久以前，李村庙会，坐庙的王婆正盘腿坐在麦秸上念经，本村的一个妇女就筛糠般抖了起来，两眼紧闭着说自己是神仙附身了。

在一旁的婆婆们哪儿见过这阵势，心想自己念了一辈子佛都没被附过身，好家伙！这是有缘人呀！忙下跪，头如捣蒜般磕了起来。

磕着磕着王婆婆眯起眼睛笑着问："这位大神仙，我家孙女几时能怀上娃娃呀？"

神婆先是哭泣一番，接着又颤抖着身子嘴里念念有词，后又掐着指头说："你孙女是不是一次上街时撞了一棵树？"

王婆婆一听，慌忙说："是，是，那次她腿上都蹭破了皮，回来后好长时间都心神不宁的。"

神婆接着说："她撞了送子娘娘。"

王婆婆忙磕着头说："这尻货，咋闯下这祸！送子娘娘不大要紧吧？"

神婆说："娘娘是神仙，不大要紧，只是不高兴，所以你孙女就怀不上娃娃。"

王婆婆边跪着匍匐向神婆，边磕着头拉着哭腔说："这咋办哩？这咋办哩？求娘娘饶了这个不懂事的货吧！"

神婆叹了一口气，又叽叽咕咕地念了一番咒语，说："我替你求了送子娘娘，娘娘说了，让你只需行三七二十一天的经文，外加五斤猪肉上供，即可免灾。"

王婆婆笑着抹着眼泪说："这就回去在家替孙女诵文，二十一天满后就送五斤猪肉。"刘婆婆见王婆婆半天不完，急得坐立不安，她生怕神婆醒来就办不了她的事，在王婆婆询问的时候，刘婆婆又是烧香又是祷告，求神爷能多在神婆身上多附一些时候。这时看见王婆婆问完了，刘婆婆就慌忙跪着从人缝中挤了上去，说："神婆，我也有个事情求神哩！"

神婆似乎还在状态之中，依然哭泣一阵，又颤抖着双肩说："人间多苦难，有事求神仙。"

刘婆婆像磕头虫似的磕着头，说："我老汉腿疼都一年了，啥药也吃了，啥医也寻了，咋就没见好转？求救苦救难的神爷能帮我老汉站起来，跟正常人一样。"

神婆又掐了掐指头，嘴里念念有词一番说："你老汉去年是不是在家里见了什么东西？"

刘婆婆抓耳挠腮，猛然想起什么说："对，对，去年我家的老房子里钻出一条长虫，这粗，这长，我说撵跑算了，我老汉硬是不听我的，把那长虫装进了一个酒瓶里，说要泡酒喝，这个死老怪！"她边说边比划着。

神婆说："他冲撞了天上的星宿，那个长虫就是星宿手里常用的马鞭，星宿不高兴了，就让你老汉腿疼了。"

刘婆婆头撞在麦秸上咚咚作响，哭着说："求神爷饶了他吧，我还指望他活人呐，他要是腿残了，我可咋办哩！"

神婆嘴里又叽叽咕咕一阵，说："我求神爷了，神爷说暂且饶过他这一次，等这月月满时，你送上一筐鸡蛋上供，此事就算了了。"

婆婆又咚咚咚地磕了几个响头，说："这事好办，只要让我老汉腿好了，给啥都行。"

话毕，神婆一个激灵，睁开了眼睛，浑身瘫软下去说："我刚咋了？我怎么这么乏呀！"众婆婆忙围了上来，嬉笑着说："神婆，你才是咱李村的神婆呀，刚才你神附体了，你不知道吗？"

神婆两手一摊，睁大了眼睛说："我啥都不知道呀，就觉得晕晕的。"

众婆婆忙烧了几片表纸，将烧了的表纸灰和在水里说："辛苦了，这是给神爷烧的纸灰，你喝了吧，喝了就精神了，就不会生病了，以后全村的老少爷们就指望你了，多到神爷那里去说好话呀，我们送给神爷的供品，会及时地送给你，到时你再做法送给神爷。"

神婆抿了几口纸灰点着头说："行，没问题，咱村的事就是我的事，以后谁有什么疑难杂症了只管说，我一定尽力。"

一年后，王婆婆和刘婆婆去找神婆，说她们该干吗都干吗了，怎么娃还没怀上，老汉的腿还疼着，神婆说："天上的神爷都去外地考察学习去了，天上一日地上十年呐，咱们还是再等等吧！"

众婆婆如梦方醒，啊！你骗人……

县太爷选仆人

讲述：刘耕尔
采录：郭同全

从前，有这么一个县官，刚上任不久。

有一天，他让当差的去给他捉拿三个人，要一个"性子紧"的，要一个"脾气黏"的，再要一个爱占小便宜。拿了来领赏，拿不来挨板子。

当差的都傻了眼："哎呀！这可往哪儿去找呀，谁知道这三个人姓什么，叫什么，在南边还是在北边儿哪？"可是，县官老爷有令，不去吧又不行，光发愁也办不了事儿呀！没办法儿，头儿张三，就带着三个当差的出了城。东边有集就赶东集，西边有庙就逛西庙，逢人就打听："哪儿有性子紧的人呐？""谁是脾气黏的人呀？""哪一个爱占小便宜呀？"可是怎么也打听不着。各村都走遍了，集呀庙的也都赶完了，走的道儿也说不清有多少啦，一口气拿了半拉月，也没拿着。大家整天哭丧着脸着急："拿不着人怎么交差呢？"

这天，城里正赶上庙会，可热闹啦，卖什么的都有。张三说："反正咱也是拿不着啦，挨板子也是挨，咱们赶庙玩儿去吧。"大家没精打采地说："行——喽。"进城到庙上一看，呵，还真是热闹，唱着对台大戏，人山人海，到处挤不动。洋布市呀，广货摊儿呀，首饰楼呀，铁器行啊，摆得一趟街一趟街的，真是要什么有什么。大家也没心思买东西，一直奔了戏台底下。台上刚开演《夜战马超》，"咚锵咚锵"地开了"武轴子"，人们都踮着脚伸长脖子看得上瘾，连个咳嗽的都没有。

正在大伙儿都看得上劲的工夫，跑来一个小孩儿连哭带喊，拉住个戴塌帽盔儿的人说："爹，爹，快回家救火去吧，咱家烧了房啦！"那个戴帽盔儿的听了，慢吞吞地说："别着急——等我看完了这出戏。"小孩儿说："不行，不行，晚了我妈就烧死在里头啦！"说着，"哇呀哇"哭得更欢了。戴帽盔儿的从腰里摸出个大铜子儿来，递给孩子说："别哭啦，拿着这个，先买块糖球儿吃去。"这时候，猛不丁从旁蹿过来一个小伙儿，照着戴帽盔儿的"啪啪"就是俩嘴巴："你这死人，什么时候了还看戏！"

当差的一看，咳，正着，一个脾气黏的，一个性子紧的，碰在一块儿啦。登时把索子"哗啷"一抖，套在二人脖子上："走吧，跟我们见县太爷去！"问姓名，戴帽盔儿的叫冯大年，小伙子叫张二豹。

当差的正拉着两个人往衙门里走，见道边上摆着一个糖摊儿，有个穿坎肩儿的买了一个铜子儿糖，又叫掌柜的饶上一撮花生豆，两块杏干，三片山楂，五枚酸枣，还要饶这个饶那个，掌柜的不干了，俩人吵起"包子"来。当差的一看，好！爱占小便宜的也有了。马上把穿坎肩儿的一绑，一齐带进了衙门。

见了县官老爷，把三个人交上去一说，老爷大喜，每人赏一两银子，打发当差的去歇息。就按这三个人的脾气量才使用，分派了差使：张二豹性子紧，跟老爷当随从，专门服侍他一个人；冯大年脾气黏，专侍候大少爷和二少爷这两位十岁上下的公子；穿坎肩儿的叫王财，专管给老爷跑外买东西。

有一天，县官老爷要去州里赴会。吃罢清早饭，带着张二豹动了身，走着走着，眼前横着一条大河，水哗哗的，又深又急，附近没有桥，连只小船也不见。老爷着急了，这河怎么过呀？事由儿挺紧，改日去又不行。张二豹说："不要紧，老爷，我泅水把您驮过去。"他把衣裳好歹一脱，把老爷往背梁上一背就下了河。游到河中间，县官老爷说："你这个人办事真是快当利索，回去得赏赏你。"张二豹一听，把县官往水里一撂说："谢老爷！"说着就跪下磕头，县官立即"咕嘟咕嘟"喝了好几口水，上抓下挠，差点没淹死，捞上岸时还在翻白眼儿。

过了三天，老爷从州里赴会回来，才进家门，就见冯大年坐在门墩上拿虮子呢，旁边只有二少爷在玩耍。县官忙问："大少爷怎么不见？"冯大年慢悠悠地说："掉进井里去了。"县官一听急了眼："什么时候掉进去的？""昨天后晌。"老爷跳着脚说："怎么不叫人快捞？"冯大年说："捞也是淹死啦！""唉，你呀……"差点儿没把老爷的肚子气爆了。老爷忙着叫人把大少爷捞上来，尸首都快泡烂了。忙着叫王财快去买口棺材，赶着收殓。王财去了一会儿，大车上拉来了两口棺材。老爷一看就又生了气："你为什么买两口来？"王财说："老爷，三百串钱买一口，五百串钱买两口，你说哪个便宜？"县官的眼珠子都快瞪出来了："混蛋，我多要口棺材干什么？"王财不慌不忙地说："等着埋那个二少爷呀！"

县官老爷的小胡子呼扇呼扇的，气得说不出一句话来。

六十花甲进活坟

讲述：张小乱
采录：曹宏君

从前有个国王，他最讨厌老人，把老人看成光吃闲饭不干活的累赘。于是，他下了一道律令：六十花甲子，不死也活埋。就这样，谁家老人活到六十岁，儿女们就得给老人建墓穴，让老人住进去，封上口后，只留一个小窗口，由儿女们每天送一次孝饭，这叫活坟，孝饭送满一百天后就填土埋葬。

有一个书生，天天给老爹送饭。这天，他送饭经过神仙庙，见两个差官张贴皇榜，上写的是西域进贡一个葫芦，有谁猜中葫芦里有几个籽，赏白银千两，同状元齐名封官。那书生问差官怎么回事，差官道出了实情。

原来，西域有个小国，派使者前来进贡，还特意带来一个葫芦。见国王就说："贵国若猜中这葫芦里有几个籽，我国甘愿年年进贡，若猜不中，我国就再也不进贡称臣了。"国王一听，又气又恨，小小的藩国，欺我无人，真是岂有此理！于是，国王把文武大臣召到金殿，让他们猜。大臣们看着那葫芦，谁也不知那葫芦里到底有几个籽。一个个你看看我，我看看你，无人敢开口。国王没办法，只得到处张贴皇榜，公告天下，招贤选能。

再说那书生多么想揭下皇榜在国王面前出个名呀，可是他也不知道那葫芦里有几个籽呀！只好闷着头来到活坟给老人送饭。老人看他满腹心事的样子，问道："你是不是给我送饭送烦了，要是嫌烦就封口埋上我好了。"书生说不是，就把皇榜的事说了个清楚。他爹一听，哈哈大笑起来，并说："就为这个事，还愁成这样？爹告诉你，西域葫芦里就两个籽，听爹的没错，你快去揭皇榜吧！"

书生听了爹的话，揭了皇榜，一路逢关遇卡无人阻拦，直到在金殿上见到国王。国王见有人揭了皇榜非常高兴，就问书生："你能猜出这个葫芦里有几个籽吗？"书生说："小人既敢揭皇榜，就有本领助皇威！"国王一听，拍案叫好："宣西域使者上殿！"西域使臣进殿，见一年轻人揭了榜，心中好笑，问："你可知我西域葫芦里几个籽？"书生坚定地回答："西域葫芦里就俩籽！"使臣大惊，急忙跪倒在国王面前："我们甘愿俯首称臣，年年进贡！"说罢，起身出殿走了。

国王也觉得奇怪，命人打开西域葫芦一看，果然就是两个籽。国王问书生："你小小年纪，怎么会知道这西域葫芦里就两个籽呢？"书生说："是我爹告诉我的。"国王问："你爹现在何处？"书生说："我爹住在活坟里，明天就是百天孝饭期满，后天就要埋葬了。"国王立刻唤来贴身侍卫下令道："老人有用，不能活埋，备快马，护送我的功臣回乡救父，不得有误！"侍卫领旨同书生出殿去了。

不久，国王提笔下了一道圣旨，废除了"六十花甲子，不死也活埋"的律条。从此，老人们可安度晚年，再也没有人说老人没用了。

赶老鹰

讲述：陈山子
采录：曹宏君

在离山很远的一个庄子里，住着一户人家，就两口子过日子。

这一年，遇上灾荒，颗粒无收。到了来年又该种地的时候，可把小伙子愁得不得了。媳妇儿说道："没有法子呀！你到东头刘财主家先借半升高粱当种子把地种上吧！"小伙子听媳妇儿这么一说，明知这个刘财主贪财心狠不地道，但都逼到这个份上了，就只好去吧！于是，他叹了口气就往刘财主家借粮去了。可没想到，这事还真那么容易！刘财主问明了他的用处以后，满口答应道："好！好！明天你来拿吧！"

当天晚上，财主对他那个胖老婆说道："盛出半斗高粱来。"地主老婆把嘴一撅说："不许你往外借粮。"财主伸过头去说："你知道什么，今春借给他半斗高粱，秋天就要他那五亩地。"胖老婆说："你净想好事，秋天人家打下高粱还你高粱，还能给你地！"财主小声说："你把高粱种放在锅里炒炒！叫他种上出不来，秋天他拿什么还咱！"胖老婆一听，真是好主意，连忙去炒高粱去了。只是胖老婆把高粱倒进锅去的时候，不留心掉一粒在锅台上，炒完了，往斗里盛的时候，连这粒也盛了进去。

第二天，小伙子来拿，财主说："咱两个说在明处，你借了我的粮去，秋天有粮你还我粮，没粮你还我地，你听明白啦！秋天你还不上我的粮，你那五亩地就归我了。"

小伙子心想：到秋天怎么也能把他这半斗高粱还上，便答应了。

小伙子和他妻子，两口子辛辛苦苦地把地种上了，可是五亩地里仅长出了一棵苗来！没办法，他俩只好把这个高粱当成了宝贝，精心管理，上粪浇水，除草除虫。别说这棵高粱还长得真好，高粱穗比斗还大！小伙子谋量着这棵高粱一定能打出半斗去还财主种子了。眼看高粱快熟了，他日夜守在那里，生怕遭到损坏。不料一天早上，飞来一个大老鹰，叼着高粱穗子就飞，这下他可急了，拼命去追老鹰。老鹰头前飞，他在后面赶，赶着赶着天就黑了，老鹰叼着高粱穗子钻进了一个大山洞里。

眼看一年的辛苦要白费了，小伙子又气又急。再说，高粱穗子又叫老鹰叼去了，拿什么去还财主的种子呀！还是等天明豁上命进洞去看看吧！可看看四周都没有人家，晚上到哪里去过夜呢？在离山洞不远的地方，有一座小庙，虽然破烂不堪，总算还可以过夜。于是，他就进到小庙里歇息。不多时候，一阵风声过后，小庙里进来白、黑、黄发的三个道人。小伙子藏在供桌底下，大气都不敢出。白发道人把鼻子四下里闻着说："抽搭抽搭鼻子，生人味，见了生人活剥皮。"黑发道人也说："抽搭抽搭鼻子，生人味，见了生人抽懒筋。"另一个黄发道人说："哪里来的生人，是咱出去带了生土来啦！"白发道人说："今天咱们谁没有吃饱，快弄点吃的吧！"黑发道人说："对，我还想吃点。"说着，黄发道人从大香炉里扒出一个锃亮的黄铜宝锅来，还竖着个锃亮的把。黄发道人敲了两敲，念道："金头金把，敲两下，酒菜饽饽一齐来。"转眼间，通红的食盒来了，里面盛的有酒，有菜，也有饽饽。三位道人胡吃海喝，吃完了把嘴一抹，又把这个黄铜宝锅埋在大香炉里。鸡"咕咕"地叫了一声，三位道人都走了。

小伙子在供桌下看得明明白白，心想，只要得着这个宝器，还愁什么！不仅能把财主的粮能还上，连我们的吃穿都有了。他轻轻地爬出来，从大香炉里掏出黄铜宝锅，带回家来了。到了家里，和妻子说了，拿出宝器敲了两敲，喊道："金头金把，敲两下，半斗高粱快快来。"

说话工夫，半斗高粱就在眼前了。他叫老婆把黄铜宝锅藏起来，拿上高粱就往地主家去了。

刘财主见他来还粮，就变了脸，问他道："你的高粱种上没出，怎么有粮还我，是偷的吧！"

小伙子从来不会说谎，就把事情的经过原原本本地告诉了他。地主这才把粮收下。

刘财主心想，这样的好事怎能让这个穷小子赶上了，明年我也要学他的样子去讨一件宝物。

第二年，他也叫长工在地里种上了一棵高粱。财主守在旁边，叫长工浇水上粪。高粱长得也很好，眼看快熟了，老财主日夜盼老鹰飞来。这一天老鹰真的飞来了，也把高粱叼去了。老财主也跟在后面追，黑天的时候，也追到那座山里，老鹰又钻进洞里去了。地主周围看了看，也望见了那座小破庙，心想，这一定是那个小伙子得宝物的地方，他赶紧跑到庙里藏在供桌底下。不多一会儿，那三个仙道人来了，白发道人闻了闻说："抽塔抽搭鼻子，生人味，见了生人活剥皮。"黑发道人也说："抽搭抽搭鼻子，生人味，见了生人抽懒筋。"另一个黄发道人说："抽搭抽搭鼻子，确有生人味，抓住生人揪脑袋！"白发道人说："赶快找找吧，准是上次偷咱宝器的人又来了。"

三个仙道人这样一诈唬，早把藏在供桌底下的刘老财吓得尿了裤子，浑身筛糠似地打哆嗦。黄发道人掀翻供桌，见有人藏在这里，拧着鼻子就把他揪了出来。白发道人拧着鼻子转几圈，黑发道人也拧着鼻子转儿圈，把地主的鼻子拧了三丈长，才把他放了。

老财主保住了一条命，肩上扛着鼻子，腰里缠着鼻子，胳肢窝里夹着鼻子，往家就跑，拿不了的一截鼻子，在地上拖着。

这天夜里，财主老婆觉也不睡，点着灯等着，一听见老头叫门，赶紧下来开。财主听见老婆开门，连忙喊道："小心，别碰了我的鼻子。"老婆问道："得了个鼻子宝器吗？"

财主气急败坏地说："你闪闪我进去，到家再说吧！"他生怕长工们看见他，慌慌张张地往屋里跑，到了水缸边，一不小心被脚底下的鼻子绊了一下，一跟头栽到大水缸里淹死了。

寻姑鸟

讲述：李庄老人
采录：任兰君

在很早很早以前，咱们这一片地方，有一个穷苦人家的妇女，来到拒马河边拾麦子。这拒马河边的麦子都是大财主的。大财主的地哪里来的？他身不动，膀不摇，怎么会有地？还不是仗着官府势力，霸占的老百姓的地！可要拾麦子也只能到这财主家的地里呀！

原来，这个妇女从家里出来时，就没有吃饭。现在饿极了，吃什么呢？她就找了点路边没有熟透的麦穗，在手心里揉揉，吹去麦芒，填在嘴里吃。可没想到，这一举动却被看地的狗腿子看到了。狗腿子赶她，她就跑，这不，一直跑到了这拒马河边。

她见这么大一片麦子地，就又捡起麦穗来。这时候，天上的太阳，毒辣辣的，她只顾低着脑袋拾，捡了一个又一个，见到地上的麦穗，一个比一个大呀！她拾着拾着头昏眼花了，但看到遍地是金灿灿的麦穗，她还不歇着，还要拾，她连累带饿，太阳晒，口里渴，一下子昏倒在地里了。

正在这时，狗地主来了："好哇！偷了我的麦子，还在我的地里倒卧装死，想让我给你这老婆子买棺材呀！快，给我把偷的麦子留下，把她扔到大河里去……"

狗地主命令狗腿子抬起这妇女，"嗵"的一声，扔到了拒马河里，让河水把这妇女冲走了。后来，这妇女的侄儿侄女见出门拾麦子的姑姑几天还没回家，就顺着路找来了。他们来到拒马河边，见到的全是穷苦的拾麦子的妇女，从后头看，全像他们的姑姑，可到跟前一瞧，都不是。他们就在麦地上大声呼唤：姑姑！姑姑……

有人告诉他们：顺着拒马河流水，能找到姑姑，他们就顺着河水跑，一边跑一边喊：姑姑！

他们还是没有见到姑姑的影子。

河边一个白胡子老头告诉他们：你在河滩看不到你姑姑，你们往高处站着，才能望得远，也许就能见到姑姑了……

两个孩子相信了老人的话，他们跑到高坡上去，没看到，又爬到堤坡的大杨树上去了，他们在杨树上站着呼唤起来："姑姑——姑姑——"

这回他们真的看到了姑姑，她正站在大河的浪花上，向他们招手……

他们高兴了！真的见到姑姑了！快投到姑姑的身边去吧！这样，他们张开了双臂，向着姑姑扑去……他们忘记了自己是在高高的杨树上，没想到，他们扬起的胳膊变成了一对翅膀，两个孩子变成了两只鸟飞在天空中了。

他们飞着，呼叫着：姑姑！姑姑……

可是当他们飞到拒马河上，姑姑的身影不见了，见到的只是闪光的浪花……

这河水流的全是穷苦人的泪水，他们寻找姑姑的泪水也流在河水里了。

从这时起，每年到了麦收季节，这鸟儿便飞来，到拒马河边来寻找拾麦穗的姑姑，他们在树上，痛苦地呼唤：姑姑！姑姑……

从这棵树，飞到那棵树；从这个村，飞到那个村。

他们年年来寻找，年年来鸣叫……

刘秀救蝼蛄　一命还一命

采录：王会欣

西汉末年，王莽篡权以后，横征暴敛，欺压百姓，把国家搞糟了，天下人都反对他。百姓们传说：新天子应是刘秀，王莽快完蛋了。王莽听说后，对刘秀恨之入骨，便派兵到处追杀他。一日。刘秀被王莽追赶，跑到了荒郊野外。他正无路可走，却看见前面有一位农夫在耕地，刘秀走到农夫跟前，躬身施礼，说："后面有人追杀我，请大伯救我一命。"

那农夫一看刘秀：天庭饱满，地阁方圆，龙眉凤眼，两耳垂肩，膀大腰圆，相貌非凡，还如此懂礼，定是个富贵之人。又见远处一伙人马，摇着"王"字大旗，正向这边追来，心想：追兵定是王莽的人马。王莽不得人心，逃难之人必是反对王莽的人，我怎能见死不救呢？可是，在这荒郊野地里，又怎能藏住一个大活人呢？常言说：急中生智，紧急中的刘秀出了一个主意，他对农夫说："大伯，我躺在你耕地的沟里，你用土把我埋上，你照样耕地，这样会躲过追兵的。"

农夫一听，言之有理，于是就让刘秀躺下，用力翻土盖好，依然耕地。

不大工夫，莽军追到这里，见到三岔路口，不知刘秀去向，吆喝一声："喂，耕地老头儿，你可看见刚才那个人向哪个方向去了？"

农夫向北一指说："刚才看见一个人向北边那个村子方向跑去了。"说完照样低头耕地。

"追！"莽军并不怀疑，赶紧向农夫指的方向追去。

莽军走远了，农夫连忙跑到刘秀藏身之处，用手轻轻刨开压在刘秀身上的土。刘秀站起身来，双手抱拳，向农夫深深施礼，谢过老夫。凑巧，有一个蝼蛄正在刘秀身边爬行，农夫最恨这玩意儿，连忙将蝼蛄捡起，双手一掐，将蝼蛄掐为两段，扔到地上。刘秀赶忙将蝼蛄捡起，托在手心上，对农夫说："刚才此物在我出气的地方拱了两个孔，才使我透过气来，不然，我早被憋死了。它虽然对农家有害，对我却有救命之恩，还是保它一条小命吧。"凑巧，旁边有棵小枣树，刘秀顺手掰下一个小枣针，插在蝼蛄的脖子上，把头和身子连在一起，说："你这个小爬虫对我有救命之恩，我也救你一命。不过你要记住，以后你到哪里饥（饿）了就在那里吃，不要总伤害庄稼。"

蝼蛄听了，两个爪向前一抱，意思是谢恩，刨了几下土，又钻进土里去了。

从此，地里的蝼蛄世代不绝，只是脖子上多长了一根针。而且它把刘秀的话"哪里饥了哪里吃"听成了"哪里稀了哪里吃"，所以，庄稼地里的蝼蛄，苗密的地方它不吃，越是苗稀的地方，它越吃得厉害。

老人临终教子

采录：郭同全

从前，在一个村庄里居住着一位体弱多病的老人和他的三个儿子。

老人在快死的时候把三个儿子叫到自己面前对他们说："我把遗产留给你们，但它并不能使你们发财致富。因此我要留给你们三个忠告，它们要比金钱更为珍贵。如果你们记住这些忠告，一生都会富裕的：第一，不要首先向任何人弯腰，只能让别人向你们弯腰。第二，吃任何食物都要加上蜜。第三，要永远睡在羽绒褥子上。"

　　说完，老人便与世长辞了。儿子们把父亲的忠告忘了个一干二净，过着放荡不羁的生活——游手好闲，吃喝玩乐，无所不为。头一年就挥霍光了父亲的金钱；第二年卖光了全部家畜；第三年家里器物全部卖光了。他们没吃没喝了！

　　大哥说道："除了遗产之外，父亲不是还给我们留下了三个忠告吗？他说，靠这三个忠告，我们就可以生活得富足。"

　　小弟笑着说道："我记得这些忠告，可又有什么用处呢？父亲说：'首先不要向任何人弯腰，而要让别人向你们弯腰。'要做到这一点，需要成为富人。可在周围地区，现在没有比我们更贫穷的人了。他还说：'吃任何食物都要加上蜜。'你听，还加上蜜！我们现在连黑麦饼也吃不上，还谈什么蜜！他又说：'要永远睡在羽绒褥子上。'睡在羽绒褥子上当然好！可我们家里空空如也，连一片破毛毡也没剩下。"

　　大哥反复思考了很久，然后说道："小弟，当时我们没有理解父亲教诲的含意。原来，他说的话里充满了智慧。他的意思是让我们在天刚亮的时候就比别人先下地干活，当别人下地干活从我们旁边经过时，他们定会首先向我们问候。我们劳动一整天后到家又累又饿，这时吃上一块黑麦饼也比吃蜜还要甜。在这种情况下，躺在什么样的褥子上你都会感到舒服、心里痛快，因此就像睡在在羽绒褥子上一样，十分香甜。"

　　第二天天刚亮，弟兄三人便下地干活去了。他们到得比别人都早，晚来的人们还真的首先向他们问候，祝他们活干得好呢！

　　弟兄三人干了一整天活，连腰都没直。晚上回到家里，就着茶水吃黑麦饼，真觉得比吃蜜还甜。他们吃饱喝足，都来不及上床就躺在地上睡着了，那舒服劲儿还真仿佛睡在羽绒褥子上一样。

　　他们每天都这样干着，秋后获得了丰收，他们又富裕起来了，邻里们又向他们投去了尊敬的目光。

　　从这以后，他们一直牢记父亲的三个忠告，过着富裕的生活。

赵匡胤吃菜瓜

采录：杨同泉

自古以来，在容城一带的百姓中流传着两句俗语。一句是：赵匡胤吃菜瓜，分文没有；另一句是：一分钱逼倒英雄汉。这两句话都来自宋朝开国皇帝赵匡胤在战乱时期的故事。

事情原来是这样的：

有一次，赵匡胤领兵打仗，因寡不敌众，吃了败仗。他单枪匹马冲出重围，跑了一段路程，只觉得又饥又渴，肚里咕咕直叫。想弄点什么吃的，又偏偏前不邻村，后不靠店。没办法，只好拖着青龙宝棍，无精打采地骑在马上往前走。他走啊走啊，走了好远，仍不见一个人影儿。赵匡胤心想：好家伙，难道今天要饿死不成？就在他眼睛发花、恍恍惚惚将要栽下马时，突然前面出现一个黑点，定睛一看，像是一个棚子。于是他打起精神，拍马赶去。

黑点越来越近，果然不错，是一个看瓜的棚子，棚子前边是一片青绿青绿的瓜地。满地的甜瓜、菜瓜、大西瓜，他顿时流出了口水。他翻身下马，拖着那条青龙宝棍，来到瓜棚旁边，正要开口买瓜时，一摸口袋，竟连一文钱也没有。怎么办呢？继续赶路吧，怕是再也支持不住了；说明没钱吧，又觉得有失自己的身份。他在瓜地边转来转去，也没有想出啥好办法来。又停了一会儿，他突然想出一个混账的办法：到瓜棚只管让称瓜吃。吃完了，如果卖瓜人要的价钱贵，就吓唬一顿，骑马便走。主意拿定后，他三步并作两步地进了瓜棚。只见瓜棚下坐着一位胡须雪白、面容慈祥的看瓜老人。

赵匡胤粗声粗气地说："老头子，拿瓜来吃！"看瓜老人急忙站起来笑着说："军爷请坐，我去给您挑瓜。"老人说着进地里摘了一堆甜瓜和菜瓜，抱到赵匡胤面前，说："军爷，西瓜还不熟，请吃几个菜瓜吧！"

赵匡胤虽说饥渴得很，恨不能一口把这些瓜吃掉，但又怕卖瓜的人瞧不起自己，就强鼓起肚皮子说："我又不白吃你的，怎么不称一称？"老人听他这样说，就过了秤，然后拱手递到了赵匡胤面前。赵匡胤狼吞虎咽地大吃起来。老人坐在旁边也不答话，一边叭嗒叭嗒地抽着旱烟，一边瞧着赵匡胤吃瓜。

不一会儿，赵匡胤把十来个瓜吃了个精光，他用手抹了抹嘴，对着老人瓮声瓮气地问："这瓜多少钱一斤？"边说边在心里合计：他就是说个公道价钱，也要说他瓜贵，有意讹人。

卖瓜的老人看出了他的用心，笑着说："军爷，自己的瓜，过路人口渴了吃个瓜，从来是不要钱的。"

"胡说！你是有意小看人，难道说我给不起你的瓜钱吗？"赵匡胤说着还故意拍了拍自己的口袋。"如果军爷真的过意不去，那就按别人吃瓜的价钱，一文钱十斤吧。"老人慢慢地说了一句。

这一下可把赵匡胤给难住了。人家不要钱，自己硬要给，价钱又极便宜，可该怎么办呢？他不自觉地又摸了摸口袋，依然是没有分文。此时，赵匡胤脸红了，汗珠也从鬓角上渗了出来。卖瓜的老人不紧不慢地等着接钱。赵匡胤服软了，走上前去哀求道："老伯伯，我忘了带钱，你有什么活让我干干，顶瓜钱好吗？"

卖瓜老人轻蔑地瞟他一眼，说："年轻人，你一来我就看出你饥渴难忍，而又空无一文。可你又装腔作势，出言不逊。如果你真有悔改之意，就请你在地下打个滚儿顶瓜钱吧。"

赵匡胤无奈，只好在地下打了个滚儿，满脸通红地上了马。一路上，他不住地长叹："哎，真是没有一文钱，逼倒英雄汉哪！"

"祭鬼"

采录：陈喜明

旧社会，县西某村有一个恶财主，总是压榨穷人。这年夏天，他家要播种，可村子里谁都不愿去帮他家做活，只有牛大壮去给他犁地，每天早出晚归，苦死苦活，只能吃些残羹剩饭。

但牛大壮自有偷懒的妙计。他每天只犁一小会儿地，大半天工夫就躺在树荫下睡觉。后来，这事还是被财主发觉了。财主便偷偷到地里监工，不让牛大壮偷闲。

这天，牛大壮扛着犁架，吆着牛，慢悠悠地来到地里。那老财主一摇一摆地也来到地里。牛大壮见了，心里骂道："哼！今日老子偏就不做活，倒要吃顿好饭哩！"牛大壮骂着，一下子计上心来。他拿起牛杠去架两头牛，一头顺着架，另一头倒着架。然后，他挥鞭用力抽打牛，牛一惊就往前冲，因为两头牛不是顺架着，这头要冲过去，那头要冲过来，两头牛就像顶架一样，一步也前进不了。这时，大壮故意大喊大叫，不停地打着牛。财主见了心疼得要命，忙跑过去大声叫："你疯了吗？你咋个这样狠心抽打我的牛？打死了你赔得起吗？"

"是我疯了，还是你的牛疯了？你睁着眼睛瞧不见吗？"牛大壮一本正经地对财主说："今日怕是撞着鬼了，看样子地是犁不成啦！你赶紧跑去路边祭鬼的那棵大树跟前求求看，是不是撞着鬼了？"

愚蠢的财主一听撞鬼心里发慌，连连答应着，急急忙忙地跑去求鬼去了。

牛大壮见财主走了，就抄近道躲在祭鬼的那棵大树背后。不一会儿，财主气喘吁吁地来了，他跪在大树根下，连连叩头求道："鬼呀鬼！今天我的两头大牛头对头地顶架，地也犁不成，是为哪样呀？"

大壮在大树背后怪声怪气地说道："哎哟，我左眼瞧，右眼看，瞧来看去，看去瞧来，是你撞着山鬼喽！"

财主一听，吓得忙问道："鬼呀鬼，这咋个整呢？"

牛大壮回答说："你得抱一只大公鸡，拿些米来祭山鬼。祭了山鬼，明日就犁得成地喽！要不然，莫说犁不成地，两头大牛和你都要遭殃呢！"

财主听罢吓得发抖，满口答应："照做，照做，求鬼保佑！"他浑身颤抖，跌跌撞撞地跑回家去了。

过了一会儿，财主抱着一只大公鸡，背着米、锅来"祭鬼"了。于是，牛大壮一边暗自好笑，一边帮着富人杀鸡、煮饭"祭鬼"……

就这样，这一天，牛大壮没做活，却美美地饱餐了一顿。

失聪鼓师张振亭

讲述：张占奎（上坡人）
采录：曹宏君

在容城县流传着一位"奇人"的故事，他晚年两耳失聪，但能够为剧团演戏打板鼓，用两根键子打出清脆、娴熟的鼓点，指挥着乐队为演员的唱念做打伴奏。

张振亭，1902年出生于本县上坡村一个贫苦的家庭，8岁时被人拐卖到沈阳一个戏班学习评戏。因为天资聪颖，又有一个好嗓子，几年时间就能登台演出，主唱"青衣"。他扮相俊美，嗓音清脆洪亮，很快唱红了沈阳一带，人送艺名"小玻璃翠"。20多岁时，嗓子倒仓，突然沙哑，难以登台唱戏了，就被班主辞退，回到了家乡。1940年前后，他在本县戏班（原县卿华剧团前身）改学打鼓，为苦练基本功，常用两根小铁棍做鼓键子，敲打木板。功夫不负有心人，几个寒暑终于练成一手绝活，而且形成了自己的特点。

一天他到天津去买板鼓，在一家乐器店看了十几面鼓都不满意，店主不耐烦地说："这么多鼓你一面也看不上，难道有什么毛病吗？"张振亭说："您这鼓面太薄，不禁打。"一句话激起了店主的火气，卖了多年板鼓，还从没听过这么大口气的。他赌气地说："你要一键子把鼓打破，打坏白打，算我货次。""此话当真？""买卖家不说狂话！""好，一键打不破，我赔你两面鼓钱。"话说完挽起袖子，拿起鼓键子手腕一抖，啪！再看鼓面果然打了一个窟窿，店主惊愕，自认倒霉。由此可见他手腕功力，非同一般。

"长工"谢占海与留村"少林会"

采录：张运生

留村是一个远近闻名的"农业大村"和"产粮基地"，但你也许并不清楚，留村在历史上还曾经是一个著名的"武术之乡"。据说习武最早源于清朝末年，而最初的教师爷是一个姓谢的师父。

当年，村子里有一户姓王的大户人家，家里有一所三进三出的大宅子，除了家丁、仆人在家里忙活外，还雇人种着上百亩的良田，是远近闻名的富裕人家。

有一年，家里有一个姓刘的看门家将因为得了重病，就被王家辞退了。后来王家老管家王福就把自己的一个远房表弟推荐到了王家当家将。

这个新来的家将姓谢，名叫谢占海，父母早亡，就光棍一人，他老家原来是任丘大苟各庄的。

那年谢占海刚来王家时，大概只有三十来岁，正是血气方刚的年龄。他生就一副黝黑的面庞，一条乌黑的大辫盘在头顶，一双大眼睛显得炯炯有神。谢占海长得身强力壮，五大三粗，一看这身板就是壮实的样子，所以王家大老爷一眼就看中了。王管家就安排他住在门房里，白天打打杂，夜里连看门带护院。

王家虽然大部分的土地都租种出去了，但村北周家洼那块上百亩的好地还是愿意自己留着耕种。每年到了大秋、麦收农忙的时节，除了家里的长工们要下地干活以外，还要临时雇一些附近的短工来帮忙收秋。

谢占海来王家的那年夏季，正是六月份麦收的时节。这俗话说："麦收的天气，似孙猴子的脸——说变就变！" 还有一句话说得好："抢秋夺麦，不收莫怪！"意思是说，麦子熟了，就要趁着天好，及时收割，不然赶上风灾雹灾等恶劣天气，将会是颗粒无收的！

这天，谢占海和伙计们一起到村北的地里割麦子，刚才还是晴朗的天气，忽然间天空就阴云密布，西北方还传来隐隐的雷声。大家都低头干活，谁也没有在意天气的突变。谢占海却放下镰刀，只见他一溜小跑，眨眼就不见了踪影。他去哪里了？大家都很是纳闷！

只见谢占海脚底如生风，不一会儿就来到了村边王家的晒麦大场。只见他脱下粗布汗衫，又拿起一把叉子，急忙和场里的短工们快速地起麦场，垛麦垛，盖苇席，压砖头……一会儿的工夫，麦垛盖好了。顷刻间，狂风夹杂着暴雨席卷而来……当其他在地里割麦子的伙计们都落汤鸡似的赶回家时，谢占海已经坐在王家的门房里悠闲地抽着旱烟袋了，他的脸上还带着微笑……

当大家听说了事情的经过后，都对谢占海挑起了大拇指，王家老爷也对这个新来的长工刮目相看了。后来，大家才慢慢知道，原来谢占海在老家学过几年武术，他的拳脚功夫很是了得，怪不得他跑得那么快呢！

那年月，兵荒马乱的，老百姓的生活也很不安定。但老王家是一个殷实大户，所以谢占海在王家大院里生活，也没什么牵挂，基本上还算是衣食无忧的。慢慢地，他和村里的老乡亲都熟了起来，和街坊邻居们处得很好。早晨，当他在村边练功时，就围拢了乡亲们来观看，他也很乐意把自己的武艺传授给村里的穷苦弟兄们。

那王家老爷也算是一个开明的人士，于是他就派人专门拾掇出后院的一片空闲地方，他让谢占海利用农闲的时间也教村里的孩子们练武术，一来可以强身健体，二来遇到歹人还可以自卫。村子的孩子们可高兴了！

再说留村的村北面有一条大路，可以直通白沟镇。过去，许多白洋淀周边村子的人去白沟赶集都走这条大路，所以要赶上白沟大集的日子，这条大路也是车水马龙，行人很多的。

这年秋天，眼看就要过中秋节了，王家老爷吩咐车把式老肖套上马车，让谢占海和管家王福一起去白沟置办一些过节的食品，也捎带买一些种地用的工具家什回来。

白沟是一个水路码头，商贾云集，非常繁华。那天，来赶集的人特别多，所以马车也是走走停停。白沟街里更是热闹非凡，他们边走边看，置办完所有的东西，已经过了晌午。王管家给车夫和谢占海买了几个热乎乎的火烧，他们一边吃着火烧，一边着急往回赶路。

过了白沟河上的老木桥，下了大堤坡，再拐上一条土道，往南五里路，过了剧（集）村地界，眼看就快进留村地界了。

在留村和剧（集）村的交界处，有一片小树林，那里还有一片坟地。此时正是午后休息的时间，成片的玉米地一望无边，大棒子都快熟了，很是招人喜欢。小树林边的坟包里长满了杂草，玉米叶子被风一吹，沙沙直响。路上基本也没有什么行人，所以即使是大白天，这里也显得阴森森的。

他们正坐在车里，边走边聊，忽然就从路边的小树林里窜出四个彪形大汉，只见他们个个都穿着黑布的衣衫，黑布包头，鼻梁子下面还用黑布罩着脸，只留着两个贼溜溜的眼睛。一个领头的黑衣男子手里还拿着一把明晃晃的杀猪尖刀，让人看了不寒而栗。

拿刀的家伙恶狠狠地说："把车上的东西留下，大爷我今天饶你们不死，不然的话，明年的今天，就是你们仨的祭日！"

那车夫名叫肖老蔫，平时就老实巴交的，一看这架势早已吓得浑身哆嗦，体如筛糠了。那王管家倒是见过世面的人，他抱拳拱手，笑嘻嘻地说："我们这是为东家老爷办事，如果东西没了，我们的饭碗可就丢了啊，诸位好汉还是高抬贵手，放过我们吧！"

另一个矮一点的黑胖子嘴里哼了一声，骂了一句脏话，上来就给了王管家一个大嘴巴子，王管家只觉得眼前一黑，也退到了后面。

这时，只有长工谢占海坐在大车上一动不动，他不但没有吭声，还掏出旱烟袋抽了起来……

几个家伙一看这阵势，过来就要上车搬东西。说时迟，那时快，只见谢占海飞起一脚，那家伙的杀猪刀早已飞到了路边的玉米地里。紧接着，他把乌黑发亮的烟袋杆一抡，那黄铜的烟袋锅正好打在那矮个子家伙的鼻梁骨上，还没等他们反应过来，那两个带头的家伙早已经被谢占海的扫堂腿打倒在了路上。另外两个家伙一看同伴吃了亏，也同时向谢占海发起了攻击。只见谢占海叼好旱烟袋，顺手抄起车上的一个二齿长叉，左面一个"黑虎掏心"，右面一个"泰山压顶"，没用几个回合，这两个家伙的后背就留下了几个带血的窟窿眼儿。见大事不妙，几个家伙抱头鼠窜，东奔西逃了。

后来，长工谢占海在村北白沟道大战小毛贼的故事被大家传开了，大家说谢占海一个人就打跑了十几个人，而且他的旱烟袋自始至终还叼在嘴里冒着烟儿，他的功夫真是太绝了！

据说，每当别人问起这回事，谢占海总是嘿嘿一笑说："那几个家伙，一看就是小打小闹的，要不是我手下留情，他们早成残废了！"由此也可以看出，谢占海这人还是很有武德的！

再后来，王家老爷就和村里的几个富户一商量，大家决定都出点钱，再置办一些刀枪棍棒练武的家什儿，成立了一个"少林会"。由谢占海当教师爷，还是利用春冬两闲的时间教村里的青壮年和孩子们练武学艺，这样随着一代代留村人的传承，谢占海的一身武艺就慢慢流传了下来……

"白塔鸦鸣"故事多

讲述：白塔老人张根发等
采录：庄梦醒

"容城古八景"中有一处是"白塔鸦鸣"。《容城县志》记载，这座古塔始建于宋代，"伫立塔下，拍手相击，鸦声即应，神异莫测"，即人立于塔侧拍手，便有乌鸦的鸣叫声传出，"白塔鸦鸣"因此得名。大白塔村因为村边的古塔而得名，村东一里地之外还有个村子，原先叫"新立庄"，现名为"小白塔村"。历经多年的繁衍发展，小白塔村人口达到2000多人，400多户，相对来说是一个大村，所以在容城县流传着"大白塔不大，小白塔不小"的老话儿。虽然历经千年的岁月侵蚀和风雨的考验，到20世纪60年代初期，古塔仍能巍然耸立，特别是它独具特色的传说，更增加了它的神秘感。

白塔傍临灵云寺

张根发，年近九旬的老爷爷，差不多是后营村年龄最大的老人了，到现在他还清楚地记得白塔周围的一切景象。他说，在白塔北面曾经有一个大佛寺，大佛寺占地十几亩，大门上挂有一个大牌匾，上书"灵云寺"三个苍健遒劲的鎏金大字。灵云寺的东面是一片松柏树林，佳木繁荫，曲径通幽。正合古人"白塔青松古道西，塔高松矮不能齐。时人莫讶青松小，他日松高塔又低"之诗意。

古寺的东南角耸立着一个老旧的钟楼，一口青铜的大钟，需要三四人齐抱才能合围，身穿袈裟的和尚每天早上一撞钟，嗡嗡的钟鸣，方圆几里地都能听到。正中的大佛殿，外观气势雄伟，轮廓秀丽，俊美古朴。大殿面宽七间，进深三间，里面供着如来佛祖和弥勒佛以及十八罗汉的金身佛像。不要说好奇"白塔鸦鸣"的人们要在这里转上一圈，就单是求福还愿的香客也是往来不断。抗日战争时期，容城县大队和八路军的正规部队曾经在已经有些破败的灵云寺多次驻扎整训。后来占领了容城县城的日本鬼子为修筑加固容城城防和外围工事，遂将灵云寺拆毁，砖瓦木料全被马车拉走。据说其中大部被拉到大楼堤和沙河等地修建了炮楼，寺内大钟和佛像亦不知所踪。这样从20世纪40年代始，后营和大白塔村的村西，就只剩下了一片十几亩的废墟荒地，只剩下了十来棵被日军砍伐未净的零零落落的古柏，只剩下了一座昂首不屈、傲然挺立的孤独白塔。虽然没有了灵云寺的相互映衬，但历尽沧桑的白塔下仍然是人来人往，人们观瞻仰望，络绎不绝。

神奇老人钉"大缸"

大白塔坐落在白塔自然村的西北角，后营村的西南角。塔是六角七层，下边的一层最高最大，高度大概四五米高，每边长度相等，差不多三四米长。每层的高度逐渐往上递减，在三四十米高的塔顶，有一个特殊造型的陶制缸体倒扣着作为塔刹封顶塔尖，被人们称作"大瓦罐"。

关于塔顶的"大瓦罐"，多年来流传着一个"鲁班钉缸"的传说。说是塔顶上面的陶缸本来完整无缺，后来不知是因为雷击还是风刮，这个"大瓦罐"出现了一个大裂口，从上到下张着嘴儿，塔下的人们看得清清楚楚，人们担心将来不定什么时候它就要掉下来。白塔内外并无塔梯供人攀登，更无回廊令人驻足，不要说是塔顶，就是三层、四层，自古以来也没有什么人能够上去过，大家对于开裂的"大瓦罐"无计可施，只能"望洋兴叹"。

有一天，村子里来了一个鹤发苍颜，看起来有些痴痴癫癫的老木匠，自称鲁班转世，不仅能抽梁换檩，还能钉盆钉碗钉大缸。人们拿出一些破损的锅碗瓢盆请他修理，他三下两下就钉好了，而且分文不取。他对人们说："钉这些小家什没什么兴趣，要钉就专钉不好钉的大家伙。"人们看他神神道道的，而且口出狂言，一定有很大的能耐。有人就把他领到了大白塔下，指着夕阳辉映的塔顶"大瓦罐"说："看那塔顶上的那个大瓦罐，裂了一道大口子，你要是钉上塔顶那个大家伙，我们就叫你鲁班爷。"老人颤巍巍地手搭凉棚仰望着塔顶点头应道："好说，好说，小菜一碟！"听到他的话有人半信半疑，有人一笑了之……

第二天一大早，人们带着给老人的粥饭来到塔下，远远就看见霞光映照的塔顶"大瓦罐"竟然已经严丝合缝，再到近处向上仔细观看，那钉缸的一排排大钯锯都隐约可见。大家赶紧到塔内一层的大殿，只见到了老人睡过的一片厚实的稻草，那老人却早已无影无踪，不知去向了……

"憋宝"憋去的蛙声

作为容城古八景之一的"白塔鸦鸣"，在当地和容城民间也称"白塔鸭鸣"或"白塔蛙鸣"，说的是人立在白塔第一层西面不远处跺脚拍砖，白塔里面就会发出"咕儿——呱儿——"的叫声，故称"白塔鸦（蛙）鸣"。据八十岁左右的老人们说，白塔里有两只叫"咕儿"和"呱儿"的宝蛙，或者是两只宝鸭，因此白塔才如此神奇灵异。但从来都是"只闻其声，未见其影"，实在是无比神奇。

后来，一位有道行的"憋宝"人来到了这里，围着白塔转悠了几天。他走以后，人们再去跺脚拍砖就只能听到"呱儿——呱儿——"的一种声音了，而那声音也不像原先的响亮悦耳了，似乎还能听出隐隐的凄凉与哀婉。从那时起，白塔下的人们就再也听不到了那两声此起彼伏惟妙惟肖的鸭叫和蛙鸣了。

村里人怀疑，是"憋宝"人憋走了白塔里的宝贝，也就是偷走了那只叫"咕儿"的宝蛙或宝鸭，他可能怕引人注意，以免做绝事伤众惹祸，还给白塔留下了一支叫"呱儿"的宝蛙或宝鸭。

据说，"憋宝"属于旧社会外八行，只是人们说过的一个职业名称，但它的确流传于民间。憋宝人主要是寻找常人不知道的宝贝东西。凡是山清水秀、风水上佳的地方，大多都有"天灵地宝"所藏。天灵地宝，自然都是得天地造化的奇珍异宝，相传暗中受鬼神所护。倘若随便触动，肯定要招来灭顶之灾，而必须用一种特殊的方法，才可以接近取之。有阴必有阳，有圆就有缺，外八行里自古就有着这么一伙人，南方称为"憋宝"，北方称为"相灵"。这些人一年四季大部分时间都游走于名山大川之中，或是流连于郊岭荒原之外，行踪飘忽不定，行事神秘诡异，而目的就只有一个，就是为了那些"天灵地宝"。

风俗故事

二月二"龙抬头"

采录：曹宏君

自古以来，中国老百姓就非常重视节气变化对农业生产的影响。从节气上来讲，自农历二月二起，便进入仲春季节。这时阳气上升，大地复苏、草木萌动，农民们又要开始准备春耕、播种了。此时，如有充足的降雨将对农业生产产生非常重要的影响。古人相信天地万物都由神明掌管，包括降雨也是如此。人们认为在天上主掌人间下雨的是龙神。龙抬头了，意味着龙神正准备行动，履行他给人间降雨的职责。

在中国远古时期，就一直存在着对龙神的崇拜。《左传》桓公五年说："龙现而雩"，意思是说惊蛰以后龙神就要现身，这时该举行祈求降雨的祭祀。

从元朝开始，农历二月二就被明确定为是龙抬头的日子了。《析津志》在描述元大都的风俗时提到，"二月二，谓之龙抬头"。这一天民间盛行吃面条，称为"龙须面"；还要烙饼，称为"龙鳞"；若包饺子，则称为"龙牙"。总之，这些饭食都要以龙体部位命名。之后的明清两朝，也沿袭这些风俗。富察敦崇在《燕京岁时记》中写道："二月二日……今人呼为龙抬头。是日食饼者谓之龙鳞饼，食面者谓之龙须面。闺中停止针线，恐伤龙目也。"除了吃面食外，还有引水入宅的活动。沈榜在《宛署杂记》中记载："二月二为龙抬头，乡民用灰自门外蜿蜒布入宅厨，旋绕水缸，呼为引龙回。"这充分反映了人们希望好雨如期降临的良好愿望。

有的地方还有耍龙灯的活动，也是为了祈雨。

当地二月二的民俗说："二月二日，俗称龙抬头。晨起以竿敲梁，谓之敲龙头，意谓龙蛰起陆，盖时近惊蛰之期。农家咸以粗米面作饼及馒头而为早餐。妇女于是日为童孩剃头，盖取龙抬头之意云。"这一天剃头，也是很多地方的习俗。

明清以来，在农历二月二还增添了"熏虫""炒豆"的活动。明刘侗和于奕正著的《帝京景物略》中说："二月二日曰龙抬头……熏床炕，曰熏虫，为引龙虫不出也。"清康熙时的《大兴县志》记载："二月二，家各为荤素饼，以油烹而食之，曰熏虫。"这是因为这一时期虫子越来越多，熏虫就是把虫子熏死，以免危害人体健康。而"炒豆"驱虫更有意思，即先将黄豆浸在盐水中一段时间，然后取出放在锅中爆炒，很快黄豆在锅中发出剧烈的响动，这样虫子被惊动，就都跑走了。

春节放鞭炮的由来

爆竹，民间又称之为"爆仗""花鞭"或"响鞭"等。每逢除夕之夜，家家户户都会出来燃放爆竹。大街小巷，爆竹声声，映衬着人们的笑脸，使得节日的气氛也格外浓烈。

年夜饭前人们喜欢放一通爆竹，俗称"闭门炮仗"。到了子时，人们以猛烈的爆竹声来驱逐鬼怪，迎接新年。正月初一开门又是一通爆竹，称作"开门炮仗"，放三枚叫"连中三元"，放四枚叫"福、禄、寿、喜"，放六枚叫"六六大顺"，放一串百枚小鞭炮叫"百子爆"，让炸碎的鞭炮纸屑覆盖自家的门口，则被称为"满地金钱"。

爆竹在中国已经有两千多年的历史了。据说在古代，它是降鬼的镇物，燃放爆竹，就可以驱除鬼怪。

传说中国古时候有一个叫"年"的怪兽，头长尖角，凶猛异常。"年"长年深居在海底，但是每到除夕，就爬上岸来吞食牲畜、伤害人命。因此每到除夕，村寨的人们就扶老携幼，逃往深山，以躲避"年"的伤害。

有一年的除夕，人们都忙着收拾东西逃往深山，这时候村东头来了一个白发老人。他对一户老婆婆说只要让他在她家住一晚，他定能将"年"驱走。众人不信。老婆婆劝其还是上山躲避的好，但老人坚持留下，众人见劝他不住，便纷纷上山躲避去了。

当"年"像往年一样准备闯进村子肆虐的时候，突然传来爆竹声，"年"浑身战栗，再也不敢向前凑了。原来"年"最怕红色、火光和炸响。这时大门大开，只见院内一位身披红袍的老人哈哈大笑，"年"大惊失色，仓惶而逃。

第二天，当人们从深山回到村里时，发现村里安然无恙，这才恍然大悟，原来白发老人是帮助大家驱逐"年"的神仙，人们同时还发现了白发老人驱逐"年"的三件法宝，其中一件就是燃放爆竹。以后，每年这个时候，户户灯火通明，守更待岁，燃放爆竹。这个风俗越传越广，就成了中国民间最隆重的传统节日"过年"，而燃放爆竹也成为过年的重要习俗。

史料也记载了一个类似的说法。西汉东方朔在《神异经》中说西方的深山中，有一种长尺余的鬼怪，名"山魈"。它是使人得寒热病的鬼魅，只有吓跑它，人们才可得到吉利平安。据说山魈怕火、怕响声，于是人们就想出对付的办法，那就是把竹筒放到火堆里烧，让燃烧时竹节发出"毕剥毕剥"的声音，来吓跑山魈。这大概是最早有迹可查的制作爆竹的方法。

六朝时，人们在过年燃放爆竹就已形成了习俗。南朝梁代宗懔在《荆楚岁时记》中说："正月一日，是三元之日也。谓之端月。鸡鸣而起，先于庭前爆竹，以辟山臊恶鬼。"这是后来"开门炮仗"的由来。

腊八粥的故事

早些年，有这么一个四口之家，老两口和两个儿子。老两口非常勤快，一年到头干着地里的庄稼活。春耕夏锄秋收，兢兢业业奔日子。家里存的各样粮食是大囤满、小囤流。他们家院里还有棵大枣树，老两口精心培育，结出的枣又脆又甜，拿到集上去卖，能卖好多好多银钱，小日子过得挺富裕。

老两口努力奔日子，就为给两个儿子娶上媳妇。

眼看儿子一天天都到了该娶媳妇的岁数了，老两口也都老得不行了。老父亲临死的时候嘱咐哥俩好好种庄稼；老母亲临死的时候嘱咐哥俩好好保养院里的枣树，攒钱存粮留着娶媳妇。

然而，哥哥看到这大囤满小囤流的粮食，对弟弟说："咱们有这么多的粮食，够了，今年歇一年吧！"

弟弟说："今年这枣树也不当紧了，反正咱们也不缺枣吃的，行！"

就这样，哥俩越来越懒，越来越馋，光知道一年一年吃喝玩乐，没几年就把粮食吃完了。院里的枣树呢，结的枣也一年不如一年了。

这年到了腊月初八，家里实在没有什么可吃的了，怎么办呢？哥哥找了一把小扫帚，弟弟拿来一个小簸箕，到先前盛粮食的大囤底、小囤缝里扫呀扫的，从这里扫来一把黄米粒，从那里寻出一把红豆来，就这样，杂粮五谷各凑几把，数量不多，样数可不少，最后又搜出几枚干红枣，放到锅里一齐煮了起来。煮好了，哥俩吃起这五谷杂粮凑合起来的粥，两双眼对望，才记起父母临死前说的话，后悔极了。

哥俩尝到了懒的苦头，浪子回头，第二年就都勤快了起来，像他们的父母一样，不几年就又过上了好日子，娶了媳妇，有了孩子。

为了记取懒的教训，叫人千万别忘了勤快节俭地过日子，从那以后，每逢农历腊月初八那天，人们就吃用五谷杂粮混在一起熬成的粥，因为这一天正是腊月初八，所以人们都叫这种粥为"腊八粥"。

狗腿子的来历

相传很早以前，有个精通医学的人，名叫鬼谷子。他三岁开始学医，五岁就会治病。后来，病人只要找到他，什么疑难杂症都可以治好，真是手到病除，方圆百里无人不晓他的大名。

有一年，有个县太爷腿上生了个大疮，痛得吃不进饭，睡不着觉。手下的差役跑遍了县城乡村，找遍了有点名气的郎中，结果还是无人能治好县太爷的腿。

后来，听人说有一个叫鬼谷子的郎中确有本事，县太爷即命差役带着两个打手去找鬼谷子。但鬼谷子只愿意给平民百姓治病，不愿给那些骑在百姓头上作威作福的官老爷出一次诊。对此，差役火冒三丈，命两个打手将鬼谷子痛打了一顿，连推带拖地拉他上了路。

到了县衙，知县听说鬼谷子被捉来了，顿时觉得腿上的疮痛好像少了三分，立即把鬼谷子传到他面前，伸出那条烂了一个大洞的腿说："鬼谷子先生，听说你有手到病除之本事，今日如能治好我的腿，必有重赏。"鬼谷子被打得遍体鳞伤，正没处出气，便答道："老爷的腿要治好并不难，不过要把腿锯下来才行啊！"知县听了大吃一惊，说道："大胆，老爷锯了一条腿，还能升堂处理公务吗？"鬼谷子不慌不忙地凑近到知县耳边如此这般地说了一通。知县还没听明白，就高声笑道："差役们快去监牢里砍一条腿来！"鬼谷子忙说："大人，你的腿不粗不细，不长不短，随便砍一条哪合得上呢？"知县听后，收住笑脸说："那你说谁的腿合适呀？"鬼谷子故作不敢出言，知县急了说："在老爷面前你还怕什么呀？快说！"鬼谷子指了指捉他来的那个差役说："只有他的腿合适。"差役知道鬼谷子是有意报复他，但在县太爷面前不敢强辩，只好跪在知县和鬼谷子面前求饶。知县哪肯答应，眼看鬼谷子拿出一把利刀，先砍下知县的烂腿，后砍下差役的腿一接，知县立即行走自如了。这时，差役却痛得在地上打滚，鬼谷子随即砍了一条狗腿往差役腿上一接，差役也感到不痛了，能行走了，只是一条是人腿，一条是狗腿。

后来，百姓们见到官府里的差役、家丁等人，都叫他们是"狗腿子"。

除夕为啥要熬夜

在我国民间有除夕守岁的习俗。守岁从吃年夜饭开始，这顿年夜饭要慢慢地吃，从掌灯时分入席，有的人家一直要吃到深夜。据宗懔《荆楚岁时记》的记载，至少在南北朝时就已经有了吃年夜饭的习俗。

守岁，既有对如水逝去的岁月含惜别留恋之情，又有对即将来临的新年寄以美好希望之意。古人有一首《守岁》诗中写道："相邀守岁阿戎家，蜡炬传红向碧纱。三十六旬都浪过，偏从此夜惜年华。"珍惜年华是人之常情，故大诗人苏轼写下了《守岁》名句："明年岂无年，心事恐蹉跎。努力尽今夕，少年犹可夸。"由此可见除夕守岁的积极意义。

大年三十守岁，俗名"熬年"。为什么称作"熬年"呢？民间世世代代流传着这么一个有趣的故事：上古时期，有一种凶猛的怪兽，散居在深山密林中，人们管它们叫"年"。"年"的形貌狰狞，生性凶残，专食飞禽走兽、鳞介虫豸，一天换一种口味，从磕头虫一直吃到大活人，让人谈"年"色变。慢慢地，人们掌握了"年"的活动规律，原来它每隔三百六十五天窜到人群聚居的地方尝一次口鲜，而且出没的时间都是在天黑以后，等到鸡鸣破晓，"年"便返回山林中去了。算准了"年"的肆虐日期，男男女女便把这可怕的一夜视为关煞，称作"年关"，并且想出了一整套"过年关"的办法：每到这一天晚上，家家户户提前做好晚饭，熄火净灶，再把鸡圈牛栏全部拴牢，然后把宅院的大门封住，躲在屋里吃"年夜饭"——由于这顿晚餐具有凶吉未卜的意味，所以置办得很丰盛，除了要全家老小围在一起用餐表示和睦团圆外，还须在吃饭前先祭祖，祈求祖先的神灵保佑他们平平安安地度过这一夜。吃过晚饭后，谁都不敢睡觉，挤坐在一起闲聊壮胆。

天色渐渐黑了下来，"年"便从深山老林里窜了出来，摸进人群聚居的村落。只见家家户户宅门紧闭，门前还堆着芝麻秆，街上却瞧不见一个人影儿。转了大半个晚上的"年"毫无所获，只好啃些芝麻秆充饥。等公鸡啼晓，"年"只得快快返回。熬过"年关"的人们欣喜不已，要感谢天地祖宗的护佑，要互相祝贺没有被"年"吃掉，还要打开大门燃放鞭炮，去同邻里亲友见面道喜，人们见面互相拱手作揖，祝贺道喜，庆幸没被"年"吃掉。这样过了好多年，没出什么事情，人们对年兽放松了警惕。然而，有一年三十晚上，年兽突然又窜到江南的一个村子里。一村子人几乎被年兽吃光了，只有一家挂红布帘、穿红衣的新婚小两口平安无事。还有几个儿童，在院里点了一堆竹子在玩耍，火光通红，竹子燃烧后"啪啪"地爆响，年兽转到此处，看见火光吓得掉头逃窜。此后，人们知道年兽怕红、怕光、怕响声，每至年末岁首，家家户户就贴红纸、穿红袍、挂红灯、敲锣打鼓、燃放爆竹，这样年兽就不敢再来了。在《诗经·小雅·庭燎》篇中，就有"庭燎之光"的记载。所谓"庭燎"就是用竹竿之类制作的火炬。竹竿燃烧后，竹节里的空气膨胀，竹腔爆裂，发出"噼噼啪啪"的响声，这也即是"爆竹"的由来。可是有的地方，村民不知年兽怕红，常常被年兽吃掉。这事后来传到天上的紫微星那儿，他为了拯救人们，决心消灭年兽。有一年，他待年兽出来时，就用火球将它击倒，再用粗铁链将它锁在石柱上。从此，每到过年，人们总要烧香，请紫微星下界来保平安。

这种现象逐渐蔚成了绵延相传的"过年"和"拜年"的风俗，"拜年"的风俗内容丰富，通常的顺序是：先拜天地，次拜祖宗，再拜高堂，然后出门去拜亲朋好友，亦有初一拜本家、初二拜岳家、初三拜亲戚等各种讲究，直至拜到正月十五，所谓"拜个晚年"。

正月十五挂红灯

每年正月十五，家家户户挂红灯，已是千百年来的风俗。它的来由是什么？这还得从唐朝黄巢起义说起。

唐朝末期，黄巢带领起义军北上，攻打郓城。围城三天攻不下来，黄巢气坏了，指着城楼大骂，扬言攻破城池，定杀个鸡犬不留。这时，已经快过年了，下了一场大雪，天气很冷，士兵大多还没有换上冬服，黄巢知道硬攻要受损失，只好先把队伍拉到山里，等过了年再打。

新年很快过去了，家家都在推米磨面，做汤圆，欢庆上元佳节。黄巢想，兵书说：知己知彼，百战不殆。我何不乘人们过节的时候，进城摸摸敌军的虚实，再定攻城之策。想到这里，他马上召集众家兄弟商量了一下，把义军交给师弟，自己挑上汤圆挑子出了大营，直向郓城走去。

黄巢进了城门，一直奔西街。走不多远，见十字街前有一伙人正指指划划地看什么。刚好，这时对面来了个卖醋的老人，穿一身破棉袄棉裤，手里不住地敲着梆子。黄巢上前施礼说："请问老人家，前面出了什么事？"老人打量一下黄巢，左右望望，把他拉到路边，低声说："前两天黄巢带兵攻城不下，到山里去了，过几天还要来的。官家贴出告示，要百姓出人出粮。唉！要打大仗了。"

两个人正说话，忽听一阵马蹄响，黄巢抬头一看，一队人马飞驰而来，当兵的边跑边嚷道："众家百姓听着，黄巢进城了，现已四门紧闭，他跑不了啦！有发现卖汤圆的马上报告。知情不报者诛灭九族！"

黄巢知道军中出了叛徒，走漏了消息，便扔下挑子往东跑，急急忙忙地钻进一个巷子里。进了一家院子，隐在门后。等马队过去，这才出来往北跑。没跑多远，又听见马蹄响，知道马队又回来了，他一转身又钻进一个小院。

黄巢插上门正要进屋，见一个老人从屋里走出来，正是十字街头跟自己说话的那个老人，急忙走过去说："老人家行行好，把我藏起来吧。"老人见了黄巢先是一愣，接着点点头答应了。

这时，街上传来一阵急促的马蹄声，接着有人打门。老头着急了，话都没顾得说，急忙把黄巢领到后院，来到醋缸跟前，掀开缸盖让他钻进去，说："先委屈一下吧！"老人拿把扫帚刚要扫地，大门被撞开了，十几个官兵闯进来，把老头围住。官兵头目说："大白天，为啥插门？"老人说："我怕小偷进来偷东西。"头目追问："有个大汉，你把他藏在哪儿？"老人说："我家大门插着，没人进来！"一头目骂道："胡说！他明明钻到这儿来了。你不想活了！"老人说："官爷，你不信，就请搜吧。"头目下令去搜查，十几个官兵马上进了屋，翻箱倒柜，乒乓一阵乱响，东西砸坏了不少，醋缸也打破了两口，醋流了满院子。幸亏他们没接着翻。

官兵走了，黄巢从缸里爬出来，见满院子都是碎缸片，老人惋惜地在缸前落泪。他忙走过去安慰说："老人家不要哭了，过两天我赔你几口就是了。"

老人站起来说："你快走吧，他们前边去了，找不到人还会回来的。"

黄巢问："老人家，现在天还不黑，到处都是官兵，我从哪里出城呢？"

老人说："你出了这条巷子，钻进对面院子，从后面出去便是天齐庙，你先在庙里藏着。天黑后，顺着城墙往南走，走出两丈多地有个豁口，你就从那儿出去吧。"黄巢见老人厚道实诚，便进一步打听说："老人家，这座城有何妙处，黄巢十万大军攻了三天竟攻不破？"老人说："你有所不知，这城建在始皇时期，城墙又高又厚，上有滚木，两厢藏有弓箭手。"黄巢问："那就没法了吗？"

老人说："要打城，不能从城门进，得从天齐庙的豁口进。"黄巢听了很高兴，转身要走，又回过身来问："老人家，你知道我是谁吗？"老人犹豫了一下，说："你是黄大将军。"黄巢说："唐兵骂我杀人如麻，吃人不吐骨头，你不怕我吗？"老人说："那是官家说的，官家能有好话吗？我们穷百姓正盼着你来呢。"黄巢听了很感动，想不到老百姓对自己这么敬重，就说："老人家，你家有红纸吗？"老人说："现成的没有，店铺里能买到的。"黄巢说："你买几张红纸，扎个灯笼，正月十五挂在房檐上。"

黄巢走后，老人把消息传给邻居，一传十，十传百，不久全城穷百姓都知道了，家家买红纸扎灯笼。

黄巢回到大营，马上召集将士商量，决定农历正月十五晚上，带着五千精兵，摸过护城河，按老人所指的路悄悄入城，一声号炮，内外夹攻，很快攻破城门，起义军进城了！

这时，穷人家门口都挂起了红灯，全城灯火通明。凡是挂着红灯笼的大门，起义军一律不入；不挂红灯的，起义军冲进去抓赃官老财，只一夜就把贪官污吏、土豪劣绅杀光了。第二天，黄巢开仓分粮，还派人给那位老人送去二百两银子。

自那以后，每到正月十五，家家户户都要挂个红灯，以纪念黄巢的爱民和报恩之意。之后，这个习俗便流传下来了。

清明节的来历

春秋时期，晋公子重耳为逃避迫害而流亡国外。流亡途中，在一处渺无人烟的地方，又累又饿，再也无力站起来。随臣找了半天也找不到一点吃的。正在大家万分焦急时，随臣介子推走到僻静处，从自己的大腿上割下了一块肉，煮了一碗肉汤。重耳喝后渐渐恢复了精神。当重耳发现肉是介子推从腿上割下的时候，流下了眼泪。

19年后，重耳做了国君，也就是历史上的晋文公。即位后，晋文公重重赏了当初伴随他流亡的功臣，唯独忘了介子推。很多人为介子推鸣不平，劝他面君讨赏，然而介子推最鄙视那些争功讨赏的人。他打点好行装，便悄悄地到绵山隐居了。

晋文公听说后，羞愧莫及，亲自带人去请介子推，然而这时介子推已经身背老母亲离家去了绵山。绵山山高路险，树木茂密，找寻两个人谈何容易？有人献计，从三面火烧绵山，逼出介子推。可是，大火烧遍绵山，却也没见到介子推母子的身影。直到山火熄灭，人们才发现身背老母的介子推已坐在一棵老柳树下死了。晋文公见状，恸哭不已。装殓时，从树洞里发现一血书，上写道："割肉奉君尽丹心，但愿主公常清明。"为纪念介子推，晋文公下令将这一天定为寒食节。

第二年晋文公率众臣登山祭奠，发现老柳树死而复活，便赐老柳树为"清明柳"，并晓谕天下，把寒食节之后的第一天定为清明节。

从此以后，每年的清明节就成为人们为先人扫墓、烧纸献花祭祀的传统节日。容城县在这一天，要组织机关单位和中小学生到北后台烈士陵园扫墓，缅怀和纪念1941年冬在这里牺牲的497位抗日先烈！

"福"字倒贴的缘由

每逢新春佳节，家家户户都要在屋门上、墙壁上、柜橱上、门楣上贴上大大小小的"福"字。春节贴"福"字，是我国民间由来已久的风俗。据《梦梁录》记载："岁旦在迩，席铺百货，画门神桃符，迎春牌儿……""士庶家不论大小，俱洒扫门闾，去尘秽，净庭户，换门神，挂钟馗，钉桃符，贴春牌，祭祀祖宗。"文中的"贴春牌"即是写在红纸上的"福"字。

"福"字现在的解释是"幸福"，而在过去则指"福气""福运"。春节贴"福"字，无论是现在还是过去，都寄托了人们对幸福生活的向往，也是对美好未来的祝愿。民间为了更充分地体现这种向往和祝愿，干脆将"福"字倒过来贴，表示"幸福已到""福气已到"。

"福"字倒贴在民间还有一则传说。明太祖朱元璋当年用"福"字作暗记准备杀人。好心的马皇后为消除这场灾祸，令全城大小人家必须在天明之前在自家门上贴一个"福"字。马皇后的旨意自然没人敢违抗，于是家家门上都贴了"福"字。其中有户人家不识字，竟把"福"字贴倒了。第二天，皇帝派人上街查看，发现家家都贴了"福"字，还有一家把"福"字贴倒了。皇帝听了勃然大怒，立即命令御林军要把那家满门抄斩。马皇后一看事情不好，忙对朱元璋说："那家人知道您今日来访，故意把福字贴倒了，这不是'福到'的意思吗？"皇帝一听有道理，便下令放人，一场大祸终于消除了。从此人们便将福字倒贴起来，一求吉利，二为纪念马皇后。

猜灯谜的来历

"一时欢乐一时愁，想起千般不对头。如若想得千般到，自解忧来自解愁。"

这首诗就是一个谜语，它的谜底正是"猜谜"。相传，两千多年前，就有了猜谜这种活动。那么，猜谜咋又变成灯谜了呢？这里还有个故事呢！

据传，很早的时候，有个姓胡的财主，家财万贯，横行乡里，看人行事，皮笑肉不笑，人们都叫他"笑面虎"。这笑面虎只要看见比自己穿得好的人，便像老鼠给猫挟胡子——拼命巴结；对那些粗衣烂衫的穷人，他则像饿狗啃骨头——恨不得嚼出油来。

那年春节将临，胡家门前一前一后来了两个人，前边那人叫李才，后边那个叫王少。李才衣帽整齐华丽，王少穿得破破烂烂。家丁一见李才，忙回房禀报，笑面虎慌忙迎出门来，一见来客衣帽华丽，就满脸堆笑恭敬相让。李才说要"借银十两"，笑面虎忙取来银两。李才接过银两，扬长而去。笑面虎还没回过神来，王少忙上前喊道："老爷，我借点粮。"笑面虎瞟了他一眼，见是衣着破烂的王少，就暴跳如雷地骂道："你这小子，给我滚！"王少还没来得及辩驳，就被家丁赶出大门。

回家的路上，王少越想越生气，猛然间心生一计，决定要逗逗这个笑面虎。

转眼间，春节已过，元宵将临，各家各户都忙着做花灯，王少也乐呵呵地忙了一天。到了元宵灯节的晚上，各家各户街头房前都挂上各式各样的花灯，王少也打出一顶花灯上了街。只见这花灯扎得又大又亮，更特别的是上面还题着一首诗。王少来到笑面虎门前，把花灯挑得高高的，引得好多人围看。笑面虎正在门前观灯，一见此景，忙也挤到花灯前，见灯上题着四句诗，他认不全，念不通，就命身后的账房先生念给他听。账房先生摇头晃脑地念道：

"头尖身细白如银，论秤没有半毫分。眼睛长到屁股上，光认衣裳不认人。"

笑面虎一听，只气得面红耳赤，怒眼圆睁，哇哇乱叫："好小子，胆敢来骂老爷！"喊着，就命家丁来抢花灯。王少忙挑起花灯，笑嘻嘻地说："老爷，咋见得是骂你呢？"笑面虎气呼呼地说："你那灯上是咋写的？"王少又朗声念了一遍。笑面虎恨声说："这不是骂我骂谁？"王少仍笑嘻嘻地说："噢，老爷是犯了猜疑。我这四句诗是个谜。谜底就是'针'，你想想是不是？"笑面虎一想：可不哩！只气得干瞪眼，转身狼狈地溜走了。周围的人见了，乐得哈哈大笑。

从那以后，在历年的灯节上，不少人便都仿效王少将谜语写在花灯上，供观灯的人猜测取乐，所以就叫了"灯谜"。这样人们相沿成习，每逢元宵灯节，各地都举行灯谜活动，一直传到现在。

出殡时为啥要摔盆（瓦）

在我们这一带的城镇乡村，死人出殡时有个传承了多少年的风俗，"老大扛幡，老二摔瓦（盆）"。如果是独生子，这扛幡摔瓦都由一人完成。每家死人出殡出家门时，孝子要将灵前烧纸的瓦盆在门口使劲摔个粉碎，越碎越好。这个风俗始于何时尚不知晓，但有关风俗的由来，却有一个动人的传说。

从前有一个读书人，姓张名生，二十岁，娶妻何氏，生了一个男孩叫金生。金生刚满月，何氏得了血崩，不治而死。不久，张生又续娶了东庄林贡生的闺女慧娟。慧娟待金生像亲生儿子，白天抱着，夜里搂着。谁想孩子到了三岁上，张生又一病身亡，撇下慧娟和金生，孤儿寡母相依为命。慧娟娘家有两个哥，都是当门秀才，看妹妹年轻守寡，自己又没有男孩，就劝她改嫁。慧娟说："女子讲的是三从四德，我要守节到死。我眼前现有三岁的儿子，十五年以后，孩子长大成人，我就熬出来了。我不能丢下这个一月没娘、三岁没爹的苦孩子。"哥嫂一听，也就不劝了。

有男人时家里就不宽裕，男人一死，日子就更不好过了，全靠慧娟纺线织布维持娘俩的生活，日子过得紧巴，可对金生从没缺过一口。床头柜顶上有个盆，买来瓜果梨枣或别的稀罕物都搁在里边，让金生随便拿着吃。日子一长，金生就惯了，一饿，伸手就在盆里拿东西吃。金生到六岁上，慧娟就教给他识字，金生很聪明，一教就会。第二年，送到私塾上学，那些启蒙先生根本教不了他。

十五岁中了秀才，十八岁中了举人。金生成了全县出名的人物了，但还是经常到柜顶盆里拿东西吃。

第二年，金生正要进京赶考，慧娟因操劳过度，一病不起。金生可着了忙，不分白天黑夜，请医治病，煎汤熬药，夜里困极了，和衣躺在娘的脚头上睡一会儿。娘一哼哼，马上起来问热问凉。可惜娘是得了没命的病，不到一个月就死了。

金生哭得死去活来，对劝他的人说："没有娘，就没有我。娘为我受了十八年的苦，才要好来，娘死了，我活着有什么滋味。"也不叫，也不喝，一天到晚老哭。到底是举人老爷了，巴结的人多，这个劝，那个说，才算吃点东西。可是看见柜顶上那个盛东西吃的空盆，又想起娘来了，止不住地哭。在场的人商量，想把盆摔了，省得举人看着伤情。跟金生一说，金生说什么也不愿意。"盆是我的命根子，娘咽气的前一天，还叫我上盆里拿果子吃。没有娘啦，盆不能摔。"可是，看见就哭，也不是法子。大家商量来商量去，谁也没个办法。

到第三天要发丧了，金生头顶着盆跪在棺材前哭着："娘，您好苦命啊！"哭着哭着就昏过去了。人们趁这个机会把盆给摔了。

从这以后，谁家死了父母，儿子为表示孝心，也买个瓦盆，在里边烧箔化纸。到发丧这天，在大街当众摔了，叫"摔老盆"。又因为摔时在孝子头上顶一下子，所以又叫"顶老盆"。

后来，这"老盆"换成了"老瓦"，慢慢演变成了"摔老瓦"。

革命斗争故事

"宁为玉碎，不为瓦全"
——烈士任凤翙的故事

采录：任兰君

在容城城内明代先哲杨继盛祠堂旧址南边，繁花似锦，容城县烈士塔庄严肃穆矗立其中，塔的正面"革命烈士永垂不朽"八个金色大字在阳光下熠熠发光。塔的背面镌刻着容城县抗战时期为国牺牲的242位烈士的英名。在烈士塔的周围，有四尊大理石碑环抱，碑上记载着8位主要革命烈士的丰功伟绩。而任凤翙（音会）烈士的丰碑位列诸碑之首。

小有大志

任凤翙，容城县李家庄人。1911年孙中山领导的辛亥革命推翻了中国几千年的封建统治，任凤翙就在这一年诞生。任家是全村有名的书香门第。父亲任景魁为前清秀才，一生清贫，以教书为业。他学识渊博，治校严明，深得学生及家长的尊崇；他正义廉洁，急公好义，这些都对少年时代的任凤翙有很大影响。

任凤翙自幼聪慧，在父亲的熏陶下，学前就能熟背《千家诗》《千字文》《名贤集》以及多首唐诗。入学后，他超群的智慧得到很好的发挥。他为文不落窠臼，做事敢于创新；他善于观察，勤于思考，常常提出一些切中时弊的观点，深受父母的钟爱。入学时，父亲给他起名"凤翙"，愿他像金色的凤凰，展翅高翔，将来多有贡献。乡亲们也都夸他小有大志，前途无量。

1923年，任凤翙考入容城县立高级小学。当时在五四运动的影响下，高小校长倾向新潮流，推崇革新，提倡白话文，并相继聘请保定二师、育德中学毕业的进步学生来校任教。学校曾一度以颇有影响的反封建著作《胡适文存》《独秀文存》《吴虞文录》为教本。当时在二师上学的王孟雄（容城县小楼堤村人）受共产党员邓中夏的影响，常回乡进行社会主义的启蒙宣传，把进步刊物《新青年》《向导》以及《钱玄同文存》《独秀文存》《胡适文存》借给人们传阅，并讲述穷人为什么受压迫、受剥削及反对封建主义，反对官僚军阀的道理。这些新的思想给年轻的任凤翙以很大启发。两年多的高小生活，他学到了更多的知识，懂得了新的道理。

1925年任凤翙以优异的成绩高小毕业，因父母年高，家境贫寒，未再求学，而选择就业自立。先后在容城县谷家庄、楼堤村、白沟镇任小学教员。他秉承父德，严于执教，教学成绩斐然。

青年时代的任凤翙，思想进步，疾恶如仇。当时由于辛亥革命的不彻底，一些陈俗陋习仍很盛行，妇女缠足未被废止，天足妇女仍受歧视。任凤翙摒弃世俗观念，顶住社会舆论，与张庄村的天足少女张学玉结为终身伴侣，向封建主义的道德伦理进行了挑战。婚后，夫妻恩爱，相敬如宾。任凤翙教张学玉学文化，张学玉很快摘掉了文盲帽子。后来，任凤翙同志加入了中国共产党，以教学为掩护从事革命活动。张学玉在家操持家务，侍奉公婆，积极协助任凤翙做好革命工作。在丈夫的帮助下，张学玉同志于1932年加入中国共产党，走上了革命的道路。

"一心所向，百折不回"

随着马列主义的深入传播，任凤翙的政治觉悟迅速提高。1930年加入共青团，1931年加入共产党，成为中共容城县委建立后发展的第一批党员。担任容城东四区区分委书记。1932年春升任中共容城县委常委兼宣传部长；同年冬，又改任以容城为中心的容安雄定新五县中心县委宣传部长。他意志坚强，对党忠诚，常常自语："一心所向，百折不回！"并以此为信条，投身于红色的斗争。他以教学为掩护，积极宣传马克思主义。他遵照党委的指示，从保定特委把党的机密带回容城。当时中共北方局的党内刊物叫《北方红旗》，为了躲避敌人的搜查，他们把当时国民党刊物

《北方公论》的封面包在外面，夹在学生用的平民识字课本中间用自行车驮回学校，转交给县委。然后，他把上级党的指示编成通俗易懂的口号，油印出来，散发到乡下。为了保密，省委把唯一的一台油印机交给他保管。这样李庄任凤翱家、张庄张学玉家就成了县委的秘密印刷点。晚上，任凤翱、张学玉夫妇俩把门上好，把窗户用被子遮伴，就开始印标语。为了在墙上好张贴，又不致贴反，他们把每条标语都缠在高粱秆上。印完后，他连夜贴到乡下去。冬天天太冷，他围一条大围巾，凌晨回来时因嘴里的呵气，脖子底下的围巾常冻成一个大水坨，好长时间才能化开。任凤翱还特别注意发展党组织，壮大革命队伍。他亲自发展的党员有李庄村的李洪一、邵宗顺、李海泉、薛冬升，张庄村的张学玉、张树屏等。由于任凤翱的积极工作，县东各村的革命势力发展很快，在以后县委发动的革命斗争中，发挥了巨大作用。

站在胜利的最前列

当时党内刊物《北方红旗》上有这样的指示：利用农民最关心的经济生活问题，发动农民起来斗争。在斗争中渗透政治内容，启发群众，教育群众，最后达到发动群众起来推翻反动政权的目的。

1932年初，中共容城县委发动了捣毁容城官产局、砸白沟河盐店的群众斗争。在这一系列的革命斗争中，任凤翱身先士卒，一马当先，始终站在斗争的最前列。

1月15日，县委决定捣毁为搜刮农民而设立的反动机构官产局，行动日期定在1月23日（阴历腊月十六）年关集日。任凤翱坚决拥护县委的决定，积极深入各村去宣传发动，把写有"打倒放大利钱的""打倒土豪劣绅""打倒军阀"等口号的标语散发、张贴到主要村庄。他躲过反动分子的耳目，夜行六十多里，把标语口号张贴到县西小里、王村一带。砸官产局那天，在任凤翱的鼓动下，李庄村的主要青壮年都参加了。李庄是全县有名的武术之乡，全队武术队员在砸官产局时冲锋陷阵，官产局的贪官污吏被愤怒的群众打得头破血流。任凤翱因为站在最前面，黑色大褂上溅上了很多血点。县委书记阴一刚见到后，叫他到教育局用黑墨染了衣服以后才回家。通过这场斗争，任凤翱同志深切体会到劳苦大众中蕴藏着巨大的革命斗志。

同年8月，县委发动了砸毁白沟河盐店的斗争。白沟河镇在容城、雄县、新城的交界处。白沟河盐店剥削百姓的卑鄙行径引起了人们的巨大愤恨。任凤翙由于在白沟河教书多年，熟悉情况，被任命为砸盐店领导小组组长，他带领李庄、张庄、北剧村等村的共产党员和进步分子在县东进行了广泛动员，从人员组织上给斗争以可靠保证。砸盐店那天，任凤翙不畏艰险，现场指挥，带领上千名群众和白沟小学高年级的学生潮水般地涌向白沟河盐店。共产党员文光斗、胡兆荣一副农民装束，当众揭露盐店老板坑害民众的种种劣迹。随后，愤怒的群众冲进盐店砸毁衡器家具，装走了存盐和剥削来的钱财。斗争取得了胜利，使党的影响传播到新城、雄县等地。

由于任凤翙在砸盐店中的英勇表现，后来白沟镇上流传这样的歌谣："任凤翙真敢干，领导学生砸盐店。"这是人民对任凤翙的热情称赞。

"宁为玉碎，不为瓦全"

任凤翙在革命斗争中的果敢行动，引起反动统治阶级极大恐慌和仇视。1933年3月的一天，容城县国民党部反动头子孔彩山，指使反动分子刘玉朴、张乃清，带领全副武装的军警，带着伪造的证据，包围李庄村，把任凤翙抓捕到容城，押入监牢。临行时，任凤翙面对送行的乡亲父老，高喊："宁为玉碎，不为瓦全！"表现了一个共产党员临危不惧、视死如归的英雄气概。在容城监禁期间，敌人百般审讯，不得口供。5月底又转解到保定行营。杀人不眨眼的刽子手们用种种酷刑进行逼供。他们惨无人道地让任凤翙双膝跪铁蒺藜，腿肚子压杠子，用白布把任凤翙的头部勒住，又用竹板把手指夹紧，往指甲身里钉竹签……任凤翙昏厥多次，但始终坚贞不屈，只字不吐。在过堂时，张学玉亲自出庭，为任凤翙辩护，并一口咬定，刘玉朴、张乃清之流抓捕任凤翙是公报私仇，纯属栽赃陷害。就这样，万恶的敌人没有从这个坚强的共产党员身上捞到任何东西。同年8年底又把他解回容城。容城县的刽子手们面对英雄束手无策。继续监禁，理据不足；释放出去，又怕他继续革命。于是卑鄙的敌人下了毒手，在面条汤里放进了致命的毒药。任凤翙吃到肚里后，觉得味道不对，把吃进的面汤大部分吐掉了，保住了性命。但剩余的药劲发作，任凤翙被毒得精神失常。

"共产主义是好的"

1933年9月底,被敌人折磨得神经错乱的任凤翙回到了家乡李庄村。全村男女老幼热情欢迎这位不屈的英雄。为了给他滋补身体,乡亲们送来了大米、白面、鲜鱼、鸡蛋……对于乡亲们的热情问候,他只是重复一句话:"共产主义是好的!"家里为医治他的病,请遍了远近知名的医生,用尽了所知道的洋方、土方,均不奏效,病情反而日趋严重。他到处狂跑,两手学做打枪的姿势,嘴里学着枪响的声音:"咔,咔咔!"不断高呼:"共产主义是好的!"坚强的任凤翙在大病中仍不失一个共产党员的气度,仍不忘记对共产主义的崇高信仰,始终保持着一个革命者不断向反动势力进攻的战斗姿态。1937年阴历三月初三,英雄任凤翙赍志而殁,年仅三十六岁。出殡那天,全村轰动,人们痛哭流涕,为英雄送终。后人曾赋诗一首表达对英雄的无限怀念:

> 拒马河水浊浪翻,残松弱柳不胜寒。
> 英雄毕生求真理,壮士全力除弊端。
> 屡遭缧绁心不转,久陷囹圄志弥坚。
> 晨曦可见身先死,一代风流不能眠。

灭寇有日天应碧,聚义无涯水亦清
——烈士文光斗的故事

采录:曹宏君

1934年,由于反动势力的疯狂反扑,革命转入低潮。这时,有一名坚强的青年,在大清河以东的固安、永清、霸县一带,高举义旗,创建武装,同反动势力进行了顽强的抗争,决心扫尽阴霾,驱除邪恶,开创人民当家作主的新天地。这个青年人就是优秀的共产党员文光斗。

阅人世,饱尝冷暖

文光斗,容城县南文营村人。1905年出生在一个没落的家庭。1925年从县立高小第五班毕业时，家里已财竭力尽。毕业后，文光斗相继到陈杨庄、南文营、打鱼庄等村教学。他慷慨好义，厚以待人，经常周济穷家子弟。其实，文光斗薪金微薄，积蓄甚少，家里只有十几亩薄地，生活很不富裕。文光斗的父亲借债和别人合营了一个肉铺。一次肉铺急需有人到山里去购买一批肉羊，因匪盗横行没人敢去。这时文光斗正值假期，他简从轻装、挺身前往。买好肉羊往回运送时，真是冤家路窄，正遇匪寇劫道，羊只全部被抢，还差点把命搭上。文光斗的父亲因此一病不起。为医治父亲的病，文光斗不得不到处奔走，求借亲朋，其间饱受白眼，因此，他逐步认识到社会上的弱肉强食，尔虞我诈，都是当时世道所致。世态的炎凉在年轻的文光斗心中留下了深深的烙印，他暗暗下定了改变世道的决心。

闹学潮，初试锋芒

1927年，蒋介石叛变革命以后，容城县的教育界相继被反动分子把持。他们解雇进步教员，开除进步学生，查封进步书刊，千方百计禁止先进思想的传播。在反动势力高压下容城县的革命力量迅速增长，由于共产党员刘通庸（蠡县人）、李子英（安新人）、阴一刚等先进分子的积极工作，中共容城县委于1931年4月下旬正式成立，文光斗同志在县委建立后就光荣地加入了中国共产党。

文光斗入党后，立刻以战斗的姿态投入革命斗争。在县委发动的驱逐反动教育局长及其爪牙的学潮中，他主动要求承担任务，和共产党员任凤翔、胡兆荣一起在县东各学校进行广泛政治动员。他多次进城到县委书记阴一刚那里接受任务。为了保证斗争的胜利，进城游行那天，他凌晨起床，到附近的十几个村通知。在文光斗的热情鼓动下，不少处于中间状态的教员也同先进分子一起参加了这一运动。在群众运动的浪潮中，反动的教育局长及其爪牙相继下台，县委书记阴一刚恢复了督学的职务，教育局成了我党组织的活动基地。

除弊政，一马当先

通过学习社会科学书籍和左翼著作，文光斗的思想觉悟有很大提高。通过斗争锻炼，文光斗认识到革命洪流具有摧枯拉朽、扭转乾坤的巨大力量。在县委领导的除弊政、砸官产局的斗争中，他义无反顾，一马当先。

官产局是北洋军阀时期反动统治阶级为搜刮农民而设立的机构，国民党新军阀依然沿用此机构，变本加厉地剥削人民，引起了劳苦大众的极大愤慨。因此，县委决定铲除弊政，打碎枷锁，发动一场砸毁官产局的群众运动。行动前，广大党员到乡下秘密发动群众。文光斗接受任务后，深入县东各村积极工作。为了搞清农民思想，首先在南文营进行座谈，多方面征求意见，同时，把"红军快来了""打倒军阀""打倒土豪劣绅"等标语贴到各村的主要街道，解除了农民怕反动派弹压，怕惹火烧身的思想顾虑，增强了农民的斗争信心。经过十多天的准备，一场震惊全省的革命运动开始了。1932年1月23日（阴历腊月十六）为县城集日，这天赶年集的人们潮水般从四面八方涌进县城。上午十点左右，官产局门前已集聚五千多人，这时担任现场指挥的李文治同志高声喊："官产局不讲理，叫咱们买了头过买二过，咱们找他们算账去！"在共产党员的带动下，愤怒的群众砸毁了官产局的牌子，痛打了贪官污吏，烧毁了文件、卷宗、地户花名册。官产局人员狼狈逃回北平，容城官产局从此垮了台。傍晚，文光斗才出了县委书记阴一刚的大门，面带胜利的喜悦向家乡走去。

砸烟店，冲锋陷阵

1932年8月，县委发动农民群众砸毁了坑害人民的白沟盐店，文光斗作为领导小组成员和其他同志一起部署和领导了这场斗争。当时白沟河镇是水旱码头，白沟盐店的人态度尤其恶劣，他们在盐中掺杂使假，甚至把饺子汤、扫地的脏土都倒到盐里坑害群众，他们卖盐缺斤少两，广大群众深恶痛绝。由县委宣传部长任凤翔以及文光斗、胡兆荣组成领导小组，发动了南文、南文营、四张荆、南北剧村、王家营等村的农民参加。这天正是白沟大集，愤怒的群众携带捎马、布袋集聚到盐店大门口。文光斗、胡兆荣化装成农民模样，当众历数盐店剥削坑害人民的恶劣行径，待群众拥进盐店后，文光斗、胡兆荣、胡兆花把事先准备好的手枪放在捎马里把住警察局的大门，以防不测。文光斗闯进警察局，向警察局长张耀庭晓以大义，面陈利害，使得警察未做阻碍。愤怒的群众冲进盐店后首先砸坏衡器家具，接着打开仓库装盐，同时砸开钱柜，把存钱也抢了。因白沟河镇地处新城、雄县、容城三县的连接处，这次斗争不仅鼓舞了容城人民，对附近各县的群众也有很大震动。

举义旗，勇往直前

1933年以后，容城县的党组织遭到严重破坏，文光斗也在严令通缉之列。为了躲避抓捕，保存力量，文光斗接受党组织的委托，于1934年1月到大清河以东去收编改造地方武装。当时大清河东有一股土匪武装，头子叫霍三，有一百多人，都是长短两大件。他们既砸抢官衙，攻打军警，也打家劫舍，劫富济贫。文光斗以革命胆略打入了这支部队，以超群的才干取得了霍三的信任。两人交友拜把，歃血为盟。文光斗用革命的道理提高霍三的觉悟，以红军的模式逐步把这支队伍改造成为人民的武装。队伍新生后，在霸县、永清、固安、新城一带频繁出击，打击贪官污吏，剪除土豪劣绅，深得劳苦大众的拥护。不到半年的时间，队伍发展到四百多人。文光斗亲自指导给部队做了一面大红旗，旗面上绣有“一切地主老财都该钱”九个金光大字，标明了这支队伍为穷人打天下的革命宗旨。队伍的声威引起了反动统治阶级的极大恐慌。他们千方百计想扑灭这股革命烈火。1934年秋，部队到新城以南活动，发现小营村孙姓恶霸地主的护院有几十条大枪和一挺机枪。在收缴这批武器时，遭到新城、容城、雄县、涿县等县保安队的合击。文光斗同志在指挥部队突围时中弹牺牲。万恶的敌人割下文光斗烈士的首级悬挂在新城南门，示众多日。反动派的惨无人道，可谓至极。

对于英雄文光斗，容城人民无限怀念。后人曾作《七律》一首寄哀思，慰英灵：

月光如水照征程，鞍马未歇走河东。
大纛猎猎驱邪恶，丹忱拳拳化顽冥。
灭寇有日应碧天，聚义无涯水亦清。
壮志将酬遭厄运，携愿扬威扫酆城。

狼牙山五壮士中的容城子弟
——胡德林、胡福才的故事

采录：阴艳萍

"狼牙山五壮士"无人不知，无人不晓。五壮士中的胡德林、胡福才是容城人。容城人民为有这样的英雄儿女而自豪。

火线入伍

胡福才、胡德林都出生于容城县的贫苦家庭，是本家叔侄关系，从小过着缺吃少穿的苦日子。1938年7月26日，八路军攻打容城县，他们非常兴奋，积极支援前线，抬担架、送慰劳品，干得特别起劲，战斗结束后又自告奋勇帮助运送战利品，战士们都很喜欢这两个不知疲倦的小伙子。

正值炎炎盛夏，胡德林、胡福才两人圆满完成了任务。在欢送民工的大会上，部队领导表扬了胡德林、胡福才，夸奖他们任务完成得好，勉励他们回乡搞好生产。但胡德林、胡福才坚决要求留在部队，打鬼子、保卫家乡。就这样，他们参加了八路军。

奉命掩护

1941年，胡德林、胡福才所在部队在杨成武司令员的指挥下，活跃在易县、满城一带，给了日寇一次又一次的有力打击。为保护数以万计的群众以及地方党政机关，分区司令部决定，由我军一团从狼牙山突围并掩护各党政机关和群众安全转移。

执行这次掩护任务的是一团三营七连。9月24日夜间，七连接受了任务。翌日凌晨4点左右，七连掩护一团最后转移时，又把这重任交到了二排六班手中。当时的六班只剩下五个人：班长马宝玉，副班长葛振林，战士胡德林、胡福才、宋学义。

这时，天色渐渐发亮，军民借以掩护自己的夜幕也褪去了，情况更加危急。为了转移敌人视线，六班决定把围攻的日本鬼子引向东山口。东山口两面是山峰，崖高壁陡。山口内有一条小横岭，进东口翻过小横岭沿着一条曲折的小道往上去就是棋盘坨。

为把日军引向东山口，胡德林、胡福才他们先是端着枪站在小横岭上

向日军射击，结果日军还真的上了钩！日军扑向东山口。突然，前面的
敌人踩响了胡德林、胡福才他们事先埋在东山口外的地雷，有十来个日
军被炸死、炸伤。这时，后边上来的日军继续向东山口猛扑。同志们为
了节省弹药，直到日军离东山口二三十米时，才动用手榴弹和步枪，顽
强地进行阻击。他们一边阻击，一边不时回头观望我军和群众转移的情
况。就这样，他们在东山口一带坚持战斗一个多小时，击毙日军四五十
人。当天已大亮，再看山上已经没有了动静，他们得知我军和群众已全
部转移了才撤退。

英勇跳崖

为了给我方转移赢得更充裕的时间，并迷惑日军，不让其摸清转移方
向，胡德林、胡福才等五位勇士没有朝部队和群众转移的方向撤退，而是
把日军一步步引上棋盘坨下面的牛角湖。

牛角湖那地方，一连有三个小山包。背后和两侧是望不见底的悬崖。

一阵炮火过后，敌人又开始了冲锋，六班接连打退敌人四次冲锋。"敌
人又上来了，打！"一阵手榴弹，又有几个敌人掉进深渊。半人深的野草，
被炮弹打着了，胡德林推了葛振林一把："班副，着了！"葛振林一看，棉
衣服背上冒起了火，他连扣子也顾不得解，使劲一撕，脱下扔掉了。

太阳西斜的时候，他们登上了险峰之巅，向前、左、右三面望去，都
是万丈悬崖，而后面，堵满了日本强盗。

班长马宝玉把胡德林、胡福才、宋学义叫到身边说："同志们！我和
葛振林都是共产党员，以前我俩对同志们的帮助和照顾还不够。这次战斗
证明：你们三个都可以做一名光荣的共产党员。如果我们牺牲了，将来战
友们找到我们的尸体，就会从我们的衣袋里发现我和葛振林介绍你们三个
人入党的介绍信。"说完写了几行字装进了衣袋里。

这时，子弹打光了，手榴弹用完了。机灵的胡德林好不容易从地上找
到一颗手榴弹，正要往下扔，马宝玉飞快地夺过去，别在了腰上。大伙明
白，这是给他们自己留的。可是，当愈来愈多的日军往棋盘坨逼近的时
候，马宝玉往前赶了几步，"轰"的一声，那颗手榴弹扔了出去，又有
五六个日军被炸翻到山谷里去了。

日寇越逼越近，五勇士弹尽路绝。面对嗷嗷嚎叫的日寇，五勇士摔坏

手中的武器，高呼："我们是光荣的八路军，八路军是不当俘虏的！打倒日本帝国主义！中国共产党万岁！"纵身向崖下跳去。胡德林、胡福才、马宝玉当场牺牲，葛振林、宋学义被树枝托住，负伤幸免。

精神永存

1942年1月，党和边区政府为纪念烈士的壮举，决定建一座"狼牙山三烈士塔"。司令员杨成武和政委罗元发对建塔非常重视，罗元发政委亲自带人勘察地形，最后塔址选在狼牙山的棋盘坨顶峰——五壮士跳崖的地方。当时环境非常艰苦，粮食紧张，山上无水，民工们要到十几里外的山脚下去背水上山。同时，根据地政府倾尽全力解决民工的吃饭问题，石匠们把一块块巨石采下，精心雕琢成小方块，然后一层层砌起来。有英烈革命精神的鼓舞，有党和政府的大力支持，民工们经过艰苦努力，终于建成一座三层楼高的纪念塔，虽然有些粗糙，但坚固结实。塔的正面是"狼牙山三烈士塔"七个大字，背面是记述五勇士英雄事迹的碑文。

三烈士塔巍然耸立在高高的崖顶，勇士高大的形象印在广大抗日军民心中，鼓舞着人们继续抗战到底。然而，日本侵略者对此恨入骨髓。1943年9月侵略者再次向我边区进行大扫荡，并专门架起山炮，对准"三烈士塔"猛轰，将纪念塔击毁，这是日本侵略者犯下的又一罪行！

1958年，党和政府以及晋察冀广大人民为了永远地纪念五勇士，又在狼牙山棋盘坨顶峰重修起一座纪念塔。这次，聂荣臻同志还亲笔题词：

视死如归本革命军人应有精神，
宁死不屈乃燕赵英雄光荣传统。

晋察冀军区参谋长朱良才为五勇士纪念塔题诗：

北岳狼牙耸，边疆战火红，
捐躯全大节，断后建奇功。
畴昔农家子，今朝八路雄，
五人三烈士，战史壮高风。

魂归故里

"狼牙山五勇士"中有两位容城子弟，这是容城人的骄傲，家乡人民会永远记住他们！每年清明节，郭村、李郎村的村民都自发地到狼牙山五勇士纪念馆祭奠烈士英灵，敬献花圈，缅怀英雄业绩。在容城县"烈士纪念馆"内，专为二烈士修建了碑亭。2006年，胡德林故乡李郎村的村民自发集资20多万元，在县民政局的帮助下，在村南大堤旁修建了胡德林烈士纪念碑，迎接烈士英灵回归故里。高大雪白的石碑矗立在茂密挺拔的杨树林中，显得特别巍峨壮观。

威震敌胆血洒桑梓
——烈士孔德明的故事

采录：董雪

孔德明，1918年生于容城县北河照村一个贫苦的农民家庭。1938年参加革命，曾历任容二区小队长、三十六大队小队长、容三区小队长。1949年在贾光战斗中牺牲。

火烧恶地主

在孔德明不满十岁的时候，父母在贫病交加中相继去世。他和一个幼小的妹妹相依为命。

为了活命，孔德明被迫给地主扛长活。小小年纪却要干大人的活，为的是养活妹妹。兄妹俩在凄风苦雨中熬过了八个年头。

一天傍晚，孔德明收工回来，不见了妹妹身影，他呼唤着妹妹的名字到处寻找，最后在井边发现了妹妹的一只鞋……

一连几天，孔德明暗暗查访，终于得知妹妹的死因。原来，老地主趁他上工的时候，溜进他家……苦命的妹妹遭凌辱，含恨自杀。孔德明满腔怒火，暗下决心，一定要报这个仇！

当晚，地主家燃起了熊熊大火。万恶的地主被烧死，财产烧了个精光。当时谁也不知道起火的原因。只是人们发现给地主扛长活的孔德明不见了。大家都为地主遭报应而高兴，也为这个血性青年的未来而担忧。

战斗中成长

1939年，在容城县大队有一个神枪手小队长。他身材魁梧，有一双明亮的眼睛，在200米之内，一甩手就能打中目标。他，就是当年的孔德明。

三年前，孔德明逃出村子，闯荡江湖学得一身好武艺。1937年抗日战争全面爆发后，他满怀爱国心，到白洋淀参加了河北游击队独立五团贾桂荣的抗日队伍，任武术连长。之后，随部队转战南北。再后又转到赵玉昆部，当他发现赵玉昆打着抗日旗号鱼肉百姓时，便毅然参加了共产党八路军。

孔德明作战勇敢，屡立战功，经历了大小无数次战斗。在残酷的战争环境中，孔德明从不叫苦。他爱好文体活动，战斗之余常给战友讲笑话，表演几套拳法，驱走战友身上的疲惫，增加战地生活的乐趣。多年的戎马生涯，把孔德明磨练得更加坚强了。战火中，他加入了中国共产党，由一个苦孩子成长为一名优秀的指挥员。

1942年春天，在北王疃战斗中，孔德明负了伤，组织上送他到白洋淀疗养。归队后，他主动向上级要求去条件最艰苦的容三区开展工作。

短短半个月时间，孔德明便由一人一枪，壮大到一个拥有几十人的健全的区小队，建立起第一个容三区抗日武装，他被任命为区小队长。

活捉"董大帅"

三区有个日本特务，外号"董大帅"。此人阴险毒辣，横行乡里，勒索农民钱财，奸污农家妇女。乡亲们对他恨之入骨，纷纷要求区小队除掉这个祸害。

这一天，孔德明化装成小贩，挑着担子进了北河村（今定兴县北河店），通过一个卖针线的妇女得知，最近几天夜里董大帅常在一个寡妇家里鬼混。于是，他问明寡妇家的住处，转到寡妇家门外，观察好周围地形，自信地点了点头。

半夜里，一个矫健的身影悄无声息地越过了寡妇家院墙，脚尖点地，直奔房门而去。他用铁丝轻轻拨开门闩，平息蹑足，向床边摸去。狡猾的特务好像听到一点响动，刚要伸手摸枪，已被一只有力的手抢先夺过去。黑洞洞的枪口对准了他的太阳穴："别出声，快起来跟我走！"孔德明低声命令着。这个平日里飞扬跋扈的董大帅只得乖乖地跟着走。走到青冢村西，狗特务眼珠一转，蹲在地上，"哎哟，哎哟"直喊肚子疼。孔德明正要拉他起来，冷不防被他猛地一头撞倒在地。特务趁机撒开腿，没命地朝据点方向跑，可是他哪能逃出神枪手的手心？孔德明一抬手，就结束了他的狗命。

孔德明只身抓特务的英雄事迹，传遍了拒马河两岸，群众的抗日热情也更加高涨了。

大留村突围

4月的一天，孔德明带两个战士执行任务路过大留村，被定兴县出来抢粮的伪军包围在村里。孔德明当机立断，带领战士朝枪声最激烈的地方冲去。凭着历次战斗的经验，他知道，越是枪声紧的地方，敌人的力量就越薄弱，他们乱放枪是为了给自己壮胆子。孔德明冲在前面为战士开路。他时而匍匐前进，时而弯腰迅跑，利用大树、断墙做掩护，向敌人射击，弹无虚发。冲到村口，他发现一个军官模样的敌人正在指手画脚："快冲！八路子弹不多了，抓住活的赏大……"结果一个"洋"字还没出口，就被孔德明"叭"的一声枪响毙了命。伪军们失去指挥官，一下子成了无头苍蝇。孔德明趁机带着两个战友冲出了包围，80个敌伪军败阵逃遁，三位英雄凯旋。

伏敌夺粮车

6月1日，敌人兵分数路合击我拒马河沿岸地区。袭击重点是南、北蔡村。由于事先得到情报，孔德明已带领区小队战士提前把群众转移到安全地带，然后又埋伏在敌人回去的必经之路上，准备打一个伏击战。

敌人气势汹汹地冲进村里，村里静悄悄的，没一个人影。他们抓不到人，恼羞成怒，狂翻乱砸，抢夺群众藏起来的粮食和衣物，大队人马出了村子准备返回据点。

青纱帐里的区小队正严阵以待。不一会儿，远处传来汽车马达声，孔德明命令战士们："没有命令，不准开枪。"敌人的队伍终于出现在村口，大路上尘土飞扬，前面两辆汽车，中间是日本骑兵队，伪军断后。只见汽车刚一开到坡的中间，"打！"一声令下，子弹、手榴弹雨点般飞向敌人。敌人突然受到这般袭击,吓得昏了头脑,赶紧扔下抢来的东西,四散奔逃。这次战斗,追回了大部分粮食和衣物,均还给群众,还缴获战马三匹,击毁汽车一辆,大煞了敌人威风。

血洒贾光村

1945年3月9日,孔队长率十六名战士驻防贾光村,不幸被数百名敌伪包围。房东老大爷焦急地催促他们快进堡垒。孔德明面对战士们声调激昂:"同志们,我们藏了,敌人抓不到我们,就会连累无辜百姓。我们吃了老百姓的粮,就该为老百姓除害,对不对?""对!"战士们异口同声。"不怕死的跟我上!"

孔德明一马当先,率队朝驻地较近的村北口冲去,但是被敌人强大的火力给顶了回来。他们转身又向村东方向猛冲,不料,狡猾的敌人支着机枪埋伏在交通沟口里。十七名勇士冲入敌阵,和敌人展开激烈的肉搏。鬼子嗷嗷叫着扑过来,孔德明在敌群里东拼西杀,一口气杀掉七八个敌人。谁料一个鬼子从身后拦腰把他抱住。刚才的一阵冲杀,体力已消耗大半,他拼尽全身力气终于把这鬼子打倒。刚要结果敌人,却从背后飞来一颗子弹,子弹穿过他的前胸,鲜血喷涌。英雄艰难地倒了下去……激烈的枪声和杀喊声很快使他苏醒过来,他拼尽最后的力气,支撑起身体,举枪瞄准一个鬼子小队长,一声枪响,小队长倒地身亡。孔德明含着微笑慢慢地闭上了眼睛……

"十想"孔队长

春风吹遍了每一个村庄,它把烈士的事迹到处传扬。广大干部群众为了纪念我们的英雄,用当时流行的歌曲《十想》小调颂扬孔德明英雄事迹,至今还普遍传唱着。

七想哎!孔队长,带领着区游击,北寨村西打伏击,得了几棵大套皮。呀呼嘿咳唉咳咳咳呦,得了几棵大皮套呀呼咳。

八想哎!孔队长,真正是勇敢,一百零二作一战,得了些个枪炮子弹呀,呼咳唉咳唉咳呦,得了些个枪炮子弹呀呼咳。

九想哎!孔队长,为了咱老百姓,敢和敌人来拼命,杀死了鬼子小队长呀，呼咳唉咳唉咳呦，杀死了鬼子小队长呀呼咳。

十想哎！孔队长，含着眼泪把歌唱，歌唱英雄孔队长呀呼咳，唉咳唉咳呦，歌唱英雄孔队长呀呼咳！

孔德明同志牺牲了，但是他的英勇斗争事迹和他为革命作出的贡献永远不会磨灭，容城人民永远不会忘记他，经常念叨他："咱们的孔队长，是为老百姓而死的。"

从童养媳到抗日女英雄
——张金凤烈士的故事

讲述：文仲 秀印
采录：董雪

在容城县西秀丽的萍河岸边，有一座碧草覆盖的坟墓，坟前的墓碑上，镌刻着七个大字：张金凤烈士之墓。

容城大地到处传颂着英雄张金凤那悲壮的故事。

出逃

1922年八月初一，在容城县东牛村一个贫农家庭的小屋里，一个胖胖的女婴呱呱坠地，母亲给她起名叫小胖。

小胖从小就跟母亲学纺线、学织布。她心灵手巧，纺出的线又细又结实。小胖长到七八岁的时候，妈妈给她起个学名叫金凤。

她们一家三口，父亲扛长工，母亲纺线织布，艰难度日。金凤14岁那年，本就一贫如洗的家里，生活更加难以维持。父母忍痛将她卖到城关上坡村一个商人家里当童养媳。"丈夫"叫黑蛋，比金凤大20岁。金凤到了他家，就像掉进了火坑！黑蛋的弟弟二黑是当地一霸。他们常常虐待金凤，金凤身体越来越弱。一次金凤洗碗时，眼前突然一黑而摔碎了一只碗，便立刻遭到一顿毒打，身上被打得青一块紫一块。就这样，金凤时常得不到温饱，还要挨打受骂，受尽了难以忍受的痛苦。为了摆脱羁绊，她多次跑回娘家，但都被抓了回来，又免不了一阵毒打。

苦难悲惨的遭遇，使她幼小的心灵里燃起了仇恨和反抗的火种。1939年2月她终于又逃回娘家。这次，她辞别了父母，要远走高飞，去寻找没有饥饿和贫穷、没有狡诈和残忍的地方。

但是，到处都是饿莩遍地，民不聊生。她只得沿街乞讨，饥一顿，饱一顿，到处流浪。每当夜幕降临，便蜷缩在街头巷尾，露宿在破庙残宇。

遇救

一天，金凤正在毫无目的地往前走，面前走来一个衣着整洁的妇女，她就是冀中十分区妇女部长林菲。林菲和蔼地问她名字，并给她买了吃的。金凤自从离家以后，这还是头一次遇上这样的好人。她如同见了亲人一样，流着眼泪，把自己苦难的身世一五一十地讲给林菲听，并扒开自己的衣袖，让林菲看那累累的伤痕。林菲流下了同情的泪水。相同的遭遇，使她们心连心，情同姐妹。林菲真诚地说："我也是和你一样的苦命人，挨打受气跑出来的，参加共产党八路军才有了今天。只有共产党才能救咱们出苦海，你跟我走吧，以后再想办法通知你的父母。"金凤听到这样暖人肺腑的话语，简直不敢相信自己的耳朵，便跟着林菲走了。

一路上，林菲给她讲了许多革命的道理，使她懂得共产党毛主席是人民的大救星。只有革命，推翻万恶腐朽的旧社会，才能使更多的姐妹不再去当童养媳，过上没有贫穷和压迫、人人平等的好日子。

入党

在十分区驻地，金凤与林菲同志吃住在一起，革命队伍成了金凤温暖的家。林菲教她学文化，她帮林菲做工作。

1940年2月，容城县农会主席罗艾组织民运干部训练班，林菲介绍金凤参加学习。在训练班的两个多月，金凤以高涨的革命热情，刻苦学习革命理论和文化知识，进步很快，课余还帮助学员缝洗衣服，帮炊事员做饭，深得领导和同志们好评。在此期间，金凤光荣地加入了中国共产党。18岁的金凤从一个受苦受难的童养媳成长为一个光荣的无产阶级先锋战士。

训练班结束后，张金凤被分配到容四区任妇女部长。为把全区妇女充分发动起来，使她们投入抗日斗争的行列，张金凤不分昼夜，东奔西走，

挨门逐户地宣传，很快组织起了妇救会、识字班。她还针对封建意识较浓
的妇女，编写了《妇女解放歌》教唱广大妇女：

> 人家的女儿放脚走路快又稳，
> 你家的女儿缠脚走路把墙扶，
> 妈母娘啊好糊涂；
> 人家的女儿剪发省梳又省刮，
> 你家的女儿留长发，
> 每天费事把头梳，
> 妈母娘啊好糊涂；
> 人家的女儿婚姻大事自做主，
> 你家的女儿给包办，
> 一辈子受痛苦，
> 妈母娘啊好糊涂……

由于金凤的出色工作，四区妇女运动热火朝天。全区妇女都被发动起
来，工作非常活跃。

捉"鬼"

1940年8月，黑龙口村蓬蓬勃勃的妇女运动突然沉寂下来。金凤马
上找村妇救会主任牛景花了解情况。原来是最近几天夜里，村里常常闹
"鬼"，一到傍晚，家家把门插得牢牢的，妇女都不敢出来了。金凤机警
地察觉到，一定是有坏人破坏，她决定弄清真相，把"鬼"捉住。

当天夜里，她挑选两名坚定勇敢的民兵，藏在村口的一个破庙里，凝
神屏气地观察周围动静。

夜里十点多钟，惨淡的月光下果真出现一个怪物：浑身上下长长的
毛，披头散发，张着大嘴，两眼发出瘆人的蓝光，口中发出嘶哑凄厉的叫
声，一蹦一跳地往前窜。鬼到了破庙跟前，金凤等人一个箭步猛冲上去，
一把将其抓住，待撕下其面具一看，啊！原来是地主婆李小芝。她反穿皮
袄，披头散发，戴着一副"鬼脸"装鬼吓人。

第二天金凤召集全村妇女大会，让地主婆重新扮上，又表演一番，来

了个现身说法，揭发了地主婆的阴谋。自此，这个村的妇女抗日救国运动又重新活跃起来了。

就义

张金凤虽然年纪不大，却很有能力，能很快打开工作局面。1941年6月，组织决定把她调到环境残酷、妇女工作薄弱的二区工作。金凤愉快地接受了任务，奔赴新的工作岗位，二区工作很有起色。同志们夸她"就像一粒种子，撒在哪里就在哪里生根、发芽、开花"。

7月的一天，张金凤到拒马河畔的王家营发动妇女，宣传抗日道理，被突然而来的日伪军包围。敌人把全村群众驱赶到拒马河大堤上，逼问谁是共产党员、八路军和村干部。由于叛徒告密，金凤被捕了。日军小队长小野，喝问还有没有共产党员和干部，金凤怒目而视。汉奸特务队队长杜云峰为讨好小野，把金凤捆起来，打得她几次昏过去，又被用冷水喷醒。可金凤刚一醒来就怒骂敌人！小野看逼供拷打不成，就声称要将她带回县里。金凤当下就识破小野包藏的祸心。她下定决心："一定要和敌人斗到底！"于是她心生一计，边说"你们找的共产党员、干部，我都知道"，边接近敌人，突然乘小野不备，猛扑过去抱住了他的头，咬掉小野一个耳朵，抠瞎了他一只眼。小野疼痛得如野兽般嚎叫，连喊"打死她"，旁边的日军、伪军纷纷以刺刀刺向金凤，金凤奋力高呼："打倒日本帝国主义！打倒汉奸走狗！中国共产党万岁！"

张金凤壮烈牺牲了。年仅19岁。

忠烈传世，千秋颂扬
——记椒山后人、烈士杨瑞森

采录：赵峥鹏

在容城县烈士塔台基上，主塔的东北角，有一座小型的烈士碑，镌刻着一个英雄的名字——杨瑞森。他是明代忠良杨继盛的第十三代孙。他继承先祖遗训，为抗击日寇，拯救民族危亡于水火，威武不屈，壮烈殉国，为华夏子孙谱写了一曲悲壮的赞歌。

苦难的童年

杨瑞森，1912年4月出生在北河照一个贫苦的农民家庭。母亲早年去世，兄妹四人依靠父亲种几亩薄田度日。生活的煎熬使杨瑞森从小就看到了世事的不平，养成了宁折不屈的性格。他想念书，家庭供不起，只上学两年便失了学。他不灰心，利用早晚闲暇时间跟本村教师习武，学的是单刀双枪，练得膀大腰壮。他爱管闲事，好打抱不平，连本村地主的保镖都不敢小瞧他一眼。怎奈当时天道昏暗，穷人多祸，灾难不断降临到这个家庭。大嫂闹病因无钱医治而去世；自己新娶的媳妇也因病身亡；因盖房而欠下的债久久还不上。没办法，父亲只好将几亩薄田卖给本村地主冯玉坤。虽是"卖马不离槽"，但土地所有权归了地主，每年要给地主纳租，生活愈加不好维持。瑞森只好同大哥、父亲外出打短工，到头来，仍是衣不遮体，食不饱肚。

1938年，北上工作团来到北河照村。随后，实行了减租减息，废除旧债的政策。杨瑞森家的地又回来了，旧债废除，一下拨云见了太阳。杨瑞森全家得救了，弟兄三人还先后光荣地加入了中国共产党。

当时全国展开了全面抗战。杨瑞森巴不得立刻上前线，同日寇拼杀一场。党给他的任务却是在村里担任村副，实际是掌握村里的政权。此时，各地乱拉武装，旗号纷繁，真是："主任赛牛毛，司令遍天下！"土匪也乘机而动，杀人绑票，敲诈勒索，搅得民不聊生，致使夜幕一降临，家家关门闭户。为了保卫村民安全，杨瑞森主动担任村警卫。一天深夜，一伙土匪临村抢掠，闹得鸡飞狗叫，杨瑞森提起火枪冲到村边，边喊边鸣枪，吓得土匪最终没敢进入北河照村。事后，村民都跷起大拇指赞扬说："真不愧是杨继盛的后裔！"

敌区神八路

1941年，日本侵略者集中兵力对我敌后抗日根据地展开疯狂进攻。日寇集中重兵两万，对十分区进行"铁壁合围""剔抉""清剿"。为此，我抗日根据地遭到严重破坏，容城县的斗争环境也恶化起来。这时的杨瑞森同志已是县大队直属小队长，在这种恶劣的环境中，他带领小队战士与敌伪辗转搏斗，使敌人昼夜不得安宁。

8月的一天，他带一名战士去南文营村执行任务，突然被胡村伪军包围。他们在老乡家里藏了一天一夜，第二天，刚要离开，被老乡一把拉住说："先别出去，还有两个伪军没走，说是向村里要五百块钱，少一个子儿也不行，保长正给他们张罗呢！"杨瑞森两人一天一夜的窝囊气正没处发泄，听说还有两名敲诈钱财的伪军，当下就要去把他们抓来解解气。可又一想，这样做会给村里带来麻烦，只好另作打算。

南文营伪保长席振宗，东借西借，七拼八凑，凑了370元，只得硬着头皮说："老总，一时不凑手，请多担待，下次一定多照顾！"保长死说活说才把两个吃得满嘴油腻的伪军送出村。

当时，正是青纱帐时期，满地庄稼一人多高。两个伪军也不敢久留，只好狠狠地说："所欠的，隔天来取！"便要顺村南小路直奔胡村。突然，从玉米地里跳出两个人来，两支手枪逼住："把手举起来！"只两分钟，两个伪军当了俘虏。当伪保长席振宗明白过来是怎么回事的时候，两个伪军已被捆得结结实实。杨瑞森从伪军身上搜出敲诈的370块钱，交给保长吩咐道："借的谁家的钱，马上还回去！"从此，南文营村外"神八路"的传说不胫而走，一时传为佳话。

受伤被捕

1941年9月，容四区区小队活动在县西小里、师庄、北张一带，挖公路，拆电线，骚扰敌人，在各村除奸反霸为民做主，摸到小股敌人就伏击一下，甚至吃掉！敌人对四区区小队恨之入骨。

一天，区小队在李茂村突然被敌人包围，在队长宋玉科的带领下冲出包围，奔至师庄。后又陷敌围，撤退时队长宋玉科中弹牺牲。为了维护四区区小队的英名，继承英雄宋玉科的遗志，县委认为让英勇顽强的杨瑞森同志出任队长最合适，杨遂于9月继任了队长，带领区小队战士继续英勇战斗在县西一带。

1941年，抗日战争进入最残酷阶段，我抗日武装及县、区干部不断受到日伪袭击、围剿。11月，一联县委在安新县小王村召开会议，被容城、安新等处敌人包围，县委副书记徐民等25位同志壮烈牺牲。为了摸清敌人内部情况，掌握敌人活动规律，某日，杨瑞森带本小队战士杨全森（杨瑞森叔伯弟弟）进了县城，不料被敌人发觉。二人机智地躲过敌人搜捕，冲出县城，又怕敌人尾追，只好边打边撤，刚进午方村，杨全森同志不幸中弹牺牲。傍晚，杨瑞森带小队战士高二印、杨小鼠赴北河照给杨全森家属送信。第二天早上，又遭敌伪百余人包围，由于叛徒告密，敌人又重点去搜索杨瑞森及其近邻几家。当搜到杨瑞森家门前时，叛徒王福尔叫道："杨瑞森赶快投降吧！你被包围了！""嗒！嗒嗒！"回答他的是愤怒的枪声，随后两颗手榴弹"轰！轰！"爆炸了。杨瑞森、高二印、杨小鼠趁机冲出，翻西墙向陈杨庄方向转移。杨瑞森家紧挨村西边，西墙外是一个大坑，坑上有一条通陈杨庄的大道。谁知，敌人早有布置，坑坡上敌人的机枪、步枪一齐开火，杨瑞森三人先后负伤。事先，敌人长官有命令："一定要活的！"这样给杨瑞森等制造了机会，他们边打边走，径直进入了陈杨庄。此时，三个人的子弹都已打光，伤口不断涌出鲜血，而且三人都是腿部受伤，行动已十分困难。敌人顺着血迹疯狗一样向他们扑去，最后他们落入了魔爪。

北河照是革命活动较早、具有优良传统的村庄。1932年，冯文兰、冯立本、冯文全、冯文铮就先后加入中国共产党。他们带领本村进步青年参加了著名的"砸官产局""砸白沟河盐店"的群众斗争。1938年以后，又有多人加入共产党，一些人担任了县、区领导。杨瑞森大哥杨嘉森孤人独胆，神出鬼没打击日伪军，绰号县东"白毛"，威震敌胆；其弟杨嘉绩亦是共产党员，本村的村长、党支部书记。杨瑞森更是本村出类拔萃的英雄人物。这次敌人把他抓住，企图从他身上打开缺口。

村西一棵大柳树下停着一辆马车，马车上绑着杨瑞森、高二印、杨小鼠。叛徒王福尔凑到车跟前劝道："杨队长，咱们都是一抹子人，过来算啦。人活着图个什么？整天东跑西颠，提心吊胆！这回你别怕，保险死不了！"杨瑞森骂道："无耻的叛徒，怕死就不当共产党员！爷们是继盛的子孙，不怕死！"

壮烈殉国

1941年10月，晚秋的黄昏已使人感到了冬天的威胁，容城县城昏暗的囚室里传出了响亮的痛骂声："老子既当共产党员，就不怕掉脑袋，愿杀愿剐随你们便！"

日本小队长"嚓"地拔出战刀吼叫道："死了死了的！"叛徒王福尔谄媚地说："皇军息怒，这人是杨继盛的后人，不怕死的！不如劝他归顺皇军！"对杨继盛，这日本小队长也早有耳闻，他看杨瑞森仪表非凡，相貌堂堂，殷红的鲜血从腿部伤口溢出，还毫无惧色！又听说杨瑞森幼年习武，练就一身功夫，如果将他收顺，委以大队长也绰绰有余，不由转怒为喜："杨继盛的后代，优待优待的！"

叛徒王福尔见皇军说"优待"，慌忙取药给杨瑞森包扎伤口，并谄媚地说："杨队长，你尽管放心，有我在，皇军不会杀你的！只要你过来，肯定比我强。"杨瑞森恨不得一拳将叛徒打死，怎奈伤重不能动弹。伤口刚刚包好，只听"嚓"的一声，药布被杨瑞森撕下，"啪"地向叛徒脸上摔去，杨瑞森厉声骂道："让我活，放我走；不放，就快点毙了爷们。想让爷当叛徒，瞎了狗眼！"伤口已经红肿，由于震动，一股鲜血涌出，惊得王福尔瞠目结舌。这时，日本小队长也不死心，为了讨好杨瑞森又亲自端来药械，想再次给他包扎伤口。不想杨瑞森趁日本小队长一躬身的机会，抓住药钳，狠劲向日本小队长刺去，吓得日本小队长一屁股坐在地上，连滚带爬地跑出囚室，这下可丢了日本皇军的面子。

那天夜里，年仅29岁的热血青年被敌人杀害了。

神奇"飞毛腿"，英雄"小八路"
——记宋玉科烈士

采录：臧明

抗战时期，容城出了个杀敌大英雄。他胆略过人，臂力超群，长着两条快马难追的"飞毛腿"。他东挡西杀，征战南北，百姓交口称赞。英雄的名字叫宋玉科。他出生在容城县西河村一个贫苦的农民家里。七七事变后，父母把独子宋玉科送入革命队伍，宋玉科成了八路军战士。宋玉科在革命队伍里成长很快，不久就加入中国共产党，成长为一名优秀的指挥员。他的英雄事迹家喻户晓，远近闻名。

京城拳击日本兵

卢沟桥战火燃起的时候，宋玉科还没有参军，正在北平的一家鞋厂里当学徒。年轻的宋玉科目睹老板的歹毒、工头的残暴，怒火满腔，但为了养家糊口，只好先忍气吞声。他每日勤学苦练，以求早日功成业满，出师自立。七七事变的枪炮声打破了北平的宁静，工厂停工，店铺关闭，户户担惊，人人自危，宋玉科所在的鞋厂也时开时停，很不正常。一天晚饭后，宋玉科信步走出厂门到天桥一带散心，忽然人群一阵骚动，宋玉科引颈一看，原来是一个小个子日本兵在两个伪军的保护下迎面走来，路边的中国人都必须对日本人低头行礼，否则就要受到皮鞭的毒打。血气方刚的宋玉科哪管这一套。他直挺虎背，怒目而视，结果是两个巴掌重重地落在了他的脸上。顿时，新仇旧恨一齐涌上他的心头，他抡起铁拳，一拳把这个日本兵打翻在地。这突如其来的举动使两个汉奸慌了神儿，傻了眼。当他们醒过闷儿来的时候，宋玉科已消失在人群中。"小英雄痛打日本鬼儿"的消息不胫而走，北平舆论为之震惊。当晚，宋玉科跑回了工厂，向好心的师傅告别，然后把自己的一双新鞋穿在脚上，又给年迈父母各带上一双自己亲手做的新布鞋，一昼夜步行回到了家乡。

大敌压境出奇兵

宋玉科入伍后，凭着对革命的忠诚、作战的勇敢，很快就被任命为中共容城县委警卫队队长。全队40多人，负责县委领导的安全，有时也配合县大队打击敌人。一天，侦察得知，从安新尹庄出发的一支日军小队，直奔张市而来。宋玉科奉领导指示，带领县委警卫队，会同尹景芬的县大队，埋伏在张市西南的交通沟旁，想打一次伏击战。但用望远镜一看，日寇的部队前后绵延三里多地，有一千多人。县大队长尹景芬与宋玉科商议，觉得敌众我寡，难以制胜，下不了伏击的决心。宋玉科说："我到前面看看。"说完，带上长短两大件，只身顺交通沟向敌人跑去。宋玉科清楚地看到，敌人的大部队前面有三名前哨骑马而来。当敌前哨离宋玉科只有十来步时，宋玉科突然开枪射击，两名日军被击毙落马，另一前哨落荒而逃。顿时，后边的敌人大部队乱作一团。乘敌人慌乱之际，宋玉科跳出战壕，把敌人死尸上的两把手枪和两个钢盔摘下，迅速地跳回交通沟，飞快地向东跑去。当敌人大部队赶上来时，我军已跑出五里多地，敌人连八路军的人影也没看到，气得日军头子跺脚大叫："小小的八路，大大的厉害！"

深入虎穴除叛徒

1940年以后，敌人为了挽救败局，加紧对解放区"扫荡"，疯狂地推行杀光、烧光、抢光的"三光"政策。于是有人吓破了胆，成了可耻的叛徒。这些民族败类认贼作父，为虎作伥，为了取得主子的信任，大肆屠杀共产党员和革命群众。王福尔就是这些败类中最坏的一个。他原是县大队的战士，叛变投敌后，多次带领日寇外出"清剿"，搜捕我军干部及家属，杀害无辜百姓，是个十恶不赦的刽子手。县委决定除掉这个坏蛋，以儆效尤。

任务落在了宋玉科身上。经研究分析，县领导制定出"深入虎穴，惩治凶顽"的作战方案。一天集日，宋玉科带着两个战士化装进城，走到北门口被两个持枪的伪军拦住，见老农模样的宋玉科右肩上搭着捎马子，厉声地问道："你捎马子里装的什么东西？"

宋玉科不慌不忙地走到伪军跟前，伸到捎马里的右手慢慢地举起，把手枪的枪口和张开的机头露了出来，不慌不忙地说："背的是这个，不行吗？"两个伪军吓得变脸失声："长官，不敢，不敢！"宋玉科轻声地说："放聪明点，后面有的是！"说着大摇大摆地进了县城。

这天，赶集的人还真算不少，宋玉科和战友们混在人群中，在闹市连转了两趟也没有发现王福尔的踪影。在宪兵队门前，宋玉科掏出旱烟袋点上一锅烟，深吸了两口，寻思道："莫非今天他……"想到这里一抬头，嘿，猎物出来了。只见王福尔睡眼惺忪地走了过来。宋玉科等尾随其后，本想靠近击杀，又怕被叛徒认出影响行动；离远些打吧，又怕伤着百姓。正在犹豫不决时，王福尔鬼使神差地向一个卖豆腐脑的小摊走去。真是天赐良机，宋玉科和战友们暗暗地向叛徒逼近。就在王福尔尚未坐稳时，枪响了，这个作恶多端的坏蛋被毙在小摊的饭桌旁。一个战友迅速把事先写好的"汉奸特务，如此下场"的标语用豆腐脑儿卤汤粘在了死尸上。宋玉科和他的战友们满怀胜利的喜悦，跟随赶集的人流撤出了县城。

只身设伏夺枪弹

1940年春，为了开辟新区，宋玉科被调到靠近平汉路的容城三区任武工队长。这里长期受到汉奸赵玉坤的骚扰，工作很不好开展。固城、杨村据点里的日伪军经常白天出没，肆无忌惮地奸淫烧杀，抢财抢粮，人们恨透了他们。为了打开局面，宋玉科带领区小队打过几次伏击，都收获不大，原因是人多、目标大，行动起来不好保密。宋玉科想，只有"深入敌后，只身设伏"，才能有效地打击敌人。一天，他戴上破毡帽，穿上破大袄，把下插梭的头把盒子别在腰间，背上粪筐向敌人经常出没的南冬一带走去。十几里路，没用两袋烟的工夫就到了。进村后，宋玉科边假装拾粪，边观察敌情。刚转到大街东头，忽然迎面出现一堆敌人，宋玉科一看，整八个。他一转身埋伏在一个梢门洞里。敌人身背长短枪，毫无戒备地走来，20米，10米，8米，这时，英雄宋玉科猛然冲出门洞，铁塔般地矗立在敌人面前，大喊一声："缴枪不杀！谁摸枪打死谁！"八名敌人被这尊突兀挺立的铁塔吓软了腿，被雷鸣般的喝声吓掉了魂，哪个还敢动，乖乖地把枪放到地上。宋玉科一人缴获八支大枪、两把盒子和八条装满子弹的子弹袋。八个俘虏在顶天立地的英雄面前，个个失神落魄，磕头求饶，宋玉科对他们进行了警示教育后予以释放。缴获的武器在老乡的帮助下运回武工队驻地。

子弟兵母亲
——官大妈

采录：杨秉诚

"官大妈"本名刘大娟，家住容城县小先王村，1940年加入中国共产党，在抗日战争期间是容城县有名的抗日模范。1943年，刘大娟出席晋察冀边区在阜平县召开的第二次抗日英模大会，被授予"拥军模范"奖章。著名作家魏巍以她为原型塑造了长篇小说《东方》中英雄母亲杨大妈的光辉形象。

刘大妈出身贫苦，丈夫吕大伯家更是赤贫。一九三一年九一八事变前，丈夫给地主扛长工，刘大妈和年老的婆婆给人家缝缝洗洗，两个儿子和小女儿打野草、拾柴草，一家人艰苦度日，受尽了压迫和剥削，尝尽了人间苦楚。

七七事变后，全面抗战爆发，苦难的刘大娟及其一家卷入了抗日救国干革命的大潮中。生性刚强果敢的刘大娟，带领丈夫和三个孩子，挖地道，送情报，掩护带路，站岗放哨，护理伤员，筹粮物支前……她的家成为坚强的"堡垒户"。她对共产党八路军干部无比亲切，干部战士对她无比敬重。深厚的阶级感情融军民为一家，在这革命大家庭里，她像一个慈母，干部战士一致称她"大妈"。一次，武工队长，县、区领导同志集中到她家开会，刘大妈提着茶水走进屋来，听到了大家的发言，也插进去认真地发表了意见。战士和群众听说这件事，风趣地说："哎呀，咱大妈那不成了官大妈了？"这个既亲切别致，又意味深长的称呼，从此就广泛传开了。

在她经历的斗争岁月里，既有与日伪军的机智周旋，也有巧妙摆脱汉奸走狗的化险为夷。她不顾牺牲的风险，召回在北平学徒的长子，送他参军进了十分厂。为掩护伤员，在千钧一发之际，她背起伤员钻进地洞，不顾女儿险遭敌手。风雪夜，她让丈夫赶上耕牛，掩盖"八路"留下的脚印。敌人围村，她让女儿装作打野菜，去青纱帐给张师们送饭报信……

自1938年起，在"官大妈"家吃住休养"打掩护"的干部、战士不计其数，其中有十分区的党政军领导，还有一批著名文艺工作者。

机智掩护卫生员

夏天里，军分区的几个十三四岁的男女卫生员，因不适应频繁的战斗和行军，住在刘大妈家里。一天，日本鬼子突然包围了村庄，转移、隐蔽都来不及了，已经听到鬼子在街里砸门叫喊。怎么办？刘大妈当机立断，立即拿出自己儿女的几件破衣烂裳，让卫生员们穿上，并嘱咐道："记住，谁也别管我叫大妈了，要叫姑妈！"说完，就把他们带到后院，让每人怀里抱起一捆干草来。鬼子进了院子，大叫"什么的干活"。刘大妈说："这是我娘家一群侄子侄女，背我家的干草去喂牲口。"机灵的小卫生员们一听这话，立即明白了大妈的意思，都装出害怕的样子，连声叫着"姑妈"往院外走。刘大妈答应着，就把小卫生员们带出门去。

巧治叛徒救干部家属

秋天里，刘大妈从外村慰问伤员回来，刚进家门，就发现村子里鸡飞狗跳。原来，鬼子比刘大妈早一步进了村。大妈想，来就来吧，反正家里、村里没住着干部战士。这时，门"咣唧"一声被推开了。刘大妈还以

为是鬼子，不料，进来的却是三个妇女。刘大妈定睛一看，哎呀，是我军
三个干部家属，前些日子在家里住过的。大妈来不及和她们打招呼，忙关
住门，示意她们三个人围坐在院里，两人搓麻绳，一人递秫秸，大妈和她
们一起打起套子来。她有了夏天里对付鬼子的经验，心想这样可以把鬼子
应付过去。可是，随之而来的不光是鬼子，还有一个过去在大妈家里住过
很长时间，如今当了汉奸的姓陈的叛徒。刘大妈料想是他领着鬼子奔自己
家里来的，心想这可麻烦了，她心里这个急呀，也就在这一刻，真是急中
生智呀，她马上迎着叛徒走过去："老陈，你干什么来了？"

叛徒支支吾吾地应道："来看看你。"

"听说你到那边去了，那边的日子好混吗？"大妈立即揭穿了叛徒的
真面目，话中带刺地打主动仗了。

叛徒贼人胆小，他压低嗓门说："别提这些。"说着一双贼眼往三个
干部家属边斜溜。他接着又说话了："你家里有人？"

刘大妈看得真切，叛徒要"使坏"了。她的心"咯噔"一下子，简直
要从嗓子眼里跳出来了！无耻的叛徒，同志们听说他叛变的消息后，早恨
得牙根落了，如今他到了自家门口，刘大妈恨不得一口咬死他！可是，不
行啊，那些端着上了刺刀的大盖枪的鬼子，还凶恶地里里外外搜查呢。怎
么办，怎么办呀？啊，有了——刘大妈灵机一动：好，叛徒并不认识这三
个家属。她于是对叛徒说："他们都知道你到那边去了，谁还敢来我家，
早就不来了！"

"那，她们……"叛徒语不成句地追问。

听到这里，大妈眼里喷出仇恨的怒火，她直直地盯着叛徒，厉声说：
"她们三个和我家街坊，帮我干活，你不是都认识吗？"

刘大妈的话以及她的满腔正气，逼得叛徒像一条受伤的毒蛇，蜷缩
着，躲闪着。这时，鬼子好像看出了什么，把叛徒叫过去，对他"叽里呱
啦"地喊叫什么。鬼子的声音，对叛徒就犹如注射了一针吗啡，使他一下
有了点精神。叛徒还未来得及出声，刘大妈一步抢过去，对叛徒说："你
们快走吧，别在我家里闹了！"边说，边推推搡搡地把叛徒逼出门。叛
徒一到街上，大妈骂得就更响了："姓陈的，人们都说你是我的干儿子，
你在这街上可要留情啊！不然，我这当干妈的可饶不了你！"刘大妈成心
要把叛徒捉弄恼了，边骂边用头撞他，用手撕扯他，和叛徒扭成一团，大

声地哭喊起来。鬼子看到刘大妈缠住姓陈的不依不饶，都跑过来，有的用枪托打大妈，有的用皮靴踢大妈。刘大妈的哭喊声引来了很多群众围上来相劝。叛徒这才挣脱了刘大妈，和鬼子嘀咕了几句，又向一户住过伤员的党员家走去。大妈虽被打得不轻，可她心里清楚得很：这时，那党员一家肯定躲开了。在乡亲们的搀扶下，刘大妈很快招呼三个干部家属，一同从秘密地道转移了。过了不大会儿，叛徒抓不到人，又领着鬼子回到大妈家里，院子、屋里早已空无一人了。鬼子气得不行，那个叛徒交不了差，也着实吃了鬼子一顿耳光。

永葆革命本色

在那战斗的日日夜夜里，刘大妈为革命筹粮筹物，送信放哨，护理伤病员，动员青年参军，什么都干，革命队伍里人人都把她当作亲人和同志。日本投降后，"官大妈"继续投身解放战争。1948年，由顽伪摇身变成的国民党反动派武装"还乡团"，烧毁了"官大妈"的房屋和全部家当，她一家不得不随军转战，与革命队伍一道度过了黎明前最黑暗的时刻，迎来了中华人民共和国的诞生。

抗日女模范
——臧桂芬

讲述：周百顺
采录：曹宏君

抗日战争时期，现今的雄安地区是敌后抗日根据地。那时敌强我弱，我党的领导干部深入到乡村，秘密发展党员，组建党支部，恢复抗日政权，发展抗日武装。抗日部队深入敌后，化整为零，白天隐蔽在堡垒户，夜晚出击消灭日伪，积小胜为大胜。千千万万个堡垒户，掩护了千千万万抗日人员，几个堡垒户发展成一个堡垒村，村逐步形成秘密根据地，逐步由地下转为公开，才使得抗日武装不断发展，不断壮大。抗日根据地不断扩大，有力地支援了全国抗战，进而为抗日战争的全面胜利做出突出贡献。堡垒户是抗日根据地的基础，取得抗日战争胜利，堡垒户功不可没。

1937年9月，保定沦陷，中共保属省委派青年学生侯卓夫任新安县委书记，到雄县西部开展抗日救亡工作。侯发展了雄县北马庄村的长工王树道为党员。为了便于开展工作，侯、王和另一名地下党员刘贞祥，在容雄交界的大先王村开办了草帽公司作为掩护。

臧桂芬娘家在大先王村，那年她18岁，性格开朗，心地善良，待人热情，深受乡邻好评，对日本的侵略行径深恶痛绝，义愤填膺。在王树道的引导下她投入了抗日救亡活动，并于1938年加入了中国共产党。自此她家成了秘密联络站，县、区领导经常在她家住宿、开会。后来她嫁到羊定村，婆家也成了堡垒户，著名作家魏巍、杨沫都在她家隐蔽过。这大概是雄县西部、容城一带最早的堡垒户。她家被称为"铁堡垒户"。她遇事沉着，机智果断，倒像沙家浜的阿庆嫂。

1941年6月，日本鬼子动用大批兵力，在平津保三角地带疯狂清剿，"铁壁合围""拉大网"，烧杀抢掠，很多抗日干部惨遭杀害。鬼子还在大先王周边的村庄都建了岗楼据点，环境变得十分残酷，为了保证过往抗日干部和暂住干部的安全，臧桂芬组织全家，站岗放哨探听敌情，并在家里挖了地道以掩护抗日干部。

有一次，区长程志华等几位同志隐蔽在村南的玉米地里，臧桂芬每日给他们送饭。那天傍晚，根据以往的经验和近几天的敌情，估计敌人不可能来"扫荡"，送饭时她告诉同志们，天黑后可以回家来住，别在地里受罪了。等她回来后突然发现，敌人已经秘密包围了村子，同志们若回来无异于自投罗网，情况万分紧急，她忘却了个人危亡，立即返回去报信，机智勇敢地绕过敌人岗哨，及时通知程区长他们不能回村，必须迅速转移，这才避免了党的损失。

1942年8月15日上午，区委书记李果和交通员张抗隐蔽在臧家，桂芬和往常一样在门口放哨。突然，20多个鬼子伪军端着枪，顺着胡同走来，情况危急。她毫不慌乱，跑回屋叫醒他们。敌人马上到门口了，转移已经来不及了，硬拼肯定不行，她机智地把他俩藏在西屋锅腔里，上面扣一个大笸箩，故意敞开屋门。敌人进院后先搜查了南屋北屋，全家人心提到了嗓子眼儿，但是不露声色。敌人见西屋敞着门，没搜就滚了，两位同志脱险了。事后想想真是后怕，倘若敌人一掀笸箩，将是一场恶战，全家一个也活不成。

抗日的最艰苦的日子里，她家天天有人住，夜夜有人来，不管什么时间，只要是抗日人员她都尽力保护，从来没出过差错。敌人很狡猾，为了抓捕抗日干部，摧毁堡垒户，经常化装成我方人员来试探，都被她一一识破。这与她的胆大心细、机智沉着是分不开的。

1944年的一天，县公安局长朱克东来到她家，进门时警卫员不慎步枪走火，跳弹打在桂芬脸上，鲜血流了满脸，偏偏这时敌人进村了，为了保护抗日干部，她忍住疼痛把他们安排下了地道，但是满脸的血怎么解释呢？她急中生智，把上房木梯的一根蹬蹬打断，伪军进院搜查时，她捂着脸说是上房摔的，骗过了敌人，化险为夷。坚持到晚上，待敌人走后，朱克东派人到赵村接来田医生，才取出弹头。

1944年12月，臧桂芬接到通知去阜平参加晋察冀边区第二届抗日英模大会，她非常激动地和几位参会的同志一起出发了。然而区区几百里路却走了半个多月。一路上到处是敌人的岗楼，他们按照交通人员的安排，白天隐蔽歇息，夜间赶路，为过一条封锁线，往往经历无数艰险，过铁路时用了三宿才通过……那是现代人难以想象的困难。

战争年代凝成的革命友谊是深厚的。1992年，臧桂芬老人去石家庄河北省医院老干部病房住院，原冀中十分区司令员，时任省委领导的刘秉彦恰好也去住院，听说臧老太也在那儿，输完液迫不及待地赶到老太太的病房，一席长谈，热泪盈眶……

臧桂芬夫妇之墓

臧桂芬的丈夫在她影响下也坚定地走上了革命道路，化名秦慎之，平津战役后留在天津工作直至去世。他们的墓地在羊定村西，墓地前苍黑的石碑在荒草中似乎叙述着那些动人的故事！

"失踪"的烈士
——牛赶会

讲述：牛忠党
采录：曹宏君

"为有牺牲多壮志，敢教日月换新天。"中国革命的胜利和中华人民共和国的诞生，是多少个革命志士前赴后继，抛头颅、洒热血，用鲜活的生命换来的。他们虽然没有亲眼见到鲜艳的五星红旗在天安门城楼升起，没能享受到日渐富足的人民生活，但人民没有忘记他们，他们的名字镌刻在历史的丰碑上，也永远铭记在人民的心中。

翻开《容城县志》（1998年出版）革命烈士名录，这里记载着全县800多名在历次革命战争中牺牲的革命先烈。其中有小里镇王村一位烈士，名为李赶会，并注明为1941年失踪。烈士的家人发现以后，及时致信县政府有关领导反映：一是烈士姓氏有误，不是李赶会，应为牛赶会；二是"失踪"的定性更不能令人接受。家人通过调查走访，取证了当年多位曾与牛赶会共事或共同战斗过的老干部、老同事的证词证言，彻底弄清了这位先烈投身革命、浴血奋斗、壮烈牺牲的战斗经历和动人事迹。

2013年容城县人民政府为牛赶会烈士立碑，2018年出版的《容城县志》在对前志勘误中也将牛赶会的"失踪"更正为"牺牲"。

投身革命　秘密入党

牛赶会，1902年出生于容城县王村东南庄一个农耕之家，幼年学会了木匠手艺。他性格倔强，为人仗义，疾恶如仇，敢作敢为。抗日战争爆发以前，本地社会混乱，一些黑社会势力经常侵入民宅欺男霸女，明抢暗盗，绑票打砸，无恶不作，人民生命财产受到严重威胁。他亲眼见到本村李某某遭绑票后费了好大的周折才被保释出来。为了维护自家和乡邻们生命财产的安全，牛赶会挺身而出，主动牵头成立了一个由当地群众参加的农民护卫队，开始只有六七个人，之后发展为二三十个人，他们以鸟枪、铡刀、大片刀等为武器，在村边路口进行把守，对来往行人进行盘查，不放一个可疑人进村，对坏人起到震慑作用。在广大乡亲的支持下，本地形成初具规模的民间自卫武装。

1937年7月，日本发动全面侵华战争。同年9月，有日军飞机两次轰炸容城，造成十多名无辜群众死伤和几十间民房倒塌。当战火已经烧到了家门口时，每一个热血男儿都有责任有义务去维护自己国家的尊严，给野蛮的侵略者以迎头痛击。这年已是35岁，家有妻子和4个孩子的牛赶会毅然放弃木匠生意，拿起一把斧头勇敢地投入到抗日救国战争洪流之中。他原先成立的农民护卫队大部分乡民也加入其中。

1938年春，北上抗日工作团进驻容城县开辟抗日工作，其中有十来人进驻王村。工作团进村后经过考察，认为东南庄木匠牛赶会忠诚可靠，是一位立场坚定的抗日积极分子，于是就是把工作团办公地秘密设在他家。牛赶会全家不仅全力保障同志们的安全，还协助他们走家串户宣传党的政策，这一带迅速掀起了一股抗日热潮。工作团秘密发展了第一批党员，包括牛赶会、孙春芳、李俊学等七名同志，同年12月又发展第二批党员，批准成立了王村党支部，牛赶会任支部书记。

当支书带头挖地道　遭逮捕受刑不屈服

1939年初，日军在小里村西桥北抢占土地百余亩修建炮楼和营房，小队长小野带领十多名日本兵和几十名特务汉奸驻守。这个炮楼距离王村东南庄牛赶会家只有一华里，通过水路二十分钟便可到达，这对在他家居住的十名北上工作团的同志们构成了巨大威胁。如何确保这些地下党的人身安全，也是对王村党支部的一次严峻考验。对此，党支部书记牛赶会秘密召开紧急会议研究对策，抽调可靠群众秘密挖地道，仅用一个月时间就完成了任务。地道入口设在牛赶会家北房东屋炕席下，直通三十米外的院子南头菜窖内，并在那里设有观察哨。地道中挖有两个十几平方米的洞中之洞，用于北上工作团开会休息之用。两个洞中间有往西二百米直通村边庄稼地的安全撤退地道，一旦有情况，可确保万无一失。除此之外，东南庄大街还挖有专门保护群众和抗日物资的地道，入口在南头水井内，北头水井为出口，全长二百多米，途中还有若干条通往各农户的地道，为保护抗日力量和支前物资安全打下了良好基础。

1941年，抗日战争到了最艰难的时刻，日寇推行"三光"政策，频繁进行大扫荡，王村有多名共产党员被捕。日寇把王村武委会主任孙春芳抓住后公开在大街上用刑，在他肩膀上扎了一刀，还把正在燃烧的木棍扔进

他的裤裆里，孙春芳险些被烧死。牛赶会及北上工作团的同志们由于有
地道掩护，逃过了一劫。几天后，有人传信对牛赶会说："东北街李某
某投了敌，对你很不利。日本特务三次包围你家都没抓到共产党，现在
已派人隐蔽在你家附近盯梢，你可千万多注意些。"这个情报，使牛赶
会将北上工作团及时得到转移，然而作为村支书的牛赶会却不顾个人安
危，继续坚持工作。一天，他在王村村东跑马道附近庄稼地里，被敌伪
军包围。当时在地里干活的刘长海作证："带队的特务头子叫杜云峰，
那是个铁杆汉奸。"

敌人把牛赶会押送到小里炮楼里，他受尽酷刑，遍体伤痕，还光着膀
子在烈日下暴晒，不给饭吃不给水喝，但牛赶会始终坚强不屈，表现了一
个共产党员的坚定意志。

救战友跳车逃生　做劳工命丧敌营

1941年秋，日军将牛赶会、孙春芳、李俊学等人从容城监狱转押到
石家庄劳工教习所，培训后再押往东北锦州煤窑当劳工。初冬，这些人被
押上日本人军用列车往东北方向进发。当列车运行至保定以北路段时已是
日落黄昏，人们只能透过车厢顶上一尺大小的天窗看到些余光，牛赶会双
眼盯着这个小天窗，仿佛看到了求生的希望，于是他叫来身旁的孙春芳耳
语说："这个小天窗是我们逃生唯一希望，我身高体重，你蹬在我双肩上
把你顶出去，跳火车回家团聚，抗日工作和亲人们正在等待着我们！"孙
春芳看着天窗迟疑了片刻说："火车跑得这么快，要往下跳九死一生。"
牛赶会坚定地说："爬出天窗后马上到两节车厢接合部，看准地形再往下
跳，摔死也不给日本人卖苦力！"在牛赶会的鼓励和帮助下，孙春芳第一
个跳车成功，之后牛赶会又依次顶出了另外两名难友逃脱。到了牛赶会这
里却无人敢冒生命危险顶他爬上天窗，他最终被押到目的地当劳工。到达
目的地后，敌人按花名册清点人数时发现牛赶会放走了几名劳工，便对他
严刑拷打，强迫他干重体力活，受尽了折磨。1945年日本投降前，极度虚
弱的牛赶会终被迫害致死，牺牲时年仅43岁。

后来，被救的孙春芳之子孙黑炭感慨地说："父亲是蹬着牛赶会肩膀
跳火车回家的，在生死关头他把生存的机会让给了我的父亲，才有我们这
个家，这种舍己为人的精神让我们今生今世难忘，他不愧是一个真正的共

产党员。"容城县东野桥村李云章说："在锦州煤窑当劳工时我与牛赶会吃住在一起，他一直表现得很坚强，敌人多次用刑他没掉过一滴眼泪，但提到妻子儿女时却泪流满面，责怪自己不是一个好丈夫，对不起自己的孩子们。"

牛赶会不仅献出了自己的生命，他的两个女儿也在敌人大扫荡中不幸遇难，在那场战争中这个家庭失去了三位亲人，是容城县最悲惨的一家。让我们记住这段历史，永远不忘这种国恨家仇。1952年担任王村乡党总支书记的老干部李连同说："那时上级来人调查战争年代为国阵亡人员，乡里把牛赶会的情况反映上去了，上级很快批准他为革命烈士并发给其家属烈属证，享受国家相关待遇。"

母送子参军报仇　继遗志三代从军

1941年牛赶会被捕后不久，他的两个女儿在敌人发动的大扫荡中不幸遇难，一个原本幸福美满的六口之家还不到半年就接连失去了三位亲人。这种沉重打击对当年只有三十多岁的李金梅而言是难以承受的，她每天以泪洗面，白日里四处寻找丈夫，黑夜里去女儿坟前不停哭泣，精神几乎崩溃，一百多斤体重仅剩八十来斤，生命几乎到了尽头。然而正在这国难当头、家破人亡的时刻，在石家庄烧锅当童工年仅15岁的儿子牛生林回到了家中，他见到骨瘦如柴的母亲哭红了双眼，猜到家中一定发生了重大变故。于是他不由自主地哭着找爸爸，呼喊着两个妹妹的名字，母子俩相拥大哭了一场，哭诉着是日本鬼子毁了他们一家，是侵略者害得他们家破人亡。这时，母亲突然止住了哭声，擦干了眼泪，对唯一的宝贝儿子牛生林说："明天我要送你去当八路军，到战场上去杀日本鬼子，为你父亲和两个妹妹报仇！"她连夜赶做了一件新衣，第二天便把儿子牛生林送到区小队当了八路军。牛生林到部队后，不忘母亲重托，努力学习文化知识，苦练杀敌本领，先后参加过攻打沙河营伪据点，南张伏击战等几十次作战，打死打伤十几名敌人，为报国恨家仇尽了自己的力量。

1943年，他带领三名战士侦察小里村日本炮楼敌情时，临时居住在王村东南庄一姓李的农民家庭，因消息走漏被敌人包围抓住，后被押入容城日伪监狱长达半年。1944年被我军营救出狱，之后又跟随部队转战山西省太原一带继续战斗。

立丰碑缅怀先烈　继壮志奋发图强

2005年8月，纪念抗日战争胜利六十周年，也是牛赶会烈士为国捐躯六十周年。在王村党支部支持帮助下，烈士之孙牛树芳从山西远道而来，在当年祖父被捕的王村村东立碑，以表达缅怀祖先、不忘历史伤痛之意。王村党支部在碑上题词"缅怀在抗日战争中牺牲的王村党支部书记牛赶会烈士"。立碑典礼那天由村支部书记刘国占主持并讲话，全体支部委员、党小组长、老党员、老干部，烈士生前好友、烈士亲属及各界群众一百多人参加。抗战时期老党员刘章志、李连同、李来子以及丁玉龙烈士之兄丁山才的参加是立碑典礼一大亮点。县政协原副主席牛继明以亲身经历讲述了牛赶会烈士早年抗日故事。烈士之孙牛树芳致词感谢村党支部和乡亲多年来的关心与帮助，打动了不少与会者，整个立碑活动呈现出勿忘国耻、奋发图强、团结互助、共建美好家园的良好气氛。

牛赶会烈士虽死犹荣，英灵永存。他拥有的家国情怀和无私无畏、不怕牺牲的革命精神将永远留在人们记忆中，名垂青史，万古流芳！

怒砸官产局

任彦芳：《血色家族》
采录：曹宏君

1932年1月（农历腊月），在创建不久的中共容城县委领导下，数千名农民革命群众愤怒砸毁了欺压民众的国民政府官产局，那声势震动了全省，显示出农民革命的无穷力量。

当时，国民政府官产局是一个专门搜刮农民的反动机构。容城县官产局在局长王国璋的统领下，强迫农民购买"旗地"，并通过重复购买的手段盘剥穷苦农民，对不按期购买者鞭打关押，从而引起了广大农民的无比愤恨，纷纷要求砸毁官产局。

为领导好这场斗争，县委成立了由首任县委书记阴一刚任总指挥的斗争委员会和行动委员会。两个委员会均设有组织、宣传、纠察三个股。开始，先由秘密党员和骨干分子在暗中进行周密的准备工作，主要是充分发动群众，同时利用官产局与县长黄迪之间的矛盾，联络县建设局、财政局和商会的一些人，使他们同情苦难群众，持中立态度，孤立官产局，为斗争的胜利创造外部条件。

腊月二十六这天，是县城大集。早饭以后，赶集的群众陆续从四面八方涌进县城。这天，赶集的人真是太多了！其实，他们大都是以赶集为名来参加革命斗争的，县东各村来的人最多。其中，李庄村的赤卫队以"武虎会"的大旗做引导，敲着锣鼓家伙，拿着刀枪剑戟、三节棍、七节鞭，以出会为名，涌进县城。

进到东关，"武虎会"先在那里放了一阵"三眼枪"。于是，赶集的人们马上呐喊起来："快去戏楼前头看那！有好看的玩意呀！"这样，很多人便都跟着武术会涌进了城里头……

大部分队伍都聚集在县城高级小学门前，这儿原本是棉花市。

队伍集合齐后，先由一个交通员以买旗地为名到官产局里探听情况。经了解，局里一切如常！那些当官的竟丝毫没有料到，此时外边那些人正准备进去砸局子呢，因此他们也丝毫没有抵抗和逃跑的迹象。

于是，行动委员会决定按计划进行。先把前来参加斗争的群众组织到戏楼前面，之后让李庄的"武虎会"、北城的"叉会"打开场子，耍闹对打起来。"武虎会"的扎留脖枪，"叉会"的五鬼拿刘士都耍得精彩娴熟，围观的群众连声叫好！

再看这时的戏楼下，基本群众加上赶集看热闹的足有上万人！

突然，花会的锣鼓家伙声戛然而止。一个身穿青布袍褂，腰扎白布褡包，头戴套帽只露双眼的农民登上戏台。他，就是化装成农民的副总指挥李文治。

李文治扯着嗓子喊道："父老乡亲们，年关到了，可官产局还是欺负咱们！买旗租买了头过，还让咱们买二过，这不是要把人逼死吗？为了活路，咱们找他们算账去！乡亲们，去不去呀？"

众人齐声喊道："去！去呀，找官产局算账去呀！"

这愤怒的呼喊，震动了容城的上空！如洪水决堤，似海涛汹涌。这时，宣传组的人从四面八方，向天空抛出一把把红色的、绿色的、白色的纸片，这是革命的传单，历数着官产局的罪恶……

斗争的群众带着赶集的人流，汹涌着，呼喊着，潮水般地涌过粮食市、菜市，到了官产局前，立即把官产局围了个水泄不通。

官产局可能已得到消息，大门紧闭。一个法警在门前诈唬："你们想干什么？"话音未落，一个小伙子上前就扇了他个大嘴巴，把他扇到一边去了。

有人上去把官产局的牌子摘下来扔到地上，愤怒的人们乱脚把它踹碎了！

愤怒的潮水把官产局紧闭的黑门冲开了！

组织者率领群众进入官产局屋内，先把《容城县官产局登记》的两个印章找到，扔到炉火中烧毁。然后又把官产局所有的文契卷宗、执照、地户花名册等全都抱了出来……

纠察组的群众把官产局的人员一个个揪到大门外，交给群众。愤怒群众的质问声此起彼伏，一浪高过一浪。

官产局的人一向为非作歹，欺压百姓，苦难的农民早就恨透了他们。有的人拳掌齐出，边骂边打，有的人高声呼喊："打得好！打得好！"

这时，有人在首饰楼的炉坑里搜出了局长王国璋。只见他穿的虎皱皮袄和马褂上沾满了炉灰，歪戴着礼帽，耷拉着眼镜，胖脸吓得跟土灰一个颜色……这个平日骑在百姓头上作威作福、鱼肉百姓的官产局长真是狼狈不堪！刚一露面，大家就喊："打！狠狠地揍这个坏蛋！"

有人站在卖白菜的大车上，高喊："你们打可是打，可别打他的礼帽呀，那是官帽呀！"

群众立刻一把就把他的礼帽、眼镜打飞了！

又有人高喊："你们打可是打，可别撕他的官袍呀！"

群众立刻上前就把他的礼服马褂和皮袄一块一块地撕了下来……

王国璋像一个掐了翅的蚂蚱，哆哆嗦嗦地跪在地上求饶："父老乡亲们……饶了我这条命吧！"

这时，一个姓李的老农民挤到前面，狠狠地说："你逼死人命……我今儿个就打你一百块钱的！"说着，用烟袋锅在他头上狠狠地一击，一下子就把烟袋锅打进他的脑壳里，烟锅子一拔，鲜血呼呼外流……

王国璋再三向群众求饶："乡亲父老……别打我了，饶我命吧……"

与此同时，县委宣传委员任凤翔带领一些人抱着那些吸尽穷人鲜血的执照、卷宗、账册，都堆到城壕里，一把火烧掉了。

第二天，官产局的全部人员狼狈逃回北平。

砸官产局斗争的胜利，进一步扩大了共产党的影响，提高了党在群众中的威信，激发起容城人民更高的革命热情，有力推动了容城及附近地区广大人民群众对国民党反动统治的斗争。

砸白沟河盐店

讲述：阴一刚
采录：曹宏君

1932年7月，中共容城县委为了进一步发动群众，组织群众同反动势力做斗争，领导了本县东乡人民砸白沟河盐店的斗争。

当时，各县的盐店属于盐商的引地，盐业专卖。他们卖盐不仅态度十分恶劣，蛮横无理，而且掺土掺水，缺斤短两。每斤明许只给十五两，实际上只给十三四两。为了维护盐商的利益，还禁止农民自己熬小盐。因此，农民群众对官盐店十分愤恨。

县委认真分析了当时的形势，认为：反动派与人民的矛盾日趋尖锐，党组织应抓住有利时机，认真发动群众同反动势力进行针锋相对的斗争，并在斗争中使人民群众看到自己的力量，逐步树立起推翻旧世界、当家做主的信心，以便扩大党在人民群众中的影响，发展党组织，使革命进一步深入。

县委决议后，立即指派县委宣传委员任凤翔和文光斗、胡兆荣三同志组成领导小组，发动南文、南文营、张庄、李庄、朱庄、薛庄等村的农民群众参加砸白沟河盐店的斗争。

任凤翔当时在白沟河教书，胡兆荣在北剧村教书，他们回到东乡后，立即组织党员刘广兴、刘文泉等同志研究了战斗部署，文光斗、胡兆荣负责基本群众砸盐店，任凤翔负责组织学生示威游行。安排妥当后，胡兆荣和刘文泉发动了北剧村颜恒顺、颜傻群、郑德海等群众打头阵。

7月25日，这一天正是白沟河大集。为了保证砸盐店斗争的顺利进行，文光斗、胡兆荣先带人到了白沟镇公安局，想办法震慑住他们不要出动。

当时，白沟有一个文昌阁。阁南边属容城管辖，阁北边属新城。文光斗戴着墨镜，穿着长袍，跟着他去的人都带着枪。到了公安局门外，告诉门口的守卫说有事要找局长，跟着的人把片子递上去。守卫进去一会儿回来人说："请进去吧！"

文光斗大大方方进入到局长办公室，自己通报了姓名。局长说："久仰，久仰！阁下到这儿，有何贵干哪？"

文光斗也不客气，一屁股坐在椅子上，很平静地说："有事和你商量！老实告诉你，今天饱受欺辱的人们要砸盐店，你打算怎么办？"

局长听了一惊，一时不知说什么好："我，我……"

文光斗威严地问他："你是当敌人，还是做朋友？"

局长一时还弄不清文光斗到底是什么人。文光斗说："你要当敌人，今天我就地把你处决。"他说着便从怀里把盒子枪掏了出来，在手上掂了掂，两眼如电，望着这位矮胖的局长。

这位局长一看这架势，知道来者不善，连忙说："当朋友，当朋友，可如何当朋友呢？"

文光斗斩钉截铁地对他说："当朋友，今日砸盐店的事不许你管！"

说着，把手枪往桌子上一放，继续说："我们外边都布置好了，你要放明白点儿。盐务缉私大队的那些人，他们要动，也连他们一块收拾。你要做朋友，我们还想保你的职位。砸盐店的人群到你这门口就一涌而过，你得把站岗的人全撤下来，关上大门！等砸个差不多，你们再出来，向天上打枪。以三枪为计，再喊抓人就可以了。"

那盐务缉私队的房子上，已经爬满了农民群众，他们都带着短刀子和自制的手榴弹。局长斜眼看到了这个阵势，心想好汉不吃眼前亏，何必自找麻烦。他急忙连连应着："好，好，就照先生说的办。"

这时，任凤翔早把学生集合好了。他带着学生游行示威喊口号："打倒日本帝国主义！收复东北失地！拥护抗日的东北义勇军！劳苦大众行动起来！"气势汹汹地直奔白沟河盐店而来。

学生的队伍到了盐店门口，便和民众们会合在一起。农民颜傻群事先进去买了一斤盐，到别处一称是十四两，不够一斤，掌握了盐店坑害百姓的证据，这时他就大喊："盐店坑人！总是缺斤短两，大家说怎么办？""砸！"愤怒的农民群众异口同声，声威势壮。这时，愤怒的群众高喊着口号："反对盐商盘剥百姓！砸烂这坑人的盐店！"

　　颜傻群首先冲了进去，其他人跟着蜂拥而入。文光斗、胡兆荣同志化装成农民群众代表指责并历数盐店坑害人民的罪行。此时群众激奋，首先砸坏了家具，接着打开仓库分盐。那些赶集的人们也会合到这里边，一起拥进去，用背的捎马子去抢盐抢铜子儿。有的人先是装盐的，后来见那半屋子的铜子儿，便把盐倒掉，装起铜子儿来了。

　　这儿是五县联合的总盐商，是三间门面，半截柜台，在白沟大街的路西门脸后边，向西边是仓库。后边是批发部，这盐批发到各县里的盐店去。这是个旧式的大瓦房，盐务缉私队就住在柜台的里边。但他们看到群众的声势没有敢动。

　　等到群众把盐和铜子儿抢个差不多了，人们便一下散了。公安局果然打了三枪，像是庆祝我们的胜利，他们叫喊抓人的时候，群众早就散了。满大街赶集上的人们，都怕沾惹是非，很快也都散去了。

　　当日，盐商控告到容城县政府。第二天，任凤翙同志就被捕了，关押在容城县政府，后由教育局长李清廉找来白沟小学校董王某出面调解，经过一个多月的周折，才经保释放。

　　白沟河镇地处新城、雄县、容城三县的联结地带，砸白沟河盐店斗争的胜利，不仅鼓舞了容城县人民的革命斗争，而且对新城、雄县的群众也有很大的震动和启发，大大增强了共产党在人民群众中的影响。

北张人智救小八路

讲述：杨凤亭
采录：郑建华

　　抗日战争中期的1941年，是冀中十分区环境最残酷的时期，一联县的容城二区（沙河区）却建立了一块隐蔽的根据地。在中共一联县委的秘密领导下，全区20多个村都能进行工作，其中一半以上是堡垒村。其中北张村的青年抗日先锋队300多人在党支部领导下打入伪自卫团进行合法与非法的侦察情报工作除奸工作，配合应敌斗争。该区六个伪大乡，五个是抗日的两面政权，其中有两个伪大乡长由我党派遣的共产党员担任。共产党的干部也经常到这些村里开展宣传动员、搜集情报的革命工作，在秘密党支部和堡垒户的掩护下同敌伪政权、反动势力进行艰苦卓绝的斗争。

1941年夏，日伪军突然包围了北张，把全村男女老少都赶到村里的一个大广场上，周围架起了机关枪，要搜查抗日干部和伤病员。群众把这样的清查叫"过筛"。

"过筛"开始了，鬼子头目先训话，然后在严密监视下按户口册一户户地叫出家长来，要他领走自家人，在不大的工夫内，鬼子先后向因极度紧张而张望的两个人开枪，打伤了他们。人们为什么这样紧张呢，仅仅因为敌人凶犯野蛮吗？不，人群中真有县上一个姓宋的抗日干部，这使得群众那颗颗紧张的心简直要跳出嗓子眼了。就在这种情况下，党支部发挥了它的中坚和领导作用。时任副支书的王树瑶同志机警地闪动着眼睛，他的眼睛一面安抚着群众，一面查看着家家户户，他在为宋同志找"户主"，趁着敌人开枪伤人引起混乱的时机，王树瑶悄悄地接近了他的姨父魏老西。原来，他知道他的姨兄最近不在家，可以让姨父把宋同志认作儿子领出去。王树瑶非常小心地对姨父说明了自己的主意。然而，在虎视眈眈、剑拔弩张的鬼子、汉奸面前，让一位老实巴交的农民把一个面孔不熟，口音不同的"八路"认作自己的儿子，这是多大的风险呀！老人能不害怕吗？他犹豫了。这时候，敌人喊出一位家长，开始厉声盘问他，这位家长是谁呢？他是"青抗先"骨干杨树德（杨凤亭同志当年用过的名字）的家长。杨树德父亲对那个汉奸翻译说，三天前儿子帮他姥姥家盖房去了。翻译说给鬼子听了，鬼子头目亲自盘问、吓唬，杨树德父亲一口咬定不改词，后来村长（王树瑶的父亲）和一些进步绅士出面作证，才算过了关。这情形，体现出乡亲们保护自家人的力量，使王树瑶增强了斗争信心，也教育了魏老西，王树瑶再一次看看姨父，暗送着坚定的眼神，那意思是说："姨父，就这么办！"

不一会儿，狗汉奸就喊到魏老西的名字。"哎——"，魏老西沉着地答应了一声。他朝着人群里的小宋同志走去，近前来牵住他的手很自然地说："儿子，走吧！"王树瑶在小宋同志身后，暗中轻轻推他一下，小宋心领神会，就跟着他往外走。一个汉奸上前拦住，疑惑地问道："你是他儿子吗？"人们的心一下子又跳到了嗓子眼儿，紧张极了。因为宋同志是高阳人，不是当地口音，担心他一开口必然会大祸临头。小宋同志也是急中生智，张口"啊啊"了几声。有人趁机大喊着："他是个哑巴，他是个哑巴——"几个抱小孩的母亲几乎同时把怀中的孩子狠狠地拧了一把，孩子们的哭声响成一片；还有一位70多岁的老奶奶假装晕倒，有些人上前呼喊："奶奶——""大妈——"现场一片嘈杂混乱，敌人一时不知道咋回事。混乱之中，魏老西赶紧拉起小宋同志的手，顺利地躲过了敌人的清查。

钢筋铁骨梁富长

采录：杨秉成

抗日战争时期，容城出了个钢筋铁骨的英雄汉。他，就是北关村的梁富长。梁富长幼时因家贫失学，随父做小本生意。1938年，容城县被日军占领后，16岁的富长怀着爱国之心，毅然参加了八路军，在贾桂荣部队当战士。

日本投降后，富长因伤复员，回乡当了村武委会主任，他对敌斗争坚决，使得反动派怀恨在心。

1947年8月，梁富长不幸被国民党反动派安新县还乡团头目阎成教（北剧村人）、胡村乡长李树森带人抓捕，敌人将他带到定兴县南南蔡村据点关押，进行诱降，妄图使其叛变革命。富长怒斥敌人阴谋，并揭露敌人罪行。敌人恼羞成怒，先用肉钩钩住两腋悬起，而后从额头开始，一刀刀割全身皮肉。刽子手边割边问富长："看你骨头还硬不硬？"富长从容答道："说我骨头硬不敢当，像我这样的，在我们共产党中还是最不行的！"说完大骂敌人："你们这些汉奸、白脖子（即国民党还乡团），兔子尾巴长不了啦！"敌人继续拷打他。富长却唱起京剧来："恼恨那吕子秋为官不正，仗势力欺压我贫穷的良民……"富长全身的皮肉几乎被割光，仍在怒骂敌人："我身上流的每滴血，都是在骂你们这些王八蛋！"并高呼"中国共产党万岁！打倒一切反动派！"于是敌人朝富长头上开了一枪，他为革命流尽了最后一滴血，但万恶的敌人仍不罢休，又把富长的尸体运回容城，在北关城门外暴尸了三日。

北后台惨烈突围战

采录：张运生

北后台村是冀中平原上的一个小村，位于容城县城的北部，村东北面便是滔滔奔涌的拒马河。以前这个村并不出名，就因为抗战时一场特殊遭遇战，才使这个名不见经传的小村变得闻名遐迩。

在村子的西南面有一座红墙围成的烈士陵园，这就是北后台烈士陵园。园内用花岗石雕成的抗日烈士纪念塔在阳光下熠熠生辉，一排排整齐的烈士墓掩映在苍松与翠柏之中，这里长眠着在抗战时牺牲的有名及无名的八路军烈士五百余人。芳草萋萋，松柏滴翠，一切都显得那么肃穆、庄严……

1940年，抗日的烽火在冀中大地熊熊燃烧。就在永定河的两岸活跃着一支令日寇闻风丧胆的抗日武装，它就是我冀中军分区下属的八路军32团，团长为刘秉彦，政委是陈明枫。他们整日活动于永清、安次、宛平一带，白天杀鬼子、端炮楼，晚上扒铁路、割电线，给驻华北日军以沉重打击，同时也让敌人恨得咬牙切齿，恨不能把这股八路军一口吃掉。

1940年农历十一月十九，八路军32团全体将士刚进行完大规模的军事整训，部队打算返回原住防区驻防待命。深夜，部队行军至定兴县马房村时先做了短暂休整，第二天部队又继续南行，傍晚时分一营部队战士到达容城县北后台村，其他各营及团部勤杂人员则驻扎于定兴县佟村一带。由于连日的整训及急行军，八路军将士都备感疲乏。因此，部队首长临时决定，全团分两路驻军就地休息待命，同时也让战士们好好地养养精神。

日军驻华北特务机关部从敌特手中获知我军32团的兵力部署及驻扎情报后如获至宝，决定要趁我军不备剿灭这支令他们恨之入骨的抗日力量。

二十三日凌晨四时许，惨淡的月光照在朦胧的雪地上，四周围死一般寂静。驻扎在后台村里的一营战士还沉睡在甜美的梦乡中时，忽然村后拒马河的东岸传来隆隆的枪炮声。战士们一骨碌从炕上爬起，抓起手头的武器，随时准备与敌人展开殊死搏斗。

军情紧急，营长贺正宝立即召集各连连长商讨战斗方案。营长分析了我军的情况及地利，认为村子东面是河，村北面还是河，而且村东枪声紧密，果断决定全营兵分两路从西、南两面突围。命令四连长李林带领一连组成突击队打先锋冲向西面，副营长带领其他战士向南面突围；贺营长带领一个连的战士向东面去阻击鬼子的进攻。

与此同时，驻扎在定兴县佟村的团部驻地也得到了一营遭袭的消息，但具体情况并不清楚。团首长决定由参谋长李得海亲率一队人马对一营进行增援，他们打算从沟市村渡河向南开进去营救一营，但战士们刚刚下河就被埋伏在河对岸的日军发现，参谋长及全队战士壮烈牺牲。

原来，敌人这次是从新城、涿县、固安等地调集了大约三千多人的兵力兵分九路对我八路军部队进行铁壁合围。狡猾的敌人这次采取了声东击西的战术，他们先在河东岸打炮故意迷惑我方指挥员，使人误以为东面火力较强，实则把大部兵力都埋伏在北、西、南三面，我军主力部队突围时遭到了敌人猛烈的攻击。

这时，一营长率领的阻击队与敌人已展开了殊死搏斗，他们且战且退，忽左忽右，从村里打到村外，终于杀出了一条血路。忽然营长听说前来视察工作的晋察区委书记马辉之还在村里，于是又与战士们义无反顾地杀回村里。只见战士们个个如下山猛虎、入海蛟龙，刺刀、大刀片在空中飞舞，鬼子们被杀得屁滚尿流、尸横遍野……

战士们用他们的血肉之躯掩护了马书记及一百五十余名文职干部的突围，但终因寡不敌众，他们英勇地倒在了敌人的枪口下。

卫生队长闫新华不顾营长的劝阻，坚决要求留下来与阻击队员们并肩战斗，只见她把一颗颗仇恨的子弹射向敌人，一个个鬼子不断地倒下。突然枪声停了，敌人嗷嗷叫着要抓"女八路"，就在鬼子近在咫尺时，她勇敢地拉响了手中的手榴弹……

四连长李林带领战士们从村西杀到村东，最后杀得身边已看不见一个战友，只见他果断地躲进一户宅院，借助墙体作掩护继续与敌人进行周旋。院外鬼子的尸体倒成一片。敌人气得哇哇乱叫，最后一把火点燃了房子，熊熊大火映红了英雄刚毅的脸庞。

村外的枪声渐渐停止了，村内村外到处是战士们和鬼子的尸体，鲜血染红了冀中大地。英雄的战士们从凌晨一直战斗到黄昏，他们一天来水米未进，他们利用有利地形与敌人周旋，直到生命的最后一息，这充分证明了中华民族是永远不可战胜的。

据战后统计，除马辉之等一部分同志突出鬼子的重围脱险外，其余

497位八路军将士壮烈殉国。他们中有刚入伍不到一年的新兵，也有从北平学校投笔从戎的热血青年。据说第二年的春天，在村西南的高地上长出一片片神奇的小花儿，以前开花时节它们的颜色是粉红色的，但今年春天它们却变成了深红色。乡亲们说，那是战士们微笑的面庞。从此，人们就把这些无名小花称作"英雄花"。

巧端沙河炮楼

讲述：高鹤龄（95岁，抗战老战士）
采录：曹宏君

1944年11月2日，第一联合县七十一大队的一个排，在大队长冯兆贵同志的率领下，住在北张村。当日下午，县委敌工部干事徐建新同志来到驻地，向大队长报告说："今天沙河据点的伪军向沙河村要了米、面，听说等着吃，明天早上必须送到。"冯大队长敏锐地感到，这是夺取据点的一次好机会，应当不失时机地利用。当即召开班长和村长干部参加的联席会。会上，先由徐建新同志向到会同志介绍沙河据点的情况：这个据点是个四合院，有北房五间，驻有一个中队的敌人，大约70人，还设有伪警察厅，有警察5人。有战斗力的总共50人，北屋住30人左右，武器装备以步枪为主，有少量短枪和重武器，火力一般。伪中队长因害怕被袭击，经常借故去容城，这两天又不在据点内。楼内有我方的一名内线担任给养员，明天送给养就是由他收，可以利用送东西的机会和他取得联系，来个里应外合。

徐建新同志介绍完情况，参加会议的同志展开了讨论，对夺取胜利充满信心。最后冯兆贵大队长具体分析了这次行动的有利因素：第一，沙河据点比较孤立，离其他据点较远，战斗打响后，敌人快速增援来不及；第二，天气已冷，敌人还没发冬装，早晨有睡懒觉的习惯，如果把敌人堵在被窝里，就能以少胜多；第三，敌人内部思想混乱，死心塌地为日军卖命、与人民为敌的是少数；第四，敌人指挥官不在据点内，一旦战斗打响，就会不战自乱；第五，有内线接应，这是夺取胜利的重要因素。还有一点，也是最重要的，就是大家的勇敢、不怕死，这是克服艰难险阻、克敌制胜的决定性因素。随后，部队被分成三个组：一个是由五人组成的突击组，由高鹤龄、王维忠带领，在内线的接应下，以最快的速度打开通路，控制据点；另一组是梯子队，准备攻坚，由十几个人组成，准备两架梯子，一旦大门关死即刻强攻；最后一个组就是外围组，配备机枪一挺，负责掩护，压制敌人火力，以减少人员伤亡。

当晚十点，我们全排从北张村出发了，经过一个多小时的行军，悄悄地来到了沙河村南头。村干部将大家迎进事先收拾好的民房内，派出了警戒。接着大队长召集全排同志开会，进行战前动员，战士们摩拳擦掌，枕戈待旦。

第二天凌晨，我们三五成群，陆续向村北运动。外围组装扮成拾粪或外出的农民，接近敌人据点，并选好了地形。突击组则隐蔽在村口的一所房子里，等待着出击的命令。这里离炮楼只有一百来米，可以说是近在咫尺，敌人做梦也没想到，在他们眼皮底下竟埋伏着奇兵。同志们的心情又是紧张，又是兴奋。我们突击组的五个同志，为了轻装前进，都将棉衣脱掉，只穿单衣，围着被子，蹲在炕上，等待着出击的最后时刻。大队长吸着烟，在屋里踱来踱去。天刚蒙蒙亮，村里送东西的人推着两辆独轮车出发了。当他们接近炮楼时，站岗的伪军大声喊道："干什么的？"我们在屋子里听到送东西的人也大声回答："给弟兄们送吃的！"站岗的两名伪军一看是熟人，就下了岗楼，开了大门，把吊桥放下，让他们进了院子。在和给养员交接东西时，送东西的人把大队长的指示告诉了他，然后离开岗楼，朝村里走来。这一切都在我们的视线之中。这时天已大亮，敌人没有拉起吊桥。不一会儿，送东西的人进了屋，立刻向大队长报告说，已和内线联系好，敌人还没起床。大队长下达出击命令的话音未落，我和王维忠就像离弦的箭冲出门外，直奔炮楼而去，其他同志紧随在我们身后。这时，只见迎面炮楼里跑出一个人来，没有带枪，显然是我们的内线，看来交给他的任务没能完成，怎么办？此时此刻只有一个念头，冲上去！两个哨兵发现了我们，一看来势很猛，吊桥已来不及拉起，返身就往里跑，边跑边喊："八路来了！八路来了！"

两个伪军刚一跨进大门，正要关门之际，我俩一个箭步把他们的脖子薅住，往后一甩，顺利冲进院子，在没有任何抵抗的情况下，直冲北屋。速度之快，在屋外刷牙的一个伪军还没做出反应，就被活捉。王维忠守住门

口，我一步跳到炕上，大声喝令："不许动！谁动打死谁！"敌人被这突如
其来的举动给吓呆了，纷纷从被窝里爬起来，互相乱抓衣服穿……有的跪
在炕上，有的下炕跪在地上，个个叩头求饶。顿时，屋子里乱作一团。28
名敌人全部被解除武装，来到院子里集合，个个狼狈不堪。在我们冲进北屋
的一瞬间，其他战友相继冲入西屋和南屋，两屋的敌人正在打牌，牌刚一推
倒，我们的枪口已对准他们的脑袋，敌人只好束手就擒。这是一场没有枪声
的战斗，整个行动只用了20分钟就结束了。经过清理，共俘虏敌人68人，
缴获长短枪80余支，手榴弹35箱，子弹一万余发。敌人列队站在院子里，
由于没有发冬装，个个浑身抖如筛糠。这时，据点里圈养的一条恶狗在人群
中疯狂乱窜，我举起手枪，一枪结束了它的性命。外围组听到里边的枪声，
随即朝里打了一梭子子弹，枪声划破了早晨旷野的宁静，宣告了敌人的失败
和我们的胜利。

当俘虏们被押出炮楼后，村里的老百姓欢呼胜利，涌入炮楼，有的扒窗
户，有的扛粮食……接着一把火将炮楼点燃。熊熊的大火腾空而起，不大工
夫，日伪苦心经营多年的这座堡垒，土崩瓦解，化为灰烬。巧取沙河炮楼的
成功，对夺取抗战最后胜利的一连县广大军民是一个极大的鼓舞。

为表彰作战有功人员，分区在容城县黑龙口村召开了庆功大会，我们
不仅受到了分区首长的表扬，而且还获得了物质奖励。

西江村惨案

讲述：高鹤龄（95岁，抗战老战士）
采录：曹宏君

我生于1924年，1937年抗日战争全面爆发后，我14岁就参加了地方
抗日武装，先任小通讯员，16岁时就加入了共产党，1940年被送到北方分
局党校（后改为抗大期分校）学习，1941年学习期满后派回一联县雄四区
任区小队政治战士，后任区书记贾占雄的通讯员。1942年，转至容五区
后，到一联县县委交通队负责接送干部，后任县委手枪队侦察班长。当年
秋天，受县委指令跟随县大队大队长李学森保卫一联县宣传部长李画亭和
民政科科长刘济民等领导同志到西江村开展工作，不料被叛徒告密，惨遭

200多日伪军的包围，经过激烈的突围战斗，李画亭和刘济民同志和县大队的8名战士都壮烈牺牲了。只有我和队长李学森身受重伤，拼死冲杀，才侥幸突围出来。70多年过去了，那惊心动魄的西江村惨案时常像过电影似的浮现在我眼前，更使我终生难忘。

1941年，冀中十分区一联县成立以后（一联县包括容城、定兴、新城、雄县、涿县），我一联县县大队在县委的直接领导下，坚持抗日斗争，转战于定兴、容城境内的拒马河两岸地区。根据冀中十地委和十分区指示，我一联县党、政、军主要采取分散隐蔽活动方式，恢复和重建抗日民主根据地。我当时是一联县县大队的一个班长。

为贯彻上级指示精神，一联县委决定：派县委宣传部长李画亭同志和县政府民政科科长刘济民同志到容三区（包括定兴路东杨村西北地区）恢复抗日民主根据地。县委把我从手枪队抽出来，跟县大队的李学森同志，还有8名战士，随李、刘二位领导去执行任务，我们几个当然是做武装后盾，担任保卫领导安全的。

1942年8月的一天，我们随二位领导到了定兴张里村。因为刘济民是该村人，所以我们自然就住在他家了。当天晚上，刘济民的一个亲属在谈话中提到，前些日子，杨村据点中日伪特务李鸿飞、朱连生曾打听刘济民现在在何处，并嘱咐如果刘济民回家，及时给他们捎个信去，以便能见个面，叙谈叙谈。李、朱二人过去曾在容城县大队里待过，刘济民认识他们。后来这两个人投靠了日伪。刘济民想，如果通过深入的政治思想工作，使他们能改邪归正，对打开这一地区的抗日局面实属一件好事，所以刘济民同志同意给他俩捎个信去，跟他们见面交谈。次日，刘济民同志派人到杨村见到了李鸿飞。李鸿飞得知刘济民来这一带活动的情况后，心中暗自高兴。因为当时，如果谁能抓住共产党干部，就会得到日寇的一大笔赏钱。李鸿飞这个丧尽天良的狗汉奸，哪能放过这个大发横财的机会呢？他假惺惺地装出一副伪善面孔，用花言巧语"赞扬"了刘济民同志一阵，然后答应：明天上午一定在西江村与刘济民会面。善良的人们哪里知道，这个铁杆汉奸，笑里藏刀，正要向日寇告密，策划一场屠杀我抗日干部的阴谋诡计。当晚，我们随二位领导由张里村连夜转移到西江村，住在该村东北角的一个独院的群众家里。

已是次日上午，一直不见李鸿飞的影子，村里一片寂静，叫人闷得慌。是情况有了变化，还是李鸿飞言而无信呢？一时捉摸不透。这时，我向李画亭同志谈起，以前在容一区曾发生过因干部麻痹轻敌而遭受损失的教训，想提醒两位领导警惕，可他们没说什么。一直到下午三点钟左右，我们正在吃饭，突然接到情报说，定兴、固城之敌出动了，去向不明，李、刘二位领导商量了一会儿，认为敌人从西面出动，不一定是朝西江村方向来的，因而没有采取果断措施。不一会儿又得到报告说，敌人已经逼近西江村！原来狡猾的敌人采取声东击西的战术迷惑我们。他们一面在固城方向佯动，一面早已调集固城、杨村日伪军二百多人，悄悄向西江村包抄过来，很快包围了西江村，封锁了通往村外的交通要道。形势严峻！

　　敌人用机枪火力封锁了村口，并不断抛射掷弹筒向村中心盲目轰击。汉奸李鸿飞带着耀武扬威的日伪军步步向村子逼近，包围圈越来越小。在这万分紧急关头，李画亭、刘济民二同志指挥大家沉着应战，依托院墙顽强抗击进犯之敌。面对来势凶猛的日伪军，李、刘二位领导决定边打边撤，突出重围，但已经来不及了。只听汉奸李鸿飞喊名逼降，狂叫："刘济民，你们跑不了啦，快投降吧！"李、刘二同志自知被李鸿飞出卖，不由怒火中烧，厉声斥敌："无耻的败类！你认贼作父，苦害同胞，绝没有好下场！"刘济民同志命令："同志们，冲啊！"敌人集中几挺机枪火力，一齐向我们压过来，第一次突围失败了。有的战士牺牲了，有的战士受伤了。我们被迫退守院落。接着连续两次组织突围，但终因敌人火力太猛，难以奏效。敌人除用机枪火力外，又发射掷弹筒轰击。在一阵爆炸声中，李画亭、刘济民二同志相继牺牲。战士们红了眼，与敌人展开殊死搏斗。可是，好虎难敌群狼，除了我和李学森幸免之外，其余8名战士全部英勇牺牲了。当时，我的腿部、上身数处中弹负伤。在一片混乱的冲杀中，我利用地形地物突围脱险。由于腿部受伤，行动困难，我只好忍痛向南突围，来到青冢村附近一处苇坑边。当我弯腰去搀扶李学森时，他对我说："小高，我不行了，你把我这支枪带走吧……""我怎么忍心丢下你而自己走呢！咱们死也死在一起！"我强忍疼痛，背起李学森来吃力地向前走。没走多远，因体力不支就摔倒了。我们互相鼓励着："等见到我们的同志就好了……"这时，我们听到东江村方向上响起阵阵枪声，我回头看看是否有追兵。只见在不远处有敌人骑兵走过，卷起一溜烟尘。我对李学森说："不能再走了，咱们先躲一躲吧。"于是我们连爬带挪地来到一块地里，那里正好有一堆玉米秸，我先用玉米秸把他掩盖好，然后也钻进玉米秸堆里，观察敌情并做好战斗准备。不一会儿，鬼子骑兵果然追上来了，我的心快提到嗓子眼了。可敌骑兵到了一个路口停了下来，先头一个鬼子勒住马，东张西望地观察了一会儿，然后转向西北方向而去，我的心才平静下来。

我们避开鬼子骑兵之后，继续前进。在人民群众的护送之下，在容城县境内的张市村找到了一联县委。当我刚一见到县委书记时，一句话也说不出来。想到这次遭受到的重大损失，心里难受极了，忍不住放声大哭起来。过了好一阵子，我才简要地向县委书记阎素同志汇报了这次惨案的经过和同志们坚贞不屈壮烈牺牲的情景。随后，县委领导把我和李学森分别安排到附近"堡垒户"家养伤去了。

西江村惨案，距今已有70多年了，其教训是深刻的。然而，县委宣传部长李画亭、县民政科科长刘济民以及其他8名战士的英勇牺牲，却极大地教育了当时的抗日军民。同时，也使现在的人们懂得：我们今天的幸福生活来之不易，鲜艳的五星红旗是无数革命先烈的鲜血染成的！烈士们是为解放中华民族英勇献身，他们的英名、他们的业绩，将永远铭刻在我们心中。李画亭、刘济民等烈士永垂不朽！

段庄伏击战

讲述：杨永峰（88岁，抗战老战士）
采录：曹宏君

1943年底至1944年初，合并的十分区43地区队一大队和三大队，在副区队长野冰同志的带领下，来到一联县境内的容城一带活动，相机打击敌人。

1944年2月，根据一联县公安局长朱克夜等同志提供的情报，两个大队在北剧村薛庄附近伏击驻白沟镇换防的容城伪警备二大队，二十几分钟的战斗，俘伪大队长张茂群，以下官兵百余人，毙伤十余人，缴获步、手枪二十余支及物资一部，而我军无一伤亡。在这以后，容城县的敌伪军感到内部空虚，先后撤掉了黑龙口、留通、南郑村、张市、小河村等据点。

　　但是，容城县城的宪兵队、特务队仍很活跃，经常到容城城西，奸淫抢掠，无恶不作。43地区队在区队长芦克、副区队长野冰的指挥下，几次设伏未获战果，遂建议地方向部队提供敌人的活动规律、人数、武器装备等，以便消灭敌人。

　　1944年2月间，根据最新得到的消息，容城伪县长王朝新和日本顾问奥金尚彦乘坐一辆卡车，由一个伪军小队长携轻机枪一挺，手枪二十余支护卫，将于当天下午由保定返回容城。奸敌机会难得，在统一部署下，我43地区队二大队在九分区42地区队三大队的配合下，以绝对隐蔽的形式分别进驻北张、段庄两村设伏。

　　农历的二月，天气还十分寒冷，战士们埋伏在大路两旁的土墙和柴草垛后，冻得腿脚冰凉还不敢动弹。当指导员们在万分焦急之时，突然从远处传来汽车声，一辆卡车奔驰而来，战士们立刻来了精神，做好了战斗的准备。当汽车行驶在北张、段庄西村中间时，队长一声令下："打！"两个大队以交叉火力同时向敌射击。随后，战士们飞也似地冲上公路，车上的伪军有些跳下了汽车钻到车底下，架在车头的机枪还没来得及开火，便被我们夺过来。在我们战士的枪口下，伪军小队长带头放下武器，举手投降。坐在卡车前面的伪县长王朝新和戴着夹鼻眼镜的小个子日本顾问奥金尚彦，吓得呆若木鸡，乖乖地走下来当了俘虏。

　　此次战斗，我们缴获敌人卡车一辆，机枪一挺，步手枪三十余支，弹药一部。我们将伪县长和日本顾问交给了上级，其余伪军当场教育释放。

　　此战不仅获得了军事胜利，而且对容城的日伪军造成了巨大的心理压力。时隔不久，全县除大河、胡村、小白塔、沙河、小里据点外，其余大部分村庄基本为我方控制，容城县三里一楼、五里一点的敌伪军控制局面被彻底打开了。

大楼堤匪徒的罪恶

讲述：李德坤（大楼堤村民，80岁）
　　　杨振忠（85岁）
采录：曹宏君

1947年3月，驻守在新城县的国民党王凤岗部和逃亡地主组成的"还乡团"500余人，由徐水国民党驻军配合，占领了拒马河以北的部分地区。王凤岗派第三大队队长王秀山率部占领了大楼堤村。

当年，容城县城西关外，不足一华里之遥的大楼堤村，是一个不足300人的小村子。传说清乾隆年间，这里曾是一条运河，大水之年河水外溢，常有危害。乾隆乘坐楼船下江南时攥了一把土，沿河边一撒，就成了一道河堤，这就是大楼堤村名的来历。后来人们在这里挖沙子，还曾挖出过船板、桅杆和铁锚等物。四邻的西关、上坡、小楼堤、谷庄等村地势较高，唯有这里地势低洼，村南有一个大水塘，围村都是泄水沟。可能是王凤岗看到这个村的独特位置，离县城不远又能独立，便于修建工事和守卫退却，于是他们强拆民房，抢抓民夫，抢修工事，妄图长期盘踞，烧杀抢掠、无恶不作，一时搞得乌烟瘴气，民不聊生。

王凤岗等匪徒们的到来，让本村的大地主吴家有了靠山，他们家兄弟三个认贼作父、为虎作伥，打击报复，做尽了坏事。

吴家祖上是旗人，家大业大，三处石条根基，扁砖到顶的宅院，几百亩好地。就因为1945年在政府发动群众斗争地主时，他家的房子、土地和浮财被平分给了贫苦人家，这时可找到了报复发泄的机会。吴家老三吴宝同向匪徒告密，本村的杨贵生是交通员，其子杨振发是村武委会成员，负责为八路军征集车辆；李锁柱是交通员，经常为八路军传送情报；李永平是民兵队长，领着穷人们平分了他家的财物。在他的密报或引领下，这几个人先后被匪徒们抓住，杨振发被刺刀挑死，其父杨贵生被枪崩了；李锁柱被抓住后带到谷庄村西的炮楼里，审问他给八路军送信的内容，李锁柱闭口不言，凶恶的匪徒在他的手脚上都钉上了五寸长的大钉子，把他活活折磨死了，当年才40多岁。几个月的时间内，先后有7人被他们残忍地杀害。

更为嚣张的是，杨贵生家父子被残杀后，吴家老三吴宝同恐怕杨家后人找他报仇雪恨，还放出狠话说：杨家长蛋子儿的一个不能留，有一个杀一个。吓得年仅12岁的杨振忠藏到谷庄的姑姑家，杨贵生侄子躲到东张楚村的姥姥家才保住了性命。

为了发泄对共产党干部、对穷人的仇恨，吴宝同简直没有了人性。他不仅对本村人这样狠毒，还带领还乡团到外村抓人。有一天，带人到东牛北庄抓来了村干部张皂，绑在村南边王家坟的一棵柏树上，吴宝同竟丧尽天良地一刺刀就把他挑开了膛，肠子流出来，坚强的张皂喊了一声："毛主席万岁！"吴宝同面目狰狞，奸笑着说："喊吧，叫他多喊几声，看谁受罪。"结果，没等第二声喊出来，张皂就死了。还有一次，他们抓来沙河村农会主任，姓名未知，是个小罗锅，残暴的匪徒们将他用绳子拉到村西大高坡上，先砍下头来，再倒上煤油点火焚尸，残忍至极……

4月初，王秀山派出一股匪徒，袭击了李茂村，杀害了李赶秋、李堂尔等四人，烧毁房屋180多间。半月之后，盘踞大楼堤的"还乡团"又将王果庄村长朱春来和治安员谢裕宗抓到据点里残忍杀害了。

王凤岗等匪徒们大部分是"还乡团"成员，对共产党、八路军和穷苦百姓有着刻骨的仇恨，恣意报复。在大楼堤仅一个多月的时间，就搜捕杀害了十多名党员和村干部，穷凶极恶，手段无所不用其极，罪恶滔天，严重破坏了这一代的革命形势和人民的生产生活。

4月下旬，我冀中军区独立七旅奉命开赴容城县，攻打盘踞在大楼堤的王凤岗部，约八百多人。独立七旅的十九、二十一团打点，二十团打援。此时据点里的头目是王凤岗的第三大队队长王秀山，这是个极端残忍、狡猾的家伙。他们在村周、村内构筑了完备、坚固的防御工事。在村子周围开挖了宽、深各约两丈的大沟，沟内注入了几尺深的水，沟上形成了大土圈子。在土圈子内构筑了许多暗堡、堑壕、坑道、机步枪掩体，并进行了巧妙的伪装，村内也构筑了若干暗堡。暗堡都是圆柱形，可向任何方向射击，暗堡之间有交通沟相通，可攻可守，可进可退可转。暗堡等主要工事全用掺上许多滑秸的片土夯实而成，火力点设置合理，形成交叉火力配系，易守难攻。两个团攻打了三天三夜，不但没有消灭了敌人，反而造成很大内部伤亡。后来因敌情有变，撤出战斗。

两个月后的6月25日，晋察冀野战军三纵队九旅奉命再次攻打楼堤据点，战斗僵持了三天。6月28日，容定独立营一连奉命配合主力攻打楼堤，接受了挖地道至敌人工事下面用炸药爆破的任务。战士们轮流上阵，昼夜不停，连续奋战两个昼夜终于挖到指定地点，在地道里用棺材装上炸药，一切准备就绪。第八天深夜，指挥部下达总攻命令后，"轰隆"一声巨响，炸开一个大口子，战士们奋勇前冲，但由于敌人火力太猛，冲了几次都没冲进去，双方激战5个多小时，打死打伤敌人数十名，我军亦有不少伤亡。天明后，情报得知北平傅作义的部队有三路增援，气势很猛。为使部队避免被围的险境，造成重大损失，我部九旅再次主动撤出战斗。容定独立营迅速转移到县东一带。

至年底，解放战争形势发展很快，晋察冀野战军一部和冀中十分区部队发起大清河战役，国民党部队迅速土崩瓦解，容城全县军民积极配合解放军到处英勇出击，妄图长期盘踞在大楼堤的这帮匪徒也预感到末日的来临，在一个夜晚仓促逃跑了。这年的11月，容城县全境解放，党的政权掌握了全县城乡。

逃生路上军民情

讲述：周英琪（75岁　烈士之子　退休干部）
采录：曹宏君

我的父亲周文俊，1915年出生于东野桥村。青年时期在保定上学时就加入中国共产党，参加了保定红二师学潮后，从事中共地下党组织活动，曾舍生忘死慷慨捐资救助地下党组织及负责同志。九一八事变后赴延安抗大学习，结业后任晋察冀野战军团政委、冀中军区供给部主任，时常随部队转战冀中战场上。1942年不幸被捕，后经党组织营救出狱，历尽艰辛找到党组织。1944年时任保北五联县县长，化名梁彤、木易。1945年1月5日因叛徒出卖，被匪首王凤岗部队包围，突围时中弹负伤，最后饮弹壮烈牺牲，英年29岁。

父母养育我们兄妹三人。父亲牺牲的时候，哥哥11岁，姐姐5岁，我才1岁多，只记得每日跟着母亲东藏西躲，担惊害怕，其他什么都不知道。后来不断听我家老叔（周文杰，抗战老干部）和亲戚们的讲述，才逐步了解了一些父亲的经历和故事，深切地感受到像我父亲一代的革命者为

人民的解放所付出的牺牲是多么的伟大和壮烈，更加感受到如今的幸福和
繁荣来之不易。2017年，党中央决定设立雄安新区之后，历史文化和红色
文化得到高度的重视，我将多年来陆续听到有关父亲的故事整理出来，缅
怀先烈，传承革命精神，激励后人健康成长。

探家被捕

1942年，父亲所在部队南下路过容城东牛村时，部队领导批准他
带四个警卫，到东野桥老家看看年迈多病的老母亲。当时，环境险恶，
为了不暴露目标，他把四个警卫员放在容城县西牛村郑文凯家（父亲的
老婶子娘家），独自一人到家后却见不到我母亲和我哥，大伯告诉说：
"他们娘俩去西张楚村了。自从那次你领部队战士来过之后，日伪军不
分昼夜地经常来咱家转，还经常来咱们家烧房子抢东西，再后来就直接
管咱家要钱要粮食，吓唬咱爸说早晚把你儿媳妇和孙子杀害。所以她娘
俩老是躲在娘家。"

大伯、老叔和父亲刚分开时间不长，就听外面有人喊房上好多敌人，
院里墙上也好多敌人，原来敌人早就设下密探，专门等候抓捕父亲。父亲
掏出手枪来准备战斗，可考虑到怕伤到家里人就把枪藏在被子里。敌人突
然冲进屋里，把父亲用绳子绑起来拉到大场里，一脚踹倒在地上，用脚踩
着头问："你的部队呢？带了多少人？是哪个部队上哪里去？有多少枪？
枪在哪里？"父亲咬紧牙关什么都不说，残暴的敌人皮鞭抽打，打得父亲
鲜血直流。有人从板柜底下翻出来父亲在保定红二师的毕业证和照片，说
这就是证据。有一个敌人更坏，用铁锹杆了一堆屎汤灌父亲，父亲仍咬紧
牙关什么都不说，随后敌人用筷子一边翘着父亲的嘴往里灌屎汤，一边说
招不招，不招打死你，父亲依旧一言不发。

后来听我三奶奶讲，当时敌人用皮鞋踩着父亲的肚子来回搓，还蹬在
了父亲的肚子上，父亲还是什么都不说。一个敌人把筷子削尖往我父亲的
指甲缝里扎，痛得我父亲大叫着昏死了过去。敌人用凉水浇醒他接着问，
父亲不仅什么都不说，还怒骂道："你们这群败类认贼作父，残害同胞百
姓，不得好死！我给你们指条明路，只有跟着共产党毛主席走才是唯一的
出路。"这时日伪军一听立马就火了，拿起砖头向我父亲头上砸去，父亲
当场又昏死了过去。这时来了一伙人套着车，把他扔上了车，说上峰有指

示这是共产党头头，别打死他，留着活口去城里继续审问。敌人把父亲红二师的毕业证也拿走了，翻出来的粮食、衣服也拉走了。

地下党组织经过仔细侦察，得知父亲被关押在城内南关小胡同的一家小院里。这是敌人的一个秘密窝点，戒备森严，犹如人间地狱。后来听说，万恶的敌人在这里用绳子将父亲吊起来审问，一群土匪轮番用皮鞭抽打，用烙铁烫胸口和大腿，父亲晕过去了，敌人又用凉水把他泼醒，继续严刑拷打，父亲仍旧紧闭牙关一言不发。毫无人性的特务拿刀子在父亲身上割开口子，而且还在伤口撒盐，疼得父亲死去活来，但仍旧没有说出党的秘密……

敌人审不出口供，准备连夜将父亲送往石家庄集中营。地下党得知后，曾计划在几个路口部署力量准备劫车。然而，狡猾的敌人用两辆大车，一个向南大道走，一个向北走，故意迷惑我方。我党在南方所有路口封锁劫车，结果扑了个空，原来敌人走北路到杨村过固城再转向南走，把父亲秘密转移到石家庄的集中营里。

营救出狱

1937年10月，日军占领石家庄后，很快在石家庄火车站东南方建立了南兵营，史称"南营"，后来逐渐发展成为华北地区最黑暗、残暴的石家庄集中营。从1938年建立到1945年日本投降，集中营先后抓捕关押抗日军民和无辜群众约五万人，约两万人在集中营中被折磨致死，另有大批被押往东北煤铁矿充当劳工，九死一生。日伪军派重兵严密看守，残酷折磨，手段毒辣，简直是惨无人道。

1942年初秋，父亲被押送到石家庄集中营几个月后，党组织和部队开始设法营救父亲。在集中营内，有一位隐藏在敌人内部的地下党员，他的合法身份是日本翻译官，在集中营内秘密发展了几位同志。经过严密的策划，在一个大雾弥漫的夜晚，这位日本翻译官带领几位医生以押解我父亲出门看病为由带出大门，不巧被日军头目发现阻拦，紧急之中地下党的翻译官打死了把守门口的两个日军，拉起了父亲就往外跑。敌人的机枪疯狂扫射，密集的子弹似雨点似的打来，这位地下党同志怕打伤我父亲，在后面掩护着父亲奔跑，很快把父亲隐蔽到较为安全的地方。翻译官和医生等几位地下党同志们会同前来接应的八路军战士和敌人猛烈交火，敌强我弱，不能恋战，父亲在翻译官和战士们掩护下终于逃出了魔窟。不幸的是，翻译官同志和几位八路军战士却英勇牺牲了。为了营救父亲，党组织和部队付出了惨重鲜血的代价。

乞讨回家

父亲被营救出来后，为了缩小目标，决定自己乞讨回家再设法归队。当夜大雾弥漫迷失方向，出石家庄南郊一直向东走，一夜不知道走了多远，又饿又渴还特别累。天蒙蒙亮的时候，来到了一个村，实在没有办法，只得敲门，出来的是位老人，父亲忙叫大伯，那位老人看到眼前的人穿着和普通人不一样，问："你是哪来的？说话不像本地人。"父亲说："我是保定人，走得实在太累了，想讨口水喝。"大伯忙叫出老伴儿端出半瓢水来，父亲咕嘟咕嘟喝下去了。好心的大娘问："你吃饭了没有？"父亲眼泪流下来了说："没有，请二位老人给我点吃的吧。"大娘说："老头子让他进来吧。"父亲随二位老人进了屋里，大娘忙叫父亲上炕坐一会儿，很快端上一碗粥和几个玉米面窝窝头、一盘咸菜，父亲狼吞虎咽地吃了起来。大娘说："看你不像本地人，也不像要饭的，难道你是……"父亲说："不瞒二位老人，我是从监狱跑出来的八路军。"大娘看了一眼大伯就说："我俩看你就不是平常人，还真猜对了！说吧，有什么要求，我们帮助你！"父亲忙说："请大娘给找身衣服，我好换上赶路。""好！"大娘赶紧在柜子里找了一身粗布的单裤单褂，哭着说："这衣服是我儿子的，你穿着准合适。"父亲忙问："你儿子在什么地方？"大娘哭得更厉害了："被日本鬼子抓去挖煤，两年多了，一点消息都没有。"父亲劝大娘道："日本鬼子迟早会被消灭掉的，我是八路军，共产党领导的八路军就是打鬼子的，这样的日子长不了。"大娘拉着父亲的手问道："孩子，你这是去哪里呀？"父亲说道："我是被地下党组织救出来的，牺牲了好多人，混战中走散了，我找不到组织，只好先回家去。"父亲说完把大娘手中的衣服换上，大娘把换下来的衣服拿到灶膛里烧了，怕敌人发现衣服找麻烦。父亲填饱了肚子又换了身衣裳，无限感激地对二位老人说："大伯大娘，我得走了，一会儿敌人追来，怕连累您二老。"大娘说道："我给你做点馍馍、烙张饼带着。老头子，把咱们的篮子摘下来让他带着，再找根好点的枣木棍子打狗防身用。"父亲说："二位老人的恩情我永远记在心里，等把日本鬼子和国民党消灭以后，我一定接你们到我老家容城去养老。"二位老人乐呵呵地说道："既然咱们这么有缘，那就认你为干儿子吧。"父亲见状赶紧跪下磕了两个响头："干爹干妈在上，干儿子给您二老磕头了！"二位老人搀扶起父亲来，大娘又去柜子里找出两身儿子的衣服包了个小包裹，叫父亲带上换洗。父亲拿着小包裹，千恩万谢出了门。大娘叫大伯把父亲送到东刘村北头，父亲不叫大伯去了，但大伯执意送到了村北，告诉父亲一直向北走就行了。

　　告别大伯大娘后，父亲一直向北走，后半晌的时候走到一条河边，又渴又饿，就坐在小河边吃几口干粮，在河边喝了点水，忽然发现河里的石头特别像人，正在纳闷儿，这时走过来一位大伯，父亲上前问道："大伯这是什么地方？河里的石头怎么和人一样？"大伯说："从河里长出来的，我们从小就在这玩，这地方叫伍仁桥，属于安国县，听口音你不像本地人吧？"父亲说："我是要饭的，来自保定容城。"大伯说以后别喝河里的水了，喝坏了身体受不了。大伯上下打量父亲，浑身正气，不像讨饭的乞丐，就说："我看你不像要饭的，跟我走吧，到我家给你点儿馍馍路上带着吃。"到家后大伯让老伴儿拿出来几个窝头和两张大饼对父亲说："来，装到篮子里。"那位好心的大妈又在篮子里装了一些香椿咸菜让路上吃，父亲赶紧跪下谢过二位老人。大伯说："我看你不像要饭的，是不是八路军？"我父亲含泪说："我是八路军，可在河边不敢说。"大妈也激动地说："我儿子也是八路军，说在保定什么地方，所以每当八路军路过这里，我都想方设法给点吃的，我心里可高兴了，孩子别走呢，多待几天吧。"我父亲说我得回家找组织去，不能久留，于是千恩万谢，拜别了二位老人，右手拄着一根枣木棍子，左臂挎着装有干粮的篮子，出了村子一直向北走去。

　　在尘土飞扬的乡村土路上，父亲独自走了一天，饿了，吃几口大娘送给的干粮，渴了就找河沟或池塘喝几口凉水，也不知道走了多少里路。这天傍晚，来到一座小庙前，庙里有一口闲置的空棺材。父亲想，这里挺干净，就睡在棺材里吧。谁知睡到半夜，突然有人敲门进来报庙（农村习俗，人死后家人到庙里烧纸，算是向阎王爷报道），父亲把棺材盖掀开钻出来，吓得报庙人大喊："有鬼，有鬼！"报庙的人也不哭了，抄起一根大棍子就要打，父亲赶忙说："别打，我是人不是鬼，我是要饭的，没办法才睡到这里，我不是坏人。"报庙的人看看棺材里确是空的，确有人曾睡在里面。这时，一个管事的人说，别为难要饭的，咱们继续贴纸吧（河北一带死人后报庙的一种习俗，用烧纸在庙里佛龛里干贴，烧纸干贴到墙上，算是报庙完成）。当穿孝的人走后，父亲又睡在了棺材里面。后来母亲问父亲为什么睡在棺材里，父亲说在棺材里干净安定，不给老百姓找麻烦，在庙里还有烧香的供香吃。

养伤认亲

父亲风餐露宿一直向北走，不知不觉来到了一个村庄的一户院门前，大门开着，还没等进门要饭，就从院子里面蹿出来一条大黄狗，上去咬了父亲大腿一口，鲜血直流，父亲赶紧用枣木棍子驱打这只大黄狗。这时，院子里面走出来一个涂脂抹粉的中年妇女说："穷要饭的，还敢打我们的狗，不要命了。"我父亲说："你家狗咬了我一口，现在还流血呢，你不道歉反而责备我。"那女人说："怎么着？找错呀？"这时道上走来一个五十多岁的大伯，看到父亲被欺负的样子就说："你这要饭的，怎么跟我们少奶奶说话呢，跟我走吧，别惹我们少奶奶生气了。"大伯使个眼色，父亲就随大伯走了一段路，离大门较远了，大伯才说："要饭的，我问你怎么回事？刚才的少奶奶娘家是国民党，她的丈夫经常仗势欺人，他要看到还得打你一顿。我听你口音不是本地人，随我来吧，你知道这是什么地方吗？这是米家府，是不是想要点吃的？"父亲说："是的，大伯我饿了。"大伯说："那好，到我家吃点饭吧。"一路上大伯问父亲是哪里人，去哪里？父亲说是容城县人，回家。到家后，大伯叫大妈把中午的剩饭和玉米面饼子拿到饭桌上，让我父亲坐下来吃。大妈看见父亲腿上有鲜血，问："孩子怎么了？"大伯说："狗咬的，大门楼家有俩臭钱，当了国民党小官，不知道天高地厚了。""老头子，别说了，去拿药来，给孩子上药用布包上。"父亲感激地说谢谢。大伯一边包着一边说："孩子，离家也不远了，把腿伤养好后再走。"大妈也跟着说："养好后再走，如果化脓感染就坏了，家里没别人，就我们老俩了，有个儿子给北京八大祥绸缎庄学买卖不成，去当八路了。"我父亲一想也是，如果腿坏了到家也走不了了，干脆住两天吧！大妈把自己儿子的衣服拿出来让父亲穿上，等换完后父亲感激地说谢谢大伯大妈。父亲吃饱后，打扫院子喂猪什么的都干。过了几天大娘说："干脆你别走了，做我的干儿子吧。"我父亲说："我有个儿子，叫贺增，认你们做干爹干妈吧。"父亲在地上磕了两个头说："替我儿子贺增叫干爹干妈。"二位老人忙扶起父亲，大妈对大伯说："老头子，给孩子和孩子的妈扯布去，给干儿子扯蓝布一丈五，给亲家扯花布一丈五做衣服。"父亲赶紧说："不用了，你们够照顾我的了，等我们把日本鬼子赶出中国的时候，我带着儿子来看你们二老。"大妈说："盼着吧！"中午大妈蒸了一锅带枣的馒头、糖三角，大家就着咸菜吃了饭。饭后父亲提出来要走，大妈说："孩子走吧，半路上要饭管穷的要，管房破的要。"父亲拿着干粮和棉布出门了，二老含泪说别忘了他们老两口，我父亲说："我会教育好孩子，不忘记你们老人家。"大伯送了老远，喊道："记住这是米家府！"父亲说："记住了，回去吧！"

归家调养

又经过两天的奔波，这天傍晚，父亲终于回到了东野桥老家。当时我母亲和我哥还住在西张楚村，我大妈老婶忙给我父亲煮面条，又煮了几个鸡蛋。我父亲也是饿极了，把五个鸡蛋、两碗面条都吃光了，刚吃下去觉得撑得慌，到了晚上可坏了，撑得难受老想吐。第二天，大伯接回我母亲回来时还见父亲正吐呢，下午吐得更厉害了。我母亲赶紧让大伯去沙河营接她的老舅来（我母亲的老舅赵贞是有名的老中医），舅姥爷来了一把脉说："坏了，是吃饭时急了点，吃得太多了，平常把肠子饿细了，一下子吃多了，肠胃受不了，得慢慢调养才行。"父亲却说："老舅，给我下点好药，病快点儿好，我还得回部队打鬼子去。"舅老爷说："你得先养好病，再打鬼子才有劲呢。"不几天，县里党组织听说我父亲回来了，让我父亲边养病边当教师，从事地下党活动，病好后和尹景芬去了新涿县开展我党工作。

壮烈牺牲

1944年10月，经过一段时间的休养，父亲身体基本康复了。受党组织安排，父亲被任命为新涿县县长，协助时任一联县敌工部部长的尹景芬开展革命工作。工作重点是在王凤岗老巢定兴新城白沟一带开展抗日救国的政治宣传，揭露日本鬼子和国民党反动派的滔天罪行，唤醒被敌伪政权欺

负压榨的贫苦民众奋起斗争。一连五六天的时间，他们在涿县交渠村开展
反敌特斗争，动员群众挖地道、搞连家洞，赢得了人民的拥护。

父亲周文俊同尹景芬部长在这一带的秘密活动，终于被敌人发觉，引
起他们巨大的恐慌。匪首王凤岗听说共产党竟在自己眼皮子底下挖起地道
来，非常震惊，立即派其大队长王秀山收买了我军武装部一位姓马的大队
长。1945年1月5日夜间，王凤岗手下的王秀山率领几百人在马大队长的带
领下突然包围了交渠村，涿县的敌人也随即出动。当晚，尹景芬和父亲正
住在堡垒户王厚功家尚未转移。敌人在叛徒的引领下，熟门熟路地直奔这
家而来。当时尹景芬和父亲周文俊还在地道里研究当晚的行动路线计划，
突然就被敌人围困在地道里。日伪军向地道里吹辣椒面，呛得父亲和战友
们受不了。父亲和尹景芬商议决定，冲出洞口和敌人决一死战。他们刚冲
出洞口，打死了洞口周围的敌人和院子里的几个日伪军。警卫员冒着密集
的枪声保护父亲和尹景芬，边打边撤。这时尹景芬已经流血很多，敌人的
机枪扫射也打中父亲的腿部，两人血流了一大片，实在不能跑了。残暴的
敌人用机枪扫射，尹景芬身中多发枪弹，鲜血并洒，壮烈牺牲。父亲也负
伤多处，仍持枪抵抗，坚持到最后，最终用一颗子弹打进了自己的头颅，
饮弹殉国。

父亲牺牲后，家里更困难了，敌伪军不断来骚扰搜查，我们全家经常
是东躲西藏，常年不敢待在家里。母亲把父亲所有的东西都埋起来，包括
政府所发的烈士证书和相关资料，后来这些东西都找不到了。我们只能凭
借亲戚和父亲当年一些老战友的述说，零碎地了解父亲的战斗故事和人生
经历。父亲的名字镌刻在容城县烈士塔的石碑上，我们每年都在烈士塔前
摆放一些鲜花，经常打扫烈士塔的卫生，借此表达对父亲等数百位先烈的
深情缅怀，也寄托后人继承遗志奋勇向前的忠诚信念！

河北 保定

容城卷 笑話

中国民间故事丛书

见了肉不要命

讲述：吴小扣
采录：张纪臣

在旧社会，有一个人特别的馋，而且很会为自己嘴馋找借口。一天，村里有一户人家办喜事，他也和一些乡亲邻里们去帮忙。早饭时，厨子炖了一大锅豆腐白菜，一人一大碗菜，这个人捡了一碗豆腐。人们问他："为什么总捡豆腐吃？"他说："豆腐是我的命。"中午，厨子又炖了一大锅肉片豆腐。这次，他又没脸没皮地捡了一大碗肉吃。人们于是问他："你不要命了？"他说："我见了肉不要命。"

燕窝炒米饭

讲述：吴小扣
采录：张纪臣

一个南方人很喜欢吃燕窝，一次到北方来做生意，吃起饭来很不对胃口。一天他走进一个大一点的饭店，问服务员："有燕窝炒米饭吗？"服务员回答说："有。"于是，南方人要了一份，乐滋滋地等着美味佳肴。不一会儿，服务员端了上来了，可那南方人用筷子在盘里翻了好几遍，也没有找到燕窝。他生气地质问服务员："这是燕窝炒米饭吗？那燕窝哪去了？"服务员立马走了进去，领着大厨一起出来，对南方人说："燕窝在这儿。"大厨说："我叫晏窝。"

刘荣他爹

讲述：吴小扣
采录：张纪臣

从前，有两个卖豆腐脑的人，一个叫刘荣，另一个叫何荣，相安无事地临街做生意。一天，两人在当街搞起了价格竞争，刘荣喊着："我的豆腐脑一元一碗。"何荣也喊了起来："我的卖八毛啦！"刘荣立马接着喊："我的卖六毛了！"何荣赌气地喊："我的四毛就卖。"这时，刘荣对何荣说："一会儿再来顾客，等喝完后，我再叫他声爹，你还敢比吗？"不一会儿，一位白发老人走进刘荣店喝豆腐脑。老人喝完后，刘荣非但没要钱而且还真叫了一声爹，搞得何荣哑口无言。过后，何荣才知道那位喝豆腐脑的老人真的就是刘荣他爹。

好个"老旦"

讲述：胡立成（65岁，西关人）
采录：曹宏君

一年秋天，某县剧团到某村唱戏。一个老旦演员到厕所解手，偶然听到隔壁两个人在谈话，一人问："伙计，你看今天戏好不好哇？"另一人说："好个老蛋！（意思是不咋地）"演老旦的演员听到这话，非常高兴，马上回到后台，郑重其事地对大家说："今天演出大家都要卖力，不能光我自己好，都好才好哇！"大家问怎么回事？他说："我在厕所听人们说了，今天的戏，好个老旦。这不是光夸我吗？"众人听后大笑说："这是夸你好呀？你真是个傻蛋！"

为啥不能姓"焦"

讲述：陈志凯（教师）
采录：曹宏君

过去，一个姓焦的患者到医院去看病，医生诊断开药后嘱咐他说："你这病自己要注意呀，近期不要与妻子同房。"患者说："这可办不到，我全家住一明两暗三间房，儿子儿媳一间，我和媳妇一间，不同房住哪儿呀！"医生见他不明白这话的意思，又说："同房住可以，可别同床！"患者又说："我的房间小，容不下两张床，不同床我睡哪儿呀？"医生看着他很认真地说："为了你的健康，我劝你千万可别性交！"这位患者越听越不对劲儿，气愤地说："有你这样当医生吗？管我住哪姓啥干什么？我爷爷姓焦，我爸爸姓焦，难道我不能姓焦？真是狗拿耗子——多管闲事，这病我不看了！"说完，便气呼呼地走了。为此，医生哭笑不得，不知如何是好。

郑得子下饭馆

讲述：薛清泉（大南头村人）
采录：曹宏君

早年间，某村有个小伙子叫郑得子，从来就没有出过门，更没到过城里，成年在地里干活，是一个老实巴交的庄稼汉。一次，他爹派他到城里给一个亲戚家送点儿东西，嘱咐他说，不要给亲戚家找麻烦，送到后在城里饭馆吃点饭再回来。这小子听了非常高兴，心想：长这么大也没下过饭馆呀！他把东西送到后已近晌午，就进了一家小饭馆。可是吃什么？怎么点菜？他是一窍不通。正在这时，进来一个人，饭馆伙计紧打招呼："二哥来啦，吃点什么？"这位二哥一屁股坐在凳子上，诈唬着说："还用问吗？你爹的蛋——还来一碗！"店伙计与他是老相识，总开玩笑，知道他爱吃炸酱面，就爽快地回答道"好嘞，你爹的蛋———一碗。"时间不大，店伙计端来一碗热气腾腾的炸酱面，这位二哥大口大口地吃起来。郑得子见他吃得很香，心想，我也吃这个，就跟店伙计说，"你爹的蛋，给我也来一碗。"店伙计瞪他一眼，刚想发作，又一想，这准是个傻老赶儿，看我怎么治你，答应一声："好嘞。"他到后厨盛了一碗面条，随后舀上一勺酸泔水，端到郑得子面前："伙计慢用。"郑得子一吃，这面条怎么这么酸哪，肯定是放馊了，凑合着吃吧。他拧着鼻子把面条吃完，到柜台付钱时小声地对伙计说："你爹这蛋都馊了，快点儿贱卖吧！"店伙计哈哈大笑："你真是一个傻老赶儿。"

秀才遇东家

讲述：刘文奇（65岁　教育干部）
采录：曹宏君

过去，有一个穷书生，苦读多年也没有考取个功名，每日无所事事，游手好闲。

一天，他游逛到马庄，天忽然下起雨来，急忙躲到一个大户人家的门洞里。看着淅沥沥的雨丝，嘴里还吟诵起唐诗来："好雨知时节，当春乃发生。随风潜入夜，润物细无声……"

房东姓姜，是个老学究，喜好读书，经常吟诗作赋，颇有些学问。这时，他听到门洞里有吟诗声，出来一看，见一个书生模样的年轻人正在摇头晃脑地吟诗，一副怡然自得的样子。他很不高兴，心想：你好不自量，竟敢在我的门前吟诵诗歌，我倒要试试你的才华！于是张口吟出一句上联："天留过客谁是过客主？"

那书生一听，这是考我哪，于是随口对出下联："雨阻行人君即行人东。"

老房东一听，呵，还真有点学问，于是就把这书生请进了屋内大厅，落座后，递上一杯水，随口吟道："请饮清茶半杯。"

穷书生看着老房东，心想，这东家还挺好客，我何不讨饶他一次，于是赶紧答道："更请便饭一餐！"

老房东心想，这年轻人有些才学，可能真是饿了。于是，马上吩咐家人端上酒菜，索性与他推杯换盏，喝起酒来。二人谈诗论史，却也志趣相投。不觉天色已晚，年轻人丝毫没有辞别的意思。老学究张口又出一联：

"君是听谯楼上叮叮当当几更几点?"意思是说,天不早了,你该走了。

穷书生知道,这是赶我走哇,我偏不走。顺口对出下联:"我只愿华厅前说说笑笑一口一盅!"

老房东心里好恼,这个无赖还不想走了。于是,起身离席,自己休息去了。过了一会儿,忽然听到院子里有霍霍的磨刀声,他出门一看,见那人正在磨刀,他忙问:"君为何磨刀霍霍?"书生答道:"我情愿杀身以报!"

老房东一听,心里那个气呀。我给你吃喝,你反倒赖上我了,赶紧扔出二两银子,大喊道:"此等恶客,快去快去!"

穷书生拿起银子,向老房东一抱拳说道:"如斯佳东,还来还来!"

老学究愕然……

仁姑爷拜寿

讲述:陈子山(陈杨庄人 退休教师)
采录:曹宏君

从前,县东某村有个大财主,有三个女儿和三个姑爷。大姑爷和二姑爷都是七品县官,身穿官衣,头戴乌纱帽。只有三姑爷是个老实本分的种田人。

一年的九月初九,是老爷子的六十大寿,姑爷、女儿们都来祝寿。老员外热情招待,非常高兴,摆了一桌丰盛的酒席。席间翁婿们推杯换盏,很是热闹。大姑爷和二姑爷都有些学问,就想在老丈人面前显摆显摆。大姑爷说:"今日为老泰山贺寿,饮酒助兴,不得无诗呀,咱每人即兴赋一首诗如何?"二姑爷随声附和:"好哇!请老泰山出个题目吧!"老员外听后煞是高兴,可以什么为题呢?这时,树上知了鸣叫,触发了老头的灵感,说:"咱就以这树上知了为题,可还要说出它是由什么变的,必须符合自然规律,能让别人说是才好!"两个姑爷拍拍手叫好说:"就以这长翅的为题吧!"

大姑爷显能,抢先说:"我先献丑了!翅蹦翅,翅蹦翅,知了飞来四根翅,都说它是屎壳郎变的,你们说是不是?"三人异口同声说:"是!

好！"

老财主对二姑爷说："该你了！"

这时，小院中飞来几只蜻蜓，二姑爷有感而发说："翅蹦翅，翅蹦翅，蜻蜓飞来四根翅，都说它是虫蛾子变的，你们说是不是？"

三人齐说："对呀，蜻蜓就是蛾子变的呀！好，好！那就听三姑爷的吧。"

三姑爷是个老实的庄稼人，哪里会作诗呀！但是他自幼聪明，什么事一学就会。现在看着大姐夫和二姐夫洋洋自得的样子，分明是在故意耍笑自己，让自己难堪。可这又该怎么作诗呢？他顿时急得满脸通红。大姑爷和二姑爷看着三姑爷窘迫的样子，摇晃着脑袋，晃悠着头上的纱帽翅，更加得意。

突然，三姑爷把大腿一拍，说："有了，你们听着！"

"翅蹦翅，翅蹦翅，大姑爷二姑爷四根翅，都说是贤孙子变的，你们说是不是？"

顿时，两个姑爷脸色由红变白，面面相觑，不知该说什么好，真是如鲠在喉，有口难辩。

老丈人见状，赶紧缓和气氛，说："好，好，好，赶紧喝酒，赶紧喝酒——"

什么是"饿"

讲述：槐学友（大八于人　水利局职工）
采录：曹宏君

槐学友（化名）是我的老同学，从小学五年级直到初中毕业，我俩都在一个班里学习，是非常交心和要好的朋友，后来他在县水利局上班，每年都抽时间聚在一起聊聊天，叙叙旧。一次聊天中，他讲了一个小故事，其中的道理耐人寻味……

在旧社会，贫富两极差别很大，穷人家房无一间，地无一垄，家无隔夜粮，吃了上顿没下顿，经常挨饿。富裕人家，豪门地主则是衣食无忧，山珍海味，吃得脑满肠肥。这天，几个小孩在一起玩耍，几个穷人家的孩子面黄肌瘦，不爱动弹。一位富家孩子走上前来要和他们捉迷藏，一位穷孩子说："我们饿得受不了，谁还有劲儿和你玩！"富孩子奇怪地说："你们总说'饿'，什么是'饿'，我怎么没见过？起来，快跟我玩儿！"穷孩子中的嘎子眼珠一转，就想捉弄一下这个富家郎。就说："你不知道什么是'饿'，我们可见过多次了，太好玩了，你想不想去看看？"富家孩子说："好哇，你赶紧带我去看看。"嘎子说："现在去不行，他没在家，明天早晨去吧！我们在这里等你，记住可不要吃饭呀！"富家郎高兴地说："行，明天早上我来这里找你们。"

第二天早晨，几位穷小孩在家胡乱吃了些东西，填饱了肚子，怀中还揣了几个红薯，就来到村外，富家郎果真在等他们。于是，几个穷孩子就带着富孩子往村外西上岗走去。这里常年一片荒凉，灌木丛林，人迹罕至。富孩子跟着几个穷孩子在弯弯曲曲的小道中走啊走啊，不知走了多少里路了。太阳升起来，晒得他们满头大汗。富孩子急了，大喊着说："你们还往前走哇，'饿'在哪里，怎么还没看见呀？"几个穷孩子心中暗笑，嘎子说："快了，快了，'饿'就在前面，你会看到的。"又走了一会儿，富家郎气喘吁吁，肚子里饥肠辘辘，实在走不动了，一屁股坐在地上，说："我实在走不动了，肚子里空荡荡的，非常不好受！'饿'在哪里，我也不去找了，赶紧回家吃饭吧！"嘎子对他说："怎么了？肚子里没食，身上没劲吧！告诉你吧，你终于看见'饿'了！"这时，几个穷孩子哈哈大笑，各自掏出怀中的红薯，大口吃起来。见他们吃东西，富家郎说："你们有吃的，快给我一点，我实在受不了了。"穷孩子们说："常听大人们说，饱汉子不知道饿汉子饥，你知道什么是'饿'了吧！慢慢地享受吧！"几个穷孩子吃着红薯，眨眼间跑得无影无踪……

后记

　　2014年，县文联主席王连成同志多次跟我讲，中国文联和中国民间文艺家协会早在2004年4月就正式启动《中国民间故事丛书》的编纂工作。10年来，全国各省、市、县大多已出版了反映本地文化特色的《中国民间故事丛书》，保定市仅有包括容城在内的三个县尚未编辑出版，市文联曾多次敦促启动这项工作。为此，他责成我尽快搜集整理一些容城民间故事，编辑《中国民间故事丛书·河北保定·容城卷》。当时，作为《容城县志》的主编，我的任务十分繁重，时间也非常紧张。但是，出于对本土民间文化的热爱，也不好推辞老朋友的嘱托，就应承下来。其后在一年多的时间里，我放弃节假日的休息，广泛接触老同学、老朋友以及各界人士，千方百计搜集民间故事和口头传说，晚上挑灯夜战，打字录入，编辑整理……

　　容城县文化底蕴深厚，也有很多热爱民间文化的有识之士。2015年，本县退休干部梁印林经过多年的搜集和整理，自费印制了一本《神话传奇故事》，为我提供了很多洋溢着乡土气息的故事和传说。在职教师张运生以及民间文化人士杨同全、石大水等人都积极提供相关素材和历史资料。这些朋友的帮助，加快了这本故事集的编辑进度。

2015年10月，书稿初稿基本成形。至2016年8月，两次报送保定市原文联主席耿保仓同志审阅。遵照老人家的意见，我们又进行了认真细致的修改和润色。

2017年4月，党中央、国务院决定建立雄安新区，范围包括雄县、容城、安新三县及部分周边地区。党中央明确要求：雄安新区要延续历史文脉，传承优良传统，讲好"雄安故事"，建设美丽新城。容城县作为新区的一部分，将迎来跨时代的变化和飞跃性的发展，千年古县的文化底蕴更应得到深入的发掘和传承。新的机遇提出了新的要求，我们就在原稿的基础上进行了更大范围的拓展。在雄县朋友宋忠臣老师的帮助下，又增加了几篇发生在容城、白沟、白洋淀周边的历史传奇故事，使这本故事集的内容能够更加广泛生动、丰富多彩。可以说，这本故事集的问世，离不开这些有识之士的大力帮助。为此，在此书付梓出版之际，特向宋忠臣、梁印林、张运生、杨同泉、石大水等人表示诚挚的感谢！

曹宏君

2017年10月25日

图书在版编目（CIP）数据

中国民间故事丛书. 河北保定. 容城卷 / 潘鲁生，邱运华总主编；曹宏君本卷主编
. — 北京：知识产权出版社，2021.1

ISBN 978-7-5130-7268-7

Ⅰ. ①中… Ⅱ. ①潘… ②邱… ③曹… Ⅲ. ①民间故事—作品集—容城县 Ⅳ. ①I277.3

中国版本图书馆 CIP 数据核字（2020）第 208278 号

责任编辑：宋 云 赵 昱　　　　　　　责任校对：王 岩
装帧设计：研美文化　　　　　　　　　责任印制：刘译文

中国民间故事丛书

河北保定·容城卷

中国民间文艺家协会　组织编写
总 主 编　潘鲁生　邱运华
本卷主编　曹宏君

出版发行：知识产权出版社 有限责任公司　　　网　　址：http://www.ipph.cn
社　　址：北京市海淀区气象路 50 号院　　　　邮　　编：100081
责编电话：010-82000860 转 8388/8128　　　　责编邮箱：songyun@cnipr.com / zhaoyu@cnipr.com
发行电话：010-82000860 转 8101/8102　　　　发行传真：010-82000893/82005070/82000270
印　　刷：三河市国英印务有限公司　　　　　经　　销：各大网上书店、新华书店及相关专业书店
开　　本：720mm×1000mm　1/16　　　　　　印　　张：18.25
版　　次：2021 年 1 月第 1 版　　　　　　　　印　　次：2021 年 1 月第 1 次印刷
字　　数：287 千字　　　　　　　　　　　　定　　价：68.00 元
ISBN 978-7-5130-7268-7